陆军 主编

编剧学刊

第八辑 2024

上海书店出版社
SHANGHAI BOOKSTORE PUBLISHING HOUSE

本书为第三批“全国高校黄大年式教师团队”中国编剧学教师团队建设成果、上海市高峰学科（戏剧与影视学）建设成果、国家社科基金艺术学重大项目《中国话剧编剧学理论研究》建设成果、上海市高水平地方高校重点创新团队建设成果。

目 录

青年学者论坛综述

编剧理论研究

外国戏剧编剧研究

中国戏剧编剧研究

影视剧编剧研究

编剧学前沿问题研究

戏剧剧本

青年学者论坛综述

讲好中国故事：编剧、编剧教学、编剧学的责任与创新

2024年11月23日，第二届中国编剧学青年学者论坛在上海市文学艺术界联合会成功举办。本次论坛由上海戏剧学院戏剧文学系、上海戏剧学院编剧学研究中心、“全国高校黄大年式教师团队”中国编剧学教师团队、上海戏剧学院创新团队启航计划中国编剧学研究团队联合主办，以“讲好中国故事：编剧、编剧教学、编剧学的责任与创新”为主题，汇聚国内众多青年编剧学者，深度探讨中国编剧学学科建设研究的现状与未来发展。上海戏剧学院党委书记谢巍、党委副书记胡敏、戏文系主任沈亮等出席，教务处副处长李世涛主持。

开幕式上，胡敏代表上海戏剧学院向与会专家学者表示热烈欢迎。她强调，本次论坛不仅是一场关于编剧学学科建设的学术盛会，更是激发青年学者学术潜力、增强学术信心、促进学术交流的重要平台。希望诸位青年学者能以本次论坛为契机，以学术研究推动创作实践，积极推动编剧学学科建设的迭代发展。

沈亮指出，编剧学的未来充满挑战。一方面，我们需要思考如何将学术研究与实践创作紧密结合；另一方面，我们要关注编剧学如何更好地适应新时代的文化需求，构建起具有中国特色、中国风格、中国气派的学术话语体系。在这一过程中，青年编剧无疑是主力军。

本届论坛聚焦编剧学领域的理论研究，来自全国二十四所高校三十余位专家学者从AI时代的编剧、编剧教学、编剧学创新研究，短视频浪潮下的编剧实践研究，创新型编剧人才培养路径与方法研究，中外当代编剧观念与方法的论争研究，中外剧

作家或经典文本的个案研究，以及其他与中国编剧学相关问题的研究等六个方面开展了广泛深入的交流讨论，对增加编剧实践与理论的联系、拓展编剧教育教学的途径、推动编剧学理论研究与中国编剧学的构建、促进中国编剧学学科理论体系的发展和完善起到了积极作用。

一、主题发言　专家掌舵　定向领航

本届论坛邀请了三位编剧学学科优秀的专家学者进行主题发言，与青年学者们分享他们在编剧学领域的实践探索与理论研究。

上海师范大学教授朱恒夫以《如何创编出典型性的戏曲剧目》为题，从近日热演的话剧《嵇康》入手，选取经典戏曲剧目作为范例，从编剧视角对戏曲所要体现出的时代精神、道德品质、传奇人物故事等方面进行深入研究，鼓励大家创作出能让不同时间、不同地域、不同剧种、不同剧团演员都能演出的优秀作品。

中国戏曲学院教授、《戏曲艺术》副主编赵建新以《从“整理改编”到“经典改写”：当下戏曲创作的一个新维度》为题，强调要实现传统戏曲的创造性转化和创新性发展，既要“整理改编”，又要通过重构故事与人物，以现代精神烛照传统题材进行“经典改写”，并通过《烂柯山》《白罗衫》等案例，道出了“经典改写”的美学实质与现代意义。

上海戏剧学院教授刘艳卉以《人工智能辅助编剧——〈编剧家〉的实践探索》为题，分享了上戏中国编剧学教师团队最新的科研成果。通过对《编剧家》教学软件的研发与使用分析，刘艳卉强调了编剧的主体性与创意之重要性：机器是辅助，永远无法替代人类编剧的智慧，与此同时，青年编剧也要积极进取，多进行新型戏剧编剧的尝试，并在实践中不断检验能力、提升自我。

二、青年论坛　群英荟萃　共话未来

本次论坛共设有四个分论坛，与会者分享了对于中国编剧学学科建设、编剧专业教学实践、戏剧领域发展前沿等内容的真知灼见。

（一）由顾飞老师主持、赵建新教授评议的分论坛一

清华大学教师付桂生以《田汉话剧文体中“唱”的形态探索及审美特性》为题，以田汉的多部经典作品为引，对田汉话剧中所存在的“话剧加唱”的创作动因、表达特点、形态演变和美学特性等方面进行了深入研究，深刻剖析其所具有的中国特色的话剧风格。

河南大学副教授徐芳芳以《对当代人心灵的观照意识——陈涌泉的编剧理念与创作指向研究》为题，以陈涌泉经典编剧作品《程婴救孤》等篇目为例，着重探讨其作品中所强调的传统戏曲现代化、改编名著等实践，对传统文化进行了理性审视与合理的转换。

中国人民大学教师张一帆以《话剧〈名优之死〉戏中戏修改的原因分析》为题，围绕田汉经典话剧《名优之死》里戏中戏在不同时期的创作背景下与田汉自身艺术理念深化后的修改情况展开剖析，指出随着时代发展，为更精准地反映现实问题、刻画人物心理，戏中戏不断调整，使其在结构、表演形式等方面更趋完善。

平顶山学院教师贾战伟以《晚清民国京剧剧本的署名问题》为题，指出该时期京剧剧本署名所呈现出的特点：一方面，存在大量未署名或署名模糊的现象，与当时戏曲行业的传统习惯、商业运作模式息息相关；另一方面，署名规范也在逐渐发展、有所完善，反映了京剧剧本创作从传统向现代过渡中署名问题的演变历程。

上海师范大学教师田语以《同源多民族戏剧的差异化叙事研究》为题，以《文成公主》为研究对象，探究了该题材在汉藏戏剧中的发展情况、叙事差异性及差异背后的思维逻辑，指出文成公主的经典化之路正是文学想象对历史记忆进行弥合改造的过程，从而对多民族国家的历史叙事进行重构。

上海戏剧学院教师顾振辉以《热忱与权变：文本发生学视域下熊佛西剧作〈孙中山〉的文本嬗变》为题，以文本发生学为理论框架，深入剖析熊佛西剧作《孙中山》及其后身《医生王治康》的创作历程与文本嬗变，揭示了熊佛西精益求精的艺术追求与创作态度；同时结合文学社会学视角，探讨了时局与权力意志对文本内容

嬗变的微妙影响。

中央戏剧学院博士研究生尹瑞麟以《〈措施〉的编剧技法探析——争议、暧昧与布莱希特的艺术革新》为题，从《措施》在人物塑造、情节设置等方面打破常规的表现方式，剖析了布莱希特试图以独特的编剧手法打破传统戏剧束缚、促使观众主动思考，让作品在争议与暧昧中展现出别样魅力的艺术革新理念。

（二）由陈浩波老师主持、朱恒夫教授评议的分论坛二

内蒙古艺术学院教师赖嘉文以《戏曲寓言剧风格化叙述探究》为题，探讨现代戏曲的发展困境，旨在结合前人戏曲创作经验与现象，将戏曲寓言剧的本体与其创作风格进行定义，并以此找到在现代戏剧发展时代背景下，戏曲寓言剧存在方式的可能性探索。

上海戏剧学院博士研究生张凌羽以《论黄梅戏〈罗帕记〉的整理改编》为题，分析了此经典之生成主要经由整理改编的两个阶段。第一阶段改编完成了民间连台本戏向现代剧场艺术的转变，第二阶段赋予该剧以现代性，并最大限度地继承了经典剧目的优长，以这一案例揭示出传统文化创造性转化和创新性发展的必经之路。

浙江越秀外国语学院教师王耿以《对接案头场上的尝试——大后方导演的编创剧本实践》为题，探讨了大后方导演编创剧本时对接案头与场上创作的考虑，指出导演编创剧本在一定程度上促成了大后方演剧活动的完整，但由于环境影响，大后方导演编剧更看重剧本“整合演出”的“功能性”，而非“艺术性”等问题。

上海戏剧学院博士研究生魏睿以《朱有燉杂剧剧作法考略》为题，通过剖析朱有燉剧作法，探寻朱有燉于创作中的生存自保之道。在时代夹缝中生存，朱有燉并未有太多创作自由，但是他在戏剧结构上显现出了区别于元人的新意，也在戏剧文学上寄托了真性情与对生命的尊重。

上海戏剧学院戏曲学院副院长金喜全与上海戏剧学院硕士研究生孙弋淼以《从京剧〈封狼居胥〉谈小剧场戏曲编剧创新》为题，以京剧《封狼居胥》为例，从历史题材选择、英雄人物塑造、编剧在创作中融入的多种艺术元素等层面探讨了小剧场戏曲编剧的创新之处，体现了编剧对传统戏曲的继承与创新，为小剧场戏曲编剧提供了有益的借鉴。

西北大学硕士研究生郑子煜以《从本位之争看后戏台时期地方戏曲的两种“戏影互动”路径》为题，细述了自新媒体介入戏曲以来，戏曲的传播场域“戏台”的媒介属性之消解，以粤剧电影《白蛇传·情》和越剧《新龙门客栈》为例，点明后戏曲时期的到来使得戏曲演出开始借助现代化的传播方式与美学手法，寻找适合自身艺术本体的新路径。

青年编剧学者张健以《对古典主义戏剧的深情挽留——话剧〈离去〉上演十周年反观剧本改编创作谈》为题，回顾梳理了中国国家话剧院话剧《离去》改编的创作方法，借鉴古典主义戏剧创作方式、巧妙运用“三一律”方式的反叛与规调所产生的矛盾差异、“戏中戏”等手法革新形成文本新的改编方式与戏剧结构，由此映照反观编剧创作中感性驱动下隐存的剧作理论规律和创作心得。

（三）由吴韩娴老师主持、徐煜教授评议的分论坛三

沈阳师范大学教师历程以《易卜生晚期剧作中“分析技巧”的使用方法剖析——以〈野鸭〉中雅尔马的塑造切入》为题，将文本细读与心理学理论结合，从“分析技巧”的辨析与界定、《野鸭》中前史的使用特点、人物戏剧行动的组织方式三个角度切入，为易卜生这一重要编剧技法提供方法论式的总结。

天津音乐学院副教授、上海戏剧学院博士研究生孙晓星以《中国当代新剧本叙事的潜在变革》为题，以“新剧本”这一称呼，描述和分析当今出现的一股试图改变现有剧本创作传统的写作倾向，其表现出对商业戏剧、主旋律戏剧等主流叙事模式的反思，具有强烈的文化批判属性。新剧本更关注普通人的生命叙事，尤其是边缘性群体，以流动视点改变单一视角，以媒介叙事反思现实空间的媒介化。新剧本又展现出文体的杂糅性，吸纳了许多非戏剧性元素，成为一种难以被严格定性的实验文本。新剧本也呼应了从戏剧剧场向后戏剧剧场以及展演性美学的转向，对传统的编导演关系、文学性与剧场性提出反思。总体而言，作为一种替代性叙事，新剧本正酝酿着中国当代戏剧的潜在变革。

上海戏剧学院博士研究生薛雪以《新时期话剧创作中的不可靠叙事手法探析》

为题，探讨从不可靠叙述的视角研究新时期的话剧具有重要意义。这一时期的话剧不仅引入了大量显在叙述者，还因戏剧观念的开阔而在内容与形式上实现了显著创新。基于此，论文分别从故事层和形式层两个维度，探讨了不可靠叙事在话剧创作中的具体应用策略及其艺术效果。

中央戏剧学院博士研究生刘芮帆以《现代戏剧的时间诗学：〈推销员之死〉中的非线性叙事研究》为题，以阿瑟・米勒对现代戏剧时间诗学的理解为线索，探讨了现代戏剧内倾化的趋势，阿瑟・米勒的贡献，以及《推销员之死》如何通过非线性叙事表现时间流动性，反映了主角威利・洛曼的心理状态，并影响观众的认知和情感。研究强调了如何重新定义非线性叙事对时间以及舞台呈现中音乐和舞台设计的作用，分析了时间矛盾性与个体异化的关系，体现了对时间与自我认同的探索。

上海戏剧学院博士研究生朱一田以《接受美学视野下中国话剧的名著改编》为题，探讨对文学名著进行改编，指出忽视了“作者、作品、大众”三角关系中的观众，试图突破改编研究中较为单一的“文本比较”的方法，从观众接受入手，在“忠实论”之外提出名著改编研究的新的批评维度。

山西师范大学博士研究生李明真以《自我审视与自我重构下的梦剧创作：斯特林堡的自我疗愈式写作》为题，探讨了斯特林堡如何通过梦剧创作进行自我审视和重塑。斯特林堡的理论来源包括斯威登堡的冥合说和叔本华及印度佛教的“现实如梦”观点。他认为梦境与现实有对应关系，通过写作造“梦”来改变现实。通过分析斯特林堡的《通往大马士革之路》《一出梦的戏剧》和《鬼魂奏鸣曲》等作品，展示了他在作品中如何通过自我审视和重塑来探索个人意志与现实的关系。

南京大学艺术学院博士研究生郑钲以《听见契诃夫：论〈樱桃园〉中“崩断的琴弦”》为题，梳理对了对文本中琴弦崩断声的四种阐释，分别是功能性阐释、实际情况阐释、现实主义阐释、神秘主义阐释；并指出“琴弦绷断的声音”取代了缺席的“枪声”，成为一种直接作用于我们精神世界的“心理装置”，并与作家本人晚年所遭受的身心之痛共振。

上海戏剧学院博士研究生程宇月以《论博物馆戏剧的沉浸式叙事》为题，以博物馆戏剧这种创新的文化传播形式为切入点，立足其特有的沉浸式叙事手段，并结合传统剧作技巧，深入探讨博物馆戏剧的创作流程，探究如何通过这些编剧技巧赋予展品以新的生命，以及在多媒介融合的背景下，博物馆戏剧的新发展、新变化。

上海戏剧学院硕士研究生袁苗以《从独白谈起：〈英雄广场〉的艺术“挑衅”之路》为题，探讨作为当代后戏剧剧场重要形式的独白剧场，对传统的对话结构进行了消解。伯恩哈德的《英雄广场》并非典型的后戏剧文本，但它的戏剧语言同样突破了常规的戏剧对话模式。伯恩哈德结合艺术挑衅和政治抗议，通过语言思想的碰撞为戏剧的社会参与开拓了一条道路。

（四）由周南老师主持、姚扣根教授评议的分论坛四

中国传媒大学副教授王婧以《网络剧的垂直文际性：网络空间中的数字叙事共同体构建》为题，探讨了网络剧在网络空间中如何通过垂直文际性构建数字叙事共同体、网络剧在构建数字叙事共同体中的作用、网络剧如何通过数字化传播实现全球化影响、网络剧中传统电视剧美学风格与网络文艺美学风格的融合等问题。

吕梁学院副教授李宁以《贾樟柯电影的风格与社会意义研究——以〈天注定〉为例》为题，探讨了中国电影产业和文化背景对贾樟柯电影的影响，其以《天注定》为例为题，深入探讨了其主题和社会意义与贾樟柯电影对中国社会文化与在国际上的影响力、对西方刻板印象的挑战。

湖南财政经济学院教师丁烨以《综合类院校〈影视编剧〉课程在“跨媒介叙事”背景下的教学探索》为题，分析了融媒体环境下网络与新媒体专业面临的新特点和挑战，如产业化倾向、大数据的应用以及跨媒介叙事的重要性；探讨了编剧教学在融媒体时代应采取的教学改革措施，提出了以跨媒介叙事训练为教学核心，以及多元化成果体现的重要性。

北京师范大学博士研究生黄筱玥以《光影寻踪：邱刚健电影剧作发展历程》为题，研究了邱刚健在香港和台湾电影中作为编剧的重要影响和贡献，及其剧作创作的三个发展阶段，为港台电影的研究提供了宝贵的资料和分析，为理解特定历史时期的电影史提供了新的视角，有助于更全面地理解电影史的发展。

南京信息工程大学硕士研究生张蕴以《元叙事的消亡——〈奥本海默〉的后现代叙事》为题，通过分析《奥本海默》所具有的复调叙事模式、个体身份的多重性与矛盾性以及开放文本等观念，完成了对“多重中心”的消解，提供了一种崭新的叙事视角与后现代思维。

华东理工大学教师苗若木以《技术赋能：AI编剧演进的跨界升维》为题，探讨了AI对剧本创作、人机协作创作和促进编剧合作的潜在影响。AI在克服创作障碍和提高作品质量方面很有帮助，然而，与署名权和真实性相关的伦理问题也随之出现。大语言模型（LLM）和生成式人工智能是一把双刃剑，在威胁行业发展的同时，也为编剧提供了探索戏剧未来、跨界升维的机会。

北京电影学院博士研究生陈亦芃以《边缘行者：当代中国电子游戏中作者身份的讨论》为题，基于对当下电子游戏领域新现象的分析，在数智时代重回电子游戏领域讨论其“作者”与“去作者化”的话题。对于“作者”的追寻，不仅将建立电子游戏本体的新认识，也将让我们重新理解后人类化视域下艺术的新构成。

上海戏剧学院博士研究生陈一诺以《网络悬疑剧〈错位〉的跨国改编与叙事创新》为题，通过分析《错位》在原著小说的选择、现实主义叙事的实现和悬念的本土化构建等方面的出色处理，阐发了关于悬疑小说跨国改编的成功经验。

闭幕式上，全国高校黄大年式教师团队负责人、国家“万人计划”教学名师、国家教材委高校哲社科（马工程）艺术学科专家组成员、上海戏剧学院学术委员会主任陆军教授对本届论坛进行了学术总结。他指出，与会专家和青年学者从戏曲、戏剧与话剧、影视、其他新媒体、新技术等多个方面讨论了编剧学的相关内容，将对未来编剧学的建设和发展有着不可估量的意义和作用。在首届中国编剧学青年学者论坛上成立的中国青年编剧联盟将继续收纳更多高校和优秀的师生力量，助推中国编剧学发展建设。

陆军指出，对编剧学的研究应从对编剧实践与理论的研究，拓展到对编剧实践与理论研究的研究，再拓展到对编剧实践与理论的研究过程中所涉及的新实践、新理论、新问题、新方向、新边界、新挑战的再研究，沿着以内部为主，到内外部结合，再到由外而内、由内而外的研究路径展开，不断促进编剧学理论的成熟，从而生发时代所需要的经典作品，讲好中国故事，创作出在不同时间、不同地域、不同剧团、不同剧种、不同演员中都能够上演的好作品。

谢巍在闭幕式致辞中，向所有支持中国编剧学学科建设的专家学者表达了崇高敬意，并由衷地希望青年学者们能够继续关心、持续发力，共同筑就坚实的中国编剧学学科阵地。去年的论坛上，谢书记曾提出“什么是编”“什么是剧”“什么是学”三问，时隔一年，参与论坛的青年学者们已对上海戏剧学院“中国话语、科艺融合、国际影响、首创首发”的学科建设方向和建设“未来戏剧学”的发展目标有了很好的呼应。

作为一门新兴的艺术学科，编剧学仍然需要通过持续交流来健全学科架构、搭建学科体系。本届论坛的顺利召开，不仅构筑了编剧学界资深前辈与青年才俊的沟通桥梁，也为促进中国编剧学学科的繁荣发展开辟了广阔天地。展望未来，上海戏剧学院将继续携手国内各大高校，不断拓宽合作领域，加强研讨交流，深化合作互信，培育深厚学术友谊，并肩前行，致力于中国编剧学的建设与发展。

编剧理论研究

喜剧，笑什么？怎么笑？

王宝社

喜剧，笑什么，怎么笑，包含了以下三个层面的问题。

首先是对喜剧的理解和认知——喜剧是什么？对喜剧基本常识认知模糊会带来什么现象？如何从戏剧的角度理解喜剧？喜剧是表现什么的艺术？对喜剧的认知和理解，决定了探讨后面两个问题的角度、方向与创作技术。

笑什么——对喜剧的认知让我们不可避免地、从较深层次探讨人为什么会笑？它直接影响我们选择什么样的生活素材结构喜剧，它是喜剧创作者观察生活、采撷生活、提炼生活的角度，决定了喜剧的眼睛投向何处，更决定了喜剧艺术的层次、气质与类型；笑什么，还会衍生出喜剧创作的禁忌，看似可笑的事物，喜剧创作者却必须规避——哪些人、哪些事不能取笑。

怎么笑——是探讨喜剧创作中的结构元素、制造笑声的主要技术手段。为什么喜剧创作比悲剧和正剧困难？从接受美学的角度考量，喜剧演出有一个硬指标：笑。一千个观众就是一千个评委，现场打分般地决定了该场演出是不是喜剧。笑，需要准确而又细腻的技术支撑，它承载和解决前两个问题，通过笑声，鲜明地传递出喜剧创作者的情感表达。

一、喜剧是什么？

近十几年来，随着喜剧（无论影视剧还是话剧）越来越受到观众欢迎，喜剧迎来了“野蛮生长”阶段，演剧市场的创作和演出良莠不齐，泥沙俱下，有时候语言“包袱”、夸张搞笑成了喜剧的代名词；有的喜剧表演夸张过度，变形为恶搞、“撒狗血”式表演，仿佛恶搞、“撒狗血”式表演，只要冠之以喜剧，就可以名正言顺，堂而皇之地进入喜剧艺术殿堂。由于对喜剧类型认知的模糊，戏剧家协会有专门的喜剧小品比赛，曲艺家协会也有喜剧小品比赛（喜剧成了曲艺），喜剧与曲艺的区别在哪里？这都源于对喜剧类型认知的模糊。

（一）对喜剧定义认知的模糊

对喜剧的认知首先来自喜剧定义，喜剧定义决定了我们的思维方式和创作方向。

喜剧定义仿佛用不着我辈讨论了，因为现成的喜剧定义摆在那里，就是鲁迅先生在《再论雷峰塔的倒掉》中所说的“喜剧将那无价值的撕破给人看”——它一直是我们戏剧教科书中所使用的喜剧定义。

但若仔细推敲的话，这个定义就会出现很多让创作者困惑的问题。一个“撕”字，包含了20世纪初仁人志士们狂飙突起、思想解放、奋起抗争、砸烂旧世界的语境，这个语境里含有革命性和斗争性，它其实更适合讽刺类型的喜剧。

另外，什么是有价值的？什么是没价值的？由于创作者的三观不同，知识结构修养不同，观察事物的角度就不同，如何发现那些让大众广泛认可的无价值的事物？五四时期喊出“打倒孔家店”口号，现在，我们又要重新梳理、学习国学中最重要的文化基因——儒学，以前打倒的，现在可能会被视为国学文化瑰宝，那么，价值怎么判断？哪些该取笑，哪些不该取笑？

“撕破”的喜剧语境，还会产生创作期间的诸多误解，从事喜剧行业的人搞不清喜剧类型的各种风格要求，势必导致创作的盲目，更严重的后果是，负责审批文艺创作项目的领导如果也认为喜剧就是讽刺，就是“撕破”，会导致什么现象呢——明明让你正面赞美，你却搞喜剧讽刺这个正面人物吗？最后的结果不想而知。

喜剧，就一定要“将那无价值的撕破”吗？抒情喜剧还有正喜剧，以赞美人性的可爱为主，不存在“撕破”，抒情喜剧取笑人性的弱点和缺点的同时又会肯定人性的可爱，遇到这类题材的喜剧，用“撕破”的思维方式，就很难塑造出抒情喜剧中人性的多面性和可爱性。

其实鲁迅先生写作杂文《再论雷峰塔的倒掉》时，无意给喜剧下定义，是后来者将其框定为喜剧定义而已。而一旦将其确认为“定义”，问题就来了：喜剧有很多种，当今时代，悲喜剧交相混杂，不仅有悲喜剧，还有荒诞剧、黑色幽默等错综复杂的喜剧美学形态，缺少对喜剧的分类，必然导致创作的盲目甚至迷乱。

人们从某一种创作中抽象出一个概念，逐渐衍化为这个创作门类的定义，是一种发现。这种发现，对于某一时期、某一领域的创作，很有必要，也很能启发创作者的创作思维；也正因为起到了很多作用，人们就会把某一定义固定下来。但社会在发展，若依然沿用曾经起过作用的定义（变成刚性要求、固定思维模式），拿那些定义观照、检查创作，常常会让创作者束手束脚，甚至削足适履，定义成了创作的执念，成为捆绑创作者的绳索。

（二）喜剧分类模糊带来创作的盲目

由于喜剧创作者认识不清，定位不准，或者无意于分类，认为只要让观众笑了就是喜剧，无论在剧本创作还是舞台演出中，都出现了盲目、模糊和迷乱，从大的方面来说，对广义的喜剧分类——平面喜剧和立体喜剧都混淆在一起，会出现什么情况？

1. 平面喜剧

平面喜剧指的是通过俏皮的语言让观众发笑的艺术。相声、快书、二人转，以及以语言“包袱”为主要搞笑手段的小品等曲艺形式，总之能通过听收音机不用看表演也能笑起来的喜剧，就是平面喜剧。

平面喜剧有其特殊的魅力，依靠语言“包袱”让人发笑，需要极高的语言技巧。相声作者和相声演员都说，攒一个包袱那叫难啊！为什么难？因为，俏皮话的技巧就那么些，比方相声的“三番四抖”这种技巧，是为了让观众出乎意料，在出乎意料的反差中，引起观众发笑。但出乎意料的“包袱”使用多了，观众对这种语言技巧的逻辑、套路渐渐熟悉了，聪明、反应快的观众，基本上猜出来下边你将要说什么，“三番”还未铺垫完，观众在台下已经帮助演员“四抖”，这样的结果，“出乎意料”也就不存在了，本来设计好的笑料，在观众的“预知”中淹没消失。

编剧、导演、戏剧理论家张俊祥先生说，俏皮话的喜剧（当然指的是语言“包袱”类），其道路会越走越窄。

现在有一些舞台喜剧被人们诟病为“恶搞”，原因也很简单——戏剧制作人知道喜剧有市场，就将自己的戏冠之以爆笑喜剧，然而，这些爆笑喜剧，由于没有喜剧结构，没有制造出喜剧情境，而又得让观众笑下去，就只能在平面喜剧——语言包袱、网络语言、流行语上用力；而有些喜剧演员，又没能具备曲艺演员使用“包袱”时娴熟的表演尺寸、技巧，势所难免地会夸张、放大自己的表演，所谓的喜剧也就演变成搞笑；尺度拿捏不好，搞笑的语言动作再放大，也就演变成了恶搞、“撒狗血”。

其实，喜剧演员也不愿意被观众戴上“恶搞”的帽子，他（她）没办法——喜剧既然要让观众笑起来，观众不笑还叫喜剧吗？演员在台上努力投入地演着喜剧，而舞台下边却一片沉寂，本来在排练场反复练习的语言笑料，下边一点动静都没有，一次没有，两次没有，喜剧演员就会恐慌着急，恐慌着急之下会不由自主地夸张、变形、“撒狗血”式表演，试图以这种方式令观众笑起来。这样的演法，最终会弄得台上的演员演得吃力，台下看戏的观众也跟着疲累。看戏不是享受，反而成了某种程度的“受罪”。

问题的源头在哪里？从创作排练伊始，创作者就没有把平面喜剧和立体喜剧的特点分清，定位不准，或者根本没有定位，就不可能达到创作上的自觉——明明是立体喜剧，却不断地用“包袱”堆积笑料，结果，立体喜剧的魅力没释放出来，平面喜剧的特点也被淹没殆尽，观众的审美期待得不到满足，台上台下一起迷乱、模糊、迷蒙，笑，怎么可能产生呢？

2. 立体喜剧

也有人叫立体喜剧为结构喜剧。立体喜剧也好，结构喜剧也罢，简单说就是戏剧艺术中的喜剧。

戏剧艺术形式中有正剧、悲剧、喜剧三大门类，喜剧既然是戏剧艺术中的一种，只是表现手段、技巧与正剧、悲剧不同而已，正剧、悲剧中包含的戏剧元素，比如设定戏剧扣子、纠葛戏剧人物关系、确定核心事件、制造戏剧意外和情节反转、确定戏剧高潮等，这些剧本结构中的基本手段，喜剧和正剧、悲剧一样，一个都不能少。只不过，喜剧是用错位的人物行动，结构戏剧冲突，形成喜剧规定情境而已。将其称为立体喜剧，当然也可以叫结构喜剧。

戏剧描写的是具体的人，好说，人生是大舞台，戏剧是人生舞台的缩影，戏剧舞台是人性的试验场，在这个人性的试验场上，戏剧用其特有的情节结构方式和人物塑造，展现着无穷无尽的生活百态。观众很难用猜想“包袱”的思维方式猜想人的行为。这也是为什么喜剧会常演常新的原因，因为生活总是发生新鲜的故事。

立体喜剧，不排斥语言“包袱”——平面喜剧的语言“包袱”以及诙谐幽默的台词；但它绝不是主要的“搞笑”手段。立体喜剧，注重的是喜剧性事件的设定，在确定了喜剧性事件后，首先让主要人物“摊上事儿”，借此演化成喜剧人物的戏剧动作，在戏剧动作中塑造喜剧人物；喜剧结构必须聚焦在喜剧人物行动的设计、喜剧人物关系的纠葛上，以此营造出喜剧规定情境——对喜剧规定情境的营造，是立体喜剧制造笑声的主要手段。喜剧规定情境一旦出现，喜剧演员无须用力表演，只要准确地把握好喜剧人物上场动作，越真实、越生活化的表演，观众也就越相信舞台上发生的故事——笑的前提是相信，相信了，在喜剧规定情境的烘染下，笑，才能自然而然地发生。

方向比努力还重要，这句话对各门类艺术的创作都是王道。对两大喜剧类型分不清，创作上就不知在何处用力，直接导致了不少喜剧创作上的盲目与迷乱。

（三）喜剧分类模糊对喜剧表演美学的误导

对喜剧表演的评论，我们看到和听到最多的是：“该剧通过夸张的表演，充分表现了……”——喜剧表演一定要夸张吗？卓别林的表演夸张，法国喜剧大师路易斯·德·菲奈斯的表演夸张，憨豆的表演夸张，但苏联喜剧编导梁赞诺夫的一些剧目，美国伍迪·艾伦的喜剧电影，需要极其生活的，乃至于自然化的表演，夸张的表演反而会破坏掉编剧精心营造的喜剧规定情境。

有些热爱喜剧的人，一上来就模仿卓别林，或者路易斯·德·菲奈斯，或者憨豆，或者陈佩斯、赵本山、周星驰等喜剧名家，殊不知，那些天才的喜剧表演艺术家，是不可复制的，他们用天赋创造出属于自己的“这一个”风格，这种风格都有不同程度的夸张，都打有天才的印记，但这些天才的印记，并不代表广义上的喜剧艺术规律。不研究喜剧艺术规律，只是简单地学习、模仿，很多时候变成了让人啼笑皆非的东施效颦，阻碍了本自具有的喜剧天赋。

所以，“夸张”的表演显然不适合评价所有的喜剧。格鲁吉亚国家戏剧院在北京演出莎士比亚的喜剧《仲夏夜之梦》时，演员之间的交流自然、默契，没有夸张放大的表演，满台演员自然生活，喜剧表演中比较难以拿捏的节奏、尺寸，演员们都把握得恰到火候，使得台下观众笑声不断，感觉满台都是优秀的喜剧演员。演出结束后的观演互动中，有观众提问该剧导演用什么方法训练这些喜剧表演，该剧导演听了一头雾水，回答观众说：格鲁吉亚没有专门的喜剧训练，只是按照斯坦尼斯拉夫斯基的表演方法演戏，喜剧如此，悲剧、正剧也如此，只是喜剧的表演节奏与悲剧、正剧有一定区别而已。

这就很说明问题了。为什么我们一说到喜剧表演，本能地冠以“夸张”二字？这大概和喜剧最初创作、演出的喜剧类型有关。话剧舶来的时候，演出最多的是悲剧和正剧。丁西林先生的喜剧独幕剧和王文显先生的讽刺喜剧，当年还没有蔚然成风，或者说还没有形成喜剧风格、流派以及可以遵循的喜剧创作美学规律。杨绛先生的两部喜剧算是比较成熟的喜剧，但仅限于上海的演出，没有广泛流布出来；抗日战争以后，喜剧类型更多地转向讽刺喜剧和闹剧，如陈白尘先生的《升官图》、宋之的的《群猴》等；新中国成立以来，老舍先生有《西望长安》，套了钦差大臣的结构，显然是讽刺喜剧，需要夸张表演；“文化大革命”十年，喜剧沉寂下来，打倒“四人帮”之后，新时期的喜剧如闹剧《白卷先生》《枫叶红了的时候》《假如我是真的》等，都是讽刺喜剧，喜剧类型是闹剧，需要夸张乃至变形的表演。

事实上，讽刺喜剧和闹剧的风格，成了我们在喜剧美学中的主流认知。一提及喜剧，“夸张”二字就本能地会冒出来，乃至面对不夸张的通俗喜剧，也会削足适履地冠以“夸张”二字。于是，喜剧美学对喜剧的认知和审美观照，便框定在讽刺喜剧和闹剧的风格上，在我们的喜剧语境中，无论创作还是表演，仿佛天经地义地就应该是夸张、变形。

对立体喜剧中的各种喜剧类型认识不清，还会导致喜剧评论中的另一种偏执、另一类喜剧审美误导。比如，有些评论家厌恶恶搞和夸张变形，在评论喜剧时强调：高层次、高级的喜剧，是让观众喜中含悲、含着眼泪来笑，这才是真正的喜剧。

这些话语听起来很动人——是啊，一边笑一边掉泪，这是什么样的艺术境界啊！有这样的喜剧吗？有，这种“含泪而笑”的艺术效果，更多体现在悲喜剧和伤感喜剧类型中，这类喜剧兼有悲剧和喜剧成分，主要特点是用喜剧的手法表现悲剧的主题，它既具备了外在形式上的喜剧形态，又体现出一定程度的悲剧崇高感，观众常在“笑”的过程中产生出“悲”来。

这种喜剧当然很高级，但总不能拿“含泪而笑”的悲喜剧，来框定所有的喜剧类型。否则，将导致喜剧创作者们为了追求“高级”“高层次”“高品位”（谁愿意搞低级喜剧啊？），想方设法地制造煽情场面、千方百计地想让观众边笑边掉泪。

喜剧创作类型如同武林中的十八般武艺，是用刀厉害还是用剑高级？“不怕千招会，就怕一招鲜”，其实哪一类喜剧都可以创作出艺术精品来。莎士比亚的《皆大欢喜》，莫里哀的《司卡班的诡计》，博马舍的《塞维利亚的理发师》，哥尔多尼的《一仆二主》，李渔的《风筝误》，康进之的《李逵负荆》，等等，没有“含泪而笑”，但不也是世界经典喜剧名篇吗？

（四）立体喜剧的喜剧类型

喜剧的分类，其目的是作用于喜剧创作，不划分类型，会让创作感到盲目，但若划分出来的类型让创作者看了一头雾水，不知所从，也达不到分类的目的。比方，划分为通俗喜剧和风俗喜剧的两大类型，这两者有什么本质的区别吗？通俗喜剧侧重于通过尖锐的社会批评来表达道德观点，而风俗喜剧则更多地通过日常生活的细节来展现人性的复杂性和社会的多样性。事实上，它们在喜剧结构和喜剧技巧上的表现手法是一样的，所谓区别，只是创作者面对自己熟悉的生活题材，决定写什么不写什么，那么叫“通俗”还是“风俗”的意义何在呢？

厘清喜剧类型的目的，是为了给喜剧创作者在决定写什么喜剧题材时，帮助喜剧作者建立着力点、兴奋点、精神诉求的投射点，以及喜剧情节的编织技巧，明确喜剧结构用力的方向。

从这个意义上出发，遵循实践美学的“实践性、参与性、生成性、主体性”等要求，观照内容和主题诉求，再根据“喜剧扣子”形成的方式，可以梳理出以下喜剧类型。

1. 讽刺喜剧

讽刺喜剧以鞭挞、揶揄、否定社会生活中丑陋的事物为对象。喜剧人物一心一意追求的目的，或者已是陈腐的、过时的、没有了合理性，或者为达到目的而从事的活动本身即是虚幻的，人物愈是积极活动，便愈是加速他的目的在现实中的落空，失去了生活的真实性，滑稽就诞生了。如莫里哀的《贵人迷》《伪君子》，嘲笑粗俗的暴发户竭力追慕贵族上流社会的生活方式；《伪君子》讽刺那些已经丧失任何实在内容的宗教崇拜。还比如果戈理的《钦差大臣》，锋芒所向直指沙皇黑暗统治下的官僚体制。还比如中国戏曲经典《看钱奴》，尖锐地讽刺了财主的吝啬和狠毒，揭示了社会的不平和金钱的罪恶。作者运用夸张的手法来描写贾仁的言行心态，人物形象刻画穷形尽相，入木三分。这些都是经典讽刺喜剧。

讽刺喜剧以尖锐泼辣的讽刺，嘲笑和抨击现实生活中的反面事物。这种喜剧的主人公大都是反面角色，甚至是人渣，他们往往品质恶劣，行为乖谬。

讽刺喜剧的创作者，以喜剧为匕首、为标枪，投向社会的腐败、阴暗、无耻、丑陋的一面。创作这类喜剧，需要创作者饱含强烈的社会批判意识，拥有深刻尖锐的思想性，还需要对喜剧的夸张、变形拿捏的尺度，更需要面对社会现实生活的大勇、大力、大智。

2. 抒情喜剧

抒情喜剧有人称为赞美喜剧、歌颂喜剧，也有人称为欢乐喜剧。比如莎士比亚早期创作的喜剧作品，主旨在于表现那些自由自在的生命，表现人生的甜美、青春的幸福、无拘无束的享乐。这类作品可称为欢乐喜剧，也有人称为浪漫喜剧，或抒情喜剧。代表性作品有《仲夏夜之梦》《第十二夜》《温莎的风流娘儿们》《驯悍记》等。《仲夏夜之梦》中那些阴差阳错的离奇景象构成梦幻般的氛围，爱神丘比特的箭悄悄射出，中箭的心在爱的神奇力的鼓动下盲目地冲动起来。《第十二夜》中的误会、戏谑、恶作剧，既不伤人，又无恶意，人们只是一味地开心取乐，享受着美好的岁月。

莎士比亚创造的福斯塔夫，被称为“最完美的喜剧性格”，福斯塔夫已进入暮年却干着荒唐的蠢事，他虽贫穷却很奢侈，他既机智又愚蠢，他把生命用于追求欢乐，自己逍遥自在，并随时教人取乐。作者的主旨不是讽刺，整部戏看完，大家开怀大笑，却没有否定什么，观众体会更多的是，人性中的那些可以让人欢乐、开心的因素，你笑福斯塔夫，但你却很欣赏他，感到生命真美好，生活多么有趣，生命多么美好。

中国国家话剧院演出的四幕喜剧《那拉提恋歌》，就是通过女主人公赵颖对丈夫的猜疑、误会、嫉妒，由闹离婚到赌气不离婚，再到一场“夫妻大战”后误会解除，夫妻更加相爱的过程，肯定了男女主人公的人生价值，其中的喜剧规定情境，饱含牧民们对援疆医生的深情挽留、对爱情的美好向往的诗意表达。

3. 正喜剧

正喜剧其实也可以归到抒情喜剧中，它们共同的特点是：笑，不是用来针砭人的恶习、丑行，而主要用来颂赞人的美德、才智、自信。从表现生活的否定的一面，继而转化为生活中的肯定，18世纪意大利戏剧家哥尔多尼的《一仆二主》《女店主》，中国元代戏曲作家关汉卿的《救风尘》都属于此类型。在这类喜剧作品中，尽管也有戏谑、嘲讽的对象，如《费加罗的婚姻》中贵族初夜权的陋习、贵族老爷的朝三暮四，《救风尘》中对放荡、薄情的花花公子周舍的讽刺，但全剧的主旨在于表现主人公的机智、勇敢，对友谊、爱情的忠贞，对丑行的抗争。

正喜剧和抒情喜剧不同的是，正喜剧一般有着深刻的旨趣意蕴——尽管正喜剧中也可能包含戏谑和嘲讽的对象，但这些元素并非主要目的。相反，正喜剧通过这些手法来深化其主旨和意蕴，使观众在笑声中思考人生的意义和价值。

正喜剧与正剧在某些方面存在相似性，也比较接近，两者都可能涉及严肃的社会现实问题或道德伦理问题；在剧情中既可能包含令人伤感、流泪或不完美结局的悲剧因素，也可能包含批判现实不合理、正义获得胜利的喜剧色彩。然而，正喜剧更多地强调其喜剧性的一面，通过笑声来传递积极的价值观。

正喜剧很适合当今时代主旋律作品的创作，在表现手法上可能包含戏谑、嘲讽等元素，但这些元素是为了更好地突出和强调主人公的正面品质。正喜剧十分考验喜剧作者在喜剧结构上的基本功。假如喜剧结构欠缺，可笑性减弱，就会变成正剧。

4. 性格喜剧

法国哲学家柏格森说:“除了人，除了人的性格以外无所谓滑稽。”性格的乖谬是喜剧人物的特征之一。从莫里哀、塞万提斯、吴敬梓、果戈理、卓别林所塑造的一系列喜剧人物身上，都可以见到这种乖谬性。人物性格的乖谬性所指的是或言行相悖，或名实相悖，或目的与手段相悖。

性格是什么？社会学家的定义是“人的各种习惯的组合”。这样的定义很适合戏剧创作。因为研究人物的各种习惯，就要研究一个人形成习惯的教育环境、生存环境。

社会学家还说：世界上最难改的是习惯。

习惯，会成为一个人的第二天性，所谓“人之初，性本善，性相近，习相远”，习惯带来的第二天性，不是基因（基因所带来的个性，用生理学家的话说，占据人的脾性的百分之二十），而习惯——第二天性形成的原因，是让人看得见摸得着的“江山易改本性难移”，错位的发生就会显得十分鲜明。

习惯怎么会导致喜剧性呢？比如一个破案专家，后来改行当了某一个单位的领导，他看下级的眼神，总像看嫌疑犯。下级向他汇报工作时，他总要拿一张报纸看，然后让汇报的人说下去（其实他看报纸，是审犯人时的习惯动作，目的是把犯人“亮”在那里，和犯人斗智斗勇），汇报工作的人明显感到不受尊重；这位领导因为看报纸的习惯，不知不觉得罪了很多人。生活中谁遇到这类领导，谁都会恼火；但表现在舞台上，却会让人忍俊不禁。

喜剧不同于正剧，正剧要“塑造典型环境中的典型人物”，喜剧的着力点是塑造“这一类”，所谓类型化的人，从这个意义上，就可以将性格喜剧的观察角度加以拓展。

喜剧赞美“智者”，揶揄“弱智”——这个“弱智”，不是生理层面的弱智，而是因为习惯所导致的“聪明但愚蠢”的“弱智”、无能。

如何衡量人的能力大小？社会学的定位是“能够很快适应新的环境的人就是有能力的人”，以此来探索芸芸众生，那些不主动适应环境，而是让环境适应自己的人，即是缺少能力的人。比如经验主义、官僚主义、本本主义、阶层习性、职业习性……总之，因“习惯的组合”所导致的控制不住自己、把持不住自己，因习惯、习气“好心办坏事”，制造出生活中的纠结、尴尬、苦痛、无奈乃至灾难；因习惯、习气违背社会生活规律，导致工作环境与人的行为的错位、无中生有地酿造出匪夷所思的冲突的人，都属于性格喜剧范畴。

5. 心理喜剧

心造境——没有这事儿，自己想出一件事儿来，以自己所想所思，面对客观现实，让现实适应他，他（她）绝不适应现实。现实如果和他想的不一样，他便认定现实是错误的，不可理喻的。

人们一旦认定事物是什么样，实际上根本不是那个样——比如男女之间的嫉妒，比如怀疑有人说他坏话，只要认定了，人物就会越来越主观，人一旦主观，睁眼不看现实，喜剧就诞生了。这个诞生的根源，来自心理，我们叫它心理喜剧。

全剧喜剧的闸门——制造喜剧错位的源头，来自心理，现实并不荒谬，是心理扭曲后让现实荒谬，世界一荒谬，喜剧就诞生了，而荒谬为心造，表现心的错误、心的外化，是心理喜剧之根源。

比方陈佩斯主演的喜剧《亲戚朋友好算账》，亲戚朋友在一起做生意，开始羞于算明账，有了问题不好说，出了问题乱猜测，问题冒出来不好说来回绕，不断用暗示的方式提醒对方，引来各种各样的心理与行为上的错位冲突——心理喜剧诞生了。

心理喜剧要求喜剧的编导演具有高度的喜剧节奏的把握，对人物心态细致入微的拿捏、稍纵即逝的分寸感，更要求表演上的真实、细腻的感受。否则，稍嫌粗糙的表演和夸张，都会失去其心理的准确性，准确性丧失，喜剧人物的行动就会变得模糊，会瞬间扼杀掉心理喜剧。

6. 黑色幽默喜剧

黑色代表死亡、扭曲而又可怕的现实；幽默，则是对这种现实的嘲讽态度，幽默加上黑色，形成绝望的幽默。这样的喜剧，作者常常要调动起一切可以调动的喜剧艺术手段，将世界的丑恶、畸形和阴暗放大，让人感到生活的荒诞不经。也可以说，黑色幽默，是在绝望的情境下，用喜剧形式来表现的令人无望的悲剧。黑色幽默的叙述结构，常常会让人感到混乱无序——因为它所展示的生活本身就是混乱无序的、不可理喻，但黑色幽默喜剧的混乱无序是精心安排出来的，它内含巧妙的结构次序和对应关系，它利用人物之间的复杂关系，将各个情节有机地联系起来。

黑色幽默不是语言的幽默，而是情节上的、总是出现悖论的、不可思议的喜剧情境，不该发生的故事总是巧合般地发生，看似悖论，但又很合理地发生着。比如电影《低俗小说》《第二十二条军规》，迪伦马特的《弗兰克五世》等。

7. 荒诞喜剧

把人生最深层的扭曲，送进“颠倒梦想”般的喜剧王国，构成荒诞喜剧，也可以称作“怪诞喜剧”。在迪伦马特的《老妇还乡》中，衰老的、肢体不全的贵妇返回故里，为的是向早年曾经遗弃她的情人伊尔报仇。贵妇以捐赠十亿镑为代价，要居民违反人道，杀死她过去的情人伊尔。伊尔终于成为拜金祭坛上的牺牲品。贝克特的《等待戈多》，可以看作荒诞喜剧的代表作。在光秃如沙漠的舞台上，剧中人物做着一连串无可奈何、莫名其妙的动作，讲着不知所云的话语，在等待着戈多的到来——戈多是谁？长什么样？他们并不知道。戈多迟迟不来，也不知何时能来，但他们依然非常坚定地要等下去。——这事儿想想都可笑，但笑罢不由得人不去深思，在这部喜剧作品中，发生在人们心中的悲剧意绪，转化为滑稽，隐喻人类在现代社会中的尴尬和无奈的困境。

8. 闹剧

人们往往把那些人物以插科打诨取胜，充满粗俗的戏谑，夸张化、漫画化，追求外在的喜剧效果的剧作称为闹剧。闹剧中的人物有一个被高度夸张的特点，而没有较丰富的性格和心理分析。这种喜剧形式产生于法国中世纪广为流行的市民戏剧，多由城市手工业者演出。其主旨多为反对宗教的禁欲主义，嘲弄僧侣和显贵人物，赞扬世俗的欢乐。其中最有名的是《巴特兰律师》(1486)，莫里哀的喜剧也包含着某些闹剧的成分。在中国戏剧中，也往往穿插着以插科打诨引人发笑的场面，很能引发普通观众的兴趣。中国的闹剧的蓝本，是宋之的的《群猴》、陈白尘的《升官图》和“文革”结束后的《白卷先生》。

9. 悲喜剧、轻喜剧

悲喜剧是喜剧吗？

是，又不是。它是悲剧和喜剧的交融和延伸，兼有悲剧和喜剧成分，一部戏或者以喜剧色彩占主导成分，或者以悲剧色彩占主导成分，没有规律和定法，主要视作者对题材的情感诉求而定，但通常都具有喜剧的“圆满”结局。悲喜剧类型的主人公的行为选择，不再像过去的悲剧或喜剧那样受限制，它可以是崇高伟大的英雄，也可以是卑鄙龌龊的小人。其题材选择，既可以是严肃的社会现实问题或伦理道德问题，也可以是接近于市民生活的凡人小事。剧情中既有令人感伤流泪或不完美结局的悲剧因素，又有批判现实的不合理，正义获得胜利的喜剧色彩。也有戏剧理论家把悲喜剧划分为正剧，不将悲喜剧单列为一种喜剧类型，是因为它虽然有喜剧人物和喜剧场景，但从结构美学意义上观照，它不是、也不强调纯粹的喜剧结构。

轻喜剧是喜剧吗？

既然是“轻”，指的是喜剧色彩不重也不浓，轻喜剧中的主人公往往都是好人，接近正剧中的正面主人公，性格也不像喜剧人物那样乖谬、行为走向悖论，他们身上也有缺点，有可笑的一面，但并不丑，本性是好的、美的。他们往往也有可悲的一面，但这并不完全是他们的错。既然叫轻喜剧，剧中或多或少会增添一些幽默语言，或者剧中出现一到两个有着喜剧性格色彩的人物，有一些反映当时社会现状的情节，并有一定的讽刺意味。

有“轻”就有“重”，但从来没有“重喜剧”之说。所以，轻喜剧是演剧市场中为了吸引观众的一种演出样态，不能将其单列为一种喜剧类型进行研究。

10. 情景喜剧

不必交代、铺垫太多的笔墨，只是告诉观众：这是一个什么样的场合，需要安静噤声还是需要随便说话，需要仪式中的神圣感还是想干啥就干啥——总之要交代清楚，这里什么是对的，什么是不对的，喜剧很快产生了——人物和情境相差甚远，甚至，人物总是控制不住地要破坏这个情境，他发誓，他不愿意，但是他控制不住。他为了控制自己，破坏了大家约定好的规则，他还要解释，他越解释越驴唇不对马嘴……喜剧很快就能产生了。

这类喜剧，因为人物的行为和他所在的情境——文化的、风俗的、人情世故的要求不符合——人物甚至很想符合约定俗成的情境，但是，他（她）或者由于习惯使然，或者由于兴奋难以自控，总是做与情境相悖的行为，于是便会收到意想不到的喜剧效果。

情景喜剧，主要出现在电视情景喜剧中。

——从以上所列的喜剧类型中，我们可以感知到，喜剧既可以表现生活中丑恶、腐朽的事物，把“那无价值的撕破给人看”，可以反映人生悲痛、苦难的一面，也可以讴歌美好的事物，表现绚丽的梦幻理想，抒发赞颂美好的心灵。由于喜剧表现的对象不同，艺术家的三观不同，它所引起的笑也有不同的性质，从而赋予喜剧以不同的审美属性和审美价值，划分出不同的喜剧类型。

随着社会生活的丰富多彩，还会出现这样那样的喜剧类型。无论出现什么类型，在喜剧结构和营造喜剧规定情境上，各种类型的创作技巧，是不能决然分开的。当喜剧作者确定在某一部戏中使用什么类型的喜剧手法时，不可能不使用其他喜剧类型的手法，也不能排斥其他类型的技巧。

从创作主旨、情感表达的角度所创作的各种喜剧类型，实际上都是评论家们给厘定的。创作什么喜剧类型，选择什么样的喜剧题材和主旨表达，是创作者的人格修养、知识结构、个人气质决定的；了解被大众和评论家们广泛认可并不断使用的喜剧类型，会帮助喜剧作者明确方向、有的放矢、聚焦着力点，在创作中少走弯路；至于是不是非要按这种或那种喜剧类型创作，那是创作者的自由。

（五）喜剧是什么？

讨论喜剧是什么，就要深入探寻喜剧定义。不了解喜剧定义，会走入模糊乃至迷乱的地带，但是喜剧定义固定下来，又容易束缚创作者的手脚，产生某种程度的、阻挡喜剧创作的执念。

喜剧定义很多，我们将一些被世人认可的定义罗列出来，其目的是让喜剧创作者感悟喜剧的内涵，是感受，不是框定。

1. 喜剧定义

亚里士多德说：“喜剧总是摹仿比我们今天的人坏的人。”他进一步解释说：“喜剧是对比较坏的人的摹仿，然而，‘坏’不是针对一切恶，而是针对丑而言。滑稽的事物是某种错误或丑陋，不致引起痛苦和伤害，它又丑又怪，但不感到痛苦。”

——“表现坏的人”，翻译上似乎有问题，“坏”应该是“丑”，是喜剧美学意义上的“丑”。这个“丑”，不是那种让人感到厌烦、纠结、难受、扭曲的丑，恰恰相反，是让人先开怀、后释怀、再思考的“丑”。

尼采说，喜剧就是把个人的局限性，完整展现给人看。

——局限性，意味着错误，意味着不正确还自认正确的行为，看的人——旁观者清，对局限性所带来的“丑”，当然会笑。

康德说，喜剧是期待中的虚无。

——人有了期待就会去追求、行动；但追求的是虚无的、没有的事物，这不是犯傻吗？犯傻不是滑稽吗？这个定义很形而上，需要哲学的觉悟，甚至需要上帝的视角才能感受到哪些才是生活中的虚无。

卓别林说，喜剧就是悲剧。

——生活中的悲剧，根源都来自一种错误和非理性，是人自身的弱点和缺陷，导致人走向悲剧。喜剧瞄着表现的就是人自身的弱点和缺陷，深刻的悲剧，当然就是深刻的喜剧，表现手段不同而已。

鲁迅先生给喜剧的定义前面已经提及，这里不再剖析；还有很多说法，诸如：喜剧是讽刺的艺术，喜剧是达观者的艺术，喜剧是表现荒谬的艺术，喜剧是对比反差的艺术，喜剧是逆向思维的艺术，等等。

由于总结定义者的角度不同，说法就不尽相同，罗列出的这些经典定义，若仔细剖析，都很启发人。然而，对于喜剧实践者来说，要理解和感悟定义，更要放下定义，否则就会产生某种程度的创作执念。文无定法，有法便是八股。只相信或者只使用一种定义，常常会拧巴出无形的绳索捆绑自己。

有没有一种能够帮助实践者——尤其是对喜剧创作的初学者，在理解定义的同时，能够帮助创作者走向喜剧领地，同时又不会出现无形的绳索，束缚创作者的思维？这种定义，也可以叫“说法”，是一种提醒，一条路径，简单实用，同时又包含了喜剧的意义？

多年来，一直指导我创作实践的是这样一句话：喜剧是人物行为错位的艺术。

2. 喜剧是错位的艺术

错位是一件物体偏离了它正常运行的轨迹和方向。看上去，错位的轨迹和原来行走的轨迹如此相似——比方一列正常行走的火车，假如扳道岔工人扳错了，开始错位时的偏差非常小，但是，它已经不在原来的轨道上了，错位导致方向性偏离，火车仍然按照正常的运行速度前行，和原来的目标越走越远，甚至走向目标的反面。

喜剧错位指的是某一个人物或者某一类人群，其行为脱离了正常的走向和轨迹，和预先设定的方向、人生目标形成了南辕北辙的反差。

莎士比亚说："愚人的蠢事不足为奇，聪明人的喜剧才叫人笑破肚皮，因为聪明人用尽各种聪明的办法证明他（她）愚蠢。"

一个人行为上错了，这不是喜剧；他（她）错了，别人提醒后他（她）意识到并纠正了错误，这是正剧；一个人错了而不认为是错，怎么提醒都不听（或者因种种原因根本没人提醒他），他（她）坚定地认为自己是对的，既然是对的，便努力地、绞尽脑汁地、百折不挠地、信心满满地朝着错误的方向努力前行，他（她）打破了常识，所有具备正常思维的人都知道他（她）的手段和目的偏离了，而他（她）就是不听劝告，视而不见，任性又固执，也或者他（她）知道错了，但心存侥幸，认为可以将错误遮掩，再或者由于性格、习气的惯性，根本管不住自己，错位的喜剧人物和喜剧情境便诞生了。

实际上，无论讽刺喜剧、抒情喜剧、正喜剧、荒诞喜剧……各种类型的喜剧，设计主要人物的乖谬、荒唐、愚蠢、滑稽，以及营造喜剧情境的主要桥段，其目的就一个：制造错位的喜剧人物行为和错位的喜剧规定情境。

这是喜剧艺术内在规律所决定的。无论哪种喜剧类型（那是题材本身所决定的，所谓内容决定形式），首先要结构出喜剧让观众发笑，那么，建立错位的人物行为思维方式，就等于开启了"喜剧自动导航系统"。

二、笑什么

（一）人为什么会笑

1. 问题的提出

笑什么考量一个喜剧作者的三观——从何种角度观察、提炼生活。首先牵扯出一个问题——人为什么会笑？

人的一生没有从来不笑的人，为什么会笑，生活中的人是不会对其“格物致知”的，琢磨多了也就不愿意笑了。但对于喜剧创作者而言，则需觉察到笑的根本，才能感受喜剧所观照的对象——包括自己在内的、各种各样的人和事。

生活中的笑有很多种，微笑、冷笑、会心的笑、腼腆的笑……而喜剧之笑，是人人都控制不住的一种情绪，是不笑不足以宣泄情绪的快感表达。

有人说：“我兴奋了所以才笑。”——怎么才算兴奋？譬如一个话剧制作人制作了一部话剧，眼看着票房飙升，一票难求，肯定兴奋不已，制作人会因此捂着肚皮哈哈大笑不止吗？

有人说：“人感到幸福才笑。”——幸福其实是很主观、很个人的事，每个人幸福的事情都不一样；就算遇到人人都会幸福的事——找到了自己心仪的爱人，能开怀大笑吗？

有人说：“我突然遇到一种滑稽现象就会笑。”——什么才是滑稽现象？比方说，你走在马路上，突然看到一个人四仰八叉摔倒，那样子很滑稽，看到他摔疼的样子，假如你有怜悯心，你或许上前帮忙扶他起来，你会笑他吗？

有人说：“我开心了就笑。”——开心有很多种，比如一个人涨工资了，会请客、唱歌，但谁见过涨工资的人控制不住地大笑不已？那很吓人。

人类是高级动物，区别于低级动物的地方很多，低级动物有多少精神情感活动，我们破译不出来，能让我们识别高级动物和低级动物的表情之一，其实就是笑。

低级动物也会开心——猫啊，狗啊，豺狼虎豹啊，那些我们见过的动物，开心了会龇牙咧嘴；但谁见过低级动物笑？ 假如有一只小狗小猫吃了好吃的会放声大笑，人会被吓跑。

笑，证明了高级动物和低级动物之间，一个宇宙真理级的表情划分：笑声，是精神、心理层面所导致的快感，是情绪宣泄的自然的外露。

2. 生活中让我们笑的现象

（1）语言的错误

生活中说错话、念错字，让人笑得最快。比方主持人报幕，把“香山的枫叶红了”，满怀激情地报成：“请欣赏诗朗诵，香山的红叶枫了！”

观众理解的是红叶疯了——红叶怎么会疯？笑，产生了。

还有位宴会主持者让来宾们热情就座："今天，主人给我们准备了丰盛的晚宴，请大家入座，一个人十个桌！"

宾客们先是一头雾水，继而开始大笑。主持者发觉说错话，紧张地解释："不对，不是一个人十个桌，是十个桌一个人！"宾客们又爆发出一阵大笑。

——生活中说错话的例子很多，为什么说错话会让听者瞬间发笑？

（2）行为上的错误

生活中发生在行为上的错误有很多。一个人走路不小心摔倒在马路上，你第一反应不是发笑而是同情；但是，假如你发现马路上有块香蕉皮，你想捡起来还没捡，心里念叨："我幸亏没踩到香蕉皮，如果有位走路看手机的手机控，弄不好会摔倒。"——你正这么琢磨呢，眼瞅着有个看手机的人摔倒了，这时候你不再同情，而是笑他犯傻，活该摔倒。

3."人为什么会笑"的总结

英国哲学家霍布斯1650年提出过笑的原因："笑这种感情不是别的，它是一种突然来到的荣耀感，这是通过与别人的弱点作对照，或是与先前的自我作对照产生的。"

"优越感"也好，"荣耀感"也罢，这些翻译过来的词语或许都不是十分准确，笑的人可能都不会承认"我优越所以我笑对方"。那么，我们再给优越感或者荣耀增加一些好理解的内容，比方"我明白、他不明白""你犯傻，我没犯傻"，由于没有更加准确的词汇，我们权且叫它"人的荣耀感"。

搞清人为什么会笑，你会发现，随着喜剧创作的深入，"为什么笑"直接牵扯到喜剧创作者对喜剧题材的发现、对喜剧类型的选择、对喜剧结构技术的制造与细微的拿捏，更牵扯到对喜剧教化功能的认识与理解。

（二）笑什么——如何捕捉喜剧人物

生活中，每天都会发生令人啼笑皆非的现象，供喜剧作家捕捉。

1. 悖论——喜剧人物是走向生活目标反面的人

悖论，是指一个人的行为互相矛盾，看起来仿佛是对的，仔细推敲却错了，而且错得南辕北辙。喜剧人物却不承认自相矛盾，悖论就出现了。悖论的出现，导致喜剧人物的非理性，朝着他追求的目标的反面行进，这是观察喜剧人物之要津。

失去理性的人，无论身份高低贵贱，偏偏和他的生活目标背道而驰！嘴上说追求幸福和快乐，但旁观者看到，喜剧人物总是在和快乐为敌，千方百计把幸福击碎。

——口口声声说着自己的生活目的，但行为上却和目的背道而驰，事实上早已把生活目的丢在了脑后。这种忘记生活目的的人，就是喜剧创作中所捕捉的非理性之人。实际上，非理性已经脱离了“高级动物”的属性。我们生活中不是常听到“这人不是人”的评论吗？“不是人”是因为他已经走向了和生活目的相反的方向，他在慢性自杀，在不断损害自己，他这个时候甚至还不如低级动物聪明——低级动物不会忘记目的，它不会想尽办法做自我损伤的事。但是，人却为了一时的激动和一时情绪化的满足，走向自己幸福生活的反面，而人因为是高级动物，懂得编造、忽悠、装扮，更懂得和使用美好的言语，来装点他的“忘记目的”——他掩饰自己的所有的行为最终都是为了损伤自己。

喜剧人物的动作就是如此悖论，捕捉到这一点，喜剧人物就诞生了。

2.“睁眼瞎”——违背规律的人

世上万事万物，都有其自身的规律。违背了规律，就会受到惩罚，无论谁都逃脱不了规律。大到一个国家，中到一个单位，小到一个人和另一个人的相处，规律处处存在。

在我们的生活交往中，也常出现违背规律的事情。比方，一个有正常智商的人，是不会跟傻子吵架的；因为正常人知道，跟傻子吵架的人肯定也是傻子。同样的道理，一个清醒的人，是不会跟一个酒鬼讲道理的。那些有经验的110民警，面对酒鬼，他们都不会给酒鬼讲道理，酒鬼说什么就是什么，酒鬼说“我没喝醉！”民警会顺着他说：“对对，你没喝醉。”民警顺着酒鬼，哄着他离开人行道，民警清醒地知道自己的目的就是把围观的人疏散开，防止堵塞交通。假如有民警和酒鬼打起来，要么这个民警刚刚上岗，要么他也喝多了。110民警对新上岗的民警进行训练，其内容就包含了如何面对酒鬼、傻子、神经病等各种各样的人。其实，这就是在研究对待各种人的方法与规律。

酒鬼的例子提醒我们，生活中当我们面对一个不讲理的人，或者根本不想跟你讲理的人，或者人生思想、境界完全不在一个层面上的人，去进行所谓的交流，如果找不到方法，就等于跟酒鬼吵架，喜剧产生了。

3. 固执的人

一个人不适应新的事物，总是靠老经验老习惯处理新问题，渐渐地，他就会失去对事物本身的判断力——他不是根据事物的规律和特点适应事物，而是让事物适应他。生活中我们常常听到评价一个人“一根筋”，也属于这类人。

还有，我们有时候评论一个人主观主义、经验主义，也属于这类人。一个经验主义者，他曾经成功过，总是用过去成功的经验套各种事物，你越让他睁开眼睛看待现实，他越把现实纳进他的经验里。

固执者，听不进别人的意见，你越是反对他，他就越主观。生活是鲜活的，他却是呆板的，鲜活和呆板的对比，尺度拿捏得好，便映现出人的滑稽。

4. 可以将其“类型化”复制的人

比方伪君子、吝啬人、谎言成癖者，都属于类型化人物。他不是我们惯常说的“典型环境中的典型人物”中塑造的“这一个”，“这一个”是正剧的人物性格，“这一个”与喜剧的“类型”有不同的地方。所以，典型人物不一定是类型人物；而类型，一定有典型的含义。

类型化的人物能使人一下认出来，生活中不乏其人——日常生活中我们常说的“他就是那类人”，就是对喜剧类型化人物的最好的诠释。

喜剧关注的类型一定是大家一眼认出来的、似曾相识的人物；把现实中的人物变成类型，就具有了复制的特质。

复制，便有了刻板的含义。而刻板，便有了滑稽的意义。

创造了一类人，谁都怕成为这类人被人揶揄，喜剧的教化功能就凸显出来——人，谁愿被人揶揄啊？

5. 精力旺盛的人

喜剧人物的意志都十分强烈，因为他建立了自认为正确的“生活目标”，“有目标”的人都会生发出生命的潜能，显得精力旺盛、生机勃勃。

理性、正常的人，其行为服从于客观现实。错误的人服从于习气和欲望。

比方社会上有些人，听了骗子的话到深山寻宝，一夜暴富的念头使他听不进任何意见而且充满了进入深山的勇气。这勇气形成喜剧人物的意志，发自内心——在旁人看来是虚无的，喜剧人物却认为是真实的；他服从自己的心灵，他坚信那就是自己所要追求的目标，所以为了虚妄的目标会乐此不疲，有一种变味的"生命不止、战斗不息"的"精神"。

6. 喜剧人物常常被"偶然性"带着走

生活中，人们失去理性常常是一念之差而走向了错误的不归路。

生活是无数个偶然性组成的。理性之人理性地选择偶然，非理性的人打开欲望之门，听从"偶然"的指挥。

偶然性的细节——不论是行为的、语言的、环境的因素，都是形成喜剧人物的导火索和酵母。

比如，一个爱怀疑人的人，因为一句话、一个眼神都有可能将原来正常的生活导向邪路。

如同一个人在路上行走，一个偶然出现的路牌，让喜剧人物感到这是他要走的路，他必须走——这个路牌的箭头其实转了个方向，喜剧人物不管，劝导也不听，走向目的的反面。方向牌的转动，来自编剧对他笔下人物的了解。他必须知道他的人物真正的方向在哪里。然后，设计出来一个偶然——转动路标，不是作者非要这么设计"偶然"，而是笔下的人物需要这样的"偶然"。

7. 虚荣心——喜剧人物的海洋

法国哲学家柏格森说，虚荣心不是罪恶，但世界上所有的罪恶，起初都来自虚荣心。

人，一旦有了虚荣心，就会不懂装懂、盲目攀比、身不由己，导致非理性，失去真正的生活目标；虚荣心的人最怕别人指出真实的一面，别人说他（她）不懂，他（她）反而会强调自己懂；由此一来，耍小聪明、装扮、矫饰、张扬、矫情、谎言……这些虚无的东西开始在他（她）身上泛滥成灾。

事实上，喜剧人物非理性的特点，仿佛都能在虚荣心强的人身上凸显出来。

如果说，悲剧在剧场净化人的心灵，正剧塑造我们想成为的那类人，那么，喜剧则是在结局上露出生活的真实。就这个意义上，虚荣，生产虚假、谎言、悖谬、怪诞、荒唐、虚无……错位的道路上，显露出属于社会的、生活的、个人命运的真实的一面，这个显露的过程，诞生了喜剧。

（三）喜剧的忌讳

总结了人性的弱点，喜剧素材的天地就会随着对生活的观察，渐渐打开。但是，无论多么可笑的事物，有些人、有些事却不能揶揄、取笑。

1. 喜剧不能表现恶毒

喜剧表现丑。但是“丑”的并不一定成为喜剧；喜剧的丑只有在炫耀、装扮自己美的时候才能成为喜剧。喜剧的丑不是丑陋，不是残忍，更不是卑劣和极端的疯狂，它具有“度”的限定，凡是心灵的丑陋发展到严重的程度，例如背信弃义和伪造证据等，那就不可笑，因为，当人们对这种现象表示轻蔑、憎恶的时候，还笑得起来吗？

有人看到社会上令人愤怒的现象，就想用讽刺喜剧来表现，笑，也很难以产生出来。比方表现贪官污吏、劣绅豪棍，表现他们如何作恶、如何残害百姓，受众会感到憎恨，想要痛斥这种丑恶的现象，笑的神经就消失了。观众看到恶人受到法律应有的惩罚，其欣赏心态是解气、解恨，解气解恨的情绪同样诞生不了笑声。

如果想表现这样的行为，只能将其置于“历史小丑”的位置上，展示其可笑的“自炫为美”的地方，喜剧才可能产生。

2. 喜剧不能揶揄圣人和英雄

俄罗斯美学家柳比莫娃强调：“凡是被一个社会视为特别重要的、珍贵的、神圣的，或者是人不可避免的事件，是痛苦的、悲惨的东西，都不能进入喜剧领域。”否则，“只能创作出诽谤性的东西来。”

你可以通过后现代的解构手法制造属于正面人物的喜剧，但你一定要事先了解解构的对象，受众允许不允许你解构——你能解构我们中国人共同的先生孔子吗？你能解构历史上早已盖棺论定的民族英雄岳飞、文天祥吗？你能解构战斗英雄黄继光和邱少云吗？你敢解构，不但收获不了喜剧，反而会收获骂名，遭到众人的唾弃，解构者反而成了喜剧世界里的丑角。

3. 喜剧如何揶揄好人

好人的喜剧与恶人的喜剧同样难以驾驭。恶人让人恨，“恨”的情绪下人不会轻易发笑；好人的行为如果导致错误乃至悲剧，观众会同情他，同情之下也诞生不了笑声。

表现好人的喜剧，应不失时机地避免出现观众在剧场中的道德判断——那些看似深刻的思考，会减弱或者消失掉笑的神经；那些让人感到好人多么善良、多么有正义感、多么有责任和担当的感人的行为，也都会消解观众笑的神经。

喜剧创作者带着强烈的责任感去写作，用严肃的心态去观照生活，但最终又必须剥离出那些感动，使观众在欣赏喜剧时，不去进行深刻的道德判断和深层的感情投入，笑才有可能诞生。

人性中的缺点可以改正，人性中的弱点却改正不了，“弱点”只能限定在某一个“度”上，所以，写好人，最好找到好人身上性格的缺点，把握好揶揄的“度”，由此缺点将好人带进一段生活的尴尬和窘态。观众会理解并原谅好人的缺点，笑才会产生。

创作好人的喜剧的出发点，是善意的规劝。好人的喜剧属于正喜剧范畴；“正”的尺度拿捏不好，喜剧就变成了正剧。

三、怎么笑

（一）喜剧结构

所谓结构，简单说就是情节的合理安排。喜剧的情节尤其要合理、可信；其结构的元素和正剧、悲剧相同，一样也不能少。但喜剧结构在这些元素中又有其特殊的要求，把握不好的话，要么变得怪诞不合理，要么变得僵硬做作。假，不自然，复杂，烧脑，是喜剧结构的天敌。单纯，简明，一目了然，看似浅显，却内涵着人性深处的弱点和缺陷，是喜剧结构的至高追求。

1. 喜剧的主题思想

无论悲剧、正剧还是喜剧，主题思想都是结构中最重要的元素；主题思想越鲜明，故事情节、人物之间的冲突也就越有力量。

喜剧主题最忌讳“大”，忌讳说教，忌讳宏大叙事。

如果说悲剧的教化功能是在剧场净化人的灵魂，正剧在剧场引起人的感动与思考，而喜剧的教化功能，则是走出剧场后，思考被笑的对象，那些被揶揄的人的弱点与缺陷，好像与自己有关联，人们就会悄悄规范自己的行为。用莫里哀的话说：“人不怕被人仇恨，但怕被人揶揄。”——喜剧中表现人的弱点和缺陷，观众扪心自问自己也有，害怕被人揶揄，于是就会悄悄修正。

所以，喜剧的主题思想，必须聚焦人性的弱点和缺陷。只有找到人性的弱点和缺陷，才有可能让喜剧人物行动起来；缺陷和弱点导致正常的事物南辕北辙，南辕北辙的行动又进一步鲜明地凸显人物的滑稽，人的各种层面的弱点和缺点之发展、内省、矫正的过程，是喜剧所要捕捉、提炼的主题思想。

2. 喜剧事件不能一味追求滑稽性和悖论性

能够承担起全剧矛盾冲突的事件，我们称为“核心事件”（也可称为主要人物要解决的核心问题），能够引发全剧核心人物产生错位的戏剧冲突的事件，我们称为喜剧事件。

喜剧事件不同于喜剧主题的寻找，非要瞄着一个错位的、悖论的故事内核设定为全剧的核心事件，仿佛不离奇古怪就形成不了喜剧事件。

这是错误的认知。喜剧事件是否滑稽可笑，不是事件本身的性质和意义起作用，而是喜剧人物在处理这件事的时候，所采取的方式、方法在起作用。好比说，一件事十个人去做，可能有十种处理方式；同样地，一个正常的戏剧事件，让喜剧人物处理，这件事就会变得怪异、纠结、尴尬、窘态百出。

事件是正常的，但解决它的人，其做法匪夷所思，怎么错误他怎么做，戏剧事件也就变成了喜剧事件。“理不歪，人不乐”——歪理，一定有个正理搁在那儿，观众都知道正理是什么，喜剧人物偏偏要错误地行动，偏偏把歪理当正理；正常的事件也就变成了喜剧事件。

假如听到喜剧事件几个字，就千方百计地设计稀奇古怪的事件——开始的理就是歪的、不合情理的，喜剧人物也就歪不起来了，再歪下去，就会走向恶搞的路径上。

3. 喜剧人物关系

悲剧人物关系，要么是对立面，要么是亲人之间闹矛盾，直截了当发生冲突，但喜剧人物关系也发生各种冲突，但其冲突因为错位的故事情节，导致的是错位的人物关系，或者错位的人物关系导致的故事情节的错位；这种人物关系呈现出一种颠倒、“拧巴”、尴尬、里外不一致。颠倒了，“拧巴”了，错位就诞生了。

要想颠倒、“拧巴”，首先要确认自然人物关系——夫妻？朋友？上下级？父与子？亲戚？让观众明确喜剧人物的性格和身份，自然人物关系应该怎么相处？喜剧人物怎么就偏离了自然人物关系？——儿子开始教训父亲，下级开始管理上级，爱得“不要不要的”情侣，怎么就变成了互相攻讦的仇人？对方明明是仇人、情敌，却不断掏心掏肺啥话都说……这些错位的人物关系，会导致错位的戏剧冲突更加强烈，更加偏离人物行动的目标。

找到错位冲突最初的“要津”——喜剧扣子，在戏剧情势的推动下，人物关系完全“闹拧”，喜剧人物知道却假装不知道，或者根本不知道自然人物关系已经变化了，还用之前的交往方式与对方相处，或者为了某种目的，自作聪明地有意“闹拧”，之后想正也正不过来、想不拧也晚了，只能“拧”下去、错下去。

和生活一样，人们做错事要么不知道错，要么知道了还必须错下去，不知道错和必须错下去，其人物意志都很强烈——喜剧人物意志某种意义上比正剧人物意志强大，这是一种虚无的强大；这种貌似强大的人物意志，导致喜剧人物关系的诞生，进一步推动和发展错位的喜剧故事情节。

4. 喜剧情境

喜剧情境，是错位的戏剧规定情境——错位的人物关系、错位的戏剧冲突发展到一定的段落，就形成了喜剧情境。

错位冲突是手段，喜剧情境是结果。喜剧情境把正常人变得不正常，把看上去正常的谈话变得滑稽百出，把正常的行为变得颠三倒四，把聪明人变得愚蠢。

喜剧情境是衡量错位手法运用得是否正确的参照点。是否达到了喜剧情境，看喜剧人物是否走向尴尬，走向窘态。所以喜剧情境也可以说是一种窘境——真佩服古人造字的艺术设计，君子被夹到穴里，进不去出不来，窘。

理解了各种各样的喜剧错位带来的喜剧情境，对于喜剧的导演和演员来说也非常重要。喜剧演员实际上不用出丑、作怪像，他只要在喜剧规定情境中认真生活、认真完成剧本所规定的戏剧动作，喜剧错位就更加增强，喜剧效果也就跟着强烈起来。

能否制造喜剧情境，是反映一个喜剧编剧和喜剧导演的功力所在，也是衡量喜剧创作者们是否真正理解和掌握了喜剧的标志。

5. 喜剧高潮

写一出戏从哪里开始？有经验的剧作家基本上都会说：从结尾开始。

结尾不一定写具体，但一定先有大方向、大模样树立起来。

人生舞台上，没人能准确说出自己人生的结尾是怎样的；更说不清每一个阶段的人生高潮——高光时刻或倒霉时刻究竟在何时出现？而戏剧舞台上，则必须知道主要人物的阶段性高潮和最后的高潮。

高潮戏是全剧的方向，它统领全剧，验证并且指导全剧的情节是否具有合理性和连贯性，因此，一个剧本是否完整，能否在结构阶段就具有作品的审美价值，就看有没有戏剧高潮。所以，高潮戏是考验每一幕、每一场戏是否具有连贯性和效率性的试金石。

有了最后的高潮，就能设计出每一场戏的喜剧高潮；而每一场戏的喜剧高潮都是为了下一场戏铺垫——上一场的“果”，就是下一场戏的“因”。

喜剧的高潮戏，是全剧的“华彩”，在错中错中——虚假如梦的喜剧情节展现之后，高潮戏使场上人物梦醒，意识到了真实和错误，获得了喜剧的“大团圆”——喜剧结构的要求，是大团圆结束，但这个“大团圆”不是指“有情人终成眷属”，也不是想发财的发财了，寻亲的寻到亲人了，而是回到真实，让梦中的人们醒过来——明白了事情和他（她）本人的真相。这是喜剧的高潮，也是全剧最能引人发笑的一场戏。

（二）营造喜剧情境常用的手段

1. 铺垫——形成喜剧情境的必由之路

悲剧、正剧也需要情节的铺垫，铺垫是为了代入感，为了情节的合理，为了将矛盾冲突迅速合理地展开；喜剧铺垫也是为了情节的展开，但必须铺垫、确认人物正常的行为轨迹：人物身份、人物行为、社会规范、语言逻辑、场合地点等。所以，喜剧铺垫更讲究高效率，要一石二鸟，乃至“三鸟”——为了喜剧情节的合理性、为了喜剧“扣子”、为了营造喜剧规定情境，在达到情节展开的同时，取得观众对人物的认同，把观众培养成明白人，培养起观众的优越感——我们在“人为何发笑”中已经分析到，笑，来自优越感，来自“我明白你不明白”，铺垫清晰了，观众成为明白人，就会以“俯视”的角度，看台上的谁会犯傻，看剧中人物或者因固执、或者因贪婪、或者因虚荣、或者因与生俱来性格傲慢，开始脱离生活逻辑，进入喜剧逻辑——人物行为“脱轨”，不由自主地、盲目地、不明真相地朝着生活逻辑的反面行驶——走向悖论。观众等待上场人物犯傻，等着笑场上的哪一个人物或哪一组人物，笑的神经随时张开。

铺垫是喜剧情节形成的一种基本的、也是极其重要的创作技巧，某种意义上，喜剧就是铺垫的艺术。

铺垫多，戏就拖。最好的铺垫，是在冲突中进行的，铺垫本身就是戏，但铺垫作为戏又不能成为戏，若把后面真正要写的戏阻隔掉，就得不偿失了。把铺垫写成戏仅仅是手段，这个手段，是为了后面真正的喜剧情境，所以，铺垫切忌复杂和冗长，务求简练和单纯。

铺垫多的原因，很多时候皆是方向不明（每一场和每一幕以及全剧的高潮戏在哪里不清楚）。方向不明还想说清事由，等于“以其昏昏使人昭昭”，陷入啰里啰唆、废话连篇的铺垫。

简练的铺垫，其实取决于对其后情节的胸有成竹——我们要讲述的故事本身，是容易引起观众共情的事物吗？是每个人都能很快熟悉的情感吗？是人性中某一种弱点和缺陷吗？若是，铺垫就会很快产生代入感，让观众入戏。

喜剧情节的铺垫是在理性的推理和计算中进行的——喜剧规定情境诞生后的最关键的问题，就是剧中人物有着各种原因和各种形式的不明真相。所以，把观众培养成明白人的同时，还要考量哪些地方不让观众明白——不能把“活儿”都给“刨”出来，不能让全剧剧情发展一览无余；喜剧的代入感，要考量代入什么、隐藏什么。仅仅具备正剧情节铺垫的合理性和代入感，计算不周，就可能把观众代入“同情、埋怨、愤慨、憎恨、猜疑”等破坏笑的神经的境地。这种铺垫就是失败的铺垫。

喜剧铺垫，考量喜剧编剧是否方向明确——笑谁？笑什么？怎么笑？从这个层面来说，喜剧就是铺垫的艺术。

2. 喜剧扣子——喜剧情节的发动机

“系扣”功夫的深浅，衡量一个编剧的成熟与否。如果说，“扣子”就是戏，戏就是“扣子”的说法有些绝对，但可以肯定地说，没有“扣子”的戏肯定没戏。

我们先从戏剧艺术的角度，探讨一下扣子的作用。

西方戏剧编剧法中，将“扣子”称为“激励性事件”“触发性事件”“主要人物转折点事件”——无论叫什么，它都是在情节发展过程中至关重要的一环。

我们依然沿用中国传统的叫法——扣子。有人将“戏剧扣子”视为“戏剧悬念”，这种说法有待商榷。二者相同点是：当戏剧扣子或者悬念生发出来，都会吸引观众产生看下去的欲望，引发戏剧性期待。不同点是：戏剧扣子不是悬念，但有悬念的元素，主要起到决定全剧方向的作用；而戏剧悬念可能只决定一场戏、一段戏的戏剧性紧张期待。

好的戏剧扣子应该有以下几个层面的内涵。

（1）对全剧的情节起到辐射作用，“扣子”事件虽然不大，但麻雀虽小，五脏俱全。一个准确的“扣子”，从扣紧那一刻，就会让观众对主人公产生各种结局的预期：“他是谁，他要干什么？他能干成什么？谁会阻挡他的行为？最后会产生什么危机？真实的一面能露出来吗？”观众对危机的预期产生了，强烈的戏剧性期待就跟着诞生了。

（2）必须打破主人公平衡的生活，激发出或抗争、或复仇、或探明真相……的欲望，欲望有了目标，我们称之为人物意志，戏剧是动作的艺术，而动作（情节）则来自人物意志；戏剧扣子，事实上就是建立人物意志的关键环节。

（3）“扣子”之后所发生的情节，都应该在“扣子”里找到原因，让人得到印证和对比。扣子所形成的戏剧性期待，包含或者隐含情节的必须场面——冲突的高潮；有了必须场面，才有可能自然而然地诞生出情感高潮——作者对全剧的主题诉求。扣子是故事的“因”，这个“因”的影响，在全剧中仿佛无处不在。

衡量“喜剧扣子”是否系牢，是否精准，看其后是否能制造出错位的喜剧冲突、错位的人物关系、错位的喜剧规定情境——不真实的、虚妄的情境。所以喜剧“扣子”，常常是从一个荒谬的“因”开始——在错误的轨道上，加进了一个正确的戏剧动作；或者在一个正确的轨道上，加进了一个错误的戏剧动作。它使原有的生活轨道转向，荒谬的逻辑以此发生、发展。喜剧扣子是喜剧的“因”，荒谬的因导致一连串错误的果，对这个错误所进行的一连串演绎的过程，形成喜剧结构。

喜剧“扣子”是走向喜剧情境的“闸门”，“扣子”系上了、系牢了，就等于开启了全剧喜剧冲突的自动导航系统。

有多少可以开启的“喜剧闸门”？“系扣”的手段有没有规律可循？从经典喜剧剧本中，我们归纳出这样几类喜剧人广泛使用的方法：计谋法、误会法、谎言法、怀疑法、装扮法和神力法。

（1）计谋法

剧中某个角色（一般是剧中承担智者、出主意的人）为了解决一个问题，设计出一种方案，画个圈让人跳进去。不明就里的角色跳进去遭到戏耍，窘态、滑稽就出现了。计谋喜剧的情节铺垫常常要比类型化人物的喜剧要花费更多一些笔墨，因为作者必须让观众明白：1. 实际生活是什么样子？ 2. 这个圈套要套的是什么人？ 3. 为什么要设计圈套——设圈套的目的是什么？ 4. 设计圈套的人会不会露馅。有了这些铺垫，当观众期待圈套产生作用的时候，喜剧情境才能产生。如莫里哀的《伪君子》、谢里丹的《造谣学校》、莎士比亚的《温莎的风流娘们儿》等喜剧。计谋喜剧的情节，会一环扣一环，所以也有人称之为情节喜剧。如博马舍的《塞维利亚的理发师》，将计谋运用到了极致。这出戏，将人物、情节一变，就成了反特、捉奸、侦探剧。

也有人把这类喜剧称为“阴谋喜剧”，但阴谋二字，其语境容易让人想到是干坏事，对于抒情喜剧和正喜剧里的计谋，称为阴谋就不合适了。

无论叫计谋喜剧还是叫阴谋喜剧，都不应视为一种喜剧类型，它只是就喜剧“扣子”而言，喜剧规定情境形成后的人物动作，和其他喜剧类型没什么本质的区别。

（2）误会法

误会法也可以称为巧合法。巧合带来误会，误会产生错位的喜剧情境。

在所有的结构喜剧中，“身份误认”是最常用的一种手段。

古罗马喜剧作家普劳图斯的《孪生兄弟》是“身份误认”的范例。剧情是：一对孪生兄弟长得一模一样，在某个岛上自幼失散，弟弟留在了岛上，哥哥则被领养到别处，成年后，哥哥到弟弟的岛上寻亲，来到弟弟经常活动的街道上，因身份误认而产生了各种笑点。全剧对“身份误认”这个扣子利用得特别充分，比如先后让弟弟的情妇、妻子、仆人对哥哥进行错认；又让哥哥的仆人对弟弟方面的人物错认。

身份误认作为喜剧闸门，会使“情节之水”迅速流淌，喜剧情境形成得格外快捷。莎士比亚曾模仿《孪生兄弟》的结构写了《错误的喜剧》，也是使用双胞胎认错人的方式，让观众先期了解他们兄弟俩的服饰有什么微妙的区别，然而场上的双胞胎不知道，哥哥总是把弟弟的事当成自己干的，别人问起来，让弟弟莫名其妙，生气走开。很快地，哥哥又出场了，大家劝说哥哥别发火，哥哥也莫名其妙：我没发火呀？——喜剧来得很快。

中国早期的喜剧电影《哥俩好》，也是使用的双胞胎误会法——陈大虎、陈二虎这对孪生兄弟同时参军，还分配到一个排里，由于长相一样，性格不一样，一个严谨勤奋，一个懒散自由，导致了工作生活中发生了种种身份误认，形成了别开生面的军旅喜剧。

双胞胎误认是比较迅速形成喜剧情境的方式，但身份误认并不局限于双胞胎。喜剧作家只要找到可以形成“身份错认”的事件，或为了形成“身份错认”而创造一个事件，只要让观众相信这种身份误认、无论是巧合还是其他什么原因——固执、轻信的性格都可以形成身份误认；只要造成了身份误认，误会法作为喜剧扣子就可以借此成立。

就制造喜剧规定情境的技巧而言，讽刺喜剧、抒情喜剧、黑色幽默喜剧等等类型，也都会使用误会法。

（3）谎言法

撒谎也是较容易形成喜剧扣子的方法。

撒谎者，都有种种目的，比如憎恶对方，想捉弄对方一番的撒谎，在莫里哀的喜剧中比较常见。以他的喜剧《德·浦尔叟雅克先生》为例，浦尔叟雅克到某城市相亲，他的情敌为了作弄他，利用各种谎言让他陷入尴尬境地，比如事先对几位庸医说，要领一位精神有问题的病人来治病，然后带浦尔叟雅克去见庸医，庸医把浦尔叟雅克的身份误认为“脑筋有问题的病人”，当浦尔叟雅克难以忍受庸医的各种诊断治疗而大喊大叫时，庸医们更加相信了骗子的话，摁住他不让离开。

也有虚荣心作怪——死要面子活受罪，习惯性嘴硬不认账，不认账只能撒谎，为自己找回面子。这种谎言，起初是为了蒙混过关，但蒙骗别人的同时，把自己套了进去，其后不想撒谎都不行，为了摆脱尴尬的窘境，只好用其他谎言堵塞前边的谎言，谎言成了洪水猛兽，没有躲闪的空间，将撒谎者淹没、吞噬，喜剧效果层层递进，格外强大。

如正喜剧《独生子当兵》，主人公任友友是富二代，当兵后不洗袜子，穿一双扔一双，接连扔了三十六双袜子，班长在“心理抗挫折训练”中提出此事，希望他能改正奢侈浪费的行为习惯，他不认账，找出各种理由搪塞，这种搪塞理包含了种种谎言，他开始为他的谎言买单，把自己推向极其尴尬的境地。

还有撒谎没什么明确目的，就是想捉弄捉弄对方，如英国喜剧作家奥利弗·哥尔德斯密斯的《屈身求爱》，某城市青年到乡下向某绅士的女儿求婚时，事先交代绅士的房子像旅店；当青年来到村口询问何处有旅店时，绅士的继子指着自家的房子，随口说“那就是旅店”。当青年来到“旅店”，本能地就把自己未来的岳父当成了旅店老板，很不礼貌地让岳父伺候自己，喜剧扣子系得快，喜剧情境形成得也很快，笑话迅速产生了。

中国古典喜剧《李逵负荆》也是撒谎、恶作剧，导致身份误解的喜剧结构名篇。

（4）怀疑法

“疑”是人性的弱点中所谓五毒“贪嗔痴慢疑”之一，每个人都难以避免地猜疑、怀疑。疑，有轻有重，因性格、利益、关系、环境和情绪等原因，产生过度的怀疑，生活中产生悲剧，舞台上视编剧的视角，可以是悲剧，也可以是喜剧。

还有些和“疑”有关联的，是思想意识上的造作，比如过度诠释、联想、误读等，都属于“疑”的范畴，都可以制造“疑”类喜剧扣子。

在使用“疑”作为触发性事件、系上喜剧扣子的时候，应铺垫清楚怀疑者的性格——或者由于缺少安全感，或者因为生活的打击，或者周围环境让他变得越来越不相信人，或者不适应新的环境，执念太重导致猜疑与偏执，于是，看似通常的一件事——可以这样认知也可以那样认知，到他（她）那里，偏偏往不好的方向推理论断，于是一件普通的事情就可能衍化为事件——人的视角变了，生活也就跟着变了。

怀疑，尤其是过度的怀疑，应归于“性格喜剧”或者“心理喜剧”类型，其表现目的当然是为了表现主人公如何扭曲正常生活，形成喜剧错位。古罗马普劳图斯的《一坛金子》，讲述一位疑心很大的老人，在意外得到一坛金子之后，把周围的人都误认为居心叵测的小偷。莫里哀根据普劳图斯的作品所改造出来的世界经典名篇《吝啬鬼》，也属于这类作品。主人公——放高利贷的阿巴贡，因为视金钱为生命，处处生疑，他觉得大家都在窥视他的钱财，很正常的生活让他变得风声鹤唳、草木皆兵，过度怀疑制造了一场场误解，导致了让人哭笑不得的喜剧情境。

这类喜剧扣子的方法，需要让观众认可人物性格中的固执、偏执以及形成“事件”的诸种原因，更需要周围环境的“似是而非”的人物关系加以渲染，才能够完成因“疑”所产生的令人信服的喜剧扣子。

（5）装扮法

男扮女装是我们常见的一种剧情，观众知道这个人是女人，但是她穿上了男人的衣装，对面过来一个男人，很自然地把这个女人当男人对待，女人尴尬、无奈，但怕暴露自己的性别，只能硬着头皮忍受着男人的拍拍打打乃至搂搂抱抱，喜剧也就迅速形成了。

《花木兰》这个故事很多人都熟悉，中国早期的战争喜剧电影《战火中的青春》就使用了《花木兰》的故事套路——身份装扮，在残酷的战斗中，平添了喜剧的要素。要想让滑稽加剧，他（她）扮的这个人和以前的身份总是打架，由于喜剧情境的变化，他（她）时不时地会“穿帮”，露出真实身份还要想尽办法遮掩，“穿帮”与遮掩，都会将喜剧情境加剧。

角色身份的互换。这是剧中角色为了某种目的（可以是善的，也可以是恶的）所形成的身份上的装扮，行为上的造假。这种装扮，先让观众确认他（她）固有的角色特征，他（她）的身份，但是，由于情节的变化，他（她）必须扮演另一种角色——本来是张三，出于无奈，只好扮李四，就产生了由此及彼的扮演。观众知道这个角色的身份变了，但场上其他人物不知道，身份误认、行为错位的喜剧就产生了。

角色心态以及行为上的装扮，角色还是这个角色，他（她）没装扮成另外的人，但由于 各种原因，比如虚荣心作怪，把自己扮成大款、尊贵的人等。这种装，角色名字没有改变，但因为心态改变，所有的行为动作都改变了——表情要装扮，语言要装扮，礼仪礼节要装扮，走路的姿势都要装扮，观众知道他原来是个什么人，当他稍稍露出马脚——真假交替的时候，笑就产生了。

心态导致的行为上的装扮，我们在生活中常遇到，只是碍于情面不好戳破，“装什么孙子！”——这是过后对装扮者的评价。这种评价，意味着我们知道什么是真的，什么是假的。人物心态的装扮，是喜剧的“金矿”，能让人物很快鲜明起来，体现生活的复杂与丰富。

（6）神力法

神力法和误会法一样，会很快打开喜剧的闸门。因为超自然和不可思议的力量，无须找什么理由——神力嘛，很快形成身份误认，这类喜剧作品不是太多，原因在于这种手法毕竟不适合处理现实题材，稍有不慎，观众就不会认同。

莫里哀的喜剧《昂分垂永》，天上的神看中了人间的美女，变成美女的丈夫，诱奸美女，很快形成“身份错认”，迅速制造出令人啼笑皆非的喜剧错位情境。

《西游记》中的孙悟空，多次利用魔力变化，来造成“身份误认”。比如孙悟空在高老庄变成高小姐戏弄猪八戒，变成牛魔王戏弄红孩儿和铁扇公主，迅速形成喜剧情境。但《西游记》毕竟是神话故事，其本身决定了可以任意使用“神力”这个手段。

写鬼容易写人难，写让人熟悉的、认识的人更难，现实生活不能随便出现神啊，鬼啊，天帝下凡啊，怎么办？使用神力制造喜剧情境不怎么烧脑，于是人们创造了一个让大家可以接受的词——时空穿越。国产喜剧电影《夏洛特烦恼》就是利用“神力”的例子，它利用穿越，让夏洛特保留着当下的心态回到十几年前，形成了别人对夏洛的“身份错认”。

好莱坞的喜剧电影中，也有一些利用神力来形成身份错认的，利用灵药、巫术修炼等，制造超越人间能力的喜剧情境。其实都是为了“省事儿”，不怎么费力气地迅速制造喜剧情境。这样的手法，要视题材而定，使用不好会变得虚假做作，也让人有落入俗套之嫌。

（7）综合手段导致的喜剧错位

所谓综合手段，就是不单调地利用某一种“系法”，还需要性格、环境、错位的人物关系等其他喜剧手段配合某一“扣子”，加剧身份误认、事物误解，才能让作品精彩纷呈，让观众笑声不断。以上列举的制造喜剧扣子的手法，有时候单一使用某一种即可，但有时候视剧情发展，为了剧情的自然、合理，更为了加剧喜剧错位，会综合一些手法来使用。比如果戈理的《钦差大臣》，利用“巧合加撒谎”来完成人物身份的误解；莫里哀不少喜剧，很多时候都使用又撒谎又过度怀疑又恶搞的手法，作为综合的喜剧手法，以一种为主，其他手段为辅，协同制造情节错位，加剧对人物身份和事物的误解。

3. 制造笑声的具体桥段

喜剧扣子系上、系牢，喜剧情节闸门开启，喜剧冲突的自动导航系统打开，是不是就意味着万事大吉——笑声会随时产生呢？会，但持续时间不会太长，即便营造了滑稽可笑的规定情境，也还需要精准的制造笑声的桥段加剧喜剧规定情境的浓烈。

（1）倒置

把一件物体反过来放，我们称为倒置。

语言的倒置会迅速带来喜剧效果，“卖女孩的小火柴”“独子笛奏”“香山的红叶枫了”“一个人十个桌”（本应是一个桌十个人），这些都属于倒置的语言。语言倒置，也就是我们生活中常说的“说反话”。反话，能迅速让听者知道哪里错了，迅速产生笑点。

将语言的这种“说反话”的喜剧技术转化为喜剧行动，如何产生倒置的效果？

贼被偷，就是典型的人物身份和行为上的倒置。

一个小偷去一个人家偷米，黑灯瞎火摸到了米缸，悄悄将大褂脱下来放到地上，准备用大褂兜米。他把手伸进米缸，从米缸里捧出米放到大褂上。这家男主人听到了动静，将小偷的大褂悄悄拎走，小偷不知道，准备兜起地上的大褂走人，却摸不到大褂了！他急得到处摸，把女主人惊醒了，女人吓得叫唤：“当家的，有小偷！”女人一喊，男人假装生气制止她：“哪有小偷？没小偷！”小偷一听急了：“没小偷，我大褂呢?”——小偷情急之下喊了出来。行为和语言都出现了倒置。

还比如,上级领导是下命令的,有一个底层劳动人民很想见到这位领导,也许想找这位领导办事;但是,底层人遇到领导,不知道眼前的领导是他想要找的领导,又由于底层人嫉恶如仇的性格,反过来命令领导、指责领导、指挥领导,身份倒置便产生了。

(2)重复

一个人在同一天、同一个地铁口总是遇到一个熟人,第一次遇到打个招呼;第二次遇到感到很好玩,继续打个招呼;第三次遇到,两个人都会忍俊不禁发笑:“怎么了这是!”——人为什么乐?因为人是活的,突然变得机械、呆板了!机械呆板是一种感觉,这种感觉让人觉得人很滑稽,甚至犯傻,就由不得不笑。

喜剧中的重复动作,目的就是把流动的时间,鲜活的人变得机械、呆板,甚至让人联想到这个不断重复的人,类似提线木偶,身不由己,被人操控一样,就会产生滑稽效果。

重复,有下意识的重复和设计好的有意识的重复。

一个抽烟的人,总是吹身上的烟灰,习惯动作形成了,他不抽烟的时候,也下意识地用嘴往衣服前襟上吹啊吹,旁人看了就觉得可笑。

有意识的重复,是喜剧结构中的重复——在一个冲突的事件中,喜剧人物为了一个目的设计出来一种行动,类似数学般缜密的程序——先这样,再那样,然后解决问题。设计好之后人物很自信地开始行动,但他数学般缜密的设计,出现了想不到的意外(观众知道但人物不知道这个意外),这意外阻挡了他目的的实现,他一头雾水,只好重复一回——他认为再重复做一次,事情总能解决;没想到重复了一次他又回到原来的境地,这让他不甘心,人一不甘心,常常一根筋,于是又一次重复设计好的行为;这样,每一次的重复,看似动作相似,但意义已经改变,随着意义的改变,制造喜剧人物的尴尬,在产生喜剧效果的同时塑造人物、推动情节的递进。

(3)互相干涉

生活中,我们经常看到“互相干涉”——你说的是北,他理解的是南,所谓理解上的南辕北辙。

比方“文革”时期，一位领导念错了字——秘书用钢笔抄写了“小小寰球，有几个苍蝇碰壁”，“几”字看起来像“九”，领导拿到稿子也没提前审阅，上来就激情昂扬地念起来：“小小寰球，有九个苍蝇碰壁！”念错字本身已经让人发笑，秘书一听领导念错，在台下用手搭起喇叭状，悄悄提醒：“局长，是几个苍蝇！”领导听到秘书的话，以为在问他，马上接话：“几个苍蝇？九个苍蝇！”听众又一次大笑。

这个故事告诉了我们互相干涉的技巧——同时具有不同意思的两件事，形成了两种规定情景；一种是剧中人所赋予的事情的意思；一种是观众所赋予它的意思。于是，这就带来了两种不同意义的事纠葛在一起，观众知道场上发生的是两件事，而剧中人——被我们笑的人，认为是一件事。

当一个情景同时属于两种绝不相干的事实，观众清楚地知道那是两件事，可场上人物没沟通，用两种完全不同的意思解释，以为是一种意思，互相干涉就形成了。

（三）喜剧台词的写作

立体喜剧的台词，不排斥幽默诙谐，也不排斥语言“包袱”。比如英国喜剧作家王尔德，就是使用语言包袱的高手。“我年轻的时候以为金钱是万能的，到了晚年我才知道……果真如此。”这句“包袱”是为了塑造人物，强化情节推进，如果语言“包袱”，为了好笑而写，因为语言“包袱”和卖弄幽默诙谐，而影响了喜剧人物动作，障碍了喜剧情节的推进，阻隔了喜剧情境的形成，那么，再好的语言“包袱”，再机智的诙谐幽默，都成了废话，必须删掉。

1. 喜剧台词要对应喜剧情境

研究喜剧台词技巧，首先要研究喜剧情境形成的技巧，因为喜剧台词的技巧，要对应喜剧情境；找到这个规律，也就找到了“万变不离其宗”的方法，就会写出好的喜剧台词，达到简练与准确。

比如使用倒置的结构技巧，当喜剧有了倒置的喜剧情境，人物越是准确地表达出“此时此地”的准确行为动作，由倒置而呈现出来的错位的滑稽效果才能真正显现出来。因此，喜剧作家在创作喜剧台词时，要有“倒置”的自觉，首先知道这类人最不该说什么、最害怕说什么，然后，带着喜剧的自觉，让人物话语南辕北辙，让喜剧

“一步到位”，才能完成结构的倒置效果。

2. 语言的移置

语言移置，就是不该这个人的身份说的话语，有意让他（她）去说——因身份和表达方式的错位所带来的喜剧效果，我们称之为语言移置。

如莫里哀的喜剧《女学究》，讽刺贵妇人装腔作势冒充有学问的人，对学问吃不透，总是将一些诗句、哲学名词在日常生活中运用以显示自身的学问、时髦，由于对移置本身的词语不懂或者一知半解，于是移置的语言总是捉襟见肘，驴唇不对马嘴——语言的错位出现了。莫里哀的那出戏，可以说从头到尾充满了语言移置的幽默和滑稽。

比方宋丹丹小品中的那句流行语“太有才了！”除去宋丹丹表演的准确以外，这句话本身和一个农村老太太的身份不符，语言和身份的错位瞬间出现了。

这种语言移置的方法，能瞬间制造喜剧效果，也能很快地将一个人物立体化。

3. 具有类型化喜剧人物特点的台词

喜剧塑造类型化人物。所谓类型化，就是“这类人”而不是“这一个”。这类人一出现，让你一下联想到生活中你所认识的一群、一大片和他（她）差不多的人。

比方吝啬鬼，比方官僚，比方迂腐的学究，比方不懂装懂，比方虚荣心爱卖弄，比方盲目跟风赶时髦……

既然是这类人，他（她）们中间就会呈现出基本相似的特征。这些特征更多的时候是体现在语言上。找到这类人的语言特征，就拥有了塑造类型化喜剧人物的主要手段。

类型化语言特征，最能迅速、快捷、有效率地塑造喜剧人物。

4. 衡量喜剧台词准确与否的标尺

喜剧的艺术形式表达最讲效率，所以喜剧台词忌长，喜短。

喜剧台词忌晦涩、深奥，重通俗、直白，要让观众一听就明白，不能来回猜，猜的思绪起来，笑的神经就弱了。

喜剧台词是从生活中提炼出来的台词，因此喜剧台词最忌讳使用过多的形容词和定语从句。

检验喜剧台词是否鲜活的标准，看它是否生活、直白、不绕、一步到位、一针见血、刀刀见肉、节奏明快。

喜剧错位的冲突形成后，喜剧台词忌讳外插花“包袱”——和喜剧情节无关的笑料，使用外插花式的“包袱”，要慎之又慎；因为“包袱”在很多时候会脱离人物、脱离剧情。脱离剧情、人物动作的笑点包袱，实际上是没有找到喜剧情境。丢掉喜剧情境，再好的语言“包袱”也会成为语言的“赘疣”；会把剧情“支”出去。

5. 喜剧台词准确表达喜剧情境下的人物动作

喜剧台词就是喜剧动作。因此，人物只有认真地完成喜剧动作，语言的错位才能越加鲜明。语言的偏离，等于动作的偏离。动作的偏离，等于情节的偏离。情节偏离了，再好的台词也都成了废话。

喜剧语言和喜剧结构一样，是错位后的人物的正确的语言。喜剧情境在错位的结构下诞生了，喜剧人物在喜剧情境中生活，错位的语言也随之出现。因此，喜剧情境是因，喜剧语言是果。就喜剧人物本身来说，他认为他说的话是对的，他就应该这么说，他不知道他的语言已经错位。因此，准确的、精妙的喜剧台词应该是和喜剧情境丝丝入扣、符合人物动作、人物身份，并且通俗易懂、生活语言、干净洗练的语言，符合这些要素，就是好的喜剧台词。

结语：喜剧创作者的修养

曹禺先生说：“人是多么需要理解，人又是多么难以理解。”戏剧舞台是人性的试验场，感受人生百态，尤其感受人生的颠倒梦想，太多聪明反被聪明误的现象，方能真正把握戏剧艺术形式中的喜剧的魅力。

只有真正认知喜剧艺术的审美内涵，也才能擦亮喜剧的眼睛，在“笑什么”中，捕捉生活中可笑的现象；从而不断磨炼喜剧艺术技巧——怎么笑，将自己视作手艺人一样，看谁的“活儿”好，方能完成对喜剧的认知，表现出生活中可笑的现象。

喜剧艺术的特点，决定了喜剧创作者，不应像正剧、悲剧作家一样，沉浸到戏剧规定情境中，激情四溢地表达情感，相反，喜剧作者在感受到笔下的喜剧人物时，用一种游戏般的心态写作——这是一种既感性又理性的创造，需要的是对生活有着火山一样的热烈、冰山一样的理性精神。

所谓理性的创作，是喜剧技巧所决定的——人物是不是真的走向了错位？喜剧技巧运用得是否恰当？喜剧台词是否阻碍了喜剧情境？理性审视之后，再一次进入创造喜剧人物的狂喜状态，然后，又不断跳出来审视，喜剧的写作，在感性和理性之间不断切换、穿插进行。

喜剧是理性的艺术，因为喜剧表现的是非理性。王国维先生引述霍勒斯的话说："人生者，自观之者言之，则为一喜剧；自感之者言之，则又为一悲剧也。"——观之者，便是以高度的理性和缜密的思考来观察世界、组织起喜剧艺术的世界。

喜剧创作者不能有这样的功利心——教育观众。喜剧创作者须剥离开对戏剧故事中的人物的爱与憎，只是看到人性中的滑稽，看到笑的因素，看到了，喜剧便成功了一半，如果喜剧创作者还想在其中表达深刻的思想——即便是讽刺喜剧，内心深含憎恨与愤怒之情创作，企图让观众也产生思想和感情的共鸣，笑声也就消失了。

喜剧创作者的素质是"幽默"——幽默是与生俱来的还是后天培养的？应该说二者兼而有之。

幽默者，幽深、静默是也。幽深静默者会时常内观，时常倾听灵魂深处的声音，看到人性的弱点，感受人世间的实相。

李健吾先生在论述中国传统喜剧时说："传统喜剧在性格塑造上的贫弱与古人主体意识的缺乏是密切相关的。人们总爱将主宰命运的权利让渡给形形色色的超越自然的力量。因此，他们在喜剧中最关心的是喜剧情节而不是人物性格。"他又说："人的命运之谜也就最终归结到人的自身之谜。喜剧若想帮助人生上达，就必须去研究、表现宇宙之间最大的谜——人性之谜。"

感受人性之谜、人生实相，最佳捷径是从观察自身做起。

有人问契诃夫："您写了那么多小市民，您怎么了解那么多小市民？您怎么做到的？"契诃夫回答说："我是从我自身发现的。我要把自己身上的小市民的缺陷，如同挤脓一样，从自己身上一点点挤出去。"

多么勇敢的回答！直面人生，原来首先是直面自己——感受自己的人性的弱点和缺陷，是感受人生实相的最佳捷径；一个喜剧创作者也许愤世嫉俗，正义在身，那是他观察社会的态度，但是，当他一旦面对所要写的人物时，需要的是理性精神来观照人物——拥有理性精神，才有可能发现人性深处的弱点。喜剧是在笑别人，但最先笑的如果是自己的某一种情绪，某一种念头，某一种缺陷，某一些人性的弱点，如谄媚、嫉妒、贪名、贪利、好色等——能感受到自己身上也某种程度地存在，就会逐渐变得达观；达观，才可能拥有高贵的理性精神。只有达观人生，才可能洞察人生，面对“丑”会憎恨，但剥离出憎恨，形而上地观照憎恨、观照“丑”、观照贪婪……这样才不会失去幽默，从而提升出真正意义上的喜剧的审美精神。

从这个意义上认识喜剧，强调喜剧是“鞭挞”“针砭”“讽刺”，这应该是喜剧演出后观众给予的评语，是最后的结果，喜剧作家在构思作品和表现喜剧人物时，要将这些“功利”性的心态用理性精神剥离出去。

从接受美学的角度来透视喜剧，假如喜剧演出始终在“鞭挞”“针砭”“讽刺”等情绪中蔓延，剧情中便会出现仇视和嗔恨，这样的气氛，怎能让观众笑起来呢？

喜剧创作者站在高处——在人生的弱点和缺陷之上用冷静的眼睛内观自我，才有可能认识生活，透视人性的弱点和缺陷，以达观的心态关注芸芸众生。

在这个层面上认识喜剧，喜剧创作者就应是一个求道者——由浅入深地认识生活，深入浅出地表现生活，这是喜剧创作者一生的功课，唯其如此，才能发现并做到笑什么、怎么笑。

论电影中的“例证性动作”*

安　莹

学者杨健在《拉片子》一书中援引美国编剧理论家乔治·贝克的“例证性动作”概念，应用于当代影视作品的分析及创作实践中。杨健给出的概念定义为：“例证性动作，指能体现人物个性特征和行为特点的动作。它不是一般意义上的写实动作，而是贯穿全剧的象征性动作，对揭示全剧主题有重要意义。”①

《拉片子》是一本编剧法教材讲义，而非理论著作，因此，作者杨健在提出了“例证性动作”概念并给出定义后，即直接将之带入了具体片例中进行分析应用，而没有对这一概念进行理论溯源，也未对此概念阐发的理论依据为何、处于何种理论系统内等问题展开讨论。虽然在影片分析中，杨健业已证明了“例证性动作”概念的真实存在性和有效性，但缺乏理论论说仍令其根基略嫌单薄。

为此，本文在认同“例证性动作”这一概念的存在性及有效性立场下，对“例证性动作”概念的诠释与沿革进行溯源研究，并展开理论体系定位分析，以巩固“例证性动作”概念的理论基础。

一、“例证性动作”概念溯源

（一）乔治·贝克的“表现性动作”

在《拉片子》中，杨健在对“例证性动作”给出了定义后，又引用了美国编剧法

* 本文系教育部人文社科研究青年基金项目《修辞叙事学视域下电影叙事交流研究》（项目编号：23YJC760032）的阶段性成果。

① 杨健：《拉片子1：电影电视编剧讲义》，作家出版社2017年版，第12页。

理论家乔治·贝克的论述作为参鉴，“具有例证性质的动作是戏剧的核心，而这种动作必须仔细选择。从若干可能的动作选择出来的这种动作，它应该迅速得到最大感情上的效果”[①]。这样看来，“例证性动作”这个概念至少在乔治·贝克的著作中就有涉及。

然而，当笔者查找乔治·贝克的原著时，看到的表述与《拉片子》的表述却有所差异。在其编剧法著作《戏剧技巧》（中国戏剧出版社出版的余上沅译本）中，乔治·贝克虽然反复地使用了例证这个词，但当述及与“例证性动作”类似的概念时使用的却是“表现性动作”。“剧作者首先必须完全了解表现性动作是戏剧的核心，并需仔细地加以选择；其次他必须从可能的表现性动作中选择出那些将能最迅速地产生最大情绪效果的动作。”[②]比较上下文可知，这里的“表现性动作”就是《拉片子》所引用的“例证性动作”。两个概念词的差异或许是由于翻译版本不同导致的，为此，笔者又查阅了余上沅这一段译文在《戏剧技巧》1919年英文最初版中的原文，确认贝克使用的概念词为“illustrative act”。

《牛津高阶英汉双解词典》中，“illustrative”意为“作为例证和图解的，作说明用的，解说性的”[③]。因此，将“illustrative action”翻译成“表现性动作”或“例证性动作”都是正确的。但是乔治·贝克的“illustrative action”与杨健的“例证性动作”的内涵外延是否完全一致呢？我们仍需要对《戏剧技巧》与《拉片子》的表述进行比较。仍沿用中国戏剧出版社2004年的翻译版本，“所谓‘表现性动作’，不仅仅是表现一个思想或者人物的东西，而且它也必须是反映出人物的感情或在观众身上创造出这种情感的一种表现”[④]。在给出了概念定义后，乔治·贝克进一步论述了表现性动作与戏剧性场面之间的关系，并举例《丑陋的人》中的女性人物阿特里斯“她见了他的手摸过的手套就退缩，便是所谓之表现性动作”。而男性人物德弗洛尔的“把被她抛弃的手套拿着亲吻”，以及“这两个人的表现性动作配合在一起，才构成了那个戏剧性的描写手套的场面”。由乔治·贝克的这一段论述可知他的“illustrative

① 杨健：《拉片子1：电影电视编剧讲义》，作家出版社2017年版，第12页。
② ［美］乔治·贝克：《戏剧技巧》，余上沅译，中国戏剧出版社2004年版，第100—101页。
③ ［英］霍恩比：《牛津高阶英汉双解词典》（第四版），李北达译，商务印书馆、牛津大学出版社2002年版，第783页。
④ ［美］乔治·贝克：《戏剧技巧》，余上沅译，中国戏剧出版社2004年版，第79页。

action”是对人物某一时刻的感情最有表现力的一个具体动作，并不具备杨健寄于“例证性动作”的贯穿全剧的，且对剧作主题有直接揭示意义的象征性动作的意义与功能。杨健的“例证性动作”并非乔治·贝克的“illustrative action”，后者在余上沅译本中使用的“表现性动作”也更接近其本意与功能。

（二）结构主义视域下“例证性动作”的相似概念

根据本文开篇引用的杨健所下概念定义可知，“例证性动作”之于一部作品具有表意层面的核心象征性、结构形制层面的贯穿性和表现形式方面的动作性三种特性。翻阅理论书籍可知，与“例证性动作”理念相近的概念很多，如布拉格学派学者雅各布森的“主导”概念、罗兰·巴特的“例证”概念、结构主义叙事学代表人物热拉尔·热奈特的“胚芽”概念等，这些概念均定位于形式主义-结构主义或与之关系密切的理论思潮脉络中。

1. 雅各布森的“主导”

20世纪二三十年代的俄国形式主义及其同源思潮为早期电影尤其是苏联电影的理论化提供了理论基础。“形式主义者试图将电影现象中杂乱无章的世界予以系统化。”①雅各布森的布拉格学派则批判地继承了这一诗学系统建构的目标。1927年，布拉格学派旗手人物罗曼·雅各布森发表了具有里程碑性质的《主导》一文，他指出：“可以把主导定义为一件艺术品的核心成分：它支配、决定并改变其余成分的性质。正是主导保证了结构的完整性。”②这是他对主导概念给出的定义。“主导元素声称艺术作品是由一大串被主导元素组织起来的互相作用的符码所构成的。也就是说，通过这一过程，一个元素（如节奏情节或角色）开始去控制艺术的文本或系统。”③假如我们将这一“主导元素”应用于某一部影片当中，那么这个“可以控制艺术的文本或系统”的元素显然与“例证性动作”在一部电影表意层面的核心象征性功能是一致的。然而，虽然雅氏谈到“主导”概念适用于个别诗作，但其关注重点更

① ［美］罗伯特·斯塔姆：《电影理论解读》，陈儒修、郭幼龙译，北京大学出版社2017年版，第60页。

② Jakobson Roman, “The Dominant,” Krystyna Pomorsk & Stephen Rudy (eds.) in *Language in Literature*, Cambridge, Mass: Harvard University Press, 1987, pp.41–46.

③ ［美］罗伯特·斯塔姆：《电影理论解读》，陈儒修、郭幼龙译，北京大学出版社2017年版，第65页。

多地聚焦于诗歌中诗性功能的主导地位的论述，而并未涉足其他叙事体裁如电影、戏剧分析。

2. 罗兰·巴特的“例证”

俄国形式主义之后，在同样以索绪尔的结构语言学为理论基础的法国结构主义思想中，亦可找到与“例证性动作”相似的概念表述，如法国结构主义思想家罗兰·巴特关于符号学的理论名作《S/Z》中即可查询到“例证”词条[①]，其对应的法文单词是“exemplum”。

根据词条的提示，“exemplum”在书中出现了三次，分别是：“蛇的插曲是作为一个次要例证来用的（义素：怯懦，胆小）”[②]“响马的插曲是个例证（义素：怯懦，胆小，女性质素）”[③]“在旧修辞学中，对种种例证和论证的前提做选择，构成了一个规模宏大的部分：选题。”[④]罗兰·巴特指出，“蛇的插曲”和“响马的插曲”都是其性格义素的能指，这似与“最能代表主人公个性特征和行为特点”的“例证性动作”的属性相一致。但他并未在《S/Z》或其他著作中对“例证”这个“旧修辞学的归纳武器”予以展开论述。

3. 热拉尔·热奈特的“胚芽”

结构主义思潮以索绪尔语言学为理论基础，发展出以符号学为元理论的庞杂的理论分支。沿着形式主义-结构主义思潮发展脉络检索，延伸至结构主义叙事学领域，在经典叙事学代表学者热拉尔·热奈特的研究中，亦可发现与“例证性动作”相似的概念表述。

“发端与预告不同，在文中的位置，原则上只是一个‘小小不言的胚芽’，它甚至难以觉察，到后来回顾时才看出它的胚芽价值。而且还必须考虑到读者可能具有的（或不如说变化不定的）叙述能力，它产生于习惯，使读者能越来越快地辨读一般的叙述代码，或某种体裁。某部作品特有的叙述代码，等‘胚芽’一出现便能识别

① ［法］罗兰·巴特：《S/Z》，屠友祥译，上海人民出版社2000年版，第404页。
② 同上，第279页。
③ 同上，第281页。
④ 同上，第282页。

出来。”[①]热拉尔·热奈特在其奠定了经典叙事学理论基础的论著《叙事话语 新叙事话语》中，有这样一段关于“发端”和“胚芽”的论述，很可以用来概括电影的发端，也即开场的主要功能。那么在电影“发端”中，为愈来愈老于世故的受众提供一下子即能解读影片代码的这个“胚芽”是什么呢？在笔者看来，这就是“例证性动作”。

然而，由于热奈特在本专著中的讨论重点在于叙事、故事与叙述三者的区别与关系，因此，虽然在“预叙”章节中涉及了“发端”和“胚芽”概念，以《红与黑》中德·拉摩尔侯爵的伏笔式出场、《斯万》开篇不久对德维尔帕西夫人的提及等为例，热奈特分析了“发端”和“胚芽”在这些实例中的运作，但他也没有深究“发端”和“胚芽”概念的内涵、功能及操作，而是转而聚焦于使用“发端”和“胚芽”时能够引发读者的感受效果上了。当然，这亦是“发端”和“胚芽”在具体作品中的有效性的一个证明。

根据以上对形式主义–结构主义理论体系中与“例证性动作”相似概念的梳理可见，雅各布森的“主导”、罗兰·巴特的“例证”及热拉尔·热奈特的“胚芽”，都与“例证性动作”理念相通，这些概念都暗含着对整体化、中心化的结构主义理念的认同，是形式主义–结构主义理念系统下，研究者根据自身不同的研究方向而各自阐发的概念工具。

二、“例证性动作”的理论系统定位

雅各布森是俄国形式主义思潮的代表人物，罗兰·巴特是法国结构主义思想家，热拉尔·热奈特是结构主义叙事学的代表研究者。俄国形式主义与法国结构主义的思想顺承关系早为学界所定论，那么，与三君思想上不谋而合的“例证性动作”这一编剧理论应用概念，能否在结构主义理论框架内找到其定位呢？这需要我们从结构主义对当代编剧理论的影响谈起。

---

① ［法］热拉尔·热奈特：《叙事话语　新叙事话语》，王文融译，中国社会科学出版社1990年版，第45页。

（一）从结构主义叙事学到当代编剧手册

自亚里士多德的《诗学》起，西方即开始了对于叙事结构的研究，但直至20世纪60年代结构主义叙事学即经典叙事学方法产生前，叙事结构研究大多从属于文学批评及修辞研究的范畴内。其中，20世纪10年代的索绪尔结构主义语言学为经典叙事学奠定理论基础，从此，叙事学研究从文学的外部转向内部，开始关注作为一个自给自足的符号系统的文本的内部结构。20世纪20年代，俄国形式主义学派在吸收索绪尔的学说的基础上进一步聚焦文学文本自身的内部结构规律，亦是经典叙事学的理论基础之一。我国学者申丹将经典叙事学分为三种研究类型，即以普洛普为代表的俄国形式主义学派、以热拉尔·热奈特为代表聚焦叙述话语的研究和以普林斯及查特曼为代表的总体的融合的叙事学派。①结构主义理论框架下的经典叙事学的研究者们对文学、戏剧、电影等不同媒介的叙事艺术进行了深入而广泛的剖析，也深深地影响了文学、戏剧、电影的创作实践。

1978年法国电影理论家让·米特里在《电影美学与心理学》的绪论中写道："如今，电影结构的原则已经被梳理清楚，但是仍十分粗略。"②当电影结构逐渐定型并为创作者甚至受众所普遍认知、接受及参照时，现今通行的编剧法教材即有了最核心的依据。与乔治·贝克、霍华德·劳逊、威廉·阿契尔等仅聚焦于主题与情节编织、人物性格描写等传统戏剧技巧的老一辈编剧法理论家不同，当代炙手可热的剧本医生、编剧手册作者、编剧法导师们，如罗伯特·麦基、悉德·菲尔德、克里斯托弗·沃格勒等，他们均从一部作品整体构成的统一完整性和结构的可操作性、可复制性的角度，对编剧法教程进行了革新。无论是"故事三角""三幕制"还是"英雄冒险之旅"，这些我们如今耳熟能详的编剧法概念都是对彼时"仍十分粗糙"的电影结构原则的精细化。值得一提的是，他们进行编剧法理论革新实践的时间与结构主义的发展恰可衔接，其中，克里斯托弗·沃格勒便直言结构主义神话学者约瑟夫·坎贝尔及其神话学著作《千面英雄》是自己的灵感之源。③

① 申丹：《叙事学》，《外国文学》2003年第3期。

② ［法］让·米特里：《电影美学与心理学》，崔君衍译，江苏文艺出版社2012年版，第29页。

③ ［美］克里斯托弗·沃格勒：《作家之旅：源自神话的写作要义》（第三版），王羽中译，电子工业出版社2011年版，第3页。

杨健的《拉片子》亦是在结构主义理论框架下，在前辈理论家的研究基础上，对电影结构的继续深耕。从《拉片子》的章节分布看，第一章“影片整体构成”系按照开场、开端部、带入部、发展部、高潮部和尾声等分部来对影片整体结构进行的划分，第二章则对“戏剧体结构”与“叙事体结构”进行了比较，第三章、第四章是对“叙事体结构”的电影进行了具体片例的分析，第五章聚焦电视剧的结构布局……不难看出，全书以结构为核心议题，并通过“从开场看统一性”“从高潮看统一性”“立主脑”“题目正名”等观念，贯彻了结构主义最为突出的中心化、整体化理念。在《拉片子》的续篇《拉片子2》中，杨健直言：“本讲义的结构主义编剧法，属于结构主义在编剧学科的一个分支。”①

由此，我们可以基本确认“例证性动作”是在结构主义思想框架内，结合当代电影创作及理论研究实践，由中国学者杨健综合所学与更多的涉猎后提出的，具备创新性的新概念。

（二）谭霈生“形式-结构”理论系统内的“例证性动作”

如前所述，无论是雅各布森的“主导”、罗兰·巴特的“例证”，还是热拉尔·热奈特的“胚芽”，这些基于中心化、整体化的结构主义理念提出的概念均与“例证性动作”的概念的“表意核心象征性”“结构贯穿性”概念内核高度契合，但前三者未能将概念应用于具体的作品实践，在此局限下，亦均未能关注到某一部电影的“主导”“例证”或“胚芽”，首先必须是一个具体的动作。电影的“主导”“例证”或“胚芽”应具备动作性，这是杨健的独到发现，而这又与杨健的导师谭霈生先生的“动作统一性”理念一脉相承。

“完整性和统一性是任何样式的文艺作品都必须注意的问题，是艺术标准之一。实现戏剧作品的完整性和统一性，是结构的课题。”②谭霈生先生在其戏剧理论经典论著《论戏剧性》的最后一章，在分别论述了戏剧性六大元素中的五种，即动作、情境、悬念、冲突、场面之后，展开了第六大元素也是统领前项诸种的结构元素的讨

---

① 杨健：《拉片子2：结构主义编剧法讲义》，作家出版社2019年版，第8页。
② 谭霈生：《论戏剧性》，北京大学出版社1984年版，第257页。

论。从引文不难看出，完整性、统一性亦是谭霈生先生的立论前提，谭先生的戏剧本体论思想亦是以形式主义-结构主义思想体系为根基的。那么在具体的戏剧、电影作品中，结构统一性的关键在于何处呢？“重要的是动作统一性。”这是谭先生给出的结论。为了论证这一观点，谭先生先后引用和分析了狄德罗、李渔的戏剧观，从东西两个世界的戏剧理论先驱处获得理念支撑。接着，先生对体现与图解进行了褒贬分明的评述，又强调了有磁石作用的主题思想不一定总令戏剧显得概念化而失去生命力，从而引出“找到结构中心”这一话题，并以反例驳斥了将人物视作戏剧中心的惯性思维，并最终落脚在“从高潮看统一性”的论证上。高潮是动作的顶点，是人物面临终极的两难选择情境所做出的选择。通过这个顶点动作的完成，作者得以完成人物性格的充分展示、揭示主题等任务，令全剧结构实现统一。至此，谭霈生先生对“动作统一性”理念的论证圆满完成。而谭霈生先生的“动作统一性”思想，又深刻地影响了杨健的“例证性动作”概念的总结与阐发。

（三）杨健对“例证性动作”的诠释

“例证性动作”系学者杨健将结构主义思想与谭霈生先生的戏剧本体论思想进行结合，将这种思想理念投射在电影创作实践中，归纳出的具备发现创新性的概念工具。鉴于前文的介绍较为零散，在此笔者将对《拉片子》中涉及“例证性动作”的部分进行阐释总结。

在《拉片子》第一章“影片的整体构成”的第一节“开场”中，杨健提出“例证性动作”概念并给出定义后，延续谭霈生先生的“从高潮看统一性”理念，又进一步提出了“从开场看统一性”的原则。“如果说戏剧体电影遵循通过高潮实现统一性的组织原则，那么叙事体电影则通过开场实现统一性的组织原则。”[①]随后，杨健以《阿甘正传》和《霸王别姬》的开场例举叙事体电影开场的“主题情境+例证性动作”的操作方式。他指出，《阿甘正传》的开场中“羽毛是统摄全剧的主题意向，鞋子代表阿甘贯穿全剧的例证性动作”，而《霸王别姬》的开场中则出现了作为贯穿性道具的宝

① 杨健：《拉片子1：电影电视编剧讲义》，作家出版社2017年版，第14页。

剑，“此后通过寻剑、赠剑、还剑、烧剑的系列运用，形成贯穿全剧的例证性动作”[①]。以上两例展现了“例证性动作”在影片中的贯穿性。在第一章的第四节也即阐述影片整体结构构成的最后一部分“高潮部、结尾部”中，杨健再提例证性动作，他指出“影片结尾仅仅是用写实性的‘动作–情节’收尾是不够的，需要用具有写意性质的例证动作或是景物来进行点题”[②]，从而强调了“例证性动作”在具体创作实践中的首尾呼应性。在第二、三、四章，杨健对《沉默的羔羊》《拯救大兵瑞恩》《安德烈·鲁勃廖夫》《霸王别姬》《一江春水向东流》等一系列影片进行了分析，其中均有涉及“例证性动作”概念，如《沉默的羔羊》开场中，主人公史黛琳像被追杀的猎物一样在丛林中奔跑，对应结尾处情境人物汉尼拔与猎物主人公史黛琳通话后隐身到了非洲的丛林中的对应设计。其中，“猎杀与被猎杀”即是这部影片的“例证性动作”[③]；再如，先生对史诗电影《拯救大兵瑞恩》以“送信”为“例证性动作”的设置进行了贯穿性分析，并指出这一“例证性动作”有效地实现了结构略显松散的史诗电影的戏剧性改造。[④]《拉片子》通过片例分析证明“例证性动作”的存在性的同时亦展现了这个概念在实践创作中的可操作性。

综上所述，杨健将每一部电影视作一个具备整体性的表意系统，这个系统有其表意的中心，这个中心即是对核心人物的性格特征及全片的主题思想具备例证性、象征性的一个动作，即“例证性动作”。

关于“例证性动作”的具体适用及应用拓展，笔者与杨健老师亦存在一些分歧，以下提出自己的商榷。

三、关于“例证性动作”概念的几点商榷

（一）戏剧体与叙事体的中心问题

戏剧结构按照叙事形式不同可分为戏剧体与叙事体两种结构类型。这种结构

① 杨健：《拉片子1：电影电视编剧讲义》，作家出版社2017年版，第4页。
② 同上，第14页。
③ 同上，第51页。
④ 同上，第101—102页。

划分方式其理念来源于德国戏剧大师布莱希特。杨健老师将布莱希特的戏剧理念带入到电影结构分类中，划分出“戏剧体影片”与“叙事体影片”两种。在谈到两者的结构中心的问题时，杨老师提出了“戏剧体电影”的结构中心在高潮、“叙事体电影”的结构中心在开场的观点，指出谭霈生先生的“从高潮看统一性”原则适用于“戏剧体电影”，而“叙事体电影”则应当“从开场看统一性”。

然而，以动作统一性的理念来看，“从开场看统一性”与“从高潮看统一性”两者并非相互排斥的关系，完全可以并存于同一个作品当中，叙事体戏剧亦需遵循“从高潮看统一性”的原则。以《拉片子》所举片例来看，叙事体电影《阿甘正传》的动作顶点是阿甘与珍妮的重逢，两人在20世纪50年代至80年代的美国历史进程中分分合合、沉沉浮浮，代表着美国嬉皮士一代的珍妮即将死去，抵达她的旅程终点，而代表着赤子之心的阿甘则还将继续活着，但此后他将回乡定居，他奔跑的旅程也将结束。因为阿甘获知两人有了下一代，一个智力健全的孩子。这与影片开场即通过羽毛（旅程情境）与奔跑（例证性动作）寓言的人物以及主题高度统一。《霸王别姬》的高潮是主人公在“文革”中的被批斗、被背叛而彻底“疯魔”。段小楼揭发程蝶衣与菊仙，见出其“假霸王”的人物真相，而菊仙从火海中救出宝剑，程蝶衣在认清真相后感谢菊仙，这些顶点动作与贯穿全剧的宝剑意向与施加于宝剑上的动作亦得统一。在《论戏剧性》的最终章，谭霈生先生对此也曾有过论述。“动作的统一性包含着动作的前后连贯，动作和动作之间的因果关系，这一切都需要通过高潮去检验。”[①]以结构主义的系统性来看，无论是开场、尾声、开端、发展，还是高潮，甚至影片中每一个细节场景，都应统摄在结构统一性的原则之下，而无之于中心的主次之分。

（二）表意结构系统的“中心”与戏剧结构构成的“中心”

假如戏剧体电影与叙事体电影都是既能“从开场看统一性”又能“从高潮看统一性”的话，那么它们结构的中心到底在哪里呢？其实，这个问题的提出，是混淆了结构主义的中心化系统理念与客观具体的结构构成中心两个截然不同的概念。

① 谭霈生：《论戏剧性》，北京大学出版社1984年版，第313页。

“悲剧是对一个严肃、完整、有一定长度的行动的摹仿。”[①]亚里士多德在《诗学》中对悲剧(戏剧)给出的概括被沿用至今,也在两千年前即表明了在整体化、中心化的结构观念下,戏剧结构的中心是戏剧动作。这个动作并非某一个具体的或具备象征意味的抽象动作,而是一系列动作,是贯穿于整部戏剧中的一条因果相承环环相扣的动作线。以电影《霸王别姬》为例,寻剑、赠剑、还剑、烧剑这一系列动作均是该片戏剧结构的中心,或者更准确地说是影片结构中心的“显现”。

在《结构语义学》中显现意义专章,格雷马斯谈到了“显现”,“语境具有大于词位的话语单位的作用,与语境对应的是比词位更大的交际单位,即词组或句子,而义素核心则大体上在这些交际单位内显现”[②]。当我们将结构主义的显现效应带入具体的戏剧表意结构系统进行分析,会发现在高潮处,主人公面对终极的两难情境做出选择,这个顶点动作便是戏剧表意中心,也即主题的最为强烈集中的一次显现。同样,在影片开场和尾声,预示和落实人物性格及主题的具备象征性的“例证性动作”,亦是中心的一次显现。在影片的每一个段落这个中心都通过各种方式显现而出。因此,无论是戏剧体电影还是叙事体电影,并不存在一个固定处于戏剧构成某一分部(如开场或高潮)中的中心,这个中心存在于影片的时时刻刻。

其实,杨健老师自己对此也有所意识,他在《拉片子》中提出了“对位”手法,“对位是电影创作中普遍使用的手法,它是组织情节和细节的原则。影片的一切细节都要与叙事主干建立起一种对位关系,不能够游离于叙事主干,要有机地配合叙事主干的发展”[③]。这里的“叙事主干”其实才是实质上影片结构的中心,而每当创作者使用“对位法”时,都是这个中心的显现时刻。

(三)“首尾呼应+贯穿意向”规制下的“例证性节拍”

既然结构的中心会通过对位法出现在影片的时时刻刻,那么这个“最能够代表主人公个性特征和行为特点的,对全片主题有直接揭示意义的例证性动作”只出现在影片开场部的提法,是否也值得推敲呢?“叙事体电影的开场,通常要与影片的

---

① [古希腊]亚里士多德:《诗学》,陈中梅译,商务印书馆2016年版,第63页。
② [法]A.J. 格雷马斯:《结构语义学》,蒋梓骅译,百花文艺出版社2001年版,第74页。
③ 杨健:《拉片子1:电影电视编剧讲义》,作家出版社2017年版,第38页。

结尾形成照应埋伏……通过开场与结尾的前后照应，是观众看到情节发展的圆满终结，情境内涵的全部呈现，以及主题概念的完整演绎。"[①]从《拉片子》中这段对开场与结尾的对应关系的描述来看，结尾承担的重要任务即是点题，而能够点题的最有效手段就是"例证性动作"的落实。

《阿甘正传》以主人公阿甘送儿子上学的场景结尾，对应人生旅程情境的羽毛和对应例证性动作奔跑的鞋子都再次出现;《霸王别姬》的尾声处，程蝶衣拔剑自刎，亦紧扣着对宝剑展开行动的例证性动作。以上两例可见，例证性动作不应只出现在开场亦应点题于结尾。叙事体电影如是，戏剧体电影也一样。《拉片子》中作为戏剧体电影典范例片的《空军一号》的开场处，美军派出特种部队，深入哈萨克斯坦总统府成功擒获了掌握核武器的该国独裁者伊万·雷迪克将军。而整个影片的正片故事则围绕美国空军一号被来自哈萨克斯坦的恐怖分子劫持的危机情境展开，主人公美国总统则展开了营救人质的反劫持行动。影片结尾处，美国总统在反劫持成功后登上了新的"空军一号"。由此我们看出，劫持与反劫持即是《空军一号》贯穿全片的"例证性动作"，它贯穿全片，不仅出现在开场，亦出现在尾声。

我们不难发现，在如上片例中，"例证性动作"并非一个，而是一对。在具体的某一部影片中，"例证性动作"通常明现于影片的开场和尾声，并以贯穿动作线的形式潜藏于整部影片，通过"首尾呼应+贯穿意向"来加强影片的整体统一性。鉴于"首尾呼应+贯穿意向"的提法略嫌繁复，笔者建议在这一理念框架下，引入美国编剧法导师罗伯特·麦基的"节拍"概念来强调首尾呼应的两个动作的相反相成的特性，即创设"例证性节拍"这一拓展概念。

"节拍是动作/反应中一种行为的交替，这些变化行为通过一个又一个节拍构筑了场景的转折。"[②]节拍英文为"beat"，代表的是一个动作对应一个反动作的冲突性构成关系。笔者建议在保留"例证性动作"概念的同时，拓展使用"例证性节拍"概念，以进一步辅助具体的分析、创作。"例证性节拍"是一对首尾呼应相反相成的动作与反动作，它们一个出现在影片开场，以象征性的手法启题叙事核心；另一个则

① 杨健:《拉片子1：电影电视编剧讲义》，作家出版社2017年版，第8页。
② ［美］罗伯特·麦基:《故事——材质，结构，风格和银幕剧作原理》，周铁东译，天津人民出版社2014年版，第36页。

显现于影片尾声段落，通过翻转了的反动作落实全片的主题，并且这一对节拍动作亦以贯穿意向的形式显现在影片全程。

四、“例证性动作”的操作应用

“例证性动作”具备动作表现力、直观性、象征性和哲学总结性，它们不仅遥遥相望地出现在影片的开场和尾声，亦通过对位法时时出现在整部影片当中。随着信息时代的发展，电影叙事信息量也随之不断膨胀，叙事愈来愈复杂的当下创作中，“例证性动作”的使用可以帮助创作者在繁复线索中不偏离叙事主干。接下来，本文将以两个实例，从经典作品的“例证性动作”分析和创作实践中“例证性动作”的应用两方面来展示这一概念的可操作性。

（一）经典影片的“例证性动作”分析：以电影《朗读者》为例

《朗读者》是一篇爱情悲剧，不仅如此，在爱情故事中，她又隶属于一个子分类：畸恋故事。传统的爱情悲剧是通过天作之合的主人公最终没有能够在一起，引发人们追问阻挠美好爱情的原因到底是什么，从而达到反思效果。而在畸恋关系中，主人公的关系本身即呈现某种边缘性抑或禁忌性，从而令叙事更加复杂。

《朗读者》的主人公麦克与汉娜的年龄差异显然已经脱离了姐弟恋的范畴。汉娜一直称麦克为Kid，暗示两人是两代人的关系。改编自同名小说的这部电影，实际上想要探讨的是战后两代德国人如何在后战争时代共生的代际话题，而主人公跨越代际的畸恋关系恰可为讨论这一话题提供绝佳的情境。那么，《朗读者》的“例证性动作”是什么呢？

在影片开场，中年麦克在一夜情后独自准备早餐，通过他与女伴的对话我们感受到麦克无法与人建立长久的亲密关系的危机，他当天要与女儿会面，通过他的表情我们感到他对这次会面是有顾虑的。在这一段落的结尾，麦克望向窗外的铁轨，他看到了少年时代的自己，这时影片的“例证性动作”出现了，它就是“面对”自己的过去。随即，麦克关闭了窗户从而打断关于过去的回忆动作，暗示出主人公的“面对”是有“逃避”惯性的。

与这个开场“逃避面对”动作相对的，是影片尾声处，中年麦克带女儿来到了汉娜·施密茨的埋骨处，开始原原本本地对自己的下一代讲述他与汉娜的“畸恋故事”，从而实现了主人公不再“逃避”的终极“面对”。

在开场与尾声的“首尾呼应”中，“逃避/面对”这对“例证性节拍”清晰可辨。那么这组“例证性节拍”是否贯穿全片，且对主人公的核心性格、对全剧主题起到了直接的揭示效果呢？

“逃避”原本是汉娜的核心性格，亦是其人生悲剧的原因。她是个文盲，并以此为耻，她用自己的一生“逃避”自己是文盲的事实：她因为自己不识字而选择纳粹的工作；因为害怕自己的真相暴露而对爱人麦克不辞而别；在法庭上她为了在麦克面前掩盖文盲真相，放弃了因不识字而不可能是主犯的申诉；最终，她为此付出了被判终身监禁的生命代价……然而，在人物不自知的层面她却有着与“逃避”恰好相反的向往“面对”的一面：她迷恋书中的世界，无论是在集中营里令犹太女孩读书，还是让麦克为自己朗读；在汉娜的高潮处，在麦克寄来朗读磁带的爱意支持下，她走出了“面对”的第一步，她自学读写，通过“面对”修正了自己终生的耻感之源。由此，我们可以确认“逃避/面对”是最能代表汉娜性格特征和行为特点的“例证性节拍”，那么麦克是否也是呢？

麦克与汉娜一样，也是羞耻感极强的人。他与汉娜的相识即是因为不想在公共汽车上让别人看到自己呕吐，而宁愿在大雨中下车导致。原本不知汉娜是个女纳粹的麦克毫不忌讳他与这位长辈的恋情，然而自从他在法庭上与爱人“重逢”，得知对方身份后，便开始“逃避”向任何人承认两人的关系，及自己对这个罪人的真心。“逃避”对爱人的感情是纠缠麦克一生的悲剧之源，他因“逃避”而从探望汉娜的罪人家属队列中离开，这成为汉娜认罪的重要原因；他也因“逃避”而终生无法再有爱情。比汉娜更为复杂的是，麦克的“面对”动作并不是一蹴而就的：在婚姻失败后，麦克回到老家，他意识到自己必须“面对”自己的情感，因此开始给汉娜录制朗读磁带。但这时麦克的“面对”是有所保留的，因此当汉娜学会写字给他寄来字条后，麦克再次“逃避”了起来。这甚至在两人狱中相见后，直接导致了汉娜因绝望而自杀。

麦克的高潮是在汉娜死后到来的，在帮汉娜·施密茨完成遗愿时，他第一次向另外一个人承认自己对这个罪人的爱。至此，麦克翻转了自己“逃避”的性格，实现了对过往的终极“面对”。

由以上分析可知，“逃避/面对”这对“例证性节拍”不仅是主人公个性特征的核心显现，并且贯穿全片。同时，文盲汉娜恰可象征受纳粹思想蒙蔽而犯下罪行的战中一代德国人；汉娜对文盲缺陷的“面对”则应对着那一代德国人必须认罪悔罪、对罪行负责才能够走出民族精神困境的现实。而逃避自己对汉娜的爱的麦克，则象征着战中一代德国人的子女们，是因父母有罪而无法“面对”自己与父母关系的一代人。对此，影片给出的主题劝导是：爱不可“逃避”，恰恰相反，应当用爱来支持上一代，从而帮他们“面对”罪行，翻转负面价值，就如麦克能帮汉娜摆脱文盲缺陷一般。《朗读者》旨在通过主人公之间跨越代际的畸恋不得，来探讨战后两代德国人如何“面对”后战争时代与彼此关系的话题，而影片亦是通过“逃避/面对”这对“例证性节拍”对话题做出主题判断的。

在《朗读者》这部经典影片当中，“逃避/面对”这对“例证性节拍”首尾呼应于影片开场和尾声，又通过对位法贯穿显现于影片各处，这对节拍精确地显示了主人公的核心性格和作品的主题，令复杂的叙事得以集中、统一。但是，在分析操作中，我们亦感到“逃避/面对”的节拍表述略嫌平常，缺乏象征性和形象色彩感，为此创作者更是通过明现于影片标题的“朗读”动作弥补了这一不足。“朗读”不仅有“面对”含义（通常需要面对面才能朗读给对方），又是贯穿全片的主人公钟情、相爱、相处、救赎的独特方式，亦是翻转主人公性格缺陷的关节所在。对汉娜而言，“朗读”是支撑其面对文盲缺陷的推动力；对于麦克，“朗读”是他表达爱、“面对”爱、不“逃避”爱的具体行动。电影以“朗读”为题，“朗读”是影片的贯穿意向，是本片独有的“例证性动作”。

（二）创作实践中的“例证性动作”操作案例一则

“例证性动作”能够帮助创作者矫正叙事偏差，是十分实用的概念工具。然而在具体的创作时，概念化、主题先行亦有可能损害真实感、鲜活性，如何利用好“例证性动作”？以下是创作中自觉应用“例证性动作”的一个实例。

1. 故事内自然生长的“例证性动作”

必须强调的是，例证性动作不应来自外部强加，不应是生硬赋予的哲学总结。虽然例证性动作应出现在电影的开场与尾声中，并形成相反相成的节拍，但好的“例证性动作”应自然产生在故事的本体之内。创作者应当到自己的故事本体当中去寻找这一组“最能代表主人公个性特征和行为特点”的动作节拍。

本文以一篇学生创作为例分析“例证性动作”的自然生长性。该创作题材来源于一名女生的亲身经历：在她十几岁的时候，父母突然给她添了一个弟弟。当被追问假如出于重男轻女的原因想要生育二胎的话，为什么不在学生小的时候去生育时，学生顿了一下，回答说：“可能是因为他们后来做了一些生意，罚得起了吧。”这位女同学叙述时流露出略带嘲讽又无能无奈的态度，给人留下了深刻的印象，传递出她内心真实的情绪波动。

此后，我们在学生的生活素材内开掘，最终找到了一个激励事件，系学生的一段真实经历：父母由于生意欠债而被债主找上家门，于是出门躲债杳无音信。如此，家里就只剩下了十五六岁的她和只有四五岁的弟弟。一个对自己有着“夺亲之仇”的弟弟“闯入”了姐姐的生活。学生如实描述那个时候在她们所在的地方小城，她每天会骑着自行车到火车站去看看父母会不会从火车站里出来的往事。而无依无靠的弟弟也本能地依赖上了她这个唯一的亲人，于是姐姐最不喜欢的弟弟却整天与自己粘在了一起。某一天，弟弟把她的自行车弄坏了，姐姐就把他打了一顿，自己推着车往回走。一方面因为自己的冷酷而自责，另一方面也被小兽一样眼泪汪汪的弟弟触动了内心的柔软。姐姐就把弟弟放到了车上，她们推着掉了链子的自行车，两人一车向家走。

学生叙述至此，叫人眼前一亮，人物成长的弧光灼灼闪亮。至此，她不仅拥有了一个好故事，而且自然生长出了一个只属于这个故事的“例证性动作”：姐弟同车。这个动作既点出了全剧相依为命的危机情境以及和解的主题，同时又是只属于这个故事本身的，是非常好的“例证性动作”。

因此，我们说“例证性动作”生长于每一个故事自身本体之内，是浸润着每一个作品的独特色彩质感的具体动作，而不是从外部寻来附加的一个看似高深、有哲学意味的别的动作。那么当我们找到自己的“例证性动作”后是否只需要在开场和结尾设计安排这个动作出现就可以一劳永逸了呢？并非如此。

2. 根据“例证性动作”重写人物动作线和落实“例证性节拍”

例证性动作出现后，创作者需要以这个动作为中心，重新梳理整篇叙事，力求令例证性动作能够贯穿在主人公的整条行动线当中，让人物通过具体行动时时点题，从而令影片实现整体上的动作统一性。

仍以姐弟故事的创作为例，在找到了“姐弟同车”这个“例证性动作”后，自行车便成为这个动作依附的贯穿道具，就像“宝剑”之于《霸王别姬》。由此便可搜寻和设计一系列与这辆自行车相关的情节动作，如主人公一直想要一辆自行车，但父母都没有同意，直到有一天父亲送给她自行车为礼物，随之而来的却是母亲怀孕的“喜讯”；独自骑着自行车漫无目的地骑行可以成为主人公的贯穿动作线；高潮处应当设置与这辆自行车有关的两难选择等，这些调整令影片整体结构得以加紧的同时，学生亦发现了“独自骑车”与“姐弟同车”这对相反相成的动作节拍。它们恰可出现在影片的开场与尾声，以成呼应，这又进一步加紧了叙事的动作统一性。

3. 表意与戏剧结构的中心意向设置

在这个创作案例中，设计贯穿动作线的工序之所以不会因主题先行而概念化，全赖“例证性动作”自然生发于故事本体的“天然出身”，而依据中心内核设计出来的动作线在不偏离叙事主干的同时，还能够帮助创作者进一步找准“例证性节拍”。这些具体实践操作经验证明了前文所述的，应当将“例证性节拍”视为表意结构系统中心的观点。一俟“例证性节拍”得到校准，创作者可以自觉地应用“对位法”使这个节拍贯穿显现于作品的时时处处，从而以具体鲜活动作性的方式进行“见微知著”的点题。一部理想的作品，既可极简为一对动作节拍，又能拓展成复杂的叙事大厦，是一个完整有机的叙事系统。

结语

“例证性动作”虽然直引自乔治·贝克的“表现性动作”，但学者杨健亦对这一概念进行了具备原创性的新阐发。“例证性动作”与雅各布森的“主导”、罗兰·巴特的“例证”、热拉尔·热奈特的“胚芽”等概念具备理念一致性，系杨健在整体性、中心化的结构主义思想框架下，结合谭霈生先生的戏剧本体论思想，将两者融汇而成的具备理论总结性和实践可操作性的新概念。

在对“例证性动作”的有效性高度认同，并对这一概念进行了深入思考及探究后，本文亦提出了一些补充与修正的商榷意见，包括：例证性动作作为影片戏剧性的中心，不应只出现于叙事体影片，它可以适用于所有电影；例证性动作不应仅显现于电影的开场，它应以相反相成的节拍型制在开场与尾声分别出现，且通过对位法显现于整部影片的时时处处。

故事电影的戏剧性本体是“情境+行动”，创作者可通过例证性动作的“首尾呼应+贯穿意向”的方式令作品更加集中统一，具体表现为电影的开场以“象征性情境+例证性动作”启题，尾声则以“象征性情境+例证性反动作”点题。这中间间隔了一个以例证性节拍贯穿始终的正片故事，用以证明作者表达主题的可信服性。

“例证性动作”是结构主义体系下的编剧法理论概念，其在影片分析和创作实践中均能发挥效能，应受到更多的关注、传播及应用。

外国戏剧编剧研究

听见契诃夫：论《樱桃园》中“绷断的琴弦”

郑　钲

一

《樱桃园》是契诃夫一生中最后一个多幕剧，酝酿与构思于1896—1903年，写作于1903年3—10月，[①]当时他罹患肺结核，遭受病痛折磨，不得不远离莫斯科，在黑海南岸的雅尔塔（Yalta）养病。1903年9月26日，《樱桃园》第一版草稿完成，契诃夫给妻子奥尔加·克尼佩尔（Olga Knipper）致信，语气里有一丝骄傲：“对我来说，这个剧本里有些新意，不过可能会很无聊。顺便一提，全剧里没有一处枪声。”[②]事实证明，这又是一次带有契诃夫鲜明的个人风格的轻描淡写。因为仅是“有些新意”，就留给戏剧世界迷雾重重，文本如何阅读、舞台如何呈现，似乎都有一定的困难。从戏剧文本的阐释史来看，百年以来，人们对“四幕喜剧”《樱桃园》的阐释与理解经历了“多元化—单一化—多元化的历程”，不同的时代、不同的国度赋予了“樱桃园情结”不同的理解。[③]

《樱桃园》毋庸置疑是20世纪初最重要的戏剧文本之一，正如契诃夫研究学者唐纳德·雷菲德尔（Donald Rayfield）所说，其重要性在于：第一，文本内在的丰富性与微妙性；第二，是19世纪“现实主义”虚构作品的巅峰；第三，对20世纪戏剧史的

① 参考［苏联］з·帕佩尔内：《契诃夫怎样创作》，朱逸森译，上海译文出版社1991年版，第384页.

② 转引自Edward Braun, “The Cherry Orchard,” in Vera Gottlieb and Paul Allain (eds.), *The Cambridge Companion to Chekhov*, Cambridge: Cambridge University Press, 2000, pp.118–119.

③ 董晓：《从〈樱桃园〉阐释史看经典的艺术张力》，《南京大学学报》2017年第5期。

发展有开创性的影响。[①]不过，《樱桃园》的重要性属于后见之明，是经过长时间沉淀而缓慢形成的，文本中超越时代的艺术性在当时并不被理解。《樱桃园》的写作时间战线很长，直到1903年下半年才被寄往莫斯科。在排练过程中，斯坦尼斯拉夫斯基不仅部分地违背了作家的选角建议，[②]还在整体上将《樱桃园》排演成一部“沉重的戏”。导演和剧作家之间矛盾不断。斯坦尼斯拉夫斯基认为：“你所写的，不是一出喜剧或一场闹剧；这是一出悲剧，不管你在第二幕里找到了什么朝向好生活的解决方案。”[③]契诃夫对此极为不满，他斥责“愚蠢的感伤主义”，批评丹钦柯和斯坦尼“根本没有弄懂我写的东西”。[④]1904年4月10日，契诃夫给克尼佩尔的信里说：“聂米洛维奇-丹钦柯和斯坦尼斯拉夫斯基从我的剧本里看到的东西和我写的绝对不一样，我敢打赌，他们哪怕一遍都没有认真读过。”[⑤]在某种程度上，这意味着1904年1月17日莫斯科艺术剧院（Moscow Art Theatre）的首演是一次对契诃夫大幅度的误读。可即便直到今天，我们也很难笃定完全理解《樱桃园》。借用一句话来形容契诃夫及其《樱桃园》——“我们前行的地平线总是在我们面前后退”[⑥]。契诃夫如同当代戏剧世界中不朽的地平线一般，在我们前进的时候不断后退，孳茔不辍地引诱着我们。

契诃夫的“有些新意”非但不无聊，反为后人津津乐道。持续开放地打开经典，赋予当下的时代意义，这正是《樱桃园》作为经典之生命力的重要体现。而契诃夫写给克尼佩尔的后半句话——“顺便一提，全剧里没有一处枪声”——实际上也不太“顺便”，在本文看来，是理解文本的重要入口。契诃夫善于淡化、弱化表面上的戏剧冲突，将矛盾内隐，呈现日常生活的暗涌激流。他认为，“在生活里人们并不是每时每刻都在开枪自杀，悬梁自尽，谈情说爱”，“人们吃饭，仅仅吃饭，可是在这时候，他们的幸福形成了，或者他们的生活毁掉了”。[⑦]尽管如此，契诃夫却相当热衷

① Donald Rayfield, *The Cherry Orchard: Catastrophe and Comedy*, New York: Twayne Publishers, 1994, p.11.

② 契诃夫在1903年10月14日给莫斯科艺术剧院致信，内容是剧中主要角色的选角建议和说明，特别提到应由斯坦尼斯拉夫斯基来扮演罗巴辛（Lopakhin），而斯坦尼则选择饰演加耶夫（Gaev）。

③ Maurice Valency, *The Breaking String: The Plays of Anton Chekhov*, New York: Oxford University Press, 1966, p.265.

④ 转引自董晓：《从〈樱桃园〉看契诃夫戏剧的喜剧性本质》，《外国文学评论》2009年第1期。

⑤ Maurice Valency, *The Breaking String: The Plays of Anton Chekhov*, New York: Oxford University Press, 1966, p.267.

⑥ Jeff Chang, *We Gon' Be Alright: Notes on Race and Resegregation*, London: Picador, 2016, p.196.

⑦ ［俄］契诃夫：《契诃夫论文学》，汝龙译，安徽文艺出版社1997年版，第346、379页。

于象征着暴力的枪支，在其前作里，枪往往是重要的道具，枪声往往是重要的听觉元素。例如，在《万尼亚舅舅》(1896)里，沃伊尼茨基意识到自己尽心尽力日夜侍奉的教授不过徒有其表时，在第三幕接近结束的时候开出了两枪，尽管没有打中任何一个人；在《海鸥》(1896)里，特里波列夫的剧本演出失败后，第二幕里他开枪打死一只海鸥，对艺术的激情、对庸俗的憎恶、对爱情的绝望，最终使他在第四幕开枪自尽，走向毁灭；在《三姊妹》(1900)第四幕里，"远处隐约一声枪响"，土旬巴赫在决斗中身亡，这宣告着三姊妹"回莫斯科去"的梦想破裂，驻军在军乐声中开拔了，她们的生活已然无限地堕入平庸之中……甚至，"契诃夫之枪"(Chekhov's gun)还成为编剧的专业术语，《大英百科全书》提及契诃夫曾在书信里谈道："要是不打算开出这一枪，就千万不要把上了膛的步枪放在舞台上。不打算遵守的承诺是错误的。"①

而在《樱桃园》里，尽管有枪的存在——流浪的吟唱诗人夏洛特背着一把似乎仅是道具的来复枪，管家叶比霍多夫随身携带一把手枪开玩笑似的说要用它自杀——但"全剧里没有一处枪声"。但是，《樱桃园》里"枪声"真的消失了吗？这一追问是本文的起点。从一方面看，《樱桃园》违背了"契诃夫之枪"戏剧原则，使读者与观众的期待落空；但从另一方面看，在场但没有开出的枪实际上持续地强化了缺席的"枪声"，恰恰因为它的"缺席"才凸显出了"在"。

本文认为"枪声"没有消失，而是以另一种（或者说"更高级的"）方式呈现。我们清楚，契诃夫是一位对创作精准且自觉的作者，他已经意识到《樱桃园》背离了之前的创作手法，只不过，这种背离不是彻底的反叛，而是一种迂回的再创造，抑或说，契诃夫在离世前继续将自己的戏剧创作往前推进了一步——物理意义上的"枪声"消失了，取而代之的是精神世界里的"枪声"，正是剧本里两处分别来自远方与天空的"琴弦绷断的声音"。对于这个声音，不少研究者已经指认出其重要性。斯泰因(J.L. Styan)所言非虚："解释这个声音就是解释这出戏。"②莫里斯·瓦伦西(Maurice Valency)曾把契诃夫多幕剧的研究著作命名为"绷断的琴弦"(The Breaking String)，他在书中指出："《樱桃园》集中于琴弦绷断的声音。……任何在

① 参见https://www.britannica.com/topic/Chekhovs-gun，2023年11月22日查阅。
② J. L. Styan, *Chekhov in Performance*, Cambridge: Cambridge University Press, 1971, p.337.

‘樱桃园’里未被表达出来的悲伤,该声音可以表达。”[①]

本文结合文本与实践,尝试指出“琴弦绷断的声音”取代了缺席的“枪声”,成为一种直接作用于我们精神世界的“心理装置”(psychological device)[②],不仅如此,契诃夫在创作本剧时承受着巨大的痛苦,不仅是身体上的,更是精神上的,因此,该声音或许也是契诃夫晚年最后“天鹅之歌”的回响,是与作家本人晚年所遭受的身心之痛共振的“听觉刺点”(auditory punctum)。

二

“琴弦绷断的声音”第一次出现在全剧的第二幕。就剧作所设定的时间而言,在太阳落山到月亮升起之间。契诃夫曾表示“第二幕难写,非常难写”[③],某种程度上因为这一幕最少戏剧性,人物们不过是坐在“长板凳”上漫无边际地闲聊。但与其说是“闲聊”,不如说是在戏剧性的间际氛围之中各自的“独白”:夏洛蒂聊到自己的身世,叶比霍多夫抒发了对现实的困惑,特罗费莫夫高谈阔论人类的未来,加耶夫仍旧说着一些不合时宜的空话,只有罗巴辛在苦口婆心地担忧庄园的去留。这恰恰符合学者雷蒙·威廉斯(Raymond Williams)曾指出的“契诃夫戏剧的结构与方法的特殊性”:“在那里,可以被看成受害者的是整个群体或社会。现在的问题不是怎样戏剧性地解决单一个人的命运,而是如何协调人们对共同命运的不同反应。”[④]这座美好的庄园即将陨落的念头笼罩在众人心头。加耶夫被迫住嘴后,这勉强能称得上对白的交流情境一下子崩溃了,契诃夫写下的舞台提示是:

> 大家都坐在那里,一动也不动,各人想各人的心事,一片寂静。只听见费尔斯在嘟囔着。

---

① Maurice Valency, *The Breaking String: The Plays of Anton Chekhov*, New York: Oxford University Press, 1966, pp.284–287.

② Jean-Pierre Barricelli, “Counterpoint of the Snapping String: Chekhov’s the Cherry Orchard,” in Nicholas V. Riasanovsky, Gleb Struve, Thomas Eekman (eds.), *California Slavic Studies*, Vol.X, Berkeley, Los Angeles, London: University of California Press, 1977, pp.121–136.

③ 契诃夫1903年9月2日给涅米罗维奇–丹钦柯的去信,中译版见[俄]契诃夫:《契诃夫书信集》,朱逸森译,上海译文出版社2018年版,第325页。

④ [英]雷蒙·威廉斯:《现代悲剧》,丁尔苏译,译林出版社2007年版,第140页。

按照威廉斯的解释，这是契诃夫创造的新状况："一种僵局"，在樱桃园行将消逝的困境之中，人们不是忘记了樱桃园，而是不想谈论，"在困境中，人虽然还在努力奋斗，但他没有胜利的可能。……在僵局中，不存在任何行动的可能性，甚至连行动的企图也没有；每一项主观行动都会自我抵消"[①]。如果参照结局的话，威廉斯的见解是正确的。契诃夫描述了崩溃前夕，在场的人物一下子处于无话可说的寂静状态之中，如同《三姊妹》中"巴尔扎克的信"也能够提供临时掌控局面的幻觉，为了依然能够反映出"一种整体感"，在《樱桃园》中，就在此时：

> 忽然间，远处，仿佛从天边传来了一种类似琴弦绷断的声音，然后忧郁而缥缈地消逝了。[②]

从剧作法的功能性来看，"琴弦绷断的声音"在此处的第一重作用是提供了临时掌控局面的幻觉，由此接续了崩溃的对白，重新建构了间际氛围。当剧中人物听到这一特别的声音后，对话的内容第一次有了焦点：

> **柳鲍芙·安德烈耶夫娜**　这是什么？
>
> **罗巴辛**　不知道，也许是哪儿矿里的一个吊桶掉了。不过是很远很远的地方了。
>
> **加耶夫**　也许是一种什么鸟……比如鹭鸶什么的。
>
> **特罗费莫夫**　也许是一只猫头鹰……
>
> **柳鲍芙·安德烈耶夫娜**　（发抖）这声音有点怕人！
>
> [停顿。
>
> **费尔斯**　在那一次大灾难发生以前，也整整是这个样子；猫头鹰也叫了，铜茶炉也不住地咕噜咕噜响。
>
> **加耶夫**　在什么大灾难以前哪？

① [英]雷蒙·威廉斯：《现代悲剧》，丁尔苏译，译林出版社2007年版，第139页。
② [俄]契诃夫：《契诃夫戏剧全集：万尼亚舅舅·三姊妹·樱桃园》，焦菊隐译，上海译文出版社2017年版，第224页。

费尔斯 就是解放农奴以前啊。

［停顿。

柳鲍芙·安德烈耶夫娜 我说，朋友们，我们回去吧，天快黑了。……①

从空中传来的“琴弦绷断的声音”即刻把所有人晃了神的漫游思绪紧紧地聚拢在一起，并且隐隐地令人感觉到困惑与不安，正如郎涅夫斯卡娅所说“这是什么？”和“这声音有点怕人！”斯泰因认为朗涅夫斯卡娅表达了观众的感受：“这一难以理解的、有些超自然的声音效果怪异地将观众与这个家庭联系在了一起。”②契诃夫很少允许彻底孤立的元素或者事件横亘于剧本之中，更不用说他曾为了使这个声音被剧里的人物听见，特意修改了第二幕的舞台置景（stage setting），他把场景从河边改到了小教堂，用一口井代替了河流，他提道：“第二幕中，我用一座古老的小教堂和一口井代替了河流。这样就更安静了。”③契诃夫的戏剧世界“是安静的，安静到就连空中一根琴弦断了，我们都能听见”④。就连费尔斯这位“耳背者”都听见了这一事实足以说明，在安静的世界里，契诃夫所描写的听觉元素绝对不是可有可无的附属物，而是被牢牢地编织到情节网络之中，深深地内嵌于情感结构之中。

当剧中的人物们第一次听到这个声音的时候，他们给出了不同的解释。罗巴辛认为是遥远的矿井里一个吊桶掉了；加耶夫说是鹭鸶的声音；特罗费莫斯说是猫头鹰；柳鲍芙延续一贯的夸张和虚浮，认为有点吓人；费尔斯想起了解放农奴以前的“大灾难”。实际上，除了功能性的阐释路径之外，根据这五位角色的反应，可以梳理出对该声音另外三种阐释路径。

第一，实际情况的阐释方案。相比于其他几位，罗巴辛无疑最具实践经验，在所有人里他是唯一一个正确地辨认出这是一根在远处缠绕在矿井轴上的电缆。⑤

第二，早期社会现实主义的阐释方案，聚焦于“阶级与秩序”，用庄园不可避免

---

① ［俄］契诃夫：《契诃夫戏剧全集：万尼亚舅舅·三姊妹·樱桃园》，焦菊隐译，上海译文出版社2017年版，第225页。

② J. L. Styan, *Chekhov in Performance*, Cambridge: Cambridge University Press, 1971, pp.287–288.

③ Jean-Pierre Barricelli, "Counterpoint of the Snapping String: Chekhov's the Cherry Orchard," in Nicholas V. Riasanovsky, Gleb Struve, Thomas Eekman (eds.), *California Slavic Studies*, Vol.X, Berkeley, Los Angeles, London: University of California Press, 1977, p.125.

④ Maurice Valency, *The Breaking String: The Plays of Anton Chekhov*, New York: Oxford University Press, 1966, p.301.

⑤ Donald Rayfield, *The Cherry Orchard: Catastrophe and Comedy*, New York: Twayne Publishers, 1994, pp.74, 107.

的消逝来预示旧秩序的必然崩溃，揭示了"再见了，旧社会"的感伤与无奈。正如前文指出，《樱桃园》是19世纪"现实主义"虚构作品的巅峰。《樱桃园》处理的主题是世纪之交的俄国社会变革，尤其是19世纪末地主贵族的衰退问题。费尔斯提及的"大灾难"指的是1861年亚历山大二世在位期间的俄国农奴制度改革。其结果是地主们无法免费地使用这些农奴，而他们又没有种植农业和管理财务的能力，绝大部分人长期不在家，这就导致了大部分庄园的荒废与颓败。[①]契诃夫曾亲身经历过庄园的消逝：1892年，契诃夫在莫斯科南部购置了梅利霍沃庄园（Melikhovo），在经营这个庄园的六年里，他目睹了巴布金诺庄园（Babkino estate）的衰败，该庄园属于他的老朋友阿列克谢（Alexei）和玛丽亚·基谢廖夫（Maria Kiselev）。第一幕里费尔斯提到四五十年前庄园曾热闹、繁荣，现如今那些种植樱桃树、制作副产品的"秘方"均已"失传了"。

《樱桃园》描写了沙俄崩溃前夕人们的生活。1894年，尼古拉二世（Nicholas II）即位，时年二十六岁。"在半封建半殖民地时代，他通过莽撞的工业化、大规模的引进外资和推动出口，努力与欧洲接轨，但农村经济却因重税、粮食歉收、霍乱疫情、物价飞涨和人口激增而陷入困境。1901年，歉收导致爆发了19世纪60年代以来最严重的暴力事件，在接下来的两年里，成千上万的饥寒交迫的农民侵占了南部省份波尔塔瓦（Poltava）、哈尔科夫（Kharhov）和萨拉托夫（Saratov）的贵族庄园。"[②]第一幕瓦里雅也提及了庄园里一些仆人的房间里挤满了来自不同地方的流浪汉。契诃夫虽然没有直接地披露这些历史事实，但残酷的社会现实已然不断地渗透进朗涅夫斯卡娅与加耶夫的生活之中。尽管他们还能去城里吃一顿昂贵的午餐，在家里举办舞会，但这不过只是崩溃前夕最后的逞强罢了。

樱桃园的主人们已经失去挽救庄园的能力与行动了，他们即将坠入过去的历史，而新的生活终将到来。契诃夫刻意描绘这"琴弦绷断的声音"，并在最后一幕将其与"斧头的声音"并置，或许为其赋予了一定的历史意义，成为预示在世纪之

① Edward Braun, "The Cherry Orchard," in Vera Gottlieb and Paul Allain (eds.), *The Cambridge Companion to Chekhov*, Cambridge University Press, 2000, p.112.

② Ibid., p.113.

交的激烈变革时刻，庄园即将消逝、家庭即将崩溃的命运之声。在这样的历史时刻里，董晓教授认为这声音中还有契诃夫一贯的抒情意味，“这具有象征意义的天外之声连同突然出现的乞丐营造了肃杀的氛围，与庄园的衰败共同构成忧郁色调”。[①]最后琴弦绷断的声音与斧斤砍伐树木的声音的对位，渲染了一种凄厉、残酷的悲伤气氛。

第三，神秘主义倾向，象征着灾难与死亡。第二次出现最后一幕结尾处，樱桃园分崩离析，众人各自奔散，只留下了似乎被遗忘了的老仆费尔斯：

> **费尔斯** ……生命过去得真快啊，就好像我从来还没有活过一天儿似的……你怎么身上一点力气都没有啦！什么都没有啦！什么都完了，都完了……哎，你呀，你……这个不成器的东西啊！……（一动不动地躺在那里）
>
> [远处，仿佛从天边传来一种琴弦绷断似的声音，忧郁而缥缈地消逝了。又是一片寂静。打破这个静寂的，只有园子的深处，斧子在砍伐树木的声音。[②]

费尔斯“病了”，他蹒跚地走进舞台，如同贝克特笔下的结局那般，空荡荡的舞台如同幻觉。但是费尔斯是否真的“死去”仍旧是一个谜，如果按照前三幕的暗示，费尔斯的生命技能在不断衰落，在柳鲍芙等人各自奔向新生活之后，他已经没有生存的位置，尤其是第四幕这般肃杀的秋日寂静之中，更渲染了死亡的气氛。雷菲德尔认为：“如果《樱桃园》中不仅没有三角恋、医生和枪声，也没有死亡，那它就真的是一部非常奇怪的戏剧了。”[③]但不管怎样，费尔斯最后的姿态与行动都在某种程度上令我们想起了“死亡”。艾梅・亚历山大（Aimée Alexandre）认为：“《樱桃园》是一部关于死亡（death）的戏剧，关于消失的过去，包括所有好的和坏的东西，以及它将产

① 董晓：《从〈樱桃园〉看契诃夫戏剧的喜剧性本质》，《外国文学评论》2009年第1期。
② ［俄］契诃夫：《契诃夫戏剧全集：万尼亚舅舅・三姊妹・樱桃园》，焦菊隐译，上海译文出版社2017年版，第265—266页。
③ Donald Rayfield, *The Cherry Orchard: Catastrophe and Comedy*, New York: Twayne Publishers, 1994, p.93.

生的所有怀旧情绪，以及对时间流逝的所有悲伤。”①而“琴弦绷断的声音”在民俗传说和俄罗斯的文学传统中都或多或少与“死亡”相关。

巴里塞利在一篇文章中指出需要从民间传说（folklore）中寻找“琴弦绷断的声音”的背景。他提及“瑞士提琴手”与壮汉汉斯（Strong Hans）的故事。在民间传说中，演奏者可以把他的乐器作为“生命的信物”（life token）留下，作为他自己的延伸，如果当他不在场的时候一根琴弦绷断了，这会被认为是一个邪恶的预兆。而汉斯除了弹琴之外什么都不会做，有一天他站出来与食人魔（他强奸了国王的女儿）战斗，告诉他的母亲：“如果你看到我的琴弦断了，就来找我吧（因为我已经死了）。”②特罗费莫夫将这个声音与“猫头鹰”联系在一起，在民间文学中，猫头鹰的叫声是一个不吉之兆；在埃及的象形文字体系之中，猫头鹰象征着“死亡、夜晚、寒冷与被动”，也与死日（已经落下的太阳）的领域有关。③而费尔斯则在多年前就听过猫头鹰的声音了，这同样象征着灾难与死亡。当“琴弦崩断的声音”从听觉层面上闯入之后，一个醉酒的流浪汉则从视觉层面上闯入，他先是问路，再是借钱，使瓦里雅、罗巴辛直接恼火。不过，斯泰因却注意到流浪汉的身份问题，他有可能是一位粗野的农民，但是从他的讲话内容来看，很有可能是一位家道中落的贵族，在某种程度上，他很有可能是未来的加耶夫。④不论这种猜测是否合理，听觉和视觉意义上的两处“闯入”都在暗示着随之而来的灾难与死亡。

1903年，曾有人给契诃夫写信：“……而今天我在散步的时候听到了秋树的喧哗声，我想起了《海鸥》，继而是《樱桃园》，不知为什么我感到《樱桃园》不是一个剧本，而是一部音乐作品，是一曲交响乐。”⑤梅耶荷德（Vsevolod Meierkhold）曾明确地指出《樱桃园》就像一部抽象的柴可夫斯基的交响乐：“导演应当首要地用耳朵来把握它。”⑥契诃夫善用声音，利用声音所形成的对位或复调效果来营构戏剧情境，来开展戏剧叙事。如果说《樱桃园》是一部大型的交响乐，那么“琴弦绷断的声音”无疑

① Jean-Pierre Barricelli, “Counterpoint of the Snapping String: Chekhov’s the Cherry Orchard,” in Nicholas V. Riasanovsky, Gleb Struve, Thomas Eekman (eds.), *California Slavic Studies*, Vol.X, Berkeley, Los Angeles, London: University of California Press, 1977, p.126.

② Ibid., p.128.

③ J. E. Cirlot, *A Dictionary of Symbols*, New York: Philosophical Library, 1962, pp.235-236.

④ J. L. Styan, *Chekhov in Performance*, Cambridge: Cambridge University Press, 1971, p.288.

⑤ 转引自［苏联］з·帕佩尔内：《契诃夫怎样创作》，朱逸森译，上海译文出版社1991年版，第394页。

⑥ Donald Rayfield, *The Cherry Orchard: Catastrophe and Comedy*, New York: Twayne Publishers, 1994, p.18.

是其中最强有力的音符。概言之，该声音在剧作法上，提供了临时掌控局面的幻觉，重建了崩溃的间际氛围，缝补了对白的断裂；在接受心理上，唤起了异样的情绪，将观众与剧场联系在一起；从隐喻/象征的意义上，预示着灾难的发生与死亡的降临。

三

《樱桃园》的重要性不仅在于文本的微妙性、经典性与时代性，还开启了20世纪新戏剧的创作潮流。不过，如果暂且搁置作者身后整个学术界为作品赋予的学术意义和历史意义的话，回到《樱桃园》本身，或许我们首先应当承认这是作为戏剧家的契诃夫一生中最后一个戏剧作品，而这个作品是这位强大的作家主体契诃夫承受着巨大痛苦的情况下的“天鹅之歌”。因此，我们不妨把《樱桃园》与契诃夫的身体之痛做一个桥接。

《三姊妹》之后，契诃夫对创作越来越苛刻。从现有的信件和手稿来看，《樱桃园》的素材来自契诃夫多年的积累，真正构思于1901年的秋天，他提到这是一部喜剧，甚至是轻松的滑稽喜剧。次年初跟斯坦尼斯拉夫斯基讨论过这个剧本。《三姊妹》的写作已经给契诃夫带来了许多痛苦，因为身体原因，《樱桃园》更甚。斯坦尼渴望用新的剧本来庆祝莫斯科艺术剧院乔迁新址，克尼佩尔在信件中多次催促契诃夫，这反而起到了反作用。1902年8月底，契诃夫多次放弃写作这个剧本。同年9月，六年前不被接受的《海鸥》在圣彼得堡（Petersburg）的亚历山大林斯基剧场（Alexandrinsky）的演出大受欢迎，可是作家本人却无法到场。莫伦西写道：“在过去的两年里，他苍老了太多。年仅四十二岁的他已垂垂老矣，瘦削，苍白，行动不便。他的写作耗尽了他全部的精力。……这些年很不快乐。他清楚自己快死了，这一念头逐渐侵蚀了他的注意力。”[①] 因为病痛，他一度要放弃写作：“我脑子里已经乱作一团！我多么渴望写作啊！但是我觉察到有些东西消逝不见了，我身边的环境，我的健康……我不应该住在雅尔塔，这就是事实！”[②] 事实上，《樱桃园》完成之后，契诃夫

① Maurice Valency, *The Breaking String: The Plays of Anton Chekhov*, New York: Oxford University Press, 1966, pp.256–257.

② Ibid., p.257.

已经冥冥之中意识到自己生命的枯萎，1903年11月，契诃夫写信给符·柳·基根-杰特洛夫说："我总是生病，已经开始衰老了，在雅尔塔我感到苦闷，并且觉得生活从我身旁走过，我看不到一个文学家应该看到的许多东西。我只能看到，所幸的是我也能理解，生活和人都变得越来越好、愈益聪明和正派——这是主要的，而那些小一些的东西在我的眼中已融成一个颜色的灰暗的一片，因为我已经不像以前那样总看到这些东西。"①

在《塞尚的困惑》中，梅洛-庞蒂将塞尚的创作与其生命历程并置，他警示我们："不要去想象某种抽象的力量，这力量把其影响施加到生命的'材料'上面，或者，把障碍引进生命的发展当中。"这就等于将生命与作品分隔开来，将作品作为某种"抽象"、抽离于生命之外的力量。②因此，仿照梅洛-庞蒂的看法，我们可以说解读《樱桃园》，理解"琴弦绷断的声音"，我们必须首先将生命和作品结合在"不朽的契诃夫的同时性"之中。契诃夫的《樱桃园》是其生命与作品的完满统一。有人将契诃夫的作品称为"宇宙戏剧"（cosmic drama），因为他所关心的从不止于眼前的生活，而是以开阔的胸襟观照全部人类的生活，甚至一百年、两百年以及未来的模样。这或许也是他个人欣赏梅特林克的原因，这位象征主义者也不关心那种具体强烈的戏剧冲突，而是不断地开拓人类的精神空间，去表现"日常生活的悲剧性"，"我渴望能感受这样一种奇异时刻，它属于更高级的生活，但未被察觉，就倏忽消逝在我极度凄凉的时光之中"。③《樱桃园》的主题是宏大的，指向了世纪之交的变革："所有这些场景、情势、插话都是如此迥异，但又不可捉摸地相近：它们的特点是安详而又急速地由生转向死，转向无生。……您读着《樱桃园》的时候，您始终会感觉到：在您面前的并非真正的生气勃勃的生活，而是某种好像是生活的东西，是您亲眼看着它逐渐消逝和衰败下去的生活，就像远处传来的一种琴弦绷断似的声音，它凄凉地'好似从天边'荡来。"④

---

① 转引自［俄］格·彼·别尔德尼科夫：《安·巴·契诃夫思想和创作探索》，朱逸森译，华东师范大学出版社2015年版，第344—345页。

② 姜宇辉：《画与真：梅洛-庞蒂与中国山水画境》，上海人民出版社2013年版，第9页。

③［比］梅特林克：《卑微者的财富·日常生活中的悲剧性》，载黄晋凯等主编：《象征主义·意象派》（外国文学流派研究资料丛书），中国人民大学出版社1989年版，第83页。

④［苏联］з·帕佩尔内：《契诃夫怎样创作》，朱逸森译，上海译文出版社1991年版，第402页。

或许是因为洞穿了世间的百态，或许是因为衰老的时间，或许是因为预见了死亡，他听见了那来自天边的远方的“琴弦绷断的声音”，并把它置入剧本之中，他想要戏里这些即将成为过去的人们听见，他也想要戏外这些仍在解读文本的观者们听见。剧终那句“生命过去得真快啊，就好像我从来没有活过一天儿似的……”已经不再有《万尼亚舅舅》《三姊妹》的结尾那般仍旧萦绕着一丝生命的活力，这仿佛是契诃夫在生命的终点前借着费尔斯说给观众们听的。《樱桃园》是作家本人生命的流淌。我们从中听见了多种复杂的况味：忧郁的、悲伤的、痛苦的、怅惘的……我们可以直接感受到作家通过这个声音表达的身体之痛。这种痛苦不仅是剧中那些处于世纪之交零落之人隐藏在平静外表之下内心的痛楚，也是契诃夫在其生命终结之前创作《樱桃园》的真实状态。

罗兰·巴特在《明室》里提到“刺点”(punctum)这一概念，指的是“吸引我或伤害我的细节”，能够“穿透、刺激和留下斑痕”。[①]借鉴巴特的说法，“琴弦绷断的声音”就全剧而言是一个“声学刺点”(auditory punctum)，因为：第一，它是细节性的；第二，它带来的不是愉悦，而是一种刺痛，对人有刺激作用；第三，对于刺点的经验必定是高度主观性的。除此之外，第四点也很重要，这个声音给舞台制作留下诸多难题。

尽管契诃夫捕捉到这一内蕴丰富的声音，但将其制作出来又是另一个难题。[②]在一封给克尼佩尔的信中，他写道：“跟涅米洛维奇说，《樱桃园》第二、四幕里的声音务必要更短暂(shorter)些，再迅捷一点，让人觉得非常遥远。飘渺到几乎不重要。它们不是毫无价值的，尽管剧本对这个声音的描述很清晰了。”[③]据斯坦尼斯拉夫斯基12月排练的一些记载，一个演员随手用嘴唇发出了作者所描述的那种模仿性的声音，契诃夫转身对他感叹道：“这正是我们想要的！”[④]后来，斯坦尼斯拉夫斯基给出了实现这一效果的精确指示：“从横梁到地板拉三根金属线（由什么材质的金属制

---

① ［法］罗兰·巴特：《明室》，赵克非译，文化艺术出版社2003年版，第64页。

② 正如阿彼察邦在新作《记忆》中所讲述的那样，要在现实中找到一个与想象相匹配的声音将是多么困难。

③ A. G. Cross, “The Breaking Strings of Chekhov and Turgenev,” *The Slavonic and East European Review,* 1969, Vol.47, No.109 (Jul., 1969), pp.510–513.

④ Jean-Pierre Barricelli, “Counterpoint of the Snapping String: Chekhov’s the Cherry Orchard,” in Nicholas V. Riasanovsky, Gleb Struve, Thomas Eekman (eds.), *California Slavic Studies*, Vol.X, Berkeley, Los Angeles, London: University of California Press, 1977, pp.121–136.

成可能会影响声音），一根粗的金属线（声音的密度取决于粗细），第二根较细，第三根更细（可能由不同金属制成）。将一根粗绳穿过这些金属丝。第一声表示采矿桶（mine-bucker）坠落。其他声音是回声，回荡在草原上。伴随或结束这一系列声音的是大鼓上的轻微颤音（雷声）。”①在马利剧院（Maly Drama Theatre）的版本里，导演列夫·多丁（Lev Dodin）用日常生活中常见的刺耳的鸣笛声来呈现这个令人不安的怪异声音。②

“琴弦绷断的声音”出现在契诃夫一生中最后一个剧本里，意义深远，吸引着当代剧场的导演和声音设计师去赋予其应有的声学意义，而我们今天的舞台呈现远远尚未抵达其终点。在这个意义上，毋宁说“琴弦绷断的声音”是契诃夫在《樱桃园》里开出的另一种枪声，“并非即刻地被物质世界所限制，而是回荡在整个精神世界之中”③。

① Donald Rayfield, *The Cherry Orchard: Catastrophe and Comedy*, New York: Twayne Publishers, 1994, p.74.

② https://www.slantmagazine.com/theater/like-a-harp-string-breaking-the-cherry-orchard-at-bam/.

③ Jean-Pierre Barricelli, “Counterpoint of the Snapping String: Chekhov’s the Cherry Orchard,” in Nicholas V. Riasanovsky, Gleb Struve, Thomas Eekman (eds.), *California Slavic Studies*, Vol.X, Berkeley, Los Angeles, London: University of California Press, 1977, p.135.

易卜生晚期剧作中“分析技巧”的使用方法剖析

——以《野鸭》中雅尔马的塑造切入

厉　程

一、关于“分析技巧”的辨析与界定

在对“分析技巧”的使用技法进行剖析前，有必要对此概念进行廓清。目前相关书籍对于其界定十分含混。因此首先要对其指涉的内容进行考察，以此拨开概念不清制造的迷障。

在德国戏剧理论家斯丛狄的《现代戏剧理论》中，我们可以看到对“分析技巧”的论述。在第二章《戏剧的危机》第一节中，斯丛狄开宗明义：“分析技巧这个概念使易卜生接近于索福克勒斯。”①

那么“分析技巧”具体指什么呢？斯丛狄又谈道：

> 分析技巧在易卜生这里不是零散的现象，而是他现代剧作的构造方式。只需提起那些最重要的作品就足以为证：《玩偶之家》《社会支柱》《群鬼》《海上夫人》《罗斯莫庄》《野鸭》《建筑师》《博克曼》和《当我们死而复醒时》。②

如果不对易卜生不同时期剧作的内在构造进行探究，斯丛狄的这段话本身是颇

① ［德］彼得·斯丛狄：《现代戏剧理论》，王建译，北京大学出版社2006年版，第14页。

② 同上，第14页。

具说服力的：毕竟，在上述几部作品中，前史均对于舞台上“当下”戏剧情节的发展到了决定性作用。然而斯丛狄将《玩偶之家》《群鬼》与《社会支柱》三部作品也列入其中。这无疑为读者提供了这样一种暗示，即易卜生对前史的构造方式，自创作中期开始便没有任何实质性的变化。

然而，事实是否真如斯丛狄所认为的那样呢？同样是在该章，斯丛狄谈到，歌德与席勒曾在通信中探讨过该技巧。斯丛狄继而认为，如果能够认识到索福克勒斯与易卜生的美学关联，“分析技巧”这一概念将不再是障碍，而会成为打开易卜生晚期作品的钥匙。[①]这无疑为我们考察“分析技巧”的真正样貌提供了一个隐秘的角度。

斯丛狄谈到的信件写于1797年。当时席勒刚刚完成历史剧《华伦斯坦》的创作。大约因为此次创作过于艰苦卓绝，席勒表示想搜寻一个像《俄狄浦斯王》那样的悲剧作品。即使故事十分复杂，也可以在最简单的情节中发生，是一种“悲剧性的分析法”[②]。但与此同时席勒也担心，世界上“不会再有第二个《俄狄浦斯王》了”[③]。因为“神的预示在悲剧中占有一定的地位，任何别的东西都无法替代；人物和时代已经改变了，如果人们还要保持主要情节，那么，现在振聋发聩的东西就会变得滑稽可笑”。[④]席勒的担忧是可以被理解的。毕竟，他对于该种戏剧结构的考量，是从先验的形式出发。而《俄狄浦斯王》结构的产生，首先源于索福克勒斯敏锐地意识到，故事发生的顺序对于剧作悲剧性构建产生的影响。

由此可见，斯丛狄对易卜生“分析技巧”的理解，尽管是以前史的使用为核心，却倾向于结构精巧化的考量：为避免一味将前史积压在开场部分，导致情节过于臃肿，故此易卜生只能选择将其安插于情节发展过程之间。这种理解接近于英国戏剧理论家威廉·阿契尔在《剧作法》中提到的“补叙”，即隐去一部分本该放在“展示部分”完成的体量庞大的前史，再由剧作家依照自己所需要的舞台效果，重新将其安插到戏剧的“当下”内容中来。在斯丛狄的论述语境中，这种观点自然成立。但可疑之处在于，斯丛狄将社会问题剧时期的三部作品同样纳入了论述范畴。这意

① ［德］彼得·斯丛狄：《现代戏剧理论》，王建译，北京大学出版社2006年版，第14页。
② ［德］歌德、席勒：《歌德席勒文学书简》，张荣昌等译，安徽文艺出版社1991年版，第196页。
③ 同上，第196页。
④ 同上，第196页。

味着在斯丛狄看来，只要将长篇小说素材般的前史进行戏剧化，即让“过去”在“当下”的场面中通过对话展示，就能够被定义为“分析技巧”。

当我们将“分析”的概念进行考察，便能发现斯丛狄的界定与“分析”实际语义间的差异：《当代高级英语词典》将“分析”（Analyse）定义为“仔细地审视或思考某事，以便于理解”[①]。由此可见，“分析”的手法是与“理解”的目的紧密相连的。回归“分析方法”的语境，这种联系也同样成立：“分析”的核心不该仅仅停留于形式层面对前史的切割，抑或在一般意义上展示情节的来龙去脉。想要完成“理解”，就需要在戏剧情节的表象之下，实现对于人物命运内在逻辑的揭示。正如同在《俄狄浦斯王》当中，当伊俄卡斯忒上场平息克瑞昂与俄狄浦斯的争执，却因“三岔口”的巧合让俄狄浦斯卷入回忆旋涡的时刻；当波吕波斯的死讯让俄狄浦斯如释重负，转眼却又知道自己并非亲生的时刻，索福克勒斯对情节的展示与对俄狄浦斯命运内在必然性的分析几乎是同时完成的。利用“发现”“突转”揭破的前史不仅仅向观众展示了外部事件的逻辑链条，更让人们窥见了俄狄浦斯灵魂深处与神谕搏斗的斑斑血痕，洞悉了他命运首尾相承、无法改变的内在原由。

显然，斯丛狄只关注到了《俄狄浦斯王》的外部结构技巧，却没有意识到支撑这种结构魅力背后的人物命运必然性。因此他才会一边认为“分析技巧是打开易卜生晚期作品的一把钥匙”，一边又将《玩偶之家》《社会支柱》与《群鬼》也涵盖其中。从一定的程度上，以上几部作品确实已初见“分析技巧”的雏形，但其前史的作用，更多是利用补叙制造危机，尚没有深入到命运必然性的层面。由此可见，斯丛狄谈到的“分析”尽管是针对易卜生的晚期作品提出的，但论述过程中，却因与阿契尔谈到的“补叙”产生了交叉与混淆，更接近于由苏联戏剧理论家霍洛道夫提出，并由我国戏剧理论家顾仲彝发展的“锁闭式（回溯式）”结构[②]。

在易卜生个人的创作生涯中，《野鸭》的出现具有分水岭式的意义。在1884年

① 《朗文当代高级英语辞典》(第6版)，外语教学与研究出版社2019年版，第80页。

② 霍洛道夫在《戏剧结构》的第二章《戏剧结构的两种类型》提出了“锁闭式”结构并指出：“我们在古典悲剧中找到锁闭式结构的典范。当你读着古代人的悲剧的时候，你甚至不会觉察到其中的行动是在一天之内，同一场所进行的。”这说明霍洛道夫认为，锁闭式结构意味着结构与故事的完整、事件与空间的高度集中。我国戏剧理论家顾仲彝先生发展了“锁闭式”的定义，认为“锁闭式包括范围较狭小，往往只写高潮至结局，集中表现戏剧性危机，而对于过去事件和人物关系则用回顾和内省方式随着剧情发展逐步交代出来”。——作者注

写给弗雷德里克·海格尔的信件里，诗人曾兴奋地表示："它的构思与方法有多处与我以前的作品不同……我想《野鸭》很可能把我们中间一些年轻剧作家引上一条新的创作道路。"[①]这次的创作，绝非对于先前创作经验的简单承袭，而是诗人将谙熟于心的编剧技巧进行的颠覆性升级：前史的使用不再仅仅只是为了危机的引发提供原料。其具体内容、分布甚至是组接方式，最终指向的，是对剧中人物的人格剖析，是一种近似于现代心理学意义上的"个案分析"。如同《俄狄浦斯王》一样，它不仅向我们展现了外部故事情节，更向我们展现了人物灵魂的成因，以及由此受困的一生。

二、前史在重复中细化，直至揭示命运的源头

如前文所言，社会问题剧阶段，易卜生对前史的运用多出于结构性考量：《社会支柱》中，楼纳与约翰揭开的前史，是在将博尼克当年试图隐瞒的事实一件件地揭发出来，对博尼克的当下产生阻碍；《玩偶之家》里，八年前伪造签字的事件，同样是为了将娜拉推入危机情境，促使娜拉采取行动。

因为终其一生都没有彻底摆脱佳构剧的影响，这种结构性前史在《野鸭》乃至之后的剧作中始终为易卜生所保留。但是《野鸭》当中还有这样一段前史：老艾克达尔的入狱让家族败落。除了对情节的推动发挥作用外，易卜生还将它变成了通向主人公雅尔马心灵深处的密道。诗人仿佛将一枚望远镜不断放大倍数，在重复中将其逐渐细化：

格瑞格斯　现在你父亲日子过得怎么样？

雅尔马　别提那个了，老朋友。我那苦命的爸爸当然跟我在一块儿过日子。除了我，还有谁照顾他。你可以想得到，一提起这件事，我心里就难受。[②]

① ［挪］易卜生：《易卜生书信演讲集》，汪余礼、戴丹妮译，人民文学出版社2012年版，第245页。
② ［挪］易卜生：《易卜生文集》（第六卷），潘家洵译，人民文学出版社1995年版，第10页。

这是雅尔马与格瑞格斯在第一幕发生的谈话。它的存在，初步勾勒了整个事件的模糊轮廓，也让家道中落、努力承担着家庭重担成为雅尔马在观众心中的初始形象。然而，随着情节的渐渐发展，尤其是雅尔马在家中如同国王般的模样呈现在舞台上之后，人们开始渐渐意识到，雅尔马的自我陈述不过是剧作家向观众设置的障眼法。雅尔马的本质，是一个逃避现实、活在自欺之中的无能之辈。不过易卜生并不打算让观众对雅尔马进行是非评判。随即他就以“野鸭”的象征，首次展现出人物的苦涩心路：

艾克达尔　唔。鸭子只受了点儿伤。

格瑞格斯　大概是它身上中了两颗小子弹。

雅尔马　对，中了两三颗小子弹。

海特维格　打在翅膀底下的，所以它就飞不了啦。

格瑞格斯　它一个猛子扎到水底下去了，是不是？

艾克达尔　（睡眼朦胧，声音含糊）当然。野鸭总是这样子。它们使劲扎到水底下，死啃住海藻海带——和水里那些脏东西。它们再也不钻出来了。①

阁楼上的野鸭，不仅是对第一幕所交代的前史的情节性补充，更是对这段前史局部细节的描绘：易卜生将个体生命从事件的外部样貌中进行提取、对焦，以敏感的心灵，天才一般地找到了这个朦胧伤感的意象，将家道中落对这个家庭造成的重创、雅尔马当下的生存状态，以及走出伤痛之前所熬过的漫长岁月象征性地展现在舞台上，使前史与人物当下生存状态的交织构成无言的解释与分析。

无论是从观众的接受心理，还是从人物心理逻辑的构建层面，这样的分析已然是完整且合理的了。但对于易卜生这位将戏剧作为灵魂实验室的剧作家，仅仅分析到这一层，还不能够尽数展现人物内在色彩的驳杂。于是，易卜生再一次进入更为细致的局部——雅尔马对这一事件的主观认知：

---

①［挪］易卜生：《易卜生文集》（第六卷），潘家洵译，人民文学出版社1995年版，第46页。

雅尔马 我父亲换上灰色罪衣，被他们押进了监狱的时候——喔，不瞒你说，我心里真是凄惨极了。我把两扇百叶窗都拉了下来。我往外偷看了一眼，只见太阳照得挺亮，一片静悄悄的跟平常一样。我不明白是怎么回事。我看见人们在街上来来往往，说说笑笑，谈些无关紧要的事……就在那当口，雅尔马·艾克达尔把手枪对准了自己的胸膛。

……

格瑞格斯 可是你没开枪？

雅尔马 没有。在那紧要关头，我克制了自己。我还是没死。可是，我告诉你，在那种情形之下，舍死求生是需要点勇气的。①

在这段带有强烈主观视角的剖白中，雅尔马充当了“不可靠的叙述者”。叙事学家韦恩·布思认为，同样的事实由作者代言人叙述，和故事中某个“靠不住的人物”叙述时，其可靠度是不一样的。当人物叙述的事实与隐含作者的规范发生差异时，读者就会看到一种“变了形的信息”。②雅尔马的这段叙述，即是变了形的信息。雅尔马将懦弱的“舍死求生”变形成为“需要勇气”的选择，继而将自己从一个无能的逃避者，升华为忍辱负重的悲剧英雄。事实与主观视角间的差异，创造了一个由多重真相交织而成的戏剧空间。雅尔马的命运不仅受到外部环境的制约，更根植于其心理构造与自我叙事，并且以自身的行为加深了这一悲剧的不可挽回性。

剧作家对人物悲剧成因剖析的层面，决定了人物形象的深度。假如易卜生仅仅只是将雅尔马的悲剧归咎为威利的算计，雅尔马的命运充其量只能被描述为小人物无辜受难、一蹶不振的悲惨遭遇。这样的设置依旧暗含着一层道德评判的逻辑，即悲剧的发生是来自旁人的罪恶，源于外力对人的重锤。因此在剧本的第五幕，易卜生又将时间轴向前转动，借瑞凌医生之口，对雅尔马进行了“内部描写”，以此揭开雅尔马悲剧真正的源头——两位未出嫁的姑姑对其早年教育所造成的影响。在易卜生的语境之中，“未出嫁”象征着对生命力的压制，是现代文明的道德体系对于人

① ［挪］易卜生：《易卜生文集》（第六卷），潘家洵译，人民文学出版社1995年版，第65—66页。
② 申丹：《西方叙事学：经典与后经典》，北京大学出版社2010年版，第82—83页。

天性的扼杀力量。[①]这意味着在易卜生看来，外部事件之所以能够对人格产生毁坏，是因为在不幸发生之前，人物的心灵已经受到了摧折和扭曲，这才使其有了可乘之机。直到此刻，雅尔马先前所有的举动，才在一种具有纵深感的前史中获得了最终的解释与分析。

三、以潜意识驱动为基础，组织破碎性非连贯的行动

谭霈生认为，现代派戏剧探索之门，是从人的本体观的改变引发的。[②]19世纪之前，受本质主义的影响，西方世界普遍相信每个人都存在一个内在本质的自我，人的行为能够受到意志的管控。传统编剧理论同样强调意志，强调人物有自由、自觉的权利对自己的动作或者结果负责。[③]尽管存在麦克白夫人的精神崩溃、哈姆雷特的犹豫不决等例外时刻，但是在大部分情况下，受意识支配、依照目标不断采取行动，构成了传统剧作的情节模式。

自《野鸭》开始的创作转向背后，是易卜生对人理解的变化：在分别以历史剧、社会问题剧启发民智之后，诗人失望地发现，无论是以挪威历史上的英雄人物乞灵，还是将当时的社会弊病进行展现，都无法改变挪威民众的麻木精神。从晚期的八部剧作反推，诗人逐渐倾向于认为，探索人类精神的提升与解放之道，需要对于人物的灵魂成因进行全面的剖析，使观众借由人物打开自我的虚弱和创痛，使其流血继而疗愈。

观念的转向，使易卜生开始了“新的构思与方法”。这种以个体成长的经历为基底，从生命之初追根溯源的理念，使得《俄狄浦斯王》的结构在“神谕”丧失说服力的现代社会，找到了人文化的替代：所谓命中注定，已不再是希腊诸神无来由的随机决断，而是诸多复杂的外部因素在人格发展过程中施加的影响的总和：因为两位姑姑的养育，以及同学们的赞赏，雅尔马在童年时既唯唯诺诺，又自命不凡；家庭

① 李兵：《现代戏剧之父：易卜生心理现实主义剧作研究》，四川大学出版社2009年版，第111页。
② 谭霈生：《戏剧本体论》，北京大学出版社2005年版，第64页。
③ ［德］黑格尔：《美学》，朱光潜译，商务印书馆1981年版，第297页。

遭遇变故，让他一度失去了活下去的勇气；后被瑞凌医生挽救，重新培养起了"生活的幻想"，自认为会成为一个发明家。从心理学的角度，雅尔马懦弱的性格，是两位姑姑奠定的人格基底。它将雅尔马本该勃发的原初生命力进行了阉割，使其从根本上无法面对任何风浪。也正因为雅尔马的人格如此孱弱，家道中落才能够构成一次重大的创伤性事件。而在阁楼编织的幻梦，是雅尔马在瑞凌医生的帮助之下发展出的防御机制，是通过用以应对现实冲突带来的痛感。与传统戏剧相比，雅尔马的性格已经不再是没有来路或以三言两语简单交代的局面，而是带有浓郁精神分析色彩的"个案分析"；易卜生对雅尔马的构想，也已经不仅仅停留于意识与情节的表象，而是深入到了潜意识深处。

将个体早年经历纳入人物塑造范畴，在易卜生的创作中并非首次：早在《玩偶之家》中，易卜生已经以娜拉的父亲象征社会中的男性力量，对娜拉扮演"玩偶"的自觉性进行了根源性的暗示。娜拉未被学界定义为带有心理色彩的人物，主要因为易卜生对其塑造的手法是以"目标–行动"为主要模式，对其非理性层面的内容揭示较少。为了让雅尔马受潜意识支配的内心图景呈现在观众面前，易卜生打破了这一情节模式。表面看上去，雅尔马同样拥有一个人生目标——恢复艾克达尔家族的光荣，恢复父亲的自尊：

> **雅尔马**　一个有使命的人不能仰仗别人。（走到扶手椅旁，无限感慨）白发苍苍的苦命爸爸！你放心，雅尔马会养活你。他有两只宽肩膀——反正他的肩膀有力量。[①]
>
> **雅尔马**　只要我能恢复艾克达尔这个家门的光荣尊严，我就能恢复父亲的自尊心。[②]

然而在实际行动层面，雅尔马的所作所为，却与这一目标南辕北辙：剧本的第一幕中，雅尔马受格瑞格斯之邀，前来参加酒会。恰好父亲老艾克达尔从客厅里穿

① ［挪］易卜生：《易卜生文集》（第六卷），潘家洵译，人民文学出版社1995年版，第50页。
② 同上，第65页。

过。此时，雅尔马的反应居然是“吃了一惊，赶紧放下酒杯，转过身去，面向壁炉”[①]。人物语言与动作之间存在的鸿沟，看似令人费解，却恰恰是易卜生引领观众走进雅尔马内心的切口：雅尔马的动作，完全是潜意识的驱动之下发出的。它们通常很难从现实层面找到动机，但是将其逐一进行剖析，却能够看到某种模糊的内在必然性。雅尔马动作的内在必然性，即潜意识深处建构的“自我理想化”图景。美国心理学家卡伦·霍妮在《我们内心的冲突》提出了“理想化意象”这一概念。霍妮认为，理想化是“创造一种患者自以为是的意象……这种心中的形象总是与实际相距甚远，尽管它对患者生活的影响是很实在的。不仅如此，这种意象总是使患者满足”。[②]本文无意对雅尔马的精神世界进行病理意义上的探讨，更无意对雅尔马进行心理学研究。但是不可否认，霍妮所谈到的“理想化”的确构成了雅尔马人生的核心信念乃至心理防御机制。他不断地提及自己的使命与对父亲的感情，也是这种模式支配之下衍生的自我形象构建。雅尔马的自我理想化是静止并且脆弱的。他不但没有能力将其作为一个目标，为之不断地努力进取，而且一旦脱离了家庭构建的真空环境，这个被他顶礼膜拜的观念就会立刻摇摇欲坠、岌岌可危。

易卜生通过雅尔马的目标与行动间的自相矛盾，将掩藏于外在情节之下、人物潜意识深处的“自我理想化”呈现在舞台之上。这种对人物潜意识的揭示，使得雅尔马的形象超越了传统戏剧对于逻辑与理性的依赖，进入了一个更为复杂的精神领域。作为一个意志孱弱的人物，雅尔马的出现看上去打破了布伦·退尔戏剧理论中的“意志冲突论”。可是如果不将“意志”仅仅作为受头脑与理性支配的力量，将潜意识对人行为的深刻影响也纳入考量范围，这种观念的实质——强调人物意愿的强悍性依旧成立。它并非遵循理性或逻辑，而是通过情感、恐惧、欲望等更为原始的隐秘力量影响着人物的内在驱动力，并且还在更深的层面上决定着人物对自我和世界的根本认知。

《野鸭》的第四幕有这样几个情节：格瑞格斯将基纳与老威利之间曾经存在的不正当关系向雅尔马和盘托出了。随即，威利又送来一封信，表示想要每个月赠予

① ［挪］易卜生：《易卜生文集》（第六卷），潘家洵译，人民文学出版社1995年版，第17页。
② ［美］卡伦·霍妮：《我们内心的冲突》，王作虹译，贵州人民出版社1990年版，第56页。

老艾克达尔一笔钱，且在其去世之后全部交给海特维格。这无疑从侧面暗示，海特维格极有可能是基纳与威利的私生女。格瑞格斯曾在童年时代目睹过父亲对母亲的不忠，故而无法容忍"建立在谎言之上的家庭"。他期盼着雅尔马得知真相后，以崇高的精神宽恕基纳、接纳海特维格：

> **格瑞格斯** 要是你们真想达到牺牲自己和饶恕别人的境界，你们三个人一定得在一块儿住着。
>
> **雅尔马** 我不想达到那种境界。不想，不想！我的帽子呢！（拿起帽子）我的家垮台了。（放声大哭）格瑞格斯，我没有孩子了！[①]

在易卜生以往的戏剧作品当中，秘密的揭破，通常意味着人物采取更加有力的行动，将悬而未决的问题得以明朗化。例如《玩偶之家》的结尾，娜拉正是选择用离家出走这样一个行动，与玩偶般的前半生割席；《社会支柱》的结尾，博尼克也正是通过当众坦陈自己的罪行，最终获得了良心的安宁。按照传统的眼光来看，无论雅尔马是否选择宽恕，这都本该是他意志焕发、采取行动的时刻。然而，易卜生却通过雅尔马的"放声大哭"使观众看到，外力的一时介入，根本无法对潜意识造成松动与改变：两位姑姑养育出的虚弱人格，让雅尔马无法与基纳、海特维格决裂；而"自我理想化"的防御机制，又让他不能接受自己的家庭从此之后变得不再完美。"找帽子"这个看似毫无意义的举动，是雅尔马防御机制摇摇欲坠、进入非理性状态的外显。

在随后的情节当中，雅尔马决定离家出走。可他的行为却依旧呈现出了不合时宜的荒谬：在"静静地"吃起基纳为他准备的早餐之后，他竟然问道：

> **雅尔马** 可不可以——别让人家来搅我——什么人都别搅我——我可不可以在起居室暂住一两天？……我总得有个喘息的功夫。我不能在一天里头把这些担子都挑在肩上。[②]

① ［挪］易卜生：《易卜生文集》（第六卷），潘家洵译，人民文学出版社1995年版，第97页。
② 同上，第113—114页。

看到这里，人们不免哑然：人物终究还是缺乏离开的勇气，对自我的行为进行了又一次的理想化改写。易卜生没有在任何一个时刻，让雅尔马如同《玩偶之家》中的柯洛克斯泰那样，在观众心中燃起改过自新的希望烛火。哪怕在结尾处海特维格自杀，雅尔马哭泣忏悔的场面过后，易卜生依然借瑞凌医生之口，为他的未来描绘出一幅毫无希望的图景：用不了多久，雅尔马对海特维格的哀悼就会沦为装腔作势，会沉浸在赞美自己、怜惜自己的感伤的糖水蜜汁里。[①]易卜生通过《野鸭》展现出构建内在人格结构，尤其是潜意识挖掘对塑造人物的作用：一方面，它牢牢地禁锢着主人公的意志，令他无力以强悍的行动做出对于现实环境正确有利的选择；另一方面，它又以一种强大、模糊的内在必然性，驱使着主人公不断采取一个个无序、破碎、令人错愕的行动，以此使人物的精神世界居于舞台中心。

结语

"分析技巧"是易卜生基于对古希腊悲剧的继承与发展，为后世提供的揭示现代人精神世界的范本。其经典性不在于压缩情节，而在于使人物的过往与当下成为整体，让过往经历中的重要事件成为人物当下行动的根源。这种结构方式，使在相对凝练的戏剧时空中展现人物心灵轨迹、内心生活成为可能，并使得外部戏剧情节之下，暗含着对人物命运必然性的思考与解释。《野鸭》中对潜意识力量的强调，使雅尔马的行为逻辑在自相矛盾中拥有内在的统一性与必然性。这种隐秘且强烈的意志不仅使雅尔马的命运陷入了悲剧的闭环，也使易卜生的戏剧超越了单纯的理性冲突，进入对人类精神复杂性的深刻探索。易卜生晚期剧作中对人物塑造的理解与实践，不仅开启了20世纪现代派戏剧大门、极大地拓展了戏剧舞台表现人物的手法，更是在一百余年之后的今天提醒着当下的创作者，应该如何在戏剧创作中揭示人物的内心生活与精神世界。

① ［挪］易卜生：《易卜生文集》（第六卷），潘家洵译，人民文学出版社1995年版，第122页。

莫里哀《冒失鬼》的肇始价值与意义探析

张　为

在主流文学史与戏剧史的书写当中，莫里哀的第一部喜剧作品《冒失鬼》往往被寥寥数笔带过，或者根本不被提及。莫里哀已经成为法国喜剧的代名词，然而国内对莫里哀戏剧的认知，存在着不均衡、不系统、不深入等问题。造成这种现象的原因，其中之一即是对诸如莫里哀《冒失鬼》这样的剧本的关注度不够，也缺乏阐释的工作。

《冒失鬼》是莫里哀所创作的第一部五幕诗体喜剧，他凭借此剧声名鹊起，进而从外省走向巴黎，改写了自己乃至法国戏剧史的命运。与此同时，《冒失鬼》确立了莫里哀喜剧的创作范式与演剧风格，剧中的人物与桥段之于其后续的创作，具有着丰富的原型与母题意义。截至目前，中国国内还没有任何一篇单独论述莫里哀《冒失鬼》的文章。这部被人们忽视的作品，在戏剧史上的独到意义仍有待于重新衡量与评估。

一、由来探赜

莫里哀在外省演闹剧之际，曾写下两部五幕诗体的正规喜剧——《冒失鬼》《爱情的怨气》。《冒失鬼》(*L'Étourdi ou Les Contre Lemps*)又有“糊涂的人”“难得的糊涂”“糊涂人”等不同翻译，它的副标题“Les Contre Lemps”，李健吾将之翻译为“阴差阳错”，并指出这是比剑术语：“一方故留空子，对方以为有机可乘，即行刺入，不料扑空上当。”[①]该剧主要讲述了主人李礼追求女奴西丽,仆人玛斯加里尔凡九出奇计,助他与西丽结成姻缘,最后皆因他自作聪明,导致玛斯加里尔心血毁于一旦。全剧最后是西丽父女相认,并与李礼终成眷属的大团圆结局。“阴差阳错”的副标题与剧情形成了一种双关,剧中也有击剑的桥段再度点题。总体而言,《冒失鬼》是一部编剧技巧运用娴熟的喜剧作品。

《冒失鬼》改编自尼科洛·巴尔别里(Niccolò Barbieri)的喜剧《意外之外》[②],有着浓厚的意大利喜剧风格。在文艺复兴的照拂之下,法国恢复了自中世纪以来所摒弃掉的悲剧、喜剧、叙事诗等古代体裁的创作传统,古希腊、古罗马的文学作品成为作家们的范本。身处这一时期的莫里哀,反复研读13世纪的讽刺作品以及16世纪的笑话集,并翻阅了大量的意大利戏剧作品。以演剧谋生的莫里哀,应当是对尼科洛·巴尔别里的这部作品喜爱有加,并看到其独到的戏剧价值,故而创作了《冒失鬼》一剧。

由于该剧最早是在外省演出的缘故,故而留存的材料比较有限。据克利马列斯特所著《莫里哀传》称,1653年莫里哀《冒失鬼》在里昂大获成功。加克索特《莫里哀传》指出该剧在里昂的一个网球场上演,“他们说《冒失鬼》是在里昂创作的,但没有说是哪一次去里昂,也没有说出创作日期”[③],“对于该剧的上演日期是1653年还是1655年,人们犹豫了很长时间定不下来”,但加克索特给出最终判断是1655年。安德鲁·考尔德同样认为是1655年[④]。王了一在回目下注明是1653年演于里昂,1658年演于巴黎[⑤],肖熹光基本沿用了这一观点[⑥],李健吾在序言中指出1655年《冒失鬼》在里昂演出,但在附录的《莫里哀年谱》中1653年处标记莫里哀演出了《冒失鬼》,并指出1655年系拉·格朗吉记载的说法。[⑦]究竟是1653年还是1655年已很难考证,但能够确认的是《冒失鬼》首演于里昂,并且受到了观众的热烈欢迎。

---

① [法]莫里哀:《莫里哀喜剧》(第一卷),李健吾译,湖南文艺出版社1982年版,第99页。

② 尼科洛·巴尔别里(1586—1641),意大利戏剧家,曾作*L'Inavvertito*(《意外之外》),剧中主人公名叫贝尔特拉梅(Beltrame),尼科洛·巴尔别里正是以此为名。

③ [法]加克索特:《莫里哀传》,朱延生译,中国戏剧出版社1986年版,第8页。

④ Andrew Calder, *Moliere: The Theory And Practice of Comedy*, London: The Athlone Press, 1933, p.24.

⑤ [法]莫里哀:《莫里哀全集》(第一册),王了一译,国立编译馆1935年版,第123页。

⑥ [法]莫里哀:《莫里哀戏剧全集》(第一卷),肖熹光译,文化艺术出版社1999年版,第7页。

⑦ [法]莫里哀:《莫里哀喜剧》(第一卷),李健吾译,湖南文艺出版社1982年版,第3、48页。

1643年6月30日，莫里哀创建了“驰名剧团”（Illustre Théâtre），但1645年便因种种原因夭折了。1648年，莫里哀又组建了“莫里哀剧团”（La Troupe de Molière），尽管《冒失鬼》首演的具体时间很难给出一个定论，但毋庸置疑的是，它是莫里哀戏剧团创业期间的手笔，且确实为莫里哀以及他的剧团博得了声誉——《冒失鬼》的成功上演，使得莫里哀的剧团声名鹊起，成为外省最出名的剧团。之后，莫里哀来到朗格多克省，受到孔第王子热烈的欢迎。孔第王子作为王国第四号重要的人物，对莫里哀青睐有加，但莫里哀不久后便离开了他去往巴黎。关于此事有两种说法，一种如克利马列斯特《莫里哀传》书中所记载，莫里哀经过了五年的历练，“因得孔第王子维护，尤可放心”，自觉时机已到，遂率戏剧团来到巴黎，继续发挥事业。另外一种如乔治·福里斯特（Georges Forestier）所言，孔第王子因染上梅毒而转向关注宗教，对戏剧转为敌视的态度。1657年，朗格多克政府拒绝为莫里哀的剧团拨款，莫里哀只好带领剧团拜别离去。①

无论以何种方式离去，莫里哀在省外流浪的经历使他深刻感悟到，如果缺乏保护人的庇护，演艺事业将寸步难行，政治强人是剧团赖以生存的基石。于是顺应统治者及巴黎演剧的实际需求，便成为莫里哀此时工作的首要任务。1658年，莫里哀经友人介绍，为御弟菲利浦·奥尔良演出，并受到了来自御弟的肯定，御弟转而将他介绍给法王路易十四，法王与太后也同样很喜欢莫里哀的戏。

莫里哀来到巴黎后，既演闹剧，也演悲剧。1658年10月24日，莫里哀奉命在卢浮宫演出，首演选择的剧目便是高乃依悲剧《尼高梅德》(*Nicomède*)，这是一部颂扬绝对君主制的剧作，他成功赢得了年轻的路易十四的欢心。然而兼演悲剧与喜剧，使得莫里哀的戏剧思想陷入了分裂与自我矛盾，他感慨道：“我不明白，为什么这样有智识的人们，也还喜欢看我所表演的戏剧；其实假使我处在他们的地位，我不会觉得有一点儿兴味。”② 事实上他深谙自己长于喜剧，可是在新古典主义的思潮之下，悲剧高于喜剧的审美定势让他无所适从。朋友劝慰他，寻欢不分贵贱，觅笑没有等级，莫里哀这才斗胆搬出《冒失鬼》。1658年11月3日，《冒失鬼》在卢浮宫旁边的

① Georges Forestier, *Molière en Toutes Lettres*, Paris: Bordas, 1990, p.13.

② ［法］莫里哀：《莫里哀全集》（第一册），王了一译，国立编译馆1935年版，第20页。

小波旁剧场（Petit-Bourbon）演出，不料大受欢迎，莫里哀也因此一炮而红。1659年4月28日，莫里哀第二次面向路易十四演出，几天之后，人们点名要求莫里哀在卢浮宫演《冒失鬼》，巴黎市民与贵族呼吁莫里哀上演更多的剧目，“尤其是要求更多的滑稽剧”①。

在莫里哀决定进军里昂之际，莫里哀的剧团上下对《冒失鬼》基本持肯定态度：“莫里哀闹剧的威力他们是深知的，而《冒失鬼》这出戏又是他们极为欢喜的。”②果不其然，《冒失鬼》于巴黎再度崭露头角。尽管如此，剧本出版却是在1663年，距离巴黎首演已经过去五年。据说，“莫里哀对于是否发表他的这个剧本曾经迟疑不决”③。莫里哀对待出版问题和莎士比亚一样谨慎，除该剧系改编的原因之外，以法兰西学院为代表的王权机构所确立起的古典主义审美原则的问题使他不得不如此。高乃依《熙德》因触碰“三一律”的底线而被黎塞留批判的殷鉴不远，莫里哀自然也不敢贸然将这样一出带有闹剧色彩的喜剧以文字传世。

法国古典主义思潮中，戏剧创作用诗不用散、剧须五幕等规矩绳墨，以及悲剧高于喜剧，闹剧根本不入流的戏剧观念，如同紧箍咒一般束缚在莫里哀头上。莫里哀将《冒失鬼》付梓的举动，标志着他对古典主义的皈依。将《冒失鬼》定为五幕剧，主要是为了适应古典主义准则，迎合宫廷演剧审美，从而谋求剧团能够在巴黎长久立身。从莫里哀后来的创作经历来看，他更喜欢也更善于采用三幕而不是五幕的结构。像《伪君子》一开始是三幕，历经改动之后才定为五幕。莫里哀选取五幕剧来进行创作的行为，更像是在巧妙地借助文化与政治的联结，遵照古典主义原则进行创作，以示对王权的顺从，实则是在期冀以美学的方式寻求路易十四的认同。

《冒失鬼》在当时已经产生了一定的影响，比莫里哀略微年轻的剧作家菲利普·奎纳尔特（Philippe Quinault），他于1670年当选为法兰西学院院士，其年轻时非常喜欢莫里哀早期的作品，而且尤其喜欢《冒失鬼》这一作品。他出于对《冒失鬼》的喜爱，亲自改编了这部作品，创作了剧本《轻率的情人》（*L'Amant Indiscret*），以弥

---

① Georges Lafenestre, *Molière*, Paris: Hachette, 1909, p.30.

② ［苏联］M.布尔加科夫：《莫里哀传》，臧传真、孔延庚、谭思同译，南开大学出版社1985年版，第59页。

③ ［法］加克索特：《莫里哀传》，朱延生译，中国戏剧出版社1986年版，第76页。

补他认为莫里哀的本土化方面不够彻底的缺陷。

在莫里哀身后，据统计，从法兰西喜剧院1680年建院，截至1920年，法兰西喜剧院演出《伪君子》《吝啬鬼》分别高达两千零五十八、一千五百零三次，高居第一、第三名，《冒失鬼》则在第八名。[①]虽然《冒失鬼》在各个方面远不能及另外两部作品，但在莫里哀传世的几十部剧作中仍能位列演出场次前十，足见这一剧本自有其经久不衰的原因。

综上所述，《冒失鬼》的成功演出是莫里哀戏剧事业的重要转折点，也成为他生涯中里程碑式的事件。《冒失鬼》标志着莫里哀的创作与演出完成了从闹剧到喜剧的转变，也激活了莫里哀及其剧团未来在巴黎演出可能性。莫里哀在巴黎演出《冒失鬼》受到热烈欢迎，再度验证了这部作品的成功。至此，这部出道作品在戏剧史上的地位已经无可撼动，成为一切莫里哀研究所绕不开的起点。

二、剧本分析

王了一在例言当中论及翻译问题，指出“窃谓译文学书如临画，贵得其神；否则难描摹不失丝毫，终无是处”，“吾国文字之组织与法文相去奚啻，若必将字字比傅，将佶屈聱牙，不可复读”，所以他说“兹所译剧本，取便表演，尤贵流利，俾能上口”。[②]各种《冒失鬼》中译本之间，王译本在人名、语言上确实更符合现代汉语的表达规范，另如主人公“Lélie”翻译为“李礼”，比“莱利”更本土化一些。所以本文虽选李健吾所译的“冒失鬼”这一题目，但剧本文字一律遵照王了一译本。另外将参照菲拉雷特・沙勒（Philarète Chasles）于1888年在巴黎出版的《莫里哀全集》第一卷[③]，结合其前言、注释对《冒失鬼》进行介绍与分析。为避免重复，凡出自上述专著的引文概不出注。

莫里哀的《冒失鬼》是严格恪守古典主义戏剧的清规戒律的——它不仅切合

① 徐欢颜：《莫里哀喜剧与20世纪中国话剧》，北京大学出版社2014年版，第97、98页。
② ［法］莫里哀：《莫里哀全集》（第一册），王了一译，国立编译馆1935年版，第2页。
③ Philarète Chasles, *Euvres de J. B. Poquelin de Molière,* Vol.1, Paris: Calmann-Lévy, 1888.

“诗体”,而且分为“五幕”,这是古典主义戏剧的基本要求。然而该剧幕的划分主要依据戏剧文本的内容与体量,没有明显的逻辑作为划分标准。因而更宜以玛斯加里尔的九次诡计为线索来分析剧情,这样不仅有利于串联起整个故事,也能够更加清晰地看清莫里哀的戏剧技巧及桥段的来源。

首先从故事的前情开始讲起,那不勒斯人特路发登原名萨诺丕佑·鲁贝第,他与妻子育有一儿一女。由于当地的政治动荡,他被怀疑参与了骚乱,不得不抛妻弃子远走他乡。不久后,他四岁的女儿被人拐走,妻子为之伤心过度而辞世。家中女仆无奈,只得向他谎称妻子和女儿双双去世。他的儿子贺拉斯被他托付给一位叫阿尔贝的人带到波兰去读书。阿尔贝死后,贺拉斯更名改姓为安德烈,离开波兰去外地游历了六年。鲁贝第在此期间尝试与儿子联系未果,遂在墨西拿定居,并收养了少女西丽作为家中的奴隶,《冒失鬼》的故事就此拉开帷幕。

李礼移情别恋,爱上了西丽,但没料到情敌李安特与他一同变心,并爱上了同一个人。李礼不仅要克服西丽家中难缠的主人兼养父特鲁发登,而且还要战胜对手李安特。于是李礼唤仆人玛斯加里尔前来协助他,玛斯加里尔遂展开一系列手段帮助主人李礼与西丽完聚。

第一次(Acte I, Scène 1–Scène 5),李礼找到西丽与之互诉衷肠,特鲁发登出场使得李礼仓皇逃下,留在西丽身旁的玛斯加里尔借机说是找她寻占问卜,西丽登时会意,借占星术表达了自己对李礼的心意。不料李礼主动上前,向特鲁发登坦白道,玛斯加里尔是他的仆人,专程来与特鲁发登谈条件,以求赎回西丽的自由之身。特鲁发登感到自己被戏耍,一怒之下带西丽回到家中。

第二次(Acte I, Scène 6–Scène 7),安斯模登场,他是一个年老但有钱的好色之徒。玛斯加里尔假称安斯模爱慕的女子妮琳对安斯模爱慕有加,却不肯说出口。正当安斯模陷入甜蜜的谎言之际,玛斯加里尔将其钱包偷走并踢在一旁。他假意答应为安斯模传书递简,安斯模遂要掏出钱袋子给他答谢。正在此时,李礼登场,指问地上钱袋的主人,安斯模将其捡起并离开,玛斯加里尔想要以盗窃的方式来谋取赎回西丽的资金的计划宣告失败。

第三次(Acte I, Scène 8–Scène 11),玛斯加里尔假意与李礼之父潘朵夫一同批评少爷的混账行为，这一桥段原出自古罗马戏剧家普劳图斯《埃皮狄库斯》（*Epidicus*），尼科洛《意外之外》也曾用过。玛斯加里尔与潘朵夫定计，托安斯模赎买西丽并将其以同等价钱卖向别处，避免李礼耽溺于情爱。不料李礼出现，斥责玛斯加里尔不应该与父亲串通，幸而自己及时赶到，不然西丽就要被安斯模带走。玛斯加里尔迎来了第三次失败。

第四次（Acte II, Scène 1–Scène 8），玛斯加里尔谎称潘朵夫暴病辞世，让李礼假装治丧之际趁机向安斯模借钱；又使调虎离山之计，谎称潘朵夫的田庄地里挖出了宝藏，于是潘朵夫“象飞似的赶到乡下去了”。安斯模见李礼在灵前痛哭，泣不成声，在玛斯加里尔的催促之下遂将钱借给了李礼。不料出了灵堂安斯模便见到了“诈尸”归来的潘朵夫，潘朵夫说明了来龙去脉，安斯模回去找到李礼，谎称适才给他的钱有假币，李礼中计，玛斯加里尔费尽心机筹到的赎金再次物归原主了。

第五次（Acte II, Scène 9–Scène 14），李安特从特鲁发登那里买定西丽，但畏于父亲的缘故不能亲自领人。玛斯加里尔略施苦肉计，假意投靠李安特。他骗取到李安特的信任后，李安特遂将信物戒指交给他，委托他前去领走西丽。特鲁发登见到戒指应约转交西丽，然而突然出现一名信使，手持一位自称孟干达侯爵古斯曼的人寄给特鲁发登一封信，信中声称要领走生女西丽，于是这桩交易被迫中止。正当玛斯加里尔摸不着头脑之际，李礼大笑登场，将自己谎称侯爵写信的奇谋讲给了他听，惹得玛斯加里尔气急败坏。

第六次（Acte III, Scène 1–Scène 5），玛斯加里尔造谣，声称西丽行为放荡。李安特果然中计，不肯再追西丽。李礼见李安特不悦，遂问其原由，李安特如实禀告一番，李礼与之争论起来，并坚决捍卫西丽的名节。二人争执不下，最后李安特指出这是玛斯加里尔所言，李礼怒斥玛斯加里尔，导致他的苦肉计被拆穿，而李安特则又开始继续追逐西丽了。

第七次（Acte III, Scène 6–Scène 13），玛斯加里尔的好伙伴爱斯嘉特前来通风报信，说李安特即将于当晚假面狂欢之际，去特鲁发登家将西丽强抢出来。玛斯加里尔当即定计，要召集狐朋狗友戴上假面，抢在李安特之前将西丽抢走，并宣称：“上帝既然给我狡猾的天才，我决不肯藏而不用啊！”爱斯嘉特将消息告诉了李礼，李礼自作主张地要助玛斯加里尔一臂之力，遂向特鲁发登告发今晚的阴谋。结果玛斯加里尔戴着面具赶来，立即被拆穿。李礼拆开他的面具，才知道自己又一次弄巧成拙了。此处入室抢人的情节与当时的法国风俗有关，因为在狂欢节期间，每个化装团体都有权强行进入任何房子。

第八次（Acte IV，Scène 1–Scène 8），玛斯加里尔弄清楚了特鲁发登的身世，让李礼假扮亚美尼亚人，道破特鲁发登家破人散的来龙去脉，来骗走西丽。李礼的过分自信，再加上见到西丽的情不自禁，引起了特鲁发登的强烈猜疑。诡计被拆穿后，玛斯加里尔化险为夷，反客为主，把李礼乱棍打出，作为仆人出了一口恶气。在这一片段中，第四幕第一场被指认出源自古罗马剧作家泰伦斯的《两兄弟》。第四幕第三场被指是出自法布里齐奥·德·福纳里斯（Fabrizio De Fornaris）作品《安洁莉卡》，该剧曾在1584年至1585年的两年间于巴黎演出。相对而言，李礼假扮亚美尼亚人的这场戏，明暗场交错的写法较为成功，因此在2010年上海辞书出版社出版的《外国戏剧鉴赏辞典》编纂《冒失鬼》的条目中，专门收录了第四幕第一场进行赏析。

第九次（Acte V，Scène 1–Scène 10），吉卜赛少年安德烈登场，他赎回了西丽，要租一间房子过渡。玛斯加里尔趁机假扮瑞士商人，假意租赁李礼家房子给他。二人既已商定，不料李礼归来，见到房子租给外人大吃一惊。李礼醒悟之后，将前因后果讲给了安德烈，玛斯加里尔第九次诡计终于宣告失败。其中，第五幕第三场被指认出系对塞万提斯《波希米亚人》的改编，但并不成功。

在全剧的最后，两个妇人的争执带出了故事的前情。一位妇人是特鲁发登，也即鲁贝第家中的女仆，另一位则是当年拐走西丽的人贩子。特鲁发登与安德烈正巧路过，将二人扯开，老女仆认出鲁贝第后，向他讲述了西丽失踪的前来龙去脉。她多次提到鲁贝第这一名字，特鲁发登与安德烈双双为之脸色大变，最终父子相认，同时也揭开了西丽的身世之谜，原来西丽正是鲁贝第当年被拐走的女儿，于是安德烈放弃了对亲妹妹的追求。李礼与西丽终成眷属，李安特也重新回归到了伊波利特的怀抱，戏剧到此结束。剧尾收束的手法在文艺复兴以来的作品中屡见不鲜，剧中，莫里哀也借玛斯加里尔之口加以调侃称“这一类的小说我看过不止一百部了”。在《吝啬鬼》戏剧冲突达到最高潮，矛盾无法化解之际，莫里哀再度运用了这种父子相认的桥段来收束全剧。

《冒失鬼》的戏剧性压倒了文学性，在感叹莫里哀构思的精彩之余，不得不承认剧中人物流于扁平化，但剧中角色的名字仍有一些值得关注的细节。特路发登的名字是“Truffaldino”，意为“骗子”，实际上这个名字正是哥尔多尼《一仆二主》饰演丑行（Harlequin）的“特鲁法尔金诺”。玛斯加里尔的名字“Mascarille”是一个西班牙词语，意为“小面具”。莫里哀所处的时代，正是意大利假面喜剧广泛流行的时代，他在里昂和巴黎演这一角色时，也都是戴着面具的。时至今日，大多数法国院团搬演《冒失鬼》时，依旧会选择戴上面具进行表演。

作为莫里哀所创作的第一部喜剧作品，无论是从当时的演出效果，还是就文本本身而言，都不能算是一部失败的作品。放在更宏大的语境来看，《冒失鬼》可以说是法国喜剧将文艺复兴所带来的成果融会贯通之后的一次集中绽放。它不仅吸收了古罗马普劳图斯、意大利尼科洛、西班牙塞万提斯等众多喜剧作家的作品精华，也融入了莫里哀个人的天才与智慧。

考尔德认为：“莫里哀的戏剧中体现出一种内在的和谐与节奏感，这种不可抗拒的、持续的、有序的运动，随着不同角色之间的互动而展开，并最终走向一个精心准备的结局。”[①]无独有偶，瓦尔特也曾说过：“莫里哀艺术的特别完美之处在于：一方面，每一部戏的体验都有一种张力，这种张力只来自内在的备善与完整；但与此同时，它又全面而直接地涉及人类社会，涉及人类处境的社会层面。”[②]二人都旨在强调莫里哀戏剧内部的中正平和，而这主要得益于他处理剧中社会关系以及家庭关系时的卓越能力，这在《冒失鬼》中已经得到了足够的展现。

三、意义阐发

《冒失鬼》作为莫里哀喜剧的肇始之作，至少存在以下三种价值：第一，作家的首作往往带有自传性质，结合文艺创作心理学来以意逆志，对理解莫里哀早期生平

① Andrew Calder, *Molière: The Theory and Practice of Comedy*, London: The Athlone Press, 1993, p.15.

② Walter E. Rlex, *Molière's Strategies: Timely Reflections on his Art of Comedy*, Berlin: Peter Lang Press, 2013, p.xiii.

大有裨益。第二，《冒失鬼》与其后续作品关联紧密，通过将之与莫里哀其他剧本进行互文性的比对分析，有助于实现对莫里哀戏剧的整体性理解。第三，《冒失鬼》在法国久演不衰，迄今已近四百年，从未失去过当代意义。研究这样一部范本，对当下戏剧亦当有所启示。因此，对其进行当代解读是非常有必要的。下面将从四个方面来对《冒失鬼》的意义进行深度挖掘。

第一，从作家所处时代背景及其人生际遇的角度来看，《冒失鬼》作为莫里哀的第一部戏剧作品，不仅与时代形成了一种同构性，而且反映了剧作家早期创作的心态。首先，从时代背景来看，《冒失鬼》的创作背景恰是在三十年战争与投石党运动结束后不久，国内政治波诡云谲，充斥着尔虞我诈。这部以奇谋见长的喜剧，有意无意之间与时代形成了一种同构性。诡计多端的玛斯加里尔为达目的穷尽手段，却因同盟者的愚蠢而屡屡错失良机，与政坛之中机关算尽却又百密一疏的政客们颇有几分相似。特路发登是因政治动荡的原由背井离乡，安斯模以假币为由从李礼处骗回钱财的桥段也不是无据可循，这与当时大量伪造的金币和银币的流通有关。由此观之，《冒失鬼》宛如一面引人发笑的哈哈镜，通过夸张与变形，扭曲地反映着时代的风貌，这也是莫里哀喜剧的基本特征。

其次，结合莫里哀早年的人生经历，这部作品或多或少地反映了剧作家的心迹。莫里哀年少求学之际因迷恋戏剧而放弃继承家业，父亲曾派一位年长的教师让·皮内尔去游说莫里哀改邪归正。不料皮内尔反被学生辈的莫里哀说动，主动投身加入了莫里哀的剧团。①莫里哀对父亲的反叛与剧中的李礼非常相似，这一桩公案如若属实的话，玛斯加里尔的机敏与智慧似乎也变得有据可循了。父亲对他的控制，也像极了想要压制李礼爱情的潘朵夫。从《冒失鬼》开始算起，莫里哀在对待父亲形象的态度上，一向是重则进行挖苦与讽刺，轻则用以温情的调侃，基本不曾塑造过什么正面的父亲形象。

莫里哀十岁丧母，这一不幸的遭遇几乎影响到了他所有的创作。莫里哀的作品被指出慈母的形象时常缺席，鳏夫的形象则反复出现。《吝啬鬼》中的阿巴贡是典

① Georges Lafenestre, *Molière*, Paris: Hachette, 1909, p.13.

型的鳏夫,《伪君子》中的埃米尔则是奥尔贡的续弦妻子,青年人的生母形象极为少见。很少有人关注到,这一现象在《冒失鬼》中已经初现端倪。西丽与安德烈的生母早已辞世,李礼、李安特等青年人的母亲则几乎不曾被提及。结合安斯模被玛斯加里尔用情感来诓骗的情况来看,他大概率同特鲁发登一样也是一位鳏夫。

第二,从戏剧作品本体的视角出发,《冒失鬼》展现了莫里哀成熟的编剧技巧,确立起了莫里哀的演剧风格,剧中塑造的各种人物以及所使用的喜剧桥段之于其后来的剧作而言,也具有着丰富的原型意义。

首先,《冒失鬼》虽然是一部改编作品,但并不意味着莫里哀没有融入自己的编剧技巧。同样擅写喜剧的李渔从自身经验出发,指出"编戏有如缝衣,其初则以完全者剪碎,其后又以剪碎者凑成。剪碎易,凑成难"。可见将不同戏剧元素整合为一部完整的作品绝非易事。任何一个剧作家不可能不受前人成果的影响,在强大的影响的焦虑之下,莫里哀巧妙地将各种喜剧桥段化用在《冒失鬼》之中,使得玛斯加里尔的贯穿行动以及李礼的反贯穿行动实现了高度的统一性,确保了戏剧行动主线的清晰易懂。

其次,《冒失鬼》奠定了莫里哀演剧的基本风格。最初,莫里哀面向路易十四演出高乃依的悲剧之后,都会亲自走到台前感谢王室对他的草台班子的宽宏大量。他自知悲剧的演出效果不尽如人意,于是开始调整演出策略:

> 莫里哀和他的同伴们试图将更随性的风格融入高乃依的雄辩中,这让习惯了法国大剧院演员们夸张演绎的观众感到惊讶和震惊。然而,当这种自然的表演风格出现在"两部新剧":《冒失鬼》以及《爱情的怨气》中时……观众的惊讶很快转化为愉快的赞赏。①

莫里哀剧团的演剧风格更加贴合自然生活,他们并不能驾驭高乃依纯正典雅的诗体悲剧语言。然而一经回归到熟悉的领域,莫里哀便立即展现出了本色当行的演

① Georges Lafenestre, *Molière*, Paris: Hachette, 1909, p.29.

出风采。在看到观众的正向反馈之后，莫里哀最终确证了究竟演什么、怎么演才是对的。事实上，这其中也蕴含着历史与逻辑相统一的必然性，莫里哀唯有通过搬演《冒失鬼》赢得观众的肯定，他才有可能按照原有的演剧风格去进行后续的创作及演出。

最后，《冒失鬼》当中，玛斯加里尔的九次诡计是本剧的核心看点，也是剧作家成风尽垩的手笔。如将九次桥段概括成九种范式，不难发现在莫里哀之后的作品中，许多喜剧桥段中的谋略、巧合、误会都是基于这九种范式的转换与变形。

剧中所塑造的阴谋家、愚蠢的主人、年轻的恋人和暴躁的父亲等一系列人物形象，放在莫里哀喜剧作品的内部系统之中来看，无疑是许多种原型人物。稍微在他们身上植入一些有趣的缺点与秉性，就会变成其他剧目的主角。比如被玛斯加里尔诈称发现黄金而闻讯飞去的潘朵夫，将他贪财的性格加以放大，便会成为《吝啬鬼》中的阿巴贡。至于玛斯加里尔的智仆形象，将会在《司卡班的诡计》之中达到一个全新高度。此外，《冒失鬼》是少有的主人介入并干扰仆人诡计的一部剧作，对于喜剧中传统的主奴辩证法也有着突破意义。

《冒失鬼》的创作促进了莫里哀对喜剧机制的成熟掌握，为他后续创作中多样性的实际应用积攒了经验，其中的一些桥段也已经初具母题的意义。古罗马与同时代的意大利喜剧中的喜剧手段，经由莫里哀改造后得以激活与转换。莫里哀的喜剧建构起了连接沟通古典喜剧与现代喜剧的重要桥梁，最终的结果则表现为“好莱坞确实经常使用一些莫里哀发展和发明（数量少一些）的喜剧手段，尽管好莱坞不知道这一点”[①]。《冒失鬼》在这一过程中的起点的意义是不容忽视的。自此之后，莫里哀逐渐摆脱了改编的模式，走向原创，并突破了闹剧仅为引人发笑而创作的局限，开始在作品中表达深层次的思想与寄托。

第三，从作品影响的角度来看，《冒失鬼》标志着莫里哀的喜剧突破了古典主义审美原则束缚下雅俗的界限。在莫里哀喜剧走向成熟之前，他始终在对民间闹剧与古典主义喜剧进行调和。在一篇谈论布莱希特的文章中夹杂着一段对莫里哀的妙

① ［美］克里夫顿·费迪曼，约翰·S. 梅杰：《一生的读书计划》，马骏娥译，译林出版社2015年版，第112页。

评:“民间闹剧的经验主义因素,和人文主义戏剧的抽象的理性主义,在莫里哀之前是同时并存的,在莫里哀的创作中,当它们暂时还没有综合成为第三种——高级喜剧体裁的时候,也是交错并存一个时候。”[①]所谓的交错并存,是指民间闹剧俗但好笑,古典主义喜剧雅却不好笑的矛盾,《冒失鬼》正是调和这种矛盾所迈出的第一步尝试。

《冒失鬼》在巴黎面向贵族进行演出,这本身就不是一个简单的戏剧事件,它实际上是对悲剧、喜剧、闹剧泾渭分明的等级秩序的一次挑战。这部从形式上来看是喜剧,但究其实质仍难摆脱闹剧之嫌的作品的胜利,说明法兰西学院所推行的古典主义的雅正原则,并不能驯化人们追求欢乐的天性。贵族并非完全无法接受闹剧,巴黎市民对他的闹剧的喜爱更是不在话下。吉恩-弗朗索瓦·德·特洛伊(Jean-François de Troy)有一幅油画作品《读莫里哀》(*La lecture de Molière*),画面描绘了在一次沙龙中,一群贵族诵读莫里哀《可笑的女才子》的画面。吉恩这幅画创作于1730年,离莫里哀的时代并不算特别远,这也更加佐证了莫里哀的作品是可以在贵族阶层流通的。

莫里哀属于“路易十四时代”,也因此被打上了“古典主义”的标签。然而过分强调这一属性,并不利于人们思考莫里哀成功背后所蕴藏着历史的必然性。一方面,以高乃依为代表的法国悲剧作家们只能承担戏剧的半壁江山;另一方面,在古典主义悲剧推崇书写帝王将相等高贵人物的原则之下,旧制度的政治体系下的“第三等级”的生活无法在戏剧中得到充分反映。贵族沙龙文学与市民写实文学的对立,导致法国文艺尤其是戏剧艺术长期存在着宫廷与民间、雅与俗的分裂与对立。时代不仅呼唤着喜剧作家的出现,而且要求这一作家必须出身民间。莫里哀在这一时期的应运而生,不仅填补了法国喜剧创作的缺失,同时也弥合了悲剧与喜剧对立所带来的雅俗之间的巨大鸿沟。

第四,《冒失鬼》是重新认识莫里哀的锁钥,也是理解莫里哀其他喜剧及其喜剧精神的起点。传统戏剧史书写之中,通常会对《伪君子》与《吝啬鬼》大加褒奖,因

---

① [俄]金格尔曼:《论布莱希特戏剧》,载张黎编选《布莱希特研究》,中国社会科学出版社1984年版,第384页。

为前者批判了宗教，后者则批判了资产阶级的贪婪。这种解读范式不仅造成了人们对莫里哀早期与后期剧作在认识论上的断裂，同时也过度夸大了莫里哀的战斗性。

莫里哀在1663年创排的《凡尔赛宫即兴》短剧中表达了自己对喜剧艺术的理解："喜剧旨在概括地反映人的一切缺点。"反映缺点，这才是莫里哀喜剧精神最凝练、最准确的表达。那些动辄将《伪君子》视作是挑战宗教的檄文的论断，反倒是严重高估了莫里哀的历史贡献，他在这方面不可能做得比路德、加尔文以及冉森更好。《伪君子》讽刺的是伪善行为本身，而不是宗教。麻文琦曾明确指出，"路易十四圈定了他思想的活动范围"，所以"这是一种在确保政治正确的前提下的讽刺艺术"①，这也是莫里哀的立身之本。

从《冒失鬼》开始，想去为莫里哀的喜剧概括出一种主题思想，或找到明确的批判对象的类型，时而会陷入过度阐释的困境之中。莫里哀如实地遵照反映缺点这一原则，描绘着同时代的众生相。《冒失鬼》姑且可以抽象出一个年轻人为追求爱情不断突破阻挠的主题，凸显了仆人的机智和主人的自以为是。可是这种解读容易忽视莫里哀作为剧团经理人的现实，他作为一个需要养活一整个剧团的喜剧作家，其创作的首要目的是引人发笑，从而赢得掌声与充分的物质回馈。讽刺只是喜剧的手段，而非目的，正如莫里哀本人说所的那样，"艺术的意图和恶劣的使用应当永远区别开来"②。喜剧对莫里哀来说是一种志业，一味地强调莫里哀喜剧的讽刺艺术只会引发理解上的单向度。并非所有的喜剧艺术都需要承担批判的任务，大多数情况下莫里哀喜剧的首要任务是引人发笑，而"笑，就是莫里哀的审美哲学"③。《冒失鬼》好就好在它足够有趣，戏剧的第一要义就应当是有趣。

从亚里士多德《诗学》对悲剧与喜剧的判定开始，二者之间便不光有了美学上的高下之分，更有强烈的道德意味在其中。换而言之，悲剧与喜剧变成了一对道德概念。依亚里士多德《诗学》之见，"喜剧总是摹仿比我们今天的人坏的人"，他在后面又进一步指出"比较轻浮的人则摹仿下劣的人的行动"④。莫里哀不仅是演员，

① 麻文琦：《"莫里哀式喜剧"辨析》，《戏剧文学》2007年第7期。
② ［法］莫里哀：《论喜剧》，载中国社会科学院文学研究所编著：《文艺理论译丛》（下），知识产权出版社2010年版，第815页。
③ 高建平、丁国旗主编：《西方文论经典：从文艺复兴到启蒙运动》（第2卷），安徽文艺出版社2014年版，第434页。
④ ［古希腊］亚理斯多德：《亚理斯多德〈诗学〉〈修辞学〉》，载《罗念生全集》（第1卷），上海人民出版社2015年版，第25、29页。

而且还是一名喜剧丑角演员，触碰了亚里士多德在这里所规定的双重道德禁忌。从《冒失鬼》开始，莫里哀注定走向了一条与亚里士多德塑造起的戏剧伦理背道而驰的路，所以布瓦洛劝莫里哀放弃演戏来换取法兰西学院院士的殊荣，莫里哀婉拒他是在所难免的了。

然而，这里不得不就《冒失鬼》以及喜剧艺术进行辩护。悲剧是语言的艺术，喜剧是表演的艺术，二者本不该有高下之分。喜剧与悲剧不同，喜剧的剧本有其独特的阅读方式。喜剧在文学性上极难取胜，高度依赖演员表演艺术是喜剧的天性，而这种天性形成了一种舞台大于文本的特质，喜剧性越强，文学性则越差。莎剧的喜剧性并不会因为语言的华美浪漫而增强分毫，他所塑造的能够引人发笑的福斯塔夫等形象，往往用散白而不用诗体的韵白。悲剧的成功离不开编剧思想的深度，喜剧的成功则更加倚重演员在舞台上的表演经验。柏格森将表演的概念具象为身体，他说“喜剧诗人将以身体的可笑加强职业性的可笑”①。读者在阅读喜剧剧本时，要比读小说、悲剧更加努力地去做一些神思的工作，在脑海当中进行加工，想象演出的实际情境以及演员的表演，方知剧作家用心之所在。

结语

在伏尔泰所颂赞的“路易十四时代”的剧坛，无论是如日中天的高乃依，还是后来居上的拉辛，都难以撼动莫里哀的地位。命运似乎要求莫里哀膺负起弘扬法兰西荣光的历史使命，《冒失鬼》则是他为这一使命交出的第一份答卷。尽管这一肇始之作未能尽善尽美，但它本身具备着充足的价值与意义，值得人们去追根溯源。关于莫里哀的诸多疑问，都可从这部剧中找到一些令人心有戚戚的答案。

① ［法］柏格森：《笑——论滑稽》，徐继曾译，北京出版社2023年版，第34页。

从独白谈起:《英雄广场》的艺术"挑衅"之路

袁　苗

1988年11月4日,奥地利作家托马斯·伯恩哈德(Thomas Bernhard)的作品《英雄广场》(*Heldenplatz*)在维也纳城堡剧院上演。由于部分抗议者的阻拦,演出断断续续持续了四个多小时。最后,在支持声和反对声的互相对峙中,剧作家伯恩哈德与导演克劳斯·派曼走上了舞台。

《英雄广场》是一部为纪念城堡剧院百年院庆以及希特勒帝国吞并奥地利五十周年而诞生的作品。早在演出前,剧本部分文字选段的公开就使伯恩哈德遭到了来自知识界、政治界的攻击。伯恩哈德词锋尖刻的台词深深刺痛了奥地利人民,各个政治党派的代表纷纷跳出来表态,将伯恩哈德斥责为"自毁家园的辱国者"。[①]

实际上,这并非伯恩哈德首次在作品或公开发言中对奥地利社会进行直接批判。早在1968年的奥地利国家文学奖颁奖典礼上,他就因批评奥地利人而遭到责难:

> 我们是奥地利人,我们麻木不仁;我们是生命,同时对生命怀着普遍的冷漠,在大自然的活动进程中,我们是狂妄—意识,同时也是未来。
>
> 我们没有什么好讲的,除了我们的可怜巴巴,以及借助于幻想力沉溺于哲学、生态学和机械学的单调乏味。[②]

---

① 许洁:《伯恩哈德传》,中国友谊出版公司2006年版,第30页。

② [奥地利]托马斯·伯恩哈德:《我的文学奖》,马文韬译,上海人民出版社2013年版,第130页。

伯恩哈德的《英雄广场》是一场对社会公众的公然挑衅和冒犯,其中充满了对极权主义、纳粹主义以及国民劣根性的批判。《英雄广场》的艺术“挑衅”是如何完成的?这对当今的政治戏剧创作又有何启示?一切都需从独白谈起。

一、历史中的戏剧独白

戏剧中的独白(Monologue),是与对白或对话相对应的存在,与对话的交流性质不同,独白往往表现的是人物无法轻易言说的、隐秘的心理世界。按照帕维斯在《戏剧艺术辞典》中的定义,其特点是“人物对着自己说的一段话……独白区别于对白之处,在于缺少语言交流的对象,以及一长段台词,这段台词游离于冲突和话语的上下文情境之外”。[①]

古希腊悲剧从酒神颂发展而来。酒神颂是古希腊时期流行的祭祀酒神狄奥尼索斯的颂歌(也在除酒神节之外的节庆上演)。作为一种为歌舞队创作的文字段落,它主要在仪式进行过程中,由酒神颂的领队进行歌颂。在不少古希腊悲剧中,独白发挥了很大的效能。如在埃斯库罗斯的《被绑的普罗米修斯》中,普罗米修斯一出场就通过一段极具抒情色彩的独白诉说了自身的痛苦和磨难:“苦哇,磨难!为眼下的不幸,也为将来的苦酸,我出声哀叹,不知何时可得解救,命运使我渡过难关。”[②]这类抒情性独白与合唱、舞蹈等相辅相成,成为营造悲剧氛围、抒发悲剧力量的重要因素。

戏剧发展至文艺复兴时期,独白仍占据重要位置,这是浪漫主义传统使然。莎士比亚的《哈姆雷特》《李尔王》等作品贡献了不少经典独白。有学者曾经按照独白的属性功能,将独白分为“史诗性独白”“抒情性独白”“戏剧性独白”[③]三种形式。在古希腊悲剧中,主要存在史诗性和抒情性两种形式;而在文艺复兴时期的戏剧中,戏剧性独白加入进来,使得独白与戏剧行动、戏剧冲突等要素的联系更为紧密。

① [法]帕特里斯·帕维斯:《戏剧艺术辞典》,宫宝荣、傅秋敏译,上海书店出版社2014年版,第215页。
② [古希腊]埃斯库罗斯:《被绑的普罗米修斯》,载《埃斯库罗斯悲剧集》,陈中梅译,华夏出版社2008年版,第185页。
③ 陈恬:《独白剧场:理论与实践》,《文艺研究》2019年第6期。

在新古典主义时期，法国的理论家试图消除独白、旁白等戏剧语言的虚假性。在《论二十四小时律》中，夏普兰提出，如若独白的目的仅仅只是为了传递消息，那么应该予以取消。在新古典主义者看来，独白在大多数情况下都是不真实的，只有符合戏剧和现实生活的“可然律”，独白才能被接受。到了戏剧剧场阶段，尤其是在现实主义和自然主义戏剧中，独白往往被认为是“不自然的”“反现实的”，因而被排除在戏剧之外。黑格尔在《美学》中构造了一个形式与内容相契合、行动与语言相调和、史诗性与抒情性相统一的现代戏剧（Drama）文体。在他看来，独白是不同行动之间的过渡阶段，其作用主要是使人物反躬自省，充分衡量内外冲突，最终做出决定，采取新的行动。独白唯此才能获得合法的戏剧性地位。因此，真正“全面适用的戏剧形式是对话，只有通过对话，剧中人物才能互相传达自己的性格和目的，既谈到各自的特殊状况，也谈到各自的情致所依据的实体性因素”。[①]

戏剧剧场之所以将独白排除在外，无疑于其更为强调戏剧的真实性、当下性和行动性。戏剧剧场是对现实的摹仿，独白的出现破坏了现实幻觉，独白段落在戏剧中的采用只是反映了这样一个事实：即剧作家没有在对话中找到表达英雄和悲剧的合理形式[②]。在戏剧剧场中，真正能提供戏剧性，推动戏剧情节发展、转折、高潮的是对话，是不同对立方冲突的外化形式。

随着20世纪戏剧的发展，戏剧剧场的秩序逐渐瓦解，这也就出现了斯丛狄所说的“现代戏剧的危机”。这种危机主要体现在现代戏剧形式与内容的矛盾上，“即一方面在形式上主客体以对白的方式融为一体，另一方面在内容上它们之间却彼此冲突”[③]。在易卜生的晚期作品和契诃夫的戏剧中，我们再难以找到绝对戏剧性的存在。契诃夫戏剧中的人物对白，变成了独白的变体。其笔下的人物看似都处于正常的人际互动关系之中，但实际上这种互动是非常消极的。人物表面上在进行对话，实质上他们的对话是完全孤立且毫无意义的。此时，语言的作用不再是激发人物的行动，而是体现他们内心那种孤独的、弃绝的生存状态及情感流动。到了象征主义、表

① ［德］黑格尔：《美学》（第三卷　下册），朱光潜译，商务印书馆1981年版，第259页。

② Franz Rosenzweig, *The Star of Redemption*, trans. Barbara E.galli, Madison: University of Wisconsin Press, 2005, p.86.

③ ［德］彼得·斯丛狄：《现代戏剧理论（1880—1950）》，王健译，北京大学出版社2006年版，第81页。

现主义戏剧中,独白再次被予以厚望。表现主义剧作家笔下那错乱的、神经质的、迷离的心灵独白成为表现复杂的、崩溃的现实世界的绝佳手段。

当戏剧进入后戏剧剧场阶段,语言已然失去了在戏剧中的主导位置。而曾在戏剧语言中占据首要地位的对话也不再受到后现代艺术家的青睐。对于后戏剧剧场而言,独白与合唱造成的对话结构消解是一种非常典型的现象[①]。彼得·汉德克的《自我控诉》(1966)没有角色,只有一男一女交替进行朗诵,以第一人称开头的数段自白,进行了强烈的“自我控诉”。海纳·穆勒的《哈姆雷特机器》(1977)在莎士比亚的戏剧世界中投掷了当代德国政治世界的无数碎片,这部作品几乎全由哈姆雷特或奥菲利亚的独白组成,这些独白是完全扭曲的、变形的,游离于《哈姆雷特》之外。罗伯特·威尔逊的《哈姆雷特——一场独白》(1995)由威尔逊本人扮演剧中的主要人物,对原作进行了独白式的戏剧阐释。后戏剧剧场之所以对独白青睐有加,一方面源自对戏剧剧场对话结构的冲击和反叛,另一方面也来自对剧场交流本质的强调。通过各种形式的独白,表演者和观众能够取得较为直接的交流,观众在面对面的独白中能够自由地寻找个人思维的落脚点,而不必在持续的对话中摸索故事的细枝末节。

二、《英雄广场》的两种独白

必须说明的是,《英雄广场》并不是一部典型意义上的后戏剧作品,但其确实受到了后现代主义的影响。表面上来看,该剧的结构符合“三一律”的特征,故事发生在一天之内,三个场景集中于公寓和公园两地。然而,《英雄广场》却是一部缺乏行动性的作品,它并不在戏剧情节上着墨过多,侧重于通过语言表现不同人对社会议题的讨论,从而传达批判性的政治思想。

该剧仍旧保留对话作为结构的主要形式,但对话中含有大量的独白。有研究者将这种对话形式称为“独白式对话”,人物看似与其他人物在进行对话,但实际上却

① [德]汉斯-蒂斯·雷曼:《后戏剧剧场》,李亦男译,北京大学出版社2016年版,第166页。

很少得到或完全得不到其他人物的回应。[①]伯恩哈德笔下的独白所强调的并非契诃夫作品中人物内心情感的流动或某种独特的戏剧氛围和情调,也不像现实主义戏剧中通过独白导向某个决定、行动或结果,《英雄广场》中的台词之间仍保有碰撞、冲突,但其主要作用是回溯过去或表达政治思辨。

(一)叙事:记忆变奏

按照独白的功能属性划分,我们可以将《英雄广场》中的独白分为两类:叙事型和思辨型,前者承担叙述故事的责任,后者则传递了作者的肺腑之言。

戏剧的第一场是典型的叙事型独白。第一场仅出现了两个人物:舒斯特教授家中的管家齐特尔与女仆赫尔塔。大幕拉开,二人在靠近英雄广场的公寓中收拾家务。齐特尔从教授的制服套装讲起,继而谈到自己生活在养老院的母亲,而后聊起教授夫人的习惯,最后才告知观众:"教授去世了/你再这么朝下看也无济于事/他也不会活过来了。"[②]齐特尔的这段独白长达四页,作为戏剧的开头,它交代了舒斯特教授的死亡和教授夫人海德维希的病情等一系列事件。齐特尔,即为剧中第一个重要的独白者,也是叙述者。与其相比较,赫尔塔的台词十分精简,她并未对齐特尔的长篇大论进行回应,仅仅表达了对自己所关心的某些事情的感慨,例如"教授夫人有点不待见我""教授夫人不喜欢我""教授有二十二套制服""教授曾答应我/带我去格拉兹"[③]等。双方沉浸在各自的世界之中,大量的语言淹没了观众,迫使观众必须主动从中获取有效讯息。

作为叙述者,齐特尔的台词很好地向读者和观众介绍了舒斯特教授一家的情况:教授及其夫人充满矛盾的婚姻、教授与其子女的不和、教授与其弟弟罗伯特教授的关系、教授的生活习惯、教授夫人的疾病、教授的死亡等。然而,她并未以讲故事的方式从头到尾,有顺序地、有逻辑地叙述一切,而是以日常谈话的形式,絮絮叨叨地从这件事讲到那件事,她的叙述思维是跳跃性的,形成一种音乐变奏式的风格。

---

① 谢芳:《伯恩哈德戏剧研究》,中国社会科学出版社2018年版,第65页。
② [奥地利]托马斯·伯恩哈德:《英雄广场》,马文韬译,上海人民出版社2014年版,第342页。
③ 同上,第344—348页。

教授说
人类真正害怕的是人的精神
教授不是一个让人喜欢的人
这个星期二我妈妈九十二岁了
照我看教授甚至于是个美男子
我很高兴餐桌已经布置好了
在这个房子里只还要再做两顿饭
所有的东西都打包装箱了[①]

在上面这段独白中,齐特尔的思绪不断变化,从“人类真正害怕的是人的精神”到“我妈妈九十二岁了”,到“教授甚至于是个美男子”,最后到“东西打包装箱了”,每句话的叙述对象都有所不同。第一场齐特尔的独白基本上都具有这种不连贯的、跳跃性的特征。实际上,这类反复且唠叨不休的独白非常符合现实生活中的原貌。但这并不符合现实主义戏剧对戏剧语言的要求:语言必须源于现实、高于现实,且达到现实性、艺术性与戏剧性的整一。

这种与现实生活十分贴切的独白,其导向的并非是现实,而是过去。如若我们细心观察,齐特尔的言语中讨论的一直都是过去怎样,而非现在如何。舒斯特教授是一个在记忆中得以建构的人物,他从未出现在舞台上,却一直存在于人们的回忆之中。齐特尔在描述教授时,总是以第三人称“教授说”“他说”开头,以强调教授的主体性。这种主体性不仅丰富了齐特尔的表演形式,也展现了教授复杂的人物形象。一方面,齐特尔需要不停地转换人称,以叙述不同人物的故事线索,在表演时,她不得不通过语调的变换来提醒观众,当念到教授说过的原话时,特意提高或降低声量以模仿教授当时的状态。[②]另一方面,教授虽已去世,但他的存在却不断地通过他人的话语而被强调,片段性的语言侧面地塑造了教授的形象。作为犹太人,在二战期间他曾离开自己的家乡。战后终于回到梦中故土的他,并未获得想象中的慰藉

① [奥地利]托马斯·伯恩哈德:《英雄广场》,马文韬译,上海人民出版社2014年版,第370—371页。
② 参考1988年派曼导演的首版演出。

和救赎。在新纳粹主义和反犹太主义的包围下，他感到压抑、恐惧和痛苦。但在被社会折磨的同时，他也折磨着自己和亲人，他对个人生活和家庭成员有着极强的控制欲，他讲求一切都精细、完美、符合传统和经典，却无视自由、个性与爱。他是一个富有哲学头脑的、自私的、矛盾的、厌恨纳粹主义却又用这种思想压迫无辜者的另类知识分子。

在齐特尔繁复的日常话语中，观众好似坠入她的记忆之中，一一了解了舒斯特教授及其家人的故事。在变奏的记忆中，人物形象通过生活片段中的细节被展示，而不是通过自我的语言和行动被塑造。由此，我们看到，呈现于舞台上的，不是一个连续而完整的性格，而是一个被选择、修建和构型的心灵片段。①

（二）思辨：思想机器

谈到政治戏剧，我们无法避开德国导演欧文 · 皮斯卡托。1920年之后，皮斯卡托在德国无产阶级剧场工作，二战期间离开德国后，他在纽约创办了社会问题探索新派戏剧工作室。在皮斯卡托看来，同时代的"戏剧仍然落后于报纸，它从来不是最时新的，它从来积极干预周围的事件，它仍然是一种过分僵死的、刻板的艺术形式，效果很有限"。②因此，皮斯卡托的政治戏剧多采用报纸新闻等时事性文本以及结合屏幕、插曲、标语牌、机械舞台及道具等多种手段讨论社会议题。到了布莱希特那里，政治戏剧的创作有了样本。布莱希特的剧作虽然不能说是完全意义上的政治剧，但《大胆妈妈和她的孩子们》《伽利略》等剧作直接涉及了战争、人性等重要议题。布莱希特以史诗入戏剧，使得其作品兼具现实意义和戏剧性。

伯恩哈德的政治戏剧，不以戏剧性的情节、人物取胜，而是以其磅礴的语言以及其背后蕴含的锋芒给予观众感性的冲击和理性的思考。

在第一场中，伯恩哈德通过齐特尔对教授生前所言的转述，直指奥地利战后弥漫的纳粹主义对人性的迫害。从第二场开始，不同人物之间的直接对话不断增加，

---

① 高子文：《戏剧的"文学性"：抛弃与重建》，《戏剧艺术》2019年第4期。

② ［德］埃 · 皮斯卡托：《政治剧》，聂晶译，载中国艺术研究院外国文艺研究所《世界艺术与美学》编辑委员会编：《世界艺术与美学 第五辑》，文化艺术出版社1985年版，第262页。

戏剧对话开始重新获得了交流的意义。其中大部分对话仍然属于独白式对话,众人的交流充斥着对社会事件的讨论,最后,对话变成了辩论,独白成为呐喊。

教授葬礼之后,罗伯特教授、安娜、奥尔嘉一行人反复对奥地利社会进行抨击。在国家图书馆工作的安娜认为自己的周围全是纳粹,因而深感焦灼和折磨,“我在这里的确无法再待下去了/每天一睁眼心里就充满了恐惧/今天的状况/和一九三八年相比有过之而无不及/现在维也纳的纳粹/比一九三八年还要多”①。罗伯特教授拒绝在诺伊豪斯修路抗议书上签字,但这并非意味着他什么都不反对,实际上他反对一切:“在奥地利一切都糟糕透顶/人们对头脑愚钝情有独钟/对精神和思想则百般践踏。”②他和安娜、舒斯特教授一样关心政治,关心犹太人的生存处境,但他在抗议和自杀之外选择了另一条道路:平静地生活。

到了第三场,关于时政的论辩仍在继续。此时,人物出现得更多:利比希教授及其夫人、兰道尔先生……他们一会儿谈论政府、联邦总理、报纸,一会儿讨论赫尔塔的家世、教授夫人的病情、“二战”期间的英国生活、戏剧演出等。他们的谈话对象看似无目的性地不断转变,实际最后都离不开一个核心主题:针砭时弊——“但是您不要忘记/您所在的国家公众遭受危害的程度在欧洲/首屈一指”③。

然而,这种直抒胸臆还远不能传达作者思想批判的深刻性。海德维希作为剧中的主要人物,直到第三场的后半部分才姗姗来迟。与舒斯特一样,海德维希同样出生于犹太家庭。当她跟着丈夫从牛津回到维也纳后,其因心理创伤而患上了严重的精神疾病,哪怕数次到精神病院接受物理治疗仍无济于事。当众人持续性高谈阔论,并且愈发激烈时,无人注意到一旁的海德维希已然身体僵硬——她再一次独自听到了英雄广场上响起的民众的呐喊,那是来自五十年前奥地利民众对希特勒发出的欢呼。

结局的处理方式形成了一个绝妙的对比:放言高论的众人与沉默不语的海德维希;外放的痛苦与内里的折磨;作为思想机器的语言与被思想折磨的身体。当罗伯

① [奥地利]托马斯·伯恩哈德:《英雄广场》,马文韬译,上海人民出版社2014年版,第396页。
② 同上,第422页。
③ 同上,第483页。

特教授发言的声音愈来愈高，教授夫人终于一头栽倒在了餐桌上。此时，人们终于注意到她，惊骇、沉默、剧终。

伯恩哈德用思辨型的独白直接揭露了奥地利社会的黑暗和污秽，又通过语言和身体的声画对比创造了一个极富戏剧性的场面，揭示了纳粹主义和反犹太主义对人及社会的侵蚀和摧残。

三、艺术挑衅与政治抗议

《英雄广场》首演后，伯恩哈德出现了心脏衰竭的情况。三个月后，伯恩哈德在格蒙特去世。他的遗嘱暗示了其所受的痛苦。遗嘱中提到，在他死后七十年内，他的作品都不得在奥地利出版或演出。有人说是奥地利杀死了他，这份遗嘱是他的报复。[①]

实际上，在作品的演出前后，伯恩哈德对社会各界的批判始终保持沉默。只有在遗嘱中，他才表达了自己的抗议。这不是迟来的抗议，这是最后的爆发。在1987年写作该剧时，伯恩哈德同时在创作长篇小说《纽芬兰》，这部戏剧的到来使他搁置了小说的撰写，《英雄广场》因此成了他生前最后一部完整的作品。《英雄广场》是一部熔铸了伯恩哈德生命体验的著作。在其晚年的创作中，不少作品都带有强烈的自传性色彩，例如小说《伐木》《历代大师》等，以及他的五卷本自传体系列散文：《根源——一条轨迹》《地窖——一种摆脱》《呼吸——一个决定》《寒冷——一场隔离》《一个孩子》。他一直在作品中探寻自我的根源，回溯个人和集体的历史，在《英雄广场》中亦是如此。

作家在作品中倾注“第二自我”是非常自然的，也是必然的现象。戏剧中的叙述者和发言人可以是齐特尔也可以是罗伯特或者利比希，但真正的发言人只有伯恩哈德一人。自然主义强调写作是一种调查研究的科学行为，“作品成了一篇记录，再没有什么别的东西；它只有准确的观察，或多或少地深刻透彻的分析，合乎逻辑地

① Gitta Honegger, Thomas Bernhard, *The Making of an Austrian*, New Haven: Yale University Press, 2001, p.271.

连贯起来的事实等优点”[①]。《英雄广场》对舒斯特教授死亡的“分析”带有自然主义的某些特点，它较为全面地概括了舒斯特教授的个性特色、生命历程以及导致其自杀的内外部因素。然而，这种分析不完全是自然主义的，其不仅在形式上具有反现实的特点，内容上也带有强烈的主观性。

略回顾伯恩哈德的一生，我们就可以了解到剧中的舒斯特教授和罗伯特教授不过是其本人的结合体。伯恩哈德1931生于荷兰海尔伦，是一名木匠的私生子。其从小与母亲分离，跟着外祖父母长大。1943年，伯恩哈德在萨尔茨堡的一所男子寄宿中学学习，接受了天主教和纳粹主义结合的强制教育，彼时萨尔茨堡战争不断，每日目睹战争的残酷和无数人的死亡，伯恩哈德饱受心灵摧残。1948年伯恩哈德患上肺炎后，身体状况一直堪忧。直到1951年他来到维也纳后，才逐渐开始接受高等教育并走上文学的道路。可以说，伯恩哈德的成长道路弥漫着孤独、苦闷、残酷的气息。

舒斯特教授身上有他的成长经历，舒斯特教授徘徊于奥地利和英国两国，但在任何一处都无法获得真正的身份认同；伯恩哈德从小辗转于各地，维也纳、萨尔茨堡、德国……离群索居，与社会格格不入。罗伯特教授的性格也带有他的影子。罗伯特教授虽从不做公开的抗议，但他的愤世嫉俗，他对国家机器的厌恶正是伯恩哈德思想的体现。在纳粹主义的压迫下，罗伯特与舒斯特不过是选择了殊途同归的两条道路：精神的灭绝和肉体的灭绝。伯恩哈德借罗伯特之口对奥地利社会进行了决然的抨击，并放言“如果有谁能够断然/以与这个国家彻底决裂实施自救/干脆让自己长眠在德布林公墓/那这个人就是特别值得羡慕的”[②]。舒斯特没有这么做，他从窗前跳了下去，除了一房子家具，什么都没能留下；罗伯特也没有这么做，他一边唾弃一切，一边在诺伊豪斯自由地生活；只有伯恩哈德做出了这样的决定，他在遗嘱中断绝了自己与国家的关系：

> 我特别申明，我不愿与奥地利国家再有任何关系，我不仅抗议今后任何一种形式的干涉，更反对在未来的任何时候，任何试图将我本人以及我的作品与

① ［法］左拉:《戏剧中的自然主义》，毕修勺、洪丕柱译，朱雯等编:《文学中的自然主义》，上海文艺出版社1992年版，第177页。

② ［奥地利］托马斯·伯恩哈德:《英雄广场》，马文韬译，上海人民出版社2014年版，第484页。

这个国家相联系的行为。[①]

伯恩哈德的死讯在其葬礼结束后才被公布，如同剧中舒斯特教授所希望的那样。

该剧强烈的政治色彩以及其引发的社会争议使得评论家在很大程度上忽略了该剧的艺术性。媒体战耗尽了批评家处理这部作品的资源，批评家无精打采，他们大部分都认为《英雄广场》不是伯恩哈德最好的作品，它充斥着空洞的言辞和过度的重复。[②]《英雄广场》中的独白、对话并非空洞无用，但从观众接受的角度来看，其的确缺乏趣味性，不易为人理解。在伯恩哈德的剧作中，人物对话虽不乏思想、感情交锋，但其从整体上看却明显背离了传统戏剧人物对话的“语言交流”性质[③]。伯恩哈德的戏剧语言突破了常规的戏剧对话模式，将日常性的闲聊和政治色彩浓厚的标语、政见融合到了一起，使得大量的生活事件、新闻讯息和思想主张排山倒海般地涌向观众，对观众的审美接受产生了一定程度上的冲击。

20世纪以来的戏剧家一直都有在艺术“挑衅”方面进行探索和突破。有人通过剧场形式的创新提高观众在戏剧中的地位，使观众从观者转换为参与者甚至是表演者，如格洛托夫斯基的质朴戏剧、谢克纳的环境戏剧，以及机遇剧等；有人将戏剧表演和行为艺术相结合，将传统的戏剧演出转变为当代的艺术展演甚至预演革命，让参与者在过程中获得强烈的感官冲击。美国先锋戏剧团体生活剧团的《接头人》（1959）曾以戏中戏的形式，展示了一场瘾君子的纪实片，模糊了虚构与现实的界限。他们的《秘仪和更小的片段》（1964）在一次演出中更是直接激发了观众的自主性，观众在演出中“用香烟烫‘尸体’，试图让它回应，甚至还将一名演员扔进了剧场附近的一条运河里”[④]。有人更是让观众在戏剧中处于“危险”境地，触碰并冒犯观众的内心底线，例如让·热内1957年写作的《黑人》。热内声称该作的演出必须面向白人观众，为此他做好了十全的准备：“这部作品面向白人观众，但如果要演给黑人观众看，每晚演出时都要邀请一位白人女性或男性观众入场。演出的组织者应该有礼

① 许洁：《伯恩哈德传》，中国友谊出版公司2006年版，第298页。

② Gitta Honegger, Thomas Bernhard, *The Making of an Austrian*, New Haven: Yale University Press, 2001, p.294.

③ 谢芳：《伯恩哈德戏剧研究》，中国社会科学出版社2018年版，第61页。

④ ［美］阿诺德·阿伦森：《美国先锋戏剧：一种历史》，高子文译，南京大学出版社2020年版，第92页。

节地欢迎这位白人观众,让他穿上礼服,将他带到最好是全场第一排的座位。演出时,演员的表演将全程面对着他,一束象征性的白光始终集中在他身上。但如若没有白人观众愿意接受该如何呢?那么就让黑人观众戴着白色面具走入剧场。如果黑人观众也拒绝佩戴面具的话,那么就使用假人。”[①]

与伯恩哈德同时代的汉德克也在《骂观众》(1966)中尝试了与热内相似的实验。汉德克将自己的这部作品称为“语言剧”,它没有人物和情节,只有无尽的语言,对剧场观众进行不断地剖析和敲击。

与热内、汉德克等人的挑衅维度不同,伯恩哈德更多地将艺术作品的挑衅与对政治的抗议结合在了一起。因此,他的作品更多地是思想的碰撞而非形式主义的实验。

在这个世界上最可怕的国家里
您只有一个选择
就是黑色的猪猡还是红色的猪猡[②]

伯恩哈德这般直白地、粗暴地向观众宣泄自己积压已久的痛苦和不满,这难免使剧场内外那些冉冉升起的集体荣誉感遭到破坏。这种破坏是伯恩哈德有意为之。他意在突破戏剧艺术的陈旧传统、冲击公众的审美习惯、抗议奥地利社会的黑暗。他的戏剧可以被看作是对抗“文化消费者”,也即严肃的、自命不凡的德国戏剧观众的巨大笑话。[③]

今天,《英雄广场》的演出不会再引发当年那般狂热的“战争”。在派曼之后,弗兰克·卡斯托夫在城堡剧院制作了新版的长达五小时的《英雄广场》。呐喊和尖叫仍在继续。《英雄广场》留给政治戏剧创作的经验当然不是丑闻和争议,而是对传统戏剧理论的批判性吸收,对现实社会的敏锐关注,以及大胆的、无畏的反叛精神。

① Jean Genet, *The Blacks: A Clown Show*, trans. Bernard Frechtman, New York: Grove Press, 1960, p.11.
② [奥地利]托马斯·伯恩哈德:《英雄广场》,马文韬译,上海人民出版社2014年版,第499页。
③ Martin Esslin, “A Drama of Disease and Derision: The Plays of Thomas Bernhard,” *Modern Drama* 23, 1981, No.4, p.382.

如何让两个小时的独角戏变得好看

——以伦敦西区话剧《初步举证》为例

张欣桐

独角戏是一种特殊的戏剧形式，舞台上只有一位演员，演员需要通过语言、肢体等舞台语汇，扮演各个角色，表现角色之间的交流。在西方，独角戏的起源可以追溯到古希腊时期，文艺复兴时期的意大利街头出现了在表演中扮演十几个角色的游吟诗人，18世纪初英国出现了模仿政治人物广受欢迎的表演者塞缪尔·福特，演出独白长达十分钟，18世纪末历史上第一个独角戏《潘多拉》诞生，19世纪中叶以来，独角戏随着先锋派的发展诞生了众多出色的作品和演员。[①]时至今日，独角戏在戏剧舞台上更为常见。然而受制于演员人数，独角戏不适于表演较为复杂的故事情节，因此独角戏的剧本篇幅往往比较短小，表演时间不长，例如尤金·奥尼尔《早餐之前》，剧中为罗兰太太一个人不停唠叨的独白，故事也只发生在早餐前的一小段时间，展现出夫妻家庭生活的一个面向。

然而获得2023年奥利弗（全称为英国劳伦斯·奥利弗奖）最佳新剧奖的伦敦西区话剧《初步举证》（*Prima Facie*）则是一部时长近两个小时的独角戏，在登上英国西区的舞台后便获得了广泛赞誉。英国国家剧院现场（National Theatre Live）为《初步举证》官方摄录版制作的极具节奏感和冲击力的预告片中展示了多家媒体对这部独角戏的评价，例如《星期日泰晤士报》（*Sunday Times*）评价此剧为“九十分钟的

① 刘佳音：《论独角戏的艺术特征》，中国艺术研究院硕士学位论文，2023年。

肾上腺素飙升”（90 high-adrenaline minutes）。当演出结束，观众将目光从舞台上唯一的演员，朱迪·科默身上收回时，都会感叹这个独自在舞台上独白、跳舞、喊叫、辩论、分饰几角甚至熟练移动舞台布景的女主角在不知不觉中夺去了他们长达一百一十分钟的注意力。

作为一部近两个小时的完整剧目，《初步举证》显示出与常见的那些碎片化的、截取片段呈现的独角戏的不同之处，剧中主要故事情节跨越两年多的时间，出场人物众多，拥有完整的情节发展脉络以及对人物性格和内心的刻画。因此，对这样一部艺术表现力更为饱满、完整的独角戏进行分析，无疑可以为当下独角戏创作提供一些可供参考的路径：作为能够更好表现人物内心情感的独角戏，如何把剧目想要表达的主题一点点隐藏进人物背景、场景设置中，然后在某个意想不到的时刻让观众感受到心中迟来的撞击？如何让观众自始至终跟随唯一的演员走进编剧笔下的戏剧情境？如何让独角戏避开单调、乏味，呈现出更为饱满、完整的艺术表达？以上这些问题，或许也可以总结为这样一个大问题：如何把一个近两个小时的独角戏变得好看？

一、聚焦公共议题以贴近观众

公共议题往往是具有普遍性和群众性的热点问题，同时也是现实主义戏剧创作需要关注的。《初步举证》便聚焦了如何判定性侵案件这个当今广受关注的公共议题，同时，剧中也多处可见我们在现实生活中习以为常的日常准则，拉近了观众与剧情的距离。当公共议题与日常准则被置于某种特殊情境下，折射出不同以往的其他面向，则会引起我们的注意和思考。编剧在表现女主角泰莎由精英律师转变为性侵案受害者后对法律的坚定信仰产生动摇的过程时，并没有选择通过演员独白直接说出人物的思想变化，这不仅会削减戏剧的表现力，也不足以构成有一定长度的、具有艺术感染力的戏剧叙事。相反，在表现这个被置于特殊情境下的公共议题时，《初步举证》采用了以下手法：（1）让台词中建立的观众和角色所熟悉的代表某种准则或秩序的词汇内涵，发生崩塌或转移，例如“出租车原则”“三分之一”；（2）对相同或类似场景的再现，角色以不同身份再次出场产生对比，例如赛马游戏般的法庭竞技。

“出租车原则”和“三分之一”在剧中多次出现，而第一次出现都代表了某种词汇内涵的秩序的建立。“出租车原则”第一次出现在本剧的前半部分，当同事惊讶于泰莎接了太多性侵案时，泰莎表示一个年轻律师要尽可能多接案子，和等待客人的出租车一样遵循来就是客的原则，不能决定和挑选客人。“三分之一”首次出现在泰莎回忆大学第一天入校的情节中，作为法律系的新生，他们在大会中被告知自己会成为改变这个国家的人。但老师也坦言，请看向自己左边的人，再看向右边，你们三个是竞争对手，三人中会有一个挂科。泰莎庆幸自己留到了最后，没有成为那被淘汰的三分之一。而当我们以为这些情节都只是编剧为了提供给观众更多关于泰莎律师身份的专业信息时，我们就会在之后的剧情中发现自己错了。编剧的目的远不止于此。“出租车原则”再次出现，是泰莎被侵害后独自走上街头，搭上了一辆出租车，司机却表示自己只接去机场的乘客，泰莎与司机争执，却发现一直信仰的“出租车原则”失效了。至此，“出租车原则”这一人们熟悉的代表某种秩序的词汇内涵发生了崩塌。而“三分之一”则在再次出现时词汇内涵发生了转移，作为性侵案受害者的泰莎最后在法庭上面向法官，也是面向观众说，看看你的左边，再看看右边，有三分之一的女性遭受过性侵。“三分之一”这个词汇的内涵巧妙地由大学学业中被淘汰的三分之一失败者，转变为世界上受到侵害的那三分之一女性。泰莎在前一个语境下有幸逃脱“三分之一”的失败诅咒而产生的自我肯定和满足，在后一个语境下完全被击碎了。至此，台词中给出的大家所熟悉的、代表某种秩序的词汇的内涵都发生了崩塌或转移，这也具象了泰莎内心发生的变化。

编剧对相同或类似场景进行再现却表达不同的情感以产生物是人非的效果，这种对比不仅可以展现角色境况、思想的变化，也可以在结构上形成某种对照，丰富观众的观剧体验。在《初步举证》中，赛马游戏般的法庭竞技多次出现。在本剧开场，泰莎作为在法庭上稳操胜券的精英律师，为观众直播了一场如激动人心的赛马比赛般精彩的庭审，树立了人们心中典型的精英律师形象。她耐心等待对手露出破绽，甚至坦言自己演了点小戏，低头翻文书让对方以为她自乱阵脚，这都是她为了在这场法律竞技中赢得胜利使用的计策。这里，朱迪·科默为观众带来了一场类似脱口秀的完美表演，既专业又幽默，也牢牢抓住了观众开场的注意力。而在本剧最后那场重要的法庭戏开始时，作为受害者、知道自己胜算不大的泰莎看到了被告的律师，发出了和本剧开头那场庭审同样的感叹“Thoroughbred！”，相同的法庭场景，但这一次她无法再把眼前的一切当作一场赛马竞技。她不再是完成本职工作的局外人，而是处境复杂、充满矛盾的局中人。庭审对她而言不再是一场赛马游戏。

综上所述，编剧在展现泰莎思想变化时，通过让人们熟悉的词汇内涵发生崩塌或转移，以及对相同或类似场景进行再现来制造对比的手法来把人物内心具象化。这样做，既能在一开始用大家熟悉的日常准则拉近观众与舞台的心理距离，又会在性侵案这个公共议题的更多面向被一点点挖掘出来后，让观众感受到迟来的心灵冲击，在情感上获得与主人公同频的体验，继而产生对主题的思考。这些编剧手法也让独角戏在表现人物心理变化的方式上更加丰富，增强了可看性。

二、运用法庭情境制造戏剧张力

谭霈生认为“‘戏剧情境’是促使戏剧性冲突爆发、发展的契机，是使人物产生特有动作的条件。这样的情境，是戏剧创作中的一个重要环节，它直接关系到我们所说的‘戏剧性’”。[①]而戏剧情境“包含了两方面的内容：特定的情况、环境和特定的人物关系”。[②]法庭作为一种特殊的戏剧情境在戏剧影视作品中经久不衰。人们为什么爱看法庭戏？莎士比亚《威尼斯商人》中鲍西亚假扮律师通过合同中文字游戏的漏洞，以巧辩帮助安东尼奥在法庭上战胜高利贷者夏洛克的经典桥段自是不用细说，其中观众们支持的正义一方最终扭转局面的“爽感”与大团圆结局，更是在后来无数编剧笔下屡试不爽。也有一些观众喜爱法庭戏中的悬疑元素，拥有“侦探女王”称号的阿加莎·克里斯蒂编剧的《控方证人》，角色口中故事的模样在法庭上不断反转，惊险刺激。而在《初步举证》上演后的采访中，曾提及女主角朱迪·科默在排演过程中感觉到的法庭与剧院的某种相似性。例如剧中的女主人公泰莎在最

① 谭霈生：《论戏剧性》，北京大学出版社1981年版，第98页。
② 同上，第98页。

开始的庭审中，作为律师的她穿戴的夸张假发，会在工作完成时像戏服一样被取下。法庭中封闭的空间、对立的双方、决定事件结果的最终宣判、听审的旁听席等这些因素也决定了法庭是一个相对来说封闭的、能够集中爆发戏剧冲突的地方，是可以展示人物关系、激发人物行动的特殊戏剧情境，而观众也可以在几方话语阵营中找到自己认同的席位，从而得以更容易进入这个戏剧情境。在文艺作品中，我们通常可以看到被认为是维护公平伸张正义的法庭，与站在各个席位上的参与者和旁听者一起，在法律秩序下搭建起某种构述自我叙事的场域，虚构与真实在话语的缝隙里交织。而构述自我叙事的过程，亦可引起“事实”的反转，带来一连串突转与发现，这是观众们所喜爱的，因而法庭似乎与戏剧拥有某种天然的联系。在《初步举证》中，我们也可以看到“法庭”作为一个特殊的戏剧情境，在人物关系、情况和环境上持续性地为主人公的行动施加压力，也为观众提供观剧情绪上的动力。

首先，法庭对峙的双方天然地存在矛盾与冲突。女主人公泰莎无论是作为律师，还是后来作为受害人，都希望在法庭上的对峙中让自己一方获得胜利。作为律师的她与另一方进行步步为营、节奏紧迫的辩论，等待对方露出弱点的耐心时刻或者局面顿时改变的惊险一秒，都可以牢牢抓住在场人的注意力。而当泰莎在最后作为证人为自己出庭时，虽然胜算不大，可舞台上“反派”朱利安一方与主人公泰莎的紧张对峙仍然会让我们保持对剧情的关注，并持续为舞台上发生的一切牵动心神。

其次，法庭中天然地存在一个悬而未决的审判结果。审判的结果，也代表故事的结局。当结局没有出现，审判结果迟迟不曾现身，这便给观众制造了一个漫长的悬念。在《初步举证》中，这个悬念从剧情上半部分女主人公泰莎打车去警局开始，一直延续到演出结束。值得我们注意的是，编剧在泰莎去警局报案的这段情节之后插入了一段仅有电子屏幕显示“782天”字幕的空舞台，当数字从小到大逐渐变快，观众对于这场矛盾对峙双方的结果也愈发期待。而在下半部分的剧情中，等待法庭辩论、宣判的过程也一直被主人公泰莎不断闪现、插入的回忆片段所打断，制造延宕的效果。由此看来，这个事关结局的审判结果作为重要悬念，不断为剧情施加压力，而编剧也通过对时间线的安排让悬念留到了最后一刻。

最后，法庭作为一个特殊的公共场域，具有开放性质，作为听审的听众、陪审团等在某种意义上也代表了大众的审视。当作为证人的主人公泰莎在法庭上必须说出自己那晚被朱利安侵害的细节时,她也必须承受住巨大的心理压力。主人公的心理压力也通过肢体与语言传递给观众,制造出焦灼、紧张的情绪。泰莎在最后的法庭中,也不断提到她注意到听众席中自己的前同事、陪审团中的某个男人和女人、法庭中的女警等。她观察这些人的细微表情和动作,推测他们此刻是如何看待自己的。这些他人的目光揭示出泰莎内心的波动和挣扎,继而逼迫她做出最后的行动。

值得我们留意的是,在《初步举证》的主创采访中,本剧的编剧苏西·米勒谈到,对法律而言,性侵案是一个特殊话题。曾在律师行业工作的她,敏锐地觉察到了性侵案中法律程序和真实情况之间的一处漏洞,这个切入口很小也很巧,是整部戏的起点。编剧选择了法庭的形式呈现剧目矛盾爆发的高潮,巧妙利用了法庭天然具有的对峙的双方、审判的结果、众人的审视这些能够持续赋予人物和观众戏剧张力的因素,也让这部独角戏在剧情上更为精彩。

《初步举证》不仅仅是因为喜闻乐见的法庭戏形式才变得好看,当下,编剧在运用法庭这一形式的时候仍需避免落于窠臼。当文艺创作不断推陈出新,法庭戏也不仅仅只是追求正义的教化功能承担者,或追求唇枪舌战不断反转的娱乐载体,这便在思想深度、认知阅历、知识储备等方面对编剧写好法庭戏提出了更高的要求。

三、采用多种手法丰富叙事语汇

袁牧之曾在谈到一种单人独白剧时指出,独角戏要以一个人的力量来担负全场的空气,要使观众不觉得寂寞、单调。[①]《初步举证》显然不同于独白剧,相反,它具有相当明显的叙事。但袁牧之提到的问题仍是编剧在写独角戏时需要重点关注的。正如本文开头所提到的,如何让观众在长达一百一十分钟的时间里,把全部注意力都放在主演朱迪·科默一个人身上,这并不是一件简单的事情。除了朱迪·科默自身张弛有度、充满吸引力的表演以外,编剧对独角戏中叙事的设计和呈现也功不可

① 袁牧之:《从独角戏、多角戏谈到两个角色演底戏》,载袁牧之:《演剧漫谈》,上海书店1934年版,第40—41页。

没。我们可以通过对《初步举证》叙事语汇的分析发现，编剧苏西·米勒灵活运用插叙回忆片段来补全信息、变换舞台时空、延宕情感暴发与情节冲突，同时采用了分饰多角、同场外角色对话等多种途径丰富文本的叙事，也让观众在不同叙事手法的切换中始终保持着对舞台的注意力。

首先，运用插叙制造延宕，丰富舞台时空情境，制造陌生化效果。《初步举证》存在着一条叙事的主时间线：年轻律师泰莎在工作中赢得官司—回家与妈妈和兄弟相处—与同事朱利安的关系变得暧昧—接到隔壁律所的橄榄枝—受到朱利安的侵害—作为证人出席控告朱利安的庭审。

这条主时间线以泰莎受到侵害为一个重要时间点，被分为前后两部分，中间以等待庭审开庭的“782天”作为过渡的暗场。而在这条主时间线之外，以插叙的方式补全了泰莎大学入校第一天、作为律师打赢的性侵案庭审现场、受侵害当晚在警局的经历等重要片段。这些“昨日重现”式的回忆，除了让故事内容丰富起来，避免舞台长时间的单调、无聊之外，插叙片段也在剧目中发挥着不同的作用，比如泰莎的大学往事和以律师身份出庭这两段回忆，更多地是在展现泰莎受到侵害前对法律抱有的信仰，交代人物的身份信息和思想状态。

另一个插叙的片段“受侵害当晚在警局的经历”则是我们需要重点关注的。和大学入校、以往案件的两段回忆不同，这段经历在本剧的主时间线之内，完全可以按照正常的时间顺序放在泰莎被侵害之后，让泰莎带着巨大的震惊、痛苦和手足无措去表现自己去警局报警、接受医务人员对作为受害者她进行取证的这段经历。但编剧显然并不想这么做，当泰莎告诉出租车司机带她去最近的警局后，演员下场，舞台上先是用从“1天”到“782天”越变越快的数字字幕跳过了这段重要的后续，然后当泰莎再次站上舞台，作为自己案件的证人，而不是律师来到庭审现场，才让她回忆起那晚之后的经历。可以说，这样的安排是对人物情感暴发和情节冲突进行的有意延宕，避免了泰莎在身心刚刚受创的应激情况下，陷入长时间的自怜独白。长时间消失的时空切换和对受害者同情的单一情感，会引起观众的审美疲劳和情感疲惫，尤其是在舞台上只有一个演员的情况下。此时剧情恰到好处的戛然而止，亦可制造观众对情节发展的猜想，在观众和泰莎某种意义上共同等待的“782天”里，悬念由此产生。当作为证人的泰莎再次登场回顾事发当晚的经历时，也产生了一种陌生化的效果。在情感表达上，时间带来的冷静中和了手足无措。此外，这处设计也丰富了以庭审为主要场景的下半部分剧情中的时空情境。

其次，大量运用一人分饰多角的叙事手段。单人表演的戏剧通常都存在身份变化和多重情境。①对于独角戏演员来说，当自己登上舞台，便必须担负起除自身角色之外的更多责任，比如扮演其他角色、承担叙述者身份等。因此，独角戏舞台上演员台词中的叙事呈现也是值得关注的话题。在《初步举证》里，女主角朱迪·科默的大部分表演都是一人分饰多角的形式。比如在主人公泰莎回到家与哥哥发生口角冲突时，朱迪·科默直接承担起哥哥的动作和台词："花哨的律师穿着该死的花哨粉衬衫，是吧？"并以一个被挑起怒火的男性失败者的体态在舞台上晃动身体。

再次，在特殊情境中使用同场外角色对话的叙事手段。除了一人分饰多角，泰莎受到侵害后在警局做笔录的片段则是以另一种方式呈现的。在这段表演中，朱迪·科默走到舞台后方调整好一个摄像机，然后她回到镜头内的座位上坐好，此时，她的脸部特写被投影在舞台屏幕上。她开始和不在场的警察对话。这段对话被隐藏了一部分，此时的朱迪·科默只是泰莎而已，中断了分饰多角的表演形式。观众们不知道警察问了什么，却可以在泰莎的答语和做笔录的情境中判断出对话的全貌和走向。比如："是的是的，我认识他。""朱利安·布鲁克斯。""不不，我们是同事，我不知道，差不多认识五年了。"

范益松在《单人剧和无对象交流》中曾指出单人剧的第二种类型，即"演员只是扮演某个角色，用自己的表演来表现和各种不同的角色之间的互动（情感交流、语言交流、形体动作交流），间接地表现众多的角色"。②这种隐藏了对话中另一方、只保留一方的话语的方式，除了可以通过对一个角色的表现展现多个角色的关系，也可以在不影响观众对内容的理解上保留一定的遐想空间，继而让观众在补全对话的过程中更加沉浸到戏剧情境中去，理解人物此刻的情感。值得注意的是，在当下，这种叙事手段也广泛运用在需要玩家沉浸代入的游戏剧情之中。游戏编剧在编写剧情

① 王津京：《在通向茨威格的路上实现自我——独角戏〈象棋的故事〉评析兼论独角戏相关问题》，《艺海》2023年第6期。
② 范益松：《单人剧和无对象交流》，《戏剧艺术》2005年第6期。

的时候，为了不影响玩家的代入感，在角色和玩家的对话中隐去了玩家“自己”所说的内容，而是在与玩家对话的角色的台词中将玩家“自己”提问或问答时涉及的主要信息引入，因此玩家可以通过角色的话，大致明白“自己”说了什么，同时并不影响对游戏剧情的理解。由此类推，在各种娱乐媒介更为发达和丰富的当下，戏剧在创新舞台表现形式的过程中，在影响其他媒介的同时也可进行一定的跨媒介借鉴和吸收。

结语

作为一部关注社会现实的作品，《初步举证》的社会意义自是无须多言，当朱迪・科默扮演的泰莎在舞台上面对观众进行最后的法庭陈词时，剧目录制版的镜头首次将台下一些观众的背影也加入进来，观众们此刻仿佛也成了法庭上的听众，始终保持着与台上发生的一切的紧密关系。此时，泰莎说着“看看你们的左边，再看看你们的右边”这句多次出现的台词，“三分之一”对于观众而言便不仅仅是个冰冷数字，它背后的含义是与自己关系密切的社会议题，本剧的社会意义便在这种巧妙、即时的互动中得到了进一步的加强。舞台上唯一的演员此刻也成为大家面前“发出声音的第一人”，这也体现了独角戏的魅力所在。

此外，在对剧场演出形式不断尝试、探索的当下，20世纪60年代末出现的独白剧场作为一种在单人表演时形似于独角戏的新型剧场样式，虽然“将独白作为文本和舞台的基本结构，就意味着放弃了人物、对话、冲突、行动等戏剧剧场的形式法则”，[①]也诞生了如参加2014年爱丁堡边缘艺术节的《每一件美妙的小事》(*Every Brilliant Thing*)等许多新作。相比之下，《初步举证》似乎因其剧情的起伏、人物的塑造、完整的叙事更接近传统的戏剧，并没有单人独白剧场那么先锋，但在此意义上它无疑也是更接近观众的。就在本文即将完成之时，2024年奥利弗戏剧奖最新的获奖名单也已诞生，同为独角戏的安德鲁・斯科特（Andrew Scott）主演的《万尼

① 陈恬：《独白剧场：理论与实践》,《文艺研究》2019年第6期。

亚》获得最佳复排话剧奖，莎拉·斯努克（Sarah Snook）凭借在独角戏《道林格雷的画像》中的出色表现摘得最佳女演员奖。值得注意的是，奥利弗奖作为全球最重要的戏剧及音乐剧奖项之一，其获奖名单是否可以反映出英国当代戏剧发展的一种趋势？当诸如奥利弗奖这类国际大奖的名单中越来越多地出现独角戏，我们或许也要思考，这是否预示着戏剧在当今发展过程中的凋敝和衰退呢？

人像展览式结构建构技巧新探

——以斯托帕德《利奥波德城》(*Leopoldstadt*)为例

牟 姚

人像展览式结构最先由劳逊在《戏剧与电影的剧作理论与技巧》中提出，是一种以展览人物形象与社会风貌为主要目的的戏剧结构。在《编剧理论与技巧》中，顾仲彝先生反驳了戏剧结构纯粹是戏剧艺术的形式与技巧的看法，明确指出戏剧结构是从主题思想中派生出来的，结构的每一部分都以服从主题思想的需要而存在，并概括了戏剧的三种基本结构：锁闭式、开放式、人像展览式。[①]中外著名人像展览式作品有老舍《茶馆》、曹禺《日出》以及豪普特曼《织工》等。

人像展览式结构在描绘社会截面，展现历史变迁方面的优势，使得其成为展现辉煌磅礴的历史主题戏剧的极佳选择之一。斯托帕德在近年来的历史剧，如《乌托邦彼岸》《利奥波德城》中都运用了人像展览式结构。《利奥波德城》是斯托帕德带有自传性质的戏剧，2020年首演于伦敦温德姆剧院，2022年获英国奥利弗奖，2023年斩获美国托尼奖。该剧以家族成员群像，讲述两个犹太家族从兴盛到衰亡的历史，传达了作者对历史的非线性以及渺小个体在历史浪潮中难以自控的命运的思考。不过，与《茶馆》《日出》《在底层》《送冰的人来了》等剧作相比，《利奥波德城》的人像展览式结构在以上剧作的基础上又有了新的突破和发展。

① 顾仲彝：《编剧理论与技巧》，上海人民出版社2016年版，第154页。

一、人物关系建构新策略：从类型化到树状式

展览人物群像与社会风貌是人像展览式结构的主要目的，因此，以尽可能多的角色展现一定社会状况下的人生百态，就成为其必然选择。然而，剧本容量与演出时长的限制，使得戏剧必须采取一定形式，在群像展览的同时，使得每个人物都有其记忆点。经典人像展览式结构常用的方法是——类型化。

类型人物也即扁形人物。福斯特说："扁形人物在17世纪叫作'脾性'，有时叫作类型人物，有时叫作漫画人物。就最纯粹的形态说，扁形人物是围绕着单一的观念或素质塑造的。"[①]类型化人物往往更强调普遍性、单一性，是为了主题而存在的。如高尔基评价《在底层》时说道："这是我对'过时人物'的世界将近二十年的观察的总结，被我列为这类人物的，不仅是流浪汉、夜店住客和一般'流氓无产者'，而且还有某一部分知识分子——'泄了气的'、失望的、由于在生活中处处碰壁而受到凌辱的人们。"[②]据此，剧中人物形象大致分为三类：一类是以店主柯斯狄略夫夫妇为代表的资产阶级走狗；一类由小偷贝贝尔、妓女娜思佳等底层人组成的小市民群体；还有鲁卡和沙金这些底层人中的觉醒者。老舍《茶馆》则写了两类人，一类是依附统治阶级的害人者，如庞太监、刘麻子、唐铁嘴、二德子之流；另一类则是穷苦无告、被逼得家破人亡的受损害者，如王利发、常四爷、秦二爷以及农民康六等。当然，这种类型人物并非浅显、没有个性，而是根据不同人物的身份和境遇，根据主题进行提炼总结后的集中展现。

然而，斯托帕德却没有采用类型化的方式来对人物进行分类及构建人物关系，而是以血缘与姻亲关系，构建了一棵家族树，并在第一幕开场时即打在屏幕上（如下页图）。

树的主干，是两个互相联姻的犹太家族——默茨家族和雅各布维奇家族。默茨家族因做布匹生意而发家，成为大工厂主，挤入上流社会；雅各布维奇家族通婚广泛，家族成员们横跨各个职业和阶层，但主要是知识分子。

① ［英］E.M.福斯特：《小说面面观》，方土人等译，上海文艺出版社1990年版，第255页。
② ［苏联］高尔基：《论文学》，孟昌等译，人民文学出版社1978年版，第72页。

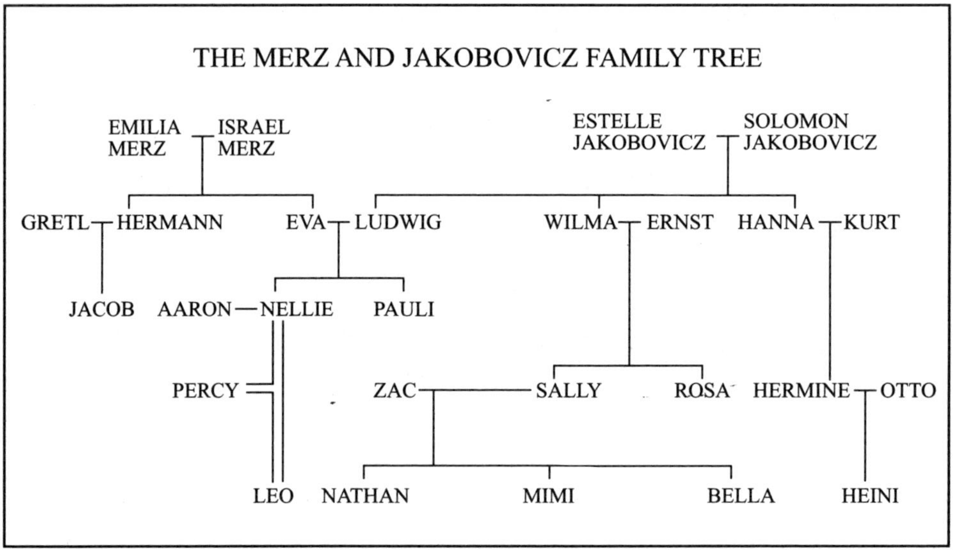

树的枝叶，则是历经四代繁衍，多达二十七人的家族成员们。默茨家族的家主是赫尔曼，雅各布维奇家族的家主则是路德维希，以两人为主体，按照血亲姻亲关系，可将人物关系梳理如下。

默茨家族中，与赫尔曼有直接血缘关系的是其母艾米莉，其姐伊娃，其子雅各布。艾米莉是如同贾府中贾母一样存在的女主人，智慧明达，掌控着家族的内部事务。赫尔曼是一个生意人，继承了父亲的工厂，并不断将其发展壮大。作为家族的继承人，雅各布则备受时代的折磨，他在“一战”中伤残，在“二战”中因为伪造雅利安血统而幸存，最后却选择在“二战”结束后自杀了。伊娃嫁给了路德维希，两人都是纯正的犹太人。赫尔曼虽是犹太人，却信仰天主教，因此娶了一位天主教徒格蕾特。

雅各布维奇家族中，路德维希的父母是一对保守的犹太老人，实际并未出场。因此，以路德维希为中心，其血亲主要有妹妹威尔玛、汉娜，女儿内莉，儿子泡利。泡利死于“一战”，未有后代。但通过家族中的女性外嫁通婚，这个家族吸纳了各行各业、各个阶层的男性，变得庞大起来——威尔玛嫁给了博士恩斯特，两人诞下一对双胞胎姐妹罗莎和萨莉，罗莎远走纽约，终身未婚，萨莉与扎克育有两女一子。汉娜与哲学家库特结婚后生下了赫敏，赫敏后嫁给医生奥托。内莉则与工人阶级革命家亚伦结婚，亚伦死后改嫁英国记者珀西，在德国屠杀犹太人之前带着儿子移民英国。

血缘与亲缘，是家庭的重要关系联结，因此，与传统的人像展览式结构相比，本剧的人物并非是《茶馆》中那样一个个独立的个体，而是作为家族整体中一部分而存在的，犹太家族是他们最重要的底色，他们也共同成为那段历史下犹太人苦难命运的缩影。另外，除赫尔曼之外，剧中多数人物之间也缺乏茶馆中那样戏剧性强烈的情节，而只是如同日常生活中的人，展示着他们的家庭生活，他们有各自的生活和理想，仿佛那段真实历史中真实存在的人物，因而在他们都被毁灭之时，观众也才能感受到这巨大的悲剧。

家族成员之外，斯托帕德设置了两类人——辅助人物与对手人物。辅助人物如管家波迪、女仆希尔德、女护士嘉娜，其中，波迪戏份较重，贯穿了七场戏，但也只是作为点缀人物，而在情节中并无实际推动作用。对手人物则是格蕾特出轨的龙骑兵弗雷茨与闯入家中将众人赶走的“市民”“警察”。作为对抗力量，弗雷茨并不强大，也不聪明，但却让对犹太人未来充满信心的赫尔曼意识到，他们所期盼的属于犹太人的平等待遇是一个笑话。只有指代而无姓名与性格特征的“市民”和“警察”，则象征了当时环境下的非理性的普通人们。

树状式人物关系的构建，与作者的经历及传达的主题有关。1993年，从表姐莎卡处，斯托帕德得知了四位祖父母和三位姨妈都死于集中营的事实。《利奥波德城》在人物关系的建构上基本借鉴了斯托帕德的家族，甚至剧中的利奥就是作者本人。作为一部虚构的家族自传，斯托帕德借助戏剧这一形式，以家族群像表达了对民族灾难、家族苦难失忆的自责，通过艺术自省探讨大屠杀之后艺术承担社会责任的可能性，[①]传达了对历史和人性的思考。

二、人物冲突设置新方法：从并列穿插到跳跃变化

谈到人像展览式结构，淡化戏剧情节、弱化人物冲突、冲突不集中是绕不过

① 朱雪峰：《时间与责任：作为虚构家族自传的〈利奥波德城〉》，《外国文学评论》2024年第1期。

去的点。这一方面固然有剧作家审美取向的影响，如契诃夫所追求的“内在戏剧性”，夏衍追求的“生活的真实”“淡淡的诗意”。但另一方面，这也是人像展览式结构人物设置的必然结果。《茶馆》中出场人物近五十人，其中有名有姓有台词的也有二十三人之多；《底层》《送冰的人来了》中的角色则分别是十七人与十九人。角色数量增多，又要保证多数角色都有展示的机会，冲突淡化也就不可避免。

然而，淡化和弱化并不意味着完全没有冲突，相反，如何安排和设置冲突就成了人像展览式结构的重要考量。劳逊将戏剧冲突分为“人与人之间、个人与集体直接、集体与集体直接、个人或集体与社会或自然力量之间”几类。可见，戏剧冲突与人物关系设置密不可分。

如上文分析，一些人像展览式结构的作品在展览群像时会采用类型化来进行人物分类，在这样的设置下，冲突虽然看似是不同人物之间的，但实际上一组或几组同类的冲突，如《茶馆》中，康六和庞太监之间卖人与买人的冲突，王利发与沈处长保卫茶馆与强占茶馆的冲突，以及其中各色人物之间的冲突，其实都可以归入被压迫者与压迫者之间的冲突，他们不过是这一冲突下不同表现与展示，是并举的。曹禺《日出》中，李石清与潘月亭、李石清与黄省三的冲突，实际上也是“有余者”与“不足者”的冲突。并列式的冲突看似分散实则在某种程度上还是集中的，对主题的表达和人物形象的强化，起到了极大的作用。

即使在非类型化的人像展览结构戏剧中，戏剧冲突的安排也是多组并列，穿插进行的。如《上海屋檐下》中，冲突是按家庭和住户个体来组织的，杨彩玉、匡复、林志成之间的三角爱情冲突，黄家楣与妻子桂芬之间的冲突因家中老人到来而不得不变卖妻子财物的冲突，施小宝与小天津之间的不愿卖淫与被迫卖淫的冲突，这些冲突都是在一天内上演，齐头并进，互相穿插，展现出生活的多面性以及不同阶层人物的生存逻辑。

然而，与以上冲突设置都不同，《利奥波德城》的人物冲突并不是分组并举，也不是穿插进行的，而是跳跃变化的。

首先，斯托帕德以家族树为主体，按照家族内外关系构造了两组四场冲突——

场次	时间	主 要 冲 突	冲 突 实 质
第1场	1899年	路德维希与赫尔曼争辩	内部冲突：主动同化还是坚守犹太文化
第4—6场	1900年	龙骑兵弗雷茨与赫尔曼的冲突	外部冲突：奥地利国内雅利安人与犹太人的冲突
第8场	1938年	“市民”闯入，将家族成员们赶出家门	外部冲突：奥地利国内雅利安人与犹太人的冲突
第9场	1952年	罗莎、内森两人与利奥的冲突	内部冲突：铭记苦难还是遗忘苦难

四场冲突，第一场和第四场是家族成员对于犹太人发展路线的冲突，第二场和第三场则是家族与外部世界的冲突，这些冲突的设置，是由斯托帕德构建的家族树生发出来的。第一场外部冲突隐晦地展现反犹浪潮的暗流，第二场外部冲突则是暗流发展的结果，真实地再现了历史中犹太人的处境和灾难。当然，斯托帕德敏锐地察觉到了，犹太人的灾难并不只是来自外部，来自屠杀，其内部也存在巨大的分歧与冲突。赫尔曼主动同化，迎娶了天主教徒，改信天主教，在家族中庆祝圣诞节；利奥把自己当作英国人，完全忘却了犹太人的身份，忘记了曾经经受的苦难，成天制造一些无伤大雅的笑料。犹太人的灾难，以同化为始，以遗忘为终。

其次，四场冲突之间，时间跨度极大，第一、二场主要集中在一年内，后两场则分别跨越了三十八年与十四年，冲突之间并无直接联系，是跳跃着变化的。这种冲突安排，与其树状式的人物关系密不可分。一方面，树状式结构，并没有对人物进行类型化处理，因此冲突也无法进行同类并举，而剧中虽如《上海屋檐下》一样建构了几个家庭，然而并不着意于展现不同家庭之间的差异，而是将这种多样性与丰富性落于个体身上。另一方面，树状式人物关系中，血缘和亲缘是一层层向下发展的，代际关系清楚明白，跨越时段较长，冲突很难连续和集中，因此，只能结合时代背景和家庭情况，在不同的阶段设置不同的冲突。冲突数量的增多，也意味着剧作家不能以起承转合的形式将冲突完整呈现，而只能截取某个片段，跳过冲突的铺垫和结局交代，展现冲突最激烈的时刻，此即冲突的跳跃性。所以，在该剧中，冲突与冲突之间是变化的，冲突本身则是跳跃的。同时,这种跳跃变化又造成了一种独特的空白,留给读者无限的想象。

以家族内冲突为首尾,家族外冲突为重心的两组四场冲突,与分组或并列的冲突相比,虽然不够集中,但展现了犹太家族内忧外患之下的历史真实,同时,冲突随着时间的前进变化而交替,与时代关联更为紧密,展现人物在时代浪潮中跌宕起伏的人生,传达了更为多义的主题。

三、人物空间设计新突破:从单一空间到多空间

人像展览式结构中,空间是为了聚合人物而存在,通常是单一不变、高度集中的,如《茶馆》中的裕泰茶馆、《上海屋檐下》中的石库门里弄、《在底层》中破烂的地下室客栈、《送冰的人来了》中的霍普旅馆。《利奥波德城》中,戏剧发生的空间虽然有两个:默茨家的客厅,弗雷茨的公寓,但重场戏还是集中在默茨家的客厅。

然而,以上人像展览式结构的空间在舞台呈现时往往都是单一空间,而《利奥波德城》中,客厅这一空间在舞台调度时,却是多空间共时呈现的。如第一场开幕时正是圣诞节,舞台被划分为了多个空间:老祖母坐在舞台的右侧前方分蛋糕,孩子们在她身后玩耍,装饰圣诞树;格蕾特与伊娃坐在中间偏后的位置读剧本,恩斯特与路德维希坐在舞台右前方谈论《梦的解析》。1938年水晶之夜时,路德维希在教利奥与内森玩翻绳时,萨莉正在给双胞胎女儿读童话,珀西则在读报纸。其他家庭聚会的场次也基本沿用了这样多空间共时的处理方式。国内话剧中,林兆华尤爱这一调度方法,在《三姊妹·等待戈多》《赵氏孤儿》中都有运用。《赵氏孤儿》中,韩厥与程婴因赵氏孤儿周旋时,公主往舞台深处走去,其后传来公主自杀的消息。屠岸贾告诉赵盾为寻赵氏孤儿,他将杀死全城婴儿,二人相对而坐。远处程婴欲求公孙杵臼将自己的孩子送出,以护全城婴儿和赵氏孤儿性命。多空间的处理方法,将不同事物、人物处于同一空间,增加了画面的丰富性以及多样性。在舞台调度上,由近及远,高低错落,加深了戏剧表现的深度和广度,使得情感表达更为丰富和浓烈。[①]

① 蔡铭真:《中国传统美学特征在戏剧中的运用——以林兆华〈赵氏孤儿〉为例》,《戏剧之家》2024年第2期。

单一空间的人像展览式结构，为了保证戏剧的集中性与切换展示人物，剧作家们往往根据冲突的设置，让人物成组别、分场次地出现。这些场面在写作和展演时，与其他结构的戏剧并无区别，然而场次间的切换、人物的上下场，却体现着剧作家的巧思。

《送冰的人来了》中，奥尼尔采用了“睡觉”这一手段来控制人物的上下场。该剧开场时是午夜，除了主人公希基，其他角色基本都在场上。然而，为了集中展现其中某一两个人的故事，奥尼尔就会让其他人物陷入睡眠，达到不下舞台而下场的效果。剧中第一幕中的第一个场面，是无政府主义者拉里和酒店夜间侍者罗基在对话，为了将戏剧性集中于两人身上，奥尼尔在舞台提示里将其他人物设置成了昏睡的状态。而当两人谈话完毕，帕里特出现，戏由罗基身上转到了帕里特与拉里身上，罗基也就在一旁打盹了。在第一幕中，奥尼尔总共运用了四次“睡着”、七次“醒来”作为人物上下场的手段，这一设计既符合霍普旅馆中众人醉生梦死的状态，也契合故事发生的时间——午夜，同时，还呼应了剧作的主题——沉浸在“白日梦”里的人们不可能真正得救。①

《利奥波德城》虽然并没有类似《送冰的人来了》中“睡觉”这样简单粗暴却有富有象征意蕴的手段，但在交替展示人物、切换场景上，其技巧更加自然和纯熟，更符合生活真实。其多空间的设置，使得人物不再需要频繁上下场来切换展示，因此，与单一空间人像展览式结构相比，本剧人物基本开场就在台上，很少上场或下场。场面之间的转换，则通过舞台空间的设计、人物的活动以及谈话的声量来实现。第一场圣诞节时，男人们聚在了一起谈话，坐到了舞台右侧方，其余人并没有停止动作，但声音变小了，格蕾特与汉娜坐到了最前方，谈话声从中凸显出来，戏的重心转移到两人处。而当两人谈完去见弗雷茨的事后，格蕾特因要去画肖像画离开下场，恩斯特与路德维希也恢复了交谈，戏的重心也就随着谈话转到了赫尔曼和路德维希身上。

---

① ［美］尤金·奥尼尔：《外国当代剧作选》(卷1)，中国戏剧出版社1998年版。

伊娃和威尔玛把孩子们控制住，让他们围坐在祖母的桌旁吃巧克力蛋糕。男人们——赫尔曼、路德维希和恩斯特——一边喝着啤酒，一边参与着这一切，他们的杯子不断地被希尔德斟满，波迪则不断地给他们添上热气腾腾的咖啡。小宝宝醒了，嘉娜轻声哄着她。这一切都没有掩盖格蕾特尔和汉娜之间的对话。①

出轨事件的三场戏以及最后一场戏，都只是两人或三人交谈，并无特殊的上下场设计。七八两场戏中，人物出场则较第一场有些微不同。

第七场戏，斯托帕德没有将所有人物都放在台上，而是设置了前后顺序，集中展现了家族中两代人思想观念的差异。第七场割礼仪式上，先出场的是雅各布、罗莎、内莉、赫敏、库特、亚伦、扎克、奥托等家族第三代，年轻人们谈论时事，谋划着要离开奥地利。而后，割礼仪式开始，大家都离开客厅，齐聚在老祖母的房间内。奥托与赫尔曼其后上场，在客厅讨论关于奥地利与德国的战事。

第八场戏则是通过人物的上场改变情境，推动剧情发展。首先上场的是珀西，他告知内莉，他可以带内莉和利奥去英国，并催促其他人尽快找方法离开奥地利。接着是动迁长官，他征收了老宅，将他们赶往利奥波德城。而在两人之后，是姗姗来迟的赫尔曼，在悲惨的处境中，由于未雨绸缪，他保全了儿子与家族企业，在黑暗中留存了一丝希望。

多空间的舞台处理，使得《利奥波德城》的人物上下场有以下特点：一，开场时，人物几乎已全在场上，因此，人物之间的交换展示通常依靠空间调度、人物活动及谈话音量的变化来实现；二，一些场次中，多数人物自开场一直在场上，重要人物则后出场，带来重要信息，改变当前情境，推动情节发展；三，几乎所有场次中，人物都不下场，直到本场戏结束，以灯光切换场次。同时，该剧从不在舞台上直接展示人物的死亡，而完全是通过他人的转述来实现人物的下场。如1924年，第七场割礼仪式中，通过众人之口，观众才得知那个最喜欢士兵模型的泡利已经死在了第一次世界大战中。最后一场中，家族幸存者们重新书写家族树，一一交代了逝去亲人们的死

① Tom Stoppard, *Leopoldtadt*, London: Faber & Faber, 2020, p.11.

因和结局。转述这一手段，避免了情节再现，高效省力的同时，也更冷酷与冷静，达到了某种间离，促使观众去思考。

结语

与《茶馆》《日出》《在底层》等人像展览式结构相比，斯托帕德《利奥波德城》的人像展览式结构并未采用类型对比这一手段，而是利用家族内外构建人物关系、人物冲突，采用了多空间的舞台呈现形式的同时，将人物的上下场安排得自然而妥帖，富有生活感。可以说，本剧结构和主题高度关联，以这两个犹太家族成员们在历史浪潮前的命运与选择为缩影，展现了非线性的历史面前犹太人的希望与挣扎、家族内犹太文化的传承以及人们对历史罪恶的遗忘。这些新技巧，进一步发展和丰富了人像展览式结构。

但与此同时，这些方法也带来一些问题：第一，树状式结构人物繁多却又缺乏用类型人物以及戏剧性的情节段落进行强化，因此，剧中多数人物面目较为模糊，缺乏亮点与记忆点；第二，冲突数量多而不深，浮泛浅显，冲突之间跳跃变化使得戏剧情节散漫而不集中，难以吸引观众的注意力；第三，其上下场的设计，是根据其空间处理及人物关系安排的，并不具有普适性，编剧们应谨慎使用。

中国戏剧编剧研究

对当代人心灵的观照意识

——陈涌泉的编剧理念与创作指向研究*

徐芳芳

20世纪三四十年代，经过“近现代豫剧之父”——樊粹庭的大力改革，豫剧摘掉粗俗鄙俚的帽子；逮至五六十年代，编剧与导演兼备的杨兰春担当起豫剧现代戏开拓者的重任，在全国掀起豫剧《朝阳沟》的热浪。至90年代，豫剧由于没有精品剧作等种种原因再次陷入困境。在戏曲低谷中，在豫剧最不景气之时，陈涌泉像樊粹庭先生一样，大学本科毕业后义无反顾地投身剧团，在困顿窘迫的现实处境与对豫剧的热爱之中艰难地求索。而今，经过以陈涌泉为代表的第三代剧作家的不懈努力，加上李树建等诸多豫剧表演艺术家对舞台实践的不断探索与革新，河南戏剧再次迎来了春天。回溯这段漫长艰辛的历史，笔者不禁为陈涌泉先生对戏曲的执着精神而感动。应该说，陈涌泉为河南戏剧的发展殚精竭虑，在河南戏剧史上留下了鲜明而清晰的印记。“他在传统戏曲现代化、民族戏曲世界化、戏剧观众青年化、戏剧生态平衡化方面取得的成就，得到了大家的充分肯定。”① 从其剧作中，不但可以感受到他高度的文化自觉意识，他对戏曲创作的驾驭能力，“以文学的方式推进传统戏曲现代化转化”②，还可以看出他对民族精神、当下社会现实的反思，以及他明知不可而

* 本文为国家社科基金艺术学项目“河南戏曲红色基因的传承与发展研究”（项目编号：22BB029）、河南省哲学社会科学规划办公室“豫剧红色基因的传承与发展研究”（项目编号：2021BYS006）项目阶段性成果。

① 李树建：《德艺双馨的剧作家陈涌泉》，《光明日报》2015年9月14日。

② 孙红侠：《从“固本”走向“求新”——陈涌泉创作阐释》，《艺术评论》2023年第9期。

为之的儒家济世精神。[①]

随着陈涌泉创作数量的迅速增加和影响的扩大，对其剧作的学术研究亦纷至沓来。其中，对陈涌泉剧作的研究，有仲呈祥、季国平、罗怀臻、毛时安、张大新、刘景亮、吴亚明、孙红侠、李小菊、穆海亮等。这些成果均为本文的撰写提供了颇有意义的参照。本文从作家个人经历、价值观来探索作家品格与素养对其创作的积极影响与能动因素，试图从作家—作品、作品—时代、作品—艺术等多维立体视野来解读剧作转化为经典的秘籍与其所蕴含的文化价值。

一、发掘传统文化的当代价值

读史明智，观剧净心。历史剧用再现的艺术手法达到揭示历史发展规律、预见未来的功效。“写人的困惑，但要使人超越困惑；表现价值选择的多元，但又不能使人面临选择时无所适从。对于人类，对于我们这个时代，最需要的，应该是那类能够引领人的精神走向圣洁的戏剧作品。”[②]《程婴救孤》体现了剧作家对程婴“舍我其谁”的牺牲精神和担当意识的礼赞。“如今赵家只剩这一个小小婴孩，屠岸贾还不放过，定要斩草除根，因而才冒死相救。”从程婴这段念白可以看出，他冒死搭救的不仅是小婴儿，而是忠良之后，是正义骨血。这是由忠贞之气凝结而成的正义力量对权奸势力的最大抗争。

程婴身为一个人微言轻的草泽医生，却为素不相识的小遗孤乃至全国婴儿而牺牲自己唯一的亲骨肉。他的妻子也因此事命丧黄泉。支撑义举的动机不仅是对蠹国奸贼屠岸贾的憎恨，还体现出忠与奸、正义与邪恶之间的殊死搏斗。“我在改编中着重突出的是正义与邪恶的较量，善良与残暴的比拼，是一个民族在大是大非面前应有的态度。程婴等人冒死历险，用生命救下的，绝不是一个复仇的种子，而是一种民族的精神和良知。”[③]在屠岸贾一手遮天，对赵家忠良斩草除根时，程婴、公孙杵臼、

① 陈涌泉：《“孤儿热”的冷思考》，《中国戏剧》2004年第4期。
② 同上。
③ 同上。

韩厥、彩云、程婴之子、程婴之妻等众人非亲非故，甚至素不相识，却在营救孤儿时达成一种默契，自觉为孤儿献出宝贵性命。这种舍己为人、义无反顾、前赴后继的牺牲精神与担当意识，给多灾多难的中华民族带来了一次次转机和无数次绝处逢生。

该剧尤为注重颂扬朋友之间的忠诚与然诺精神。“通过死，他才能实现最后的心愿，将完成使命的消息报给地下亡灵。那时，亡灵们肯定会露出欣慰的笑容，而他，也才会真正闭上眼睛。从某种意义上说，只有理解了程婴的死，才能彻底理解春秋那段历史、古人的那种精神。”①其实，在元杂剧中，程婴与公孙杵臼曾有过谁生谁死的激烈争执。在陈剧中，则指出“活着更比死了难”的残酷现实。其实，程婴的死是其重然诺的一种表现。在完成救孤、育孤的重任之后，他只有通过死来坦然面对先他而去的公孙先生。此时，程婴以血肉之躯再次护孤，是对公孙先生当年诺言的再次践履。程婴忍辱含垢一生只为践履一个诺言，然诺就是最好的诚信。最终，程婴的形象在救孤、养孤、盟誓、践诺的过程中得到升华，他和公孙杵臼的行动呈现出令人感佩的崇高和悲壮。

“在改编原则上，我所遵循的是忠实于原著的路子，即在精神实质上的高度忠实，而非亦步亦趋、机械地‘复印’原著的忠实。”②陈涌泉改编纪君祥之《赵氏孤儿》，又创造性地设计了新的情节，譬如屠岸贾最后剑刺孤儿时程婴为其挡剑等。剧作家有意设计了忠奸斗争的长期性与残酷性，从戏剧本体上增加了戏剧冲突的尖锐性，突显了程婴视死如归、一心护孤的伟大品格。这种有意设计的残酷情节与阿尔托的残酷戏剧理论不谋而合，实现了改编传统戏剧、深化传统文化价值的双重意义。

剧作家从现代性的视角重新反思程婴舍子的情节，“别人的孩子是孩子，我程婴的孩子也是孩子啊！”讲究道义的春秋时代，程婴舍子的伟大性淹没了个体生命的重要性。而今，现代社会提倡人人平等，带有互利互惠色彩的“人人为我、我为人人”之思想得到广泛认可。因此，在当今社会宣传程婴舍子的义举多少会受到质疑，甚至受到人权主义者的诟病。陈涌泉秉持剧作家的良知与责任，通过塑造程婴的形象，深挖程婴的深层心理，揭示其舍子救孤的根本动机，在剧情的展开与矛盾的加剧

① 陈涌泉《“孤儿热”的冷思考》，《中国戏剧》2004年第4期。
② 陈涌泉：《〈阿Q与孔乙己〉的成因》，《剧本》2002年第9期。

中消除观众对此产生的疑虑，不仅塑造了程婴形象的伟大，还实现了其形象的艺术真实和历史真实。剧作家还在反思当下社会利益最大化对个体心灵的异化和扭曲，试图发掘传统文化的道义内核，来灼照市场经济对传统美德的巨大冲击。从这一角度讲，对传统题材的现代性解读，亦是对当下文化与社会现实的反思。“历史剧某种意义上都是现代戏，对此观点我深有同感。改编《程婴救孤》的过程中，确实贯穿着我对现实的观照意识，借助历史事件，历史人物，抒发着我对现实中某些现象的感愤之情，呼唤着人类良知和道义的回归。”①

《李香君》一剧，在朝代更替、山河易主的社会变革中，通过李香君对侯方域的爱慕之情与对误国奸党的痛恨之情，旨在褒奖青楼歌姬李香君的远见卓识和民族气节。对爱情，她纯粹；对魏党，她切齿；对故国，她忠诚。李香君这种爱憎分明、敢爱敢恨的程度远远超越了关汉卿塑造的赵盼儿。李香君和赵盼儿同出青楼，但是李香君的可贵品格超越了她的成长环境。赵盼儿虽然光鲜亮丽同样有主见，却免不掉脂粉气与青楼女子的俗气。李香君像一个小家碧玉一样温婉美丽，又像一个大家闺秀一样知书达理，还像一个绿林英雄一样嫉恶如仇。她以柔弱之躯承担起国家危亡之际个体应该承担的责任，这种见识和责任超越身份与性别。应该说，陈涌泉一改“商女不知亡国恨”的格调，塑造了歌姬忧国忧民的新形象。

李香君是在阉党迫害东林党人的过程中，逐渐成长起来的一名女英雄。深陷困境不忘旧国，香君乃“青楼花木兰”。她对阉党的恨，激发着她对侯方域的爱。但是，当李香君跟随侯方域回到商丘老家，发现侯方域所坚持的操守发生变化，欲参加清廷科考，在不能改变侯方域的选择时，李香君依然选择出家以明志。在侯李的围城中，侯无法摆脱对家族的责任，只能收敛以往的战斗激情，淡忘出生入死、浴血奋战、抗清复明的志向来委曲求全。此时，李香君看到的是其屈从于现实的无奈，看不到侯方域的政治理想，只能以出家的方式来安慰她惊魂甫定的灵魂，对抗清廷的政权，延续她对故国故土的一片眷恋之情与忠贞之心。身处乱世，出身低微，眷恋故国故土，具有浓郁的家国情怀和责任意识。这大抵是陈涌泉先生费尽心思编创该剧的

① 陈涌泉：《“孤儿热”的冷思考》，《中国戏剧》2004年第4期。

重要旨意吧。

《两狼山上》开篇就是宋军与辽军恶战时杨大郎、杨二郎、杨三郎等壮烈殉国的悲壮场面。剧作家塑造杨业时，主要从两个方面，其一，在丧子的大悲痛中去参战。其二，在忠而被疑、奸臣离间、君心叵测时依然带上仅存的两个儿子奔赴战场。剧作家跳出崇信奸佞、忠而被疑的创作思维格局，一改杨家将命丧奸佞、英雄末路的悲凉风格，重在赞美其捐躯报国的牺牲精神与民族大义。该剧展现的是英雄生命与国家危亡之间的冲突，对杨家将的众勇士来说，在国家存亡之际，朝廷内讧和奸臣残害都显得无力，国家尊严与民族大义高于个人生命，这是对国家和民族的严正捍卫。

二、关注下层民众的真实处境

除了剧作思想、人物形象之外，陈涌泉的作品中反复体现出他对人性的思考。他对人性的探索，使他的剧作境界自高一筹。为了揭示时常被扭曲的人性，陈涌泉将关注的目光锁定在中下层社会。他出身于农民，更能理解农民的处境，对这一群体有着深厚的感情。在《阿Q与孔乙己》中，无论是阿Q、孔乙己，还是吴妈，陈涌泉先生均是带着真挚的感情来塑造的。或者说，他这种带有同情的善意批判，似乎更寄托着他对这一阶层的某种希望，有批判，更有含泪的微笑。就鲁迅与陈涌泉的不同出身来说，不难看出二位对农民的不同见解。鲁迅出身于没落的乡绅贵族家庭，虽然他对自身的阶层有批判有不满，但是他还是属于这一阶层。陈涌泉出身于贫苦农民，自幼他就感受着农民的辛劳和不易。他目睹父辈的艰辛，深刻感受到面朝黄土背朝天的恶劣生存环境，以及邻里乡亲的淳朴厚道，对农民有着天然的感情，对农民的思想和价值有着较多的认同。因此，他在描写阿Q、孔乙己、祥林嫂、吴妈等下层人物时，几乎是从怜悯和关爱的视角来完成的。

应该说，鲁迅是以批判、嘲讽、揭露的笔调来塑造阿Q的。因此，他笔下的阿Q是一个受人揶揄嘲讽的对象。陈涌泉笔下的阿Q保留了原作中的“精神胜利法”，具有更多现代普通人所共有的特征，甚至有一些小智慧和对幸福的积极追求。他勇敢地去追求吴妈，还灵活巧妙地买一些小礼物，来获得吴妈的欢心。陈剧中，他是一个渴望改变却没能改变、深陷困境而不能自拔的小人物形象。阿Q对吴妈是真诚的，有了与吴妈相恋的细节，其形象显得更真实，甚至有几分可爱。阿Q最迫切的需求就是解决温饱和娶吴妈。温饱问题在当时是全国性的、普通民众都面临的问题。而娶吴妈未遂的原因根本就不是吴妈，而是“身上披着铁锁链，你可知女人难吴妈更难！”[①]封建伦理道德犹如铁锁链，已经完全钳制了吴妈的身心自由。因此，阿Q关于婚姻的渴望注定是失败的。如此，阿Q的精神胜利法也找到了现实的社会根源。在暗无天日、冷酷无情的封建社会，精神胜利法是阿Q自我满足和内心安慰的唯一法宝。

20世纪90年代伊始，以农为本的乡土中国正在逐渐远去，代之而起的是机器时代与工业文明的腾空而来。此时，浩浩荡荡的农民工进城，成为城市建设的主体。但是，时代在进步，农民工的素养与见识还不高，以往纯朴敦厚的乡村伦理也面临着遭受蚕食甚至瓦解的危险，带有不土不洋、非中非西特质的城乡复合化风俗正在酝酿。《阿Q与孔乙己》中，阿Q仍然是现代农民的真实写照。农民朴实真诚、勤劳善良，但是小农意识深入骨髓，代代遗传。农民是社会的基础，也处于最辛苦的底层。因此，陈涌泉带着关切与怜悯来审视这一群体，“自始至终，我只是在用一颗真诚的心，尽可能地去把握鲁迅先生的创作思想，贴近原著的精神实质，体验人物的生命状态，并从中寻找与当代人心灵的契合”[②]。鲁迅塑造了阿Q的经典形象，陈涌泉则融合当下思维，进一步诠释了新时代农民的某些特征。同样，改革开放的经济大潮滚滚而来，文人知识分子与传统文化在市场经济面前显得唯唯诺诺、捉襟见肘。

孔乙己有“窃书不算偷书”的荒谬，也有“抬人需用轿”的可笑。仔细反思，他无非是看重书本和封建伦理道德。孔乙己身上不仅有迂腐，还有理性和人性。显然，孔乙己的迂腐是封建社会造成的，科举的失败与身份的沦落使得孔乙己的人格受到极大扭曲。鲁迅冷峻的批判，在陈涌泉笔下转换成含泪的微笑、对下层群体深深的同情和怜悯。因此，他笔下的阿Q和孔乙己形象显得可悲可怜之外又增添几分可亲可爱。观剧之后，笔者对其不再是嘲讽，而是怜惜其悲剧命运，悯宥其悲剧性

① 陈涌泉：《陈涌泉剧作选》，中国戏剧出版社2018年版，第43页。
② 陈涌泉：《〈阿Q与孔乙己〉的成因》，《剧本》2002年第9期。

格，忧思其困窘艰难的生活处境。

《鲁镇》是继《阿Q梦》《阿Q与孔乙己》《风雨故园》之后，陈涌泉创作的第四部关于鲁迅题材戏曲作品。陈涌泉被誉为戏曲界的“鲁迅专家”，他思想深刻，坚守人民立场，坚持守正创新，批判中带有温情，做到了用心用情用功地讲好中国故事。他把祥林嫂塑造成一生不幸的底层妇女形象，在祥林嫂的悲剧人生中注重描绘祥林嫂的纯朴可爱，让当代观众走近更加真实的祥林嫂形象。该剧中，陈涌泉创造性地塑造了鲁定平形象。他出身地主，受到新式教育，但是其行动中分明流淌着普通百姓的朴素情感。《鲁镇》流露出剧作家的悲悯情怀，是剧作家平民情感的具体体现，带有陈涌泉先生个人的鲜明痕迹。

该剧不仅是对鲁迅剧作的改编，而且还对近代社会和普通民众有了更多的思考。该剧的上演，标志着陈涌泉先生笔下的“鲁迅作品四部曲”诞生，让地域特征鲜明、生活色彩浓厚的河南戏曲闪烁着更加深邃的思想之光。陈涌泉在对既有人物祥林嫂、狂人、孔乙己、华老栓等人物进行整合时，还增加鲁定平、陈老五、贺老六等崭新人物，让其在不同的视角发出对病态环境的独特感知，让观众产生陌生化的观剧体验。该剧透过“鲁镇”之窗，审视无数个罹患灾难的家庭，还原近代以来普罗大众的不堪遭遇和复杂心情。该剧人物鲜明，性格典型，在沉闷冰冷的环境中发出各自的叹息和哀鸣，流露对病态社会环境的厌恶和控诉。

陈涌泉对下层民众的命运充满同情，也寄托无限关怀。《王屋山的女人》就是陈涌泉对新时期农民寄托的希冀。彩云身上凝聚了中原女性的吃苦耐劳、忍辱负重的品格。她和发生在开封陈留地区的高明《琵琶记》中赵五娘性格有着诸多相似。这些下层的普通民众，即便有这样那样的性格缺点，但是他们身上依然保留着人性的本真与善良、诚恳与真挚。不论是从人性的角度，还是道义的责任，我们都应该对其多一份关怀。对此，评论界有不约而同的评价，即陈在创作中所体现的平民思想和悲悯情怀。

《都市阳光》以农民进城务工为题材，旨在关注农民工进城后的现实处境和情感需求，是一部同情农民工处境、反映农民工心声、关注农民工发展的优秀剧作。“我们在城市迷失，又难以亲近村庄”，高天唱出了多少在城市打拼的农民工的心声。剧作家不仅关注农民工的处境，还关心他们的精神世界。农民工也是人，有物质需求，也有精神追求。在艰苦恶劣的建筑工地环境中，他们挥汗如雨，换来的却是微薄的收入。结束一天的劳动后，他们忘却辛劳坚持梦想。以高天为代表的民工，不畏脏与累，为生活和梦想打拼。历经艰难，终于收获了爱情和歌唱的荣誉。此时，笔者想到了老舍笔下的骆驼祥子与鲁迅笔下的孔乙己，在没落的封建社会，他们的挣扎注定了失败。而高天不一样，虽然他从事的一样是繁重的体力劳动，但是社会和时代给他们提供了发展的空间。在《明日之星》年终总决赛中，尽管有灿灿等人的蓄意阻碍，观众、评委以及组委会还是将神圣而公正的选票投向了高天，使他成为年度总决赛的冠军，成就了高天的歌唱梦想。

该剧揭示了城市物质生活与精神世界的不协调性。煤窑小老板黑壮壮发迹变泰后，金钱异化了他对婚姻的认知，他陷入了富则易妻的婚姻套路，恬不知耻地追求明明已经有男朋友的朵朵；肥肥经历与黑壮壮的失败婚姻后，丧失了基本的信任，心理变态似地将全部情感倾注在宠物狗上。失去了婚姻的温情，肥肥也显得有些冷血；剧中还涉及顽劣的富二代、官二代，青年甲、青年乙沾染纨绔子弟的恶习，丧失道德底线，玩弄女色，为富不仁，用区区五十块钱对困境中卖唱的街头歌手高天进行挑衅并殴打；在《明日之星》年终总决赛中，青年甲的富商父亲试图操控比赛结果，斥资对电视台进行赞助。在权力和金钱面前，法律道德、尊严权益似乎都可以随意践踏，正如青年甲所言“没有钱、没有权就不配谈尊严”。剧作家发现并指出现实生活中的种种问题，但他没有像鲁迅先生那样的鞭挞和揭露，而是给予更多的期待。农民企业家梁朝辉的正面奋斗事迹，高天最终获得年度总决赛冠军，黑壮壮和肥肥复婚，肥肥对高天勒索后的坦率认错，高天与朵朵、柱子与芳芳情感问题的圆满解决，这些都体现出剧作家对城市发展的希望，对新时期道德文化的复归和城市信仰的期许。

该剧还触碰到农民进城所遭遇的深层冲突——厚重淳朴的乡土文化与利益至上的城市价值观念——二者形成尖锐对峙。肥肥对宠物犬的畸形看重与对高天看似残酷的勒索刻画出城市人的冷漠自私。与之形成鲜明对比的是，那群农民工却对凭借汗水打拼攒下的血汗钱毫不吝惜，在工友有难时慷慨解囊。此时，小市民的自私冷漠与农民的憨厚善良形成巨大反差。农民工在离开乡村、建设城市过程中，也遭遇了种种难以预料的状况。无数的农民工建设美化了城市，却被城市人所鄙弃。甚至，农民工成了引发社会问题的“危险分子”与“骗子”的别称。中华民族传统美德的传递者与践履者依然在农村，城市化进程与商品经济埋葬了太多农业社会孕育的本真与善良品格。此时，挎着包袱、背着行囊的农民工还较少受到市场经济的影响，其身上依然凝聚着黄土地的朴实厚道与刚毅坚韧等优秀品质。陈涌泉塑造的农民工形象高天就是这一类人的代表。

农民工进城时，他们带着离开黄土地的无奈与对新生活的向往。渴望改变面朝黄土的辛劳局面，希望留在城市，能够有尊严地活着。但是，习惯了乡村文化与封闭小农思想的农民，既有融入城市的渴望，又对城市生活无所适从。正如高天所唱：“哦，进不了的城市，哦，回不去的家乡。”“城市化进程中，相对于把人的‘身体’赶进城市，人的‘灵魂’的融入要更加困难得多，也许是穷其一生难以实现的，他们的灵魂只能在‘进不了的城市’与‘回不去的故乡’间飘荡，以一生的迷茫和煎熬，等待下一代的降临——当儿辈们彻底切断了与乡村母体联系的脐带，他们也许才可以变成真正的‘城里人’。”[①]尽管他们有迷惘与彷徨，却并未泯灭其善良的本性与处事的基本原则。如剧中的朵朵，其父沉疴病榻的巨额医疗费与其弟的高额学费、生活费使她对钱的需求特别强烈。然而，物欲横流、霓虹闪烁的繁华都市与土豪黑壮壮的极力追求并没有让她迷失自我。善良本分的朵朵不忍连累高天，无奈之下偷偷去给别人代孕（立上舞台时改为做保姆）。

另外，建筑农民工不仅承担着繁重的体力劳动，还面临着诸多安全隐患。剧中的王大河从事的还是相对安全的送水职业，但是整日奔波于送水路上的他遭遇车祸，成了植物人。应该说，农民工的微薄收入与高风险的辛劳付出是极不对称的。反映农民工的真实生活，为改善农民工的命运与处境而呐喊，也是陈涌泉先生苦心孤诣的一个编创动机吧！

近年来，万众创业成一股时代潮流，农民工也在抢抓时代机遇，剧作中塑造了以

① 陈涌泉：《我的农民工兄弟——〈都市阳光〉创作谈》，《剧本》2017年第6期。

梁朝阳为代表的农民企业家，以高天为代表的农民工歌手，以朵朵为代表的农村新女性。在构建和谐社会、弘扬社会主义核心价值观的当下，农民工对梦想的守望、对城市的渴望都不再是遥不可及。阿Q与祥子（老舍《骆驼祥子》）注定成为封建王朝没落之后的牺牲品，新时代的下层民众和农民工在城市化进程中成为中坚力量，发挥着热血男儿的光与热。该剧让笔者强烈感受到剧作家对农民工的高度关注与寄托的殷切希望。

三、剖析悲剧婚恋的深层原因

尼采说："悲剧不但没有因为痛苦和毁灭而否定生命，相反为了肯定生命而肯定痛苦和毁灭，把人生连同其缺陷都深化了，所以称得上是对人生的'更高的神化'，造就了'生存的一种更高可能性'，是'肯定生命的最高艺术'。"[①]从其言语中，可以看到尼采用悲剧艺术拯救人生的深刻见解。在这一点上，陈涌泉先生与古希腊人、尼采一样，他通过对鲁迅个人悲剧的钻研，达到用悲剧艺术拯救人生、关怀女性的宗旨。

《风雨故园》呈现出剧作家对包办婚姻的温和批评与对自由婚恋的由衷肯定。对鲁迅与朱安的怜悯，尤其是对鲁迅与许广平的结合给予更多理解。陈涌泉从现代自由婚恋的视角来审视鲁迅的悲剧婚姻，揭开作家和思想家闪耀光环背后的心理苦楚，还原鲁迅的真实生活和真实情感。实际上，他们婚姻的开始就是错误的，给鲁迅和朱安都带来了一生也挥之不去的阴影。所不同的是，这桩婚姻就像死人身上的寿衣，为朱安带来临死前最荣耀的美丽。对朱安而言，找个从东洋留学归来的大才子结婚是非常体面的。从鲁迅来说，只有维系着与朱安的婚姻，才能保住朱安的名分和地位。如果说，鲁迅与朱安的婚姻还能给朱安些许身份地位等虚无的安慰的话，鲁迅只能独自咽下这无尽的苦果。"我多想对她敞开内心世界，告诉她早作打算另嫁人。却怕骤然风波起，话到嘴边难出唇。又看到母亲那双期待的眼睛，盼望我接

① ［德］弗里德里希·威廉·尼采：《尼采自传》，黄敬甫、李柳明译，华文出版社2017年版，第51页。

受下这桩婚姻。我只得暂且忍、忍、忍，(叹气)唉！忍不住泪水湿衣襟！（拭泪)”[①] 他之所以从日本回来，是因为母亲病危。之所以与朱安结婚，还是怕违拗母亲。鲁迅作为新旧思想交替的文人，他有的是冲破旧社会旧制度的勇气，却找不到违抗母亲意愿的理由。

剧作家以人性视角走进鲁迅的内心世界，体会他心中酸楚和苦寂。众所周知，鲁迅是新文化运动的倡导者与反封建的斗士。但是，此时的他就像一个溺水之人，自己要奋力挣扎，还要拯救与他一起落水的无辜的女人朱安。陈涌泉从责任与道义的角度，诠释鲁迅对包办婚姻的抗拒与妥协，揭橥造成他悲剧婚姻的沉重原因。母亲当初的错误是为他安排了婚姻，事实上，后来鲁迅自己却不愿意走出这桩无情的婚姻。因为他谙熟当时的封建礼教与婚姻习俗，一旦离婚，被休的朱安要面对的人生是何等晦暗。因此，他企图通过维系婚姻的外在完好来守护朱安，实际上却再次伤害了朱安。

在封建礼教氛围成长的少女朱安压根就没有意识到包办婚姻的不合理，反倒是对父母包办的婚姻充满期盼和无限的幻想："大红花轿忽闪闪，一颗心早已飞外边。夫君从东洋回家转，择定佳期娶朱安。几年来心中把他描绘千遍，魂里梦里把他牵。"[②] 在封建思想与传统习俗的支配下，朱安对她这位留洋归来的夫君充满了好奇。正如鲁迅所言，朱安是母亲送给他的一样礼物。其实，朱安更像一个祖传的宝物，期待着她的新主人。因此，在封建家长制与农村习俗对人性的遏制与摧残下，朱安一直是封建婚姻中的一枚螺丝钉，在希望中等待，在等待中绝望。

鲁迅性格倔强，桀骜不驯，加之他留学日本，受到欧风美雨与东洋自由婚恋思潮的影响，显得离经叛道、立异标新，因此五次三番推托婚姻。然而，"寡母抚孤"的艰辛与伟大，让执拗的他对母亲的婚姻安排难以违抗。无论是鲁迅听从母意的被动接受，还是婚后与朱安名誉关系的维持，均体现了鲁迅超强的责任意识。听从母愿与朱安结婚是对母亲最大的安慰，与朱安离婚则是对朱安最大的羞辱。最为妥善的办法就是维持与朱安的名誉婚姻。如此之举，实现了鲁迅对母亲的孝心，也以妥当的

① 陈涌泉:《风雨故园》,《剧本》2006年第1期。
② 同上。

方式尽到了对朱安的责任与义务。鲁迅当时是社会名流，大学教授，任职于教育部，有着颇丰的薪水，这样一位有着体面身份、尊贵地位、丰厚学识的名流，却长达二十年之久地过着苦行僧式的生活。这本身彰显了他身上所具有的顽强意志与超强的自控能力。在没有爱情的婚约里，朱安活出了无奈的守望。鲁迅和朱安的结合，是可悲可怜的，二人的可悲恰恰源于当时落后愚昧的封建社会与新潮前卫的新文化思潮之间的尖锐对峙。根深蒂固的封建思想，尤其是包办婚姻，让鲁迅这位新文化运动的舵手级人物对其深恶痛绝却自缚其中。

与朱安的守旧妥协形成巨大反差的是，陈涌泉塑造的李香君（《李香君》）虽为青楼女子，却不自轻自贱，一心等待着心上人的到来。当遇到一见倾心的侯方域后，在国破家亡的危急关头，李香君教导夫君。遇到田仰、阮大铖的迫害，宁折不弯，宁为玉碎不为瓦全，最终保住其清白。但是，她所眷恋的国家灭亡之后，折回老家河南商丘，她又鼓励夫君保持气节，不出仕清廷。在爱情和婚恋面前，李香君有着清醒的认识，她追求的婚姻是以爱情为基础的，即有着共同的信仰和追求。香君有着坚定的政治立场和明确的择偶观念，并且用实际言行来捍卫她的选择。这样一个冰清玉洁、迎风傲雪的女性赢得了孔尚任、欧阳予倩、陈涌泉等很多剧作家的青睐，她的坚贞品格才是侯李二人历经江山易主、山河破碎却仍能惺惺相惜的关键。

在不可阻挡的历史潮流下，李香君尽最大能力保持自己的人格操守。陵谷变迁，她毅然劝说侯方域远离名利纷争，不为俗世所扰，归去田园，宁守庄户白丁的清贫之乐。陈涌泉跳出凤冠霞帔的婚恋模式，其塑造的李香君不贪恋荣华，不追求门第，生逢乱世，却积极入世。古往今来，妓女无情，李香君却对侯方域专情。妻子盼望丈夫蟾宫折桂，李香君却果断劝说侯方域不出仕清廷。试想一下，李香君让那些“悔叫夫君觅封侯”的女子多么羡慕呢。

围城里的朱安苦闷麻木，李香君辗转忧思，均无法超越时代的悲剧格局。《婚姻大事》带给人清新自由的婚恋气息。该剧中，伦理道德准绳富有人性的张力，充分尊重个体意愿，自由恋爱成为追求个人幸福的重要内容。为了弟弟操心而耽误婚姻大事的大哥金锁在两个弟弟均找到幸福后，竟然闹出啼笑皆非的“婚外情”。很快，他结束了与凤春的无爱婚姻，娶了贤惠的惠娟。实际上，凤春当初看上的根本不是金锁，而是其弟银山。他们兄弟三人的婚姻是真正意义上的自由恋爱。该剧与李渔的《风筝误》有异曲同工之妙，以喜剧的风格为观众展现了改革开放后农村人追求爱情的现代感情生活。从封建家长包办到媒妁之言，再到自由恋爱，这是农民主体意识的自我觉醒，也是其步入现代化的重要标志。陈涌泉先生对农村题材的创作，已经由生活的现代化深入到农民思想的现代性。因此，其剧作具有发掘农村现代精神、激发农民主体意识的特性。

四、探究反腐倡廉的历史镜鉴

文章合为时而著。在关乎社稷发展与民心所向的当今反腐形势下，陈涌泉有着积极改良社会的济世情怀，撷取古典戏曲公案剧和社会剧的教化功能与艺术手法，创作出反贪腐、顺民意的优秀剧作。[①]

陈涌泉是一位颇有骨鲠之气的剧作家，他的剧作散发着浩气长存的光芒和古典戏曲的馨香。首先，这与他坚毅顽强、上下求索的可贵品格有着必然联系。他不戚戚于贫贱，靠着对戏曲尤其是编剧的爱好，担负起新时期改革河南戏剧的重任，在戏曲不景气的漫长岁月里坚守着自己的信仰。其次，这与其深厚的古典文学素养尤其是古典戏曲功底密不可分。元杂剧中大量出现的社会问题剧、水浒戏、绿林戏、包公戏均对其创作产生了潜移默化的影响。基于上述两个层面原因，他的剧作更有厚度和广度。陈涌泉独具慧眼，蹈扬公案剧的优良传统，利用戏剧艺术美轮美奂的舞台形式，融摄切合民心的反腐主旨，创作了《张伯行》《陈蕃》等经典剧作。

《张伯行》的戏剧冲突紧张，矛盾突出；主题鲜明，所有事件均围绕着反贪这一中心展开；戏剧结构紧凑，采用符合中国观众审美习惯且备受民众青睐的线性结构；戏剧情境真实，注意对张伯行内心世界的深层剖析，是当之无愧的精品戏剧。陈涌泉充分挖掘本土历史文化资源，择取河南兰考人张伯行的相关事迹，在《清史稿》中不断汲取营养，倾注他本人的创作才华，塑造了“义士不欺心，廉士不妄取”的典

① 陈涌泉、李小菊：《持中守正　固本求新——专访著名剧作家陈涌泉》，《戏曲研究》2016年第3期。

型形象。宋代周敦颐的《爱莲说》为我们塑造了为官与做人的至高境界。为官者理应恪守本分，克己奉公，胸怀社稷，情系民众，公正廉明，用公共权力来服务人民。陈涌泉塑造的张伯行就是这类官员的典型代表。在与贪腐势力噶礼的较量与对峙中，他不惧皇亲国戚之淫威，誓死惩贪，给人留下了惟求正气满乾坤的正义形象。张伯行有着超强的道德自律意识，坚守原则，彰显出“出淤泥而不染，濯清涟而不妖”的可贵品格，其行为准则也为当下的政府官员树立了极好的榜样。

该剧深挖人物心理，在细微处有意彰显张伯行的高尚品格与洁净操守。身居高位、勤政为民、主持正义的张伯行，在精神追求与人生信仰层面上都显得较为富足。他甘于清贫，追求平淡，对物质几乎没有要求，唯有“名节”让他过分看重。“一丝一粒，我之名节。一厘一毫，民之脂膏。宽一分，民受赐不止一分；取一文，我为人不值一文。谁云交际之常，廉耻实伤，倘非不义之财，此物何来？”他恪守人生准绳，真正做到不越雷池一步，最终获得“天下第一清官”的美名。

尤其要指出的是，张伯行反腐的决心和勇气。面对贪官，他心底无私，无所畏惧。身为“巡行天下，抚军按民”的抚台大人，手里握着行政、军事、监察大权，却克己奉公，两袖清风。两江总督噶礼贪得无厌，虐吏害民，专横跋扈，炙手可热。他早年曾随康熙西征噶尔丹，立下赫赫战功。此时，他不仅身居高位，还是有着高贵血统的满洲正红旗人。另外，噶礼之母还是康熙的乳娘。从这角度来说，噶礼和康熙不仅有君臣关系，还有间接的亲情维系。张伯行想要扳倒噶礼可谓难上加难。此刻，张伯行与噶礼构成尖锐对峙，二人形成互参的危险局面。就在邪恶与正义的两方难分胜负之时，皇帝派张鹏翮来审理此案。张鹏翮曾为张伯行的老师，张鹏翮之子还在噶礼手下任职。这种复杂的关系将张伯行的命运卷入宦海沉浮的危机之中。这种异常凶险的政治环境时刻灼烧着张伯行那颗廉洁而充满正义的心灵。

《陈蕃》是陈涌泉创作的另外一部公案剧，该剧创造了东汉时期宦官干政、政治黑暗的历史时空。宦官是中国历史上形成的一种畸形现象，有着位极人臣的显赫地位。由于其身份的独特，他与外戚一道构成干涉朝政的重要力量。剧中，汉桓帝年间外忧内患并存，西羌、鲜卑同时犯境，边疆告急，宦官及其党羽嚣张，百姓官逼民反。在山民谋反一案中，百官惧怕宦官王甫、曹节的淫威，不敢作声。在窦皇后的保举下，原本因“党锢之祸”被革职的陈蕃不得已重新启用。至此，一场反宦官、反贪腐的公案剧帷幕拉开。

《陈蕃》作为传统公案剧的一种，沿袭了传统戏曲的编剧艺术。其一，结构紧凑。该剧围绕陵桂山民谋反一案展开，以田水娟为线索，展开了陈蕃与贪官王桀的殊死争斗。其二，冲突迭起。王甫、曹节玩弄权术，蛊惑圣上，王桀大肆侵吞救灾款项。陈蕃作为正义的化身，与其展开了正义与邪恶、反腐与贪腐的一次又一次较量。其三，情节离奇曲折。田水娟在汉桓帝选美时得到陈蕃金殿抗争而获救归家，时隔数年，在为丈夫喊冤时恰巧遇见恩公陈蕃。这种巧合式的情节安排带来一种传奇之感。其四，剧作家尤为注重艺术真实的营造。他通过心理真实来营造艺术真实，剧中揭示了汉桓帝对宦官袒护的真实心理和矛盾心理。在塑造陈蕃的胆识和正义之外，并没有回避陈蕃内心的矛盾。尤其是面对被皇帝加封“百官典范”并且有贵戚宦官撑腰的王桀时，他的内心世界一度掀起了层层波澜。

历来文献典籍中对陈蕃的描述不多，《世说新语》《后汉书》略微提到，文学作品中偶有提及，譬如《滕王阁序》。陈涌泉尊重历史，还原历史，重塑陈蕃为惩巨贪与宦官斗争、与君王周旋的耿介公明形象。首先，以兼济天下的责任感。这是儒道互济的文人士大夫的品性。剧中，东汉时期，朝野动荡，民不聊生，王甫、曹节等宦官佞臣玩弄权术，致使民怨沸腾。此时，陈蕃带领的“党人”集团与宦官展开了一场激烈的斗争，他本人由于“党锢之祸”被废除太尉之职。其后，由于王桀一案无人敢接手，陈蕃临危受命，义无反顾地加入山民造反的肃贪案中。其次，犯颜直谏的胆识。他知其不可而为之，源自舍我其谁的担当意识。仅仅是说了几句牢骚话就被抓的高压管控下，民众丧失话语权。陈蕃无所畏惧，迎头直上。他金殿直谏解救宫女，正法王桀反贪，直面上奏王甫、曹节罪行。“陈蕃我生就直秉性，才落得六起六落上法绳”，彰显出陈蕃宁愿触怒龙颜也要直谏的诤臣品格。唐代魏徵与唐太宗是庭争面折，陈蕃对汉桓帝则是冒死直谏。再次，舍身饲虎的反腐勇气。王甫、曹节、王桀等奸贪一体，巧舌如簧，善于在汉桓帝面前搬弄是非，陈蕃在“党锢之祸”中已经深受其害。百官对王桀案避之不及，他却毅然接受皇命，负责监斩陵桂山民造反案。正是上文提到的他对百姓的体恤之情，才激起他对贪官的极大仇恨，“陈蕃宁舍一身剐，执行国法惩巨贪”。即便是被圣上亲封为“百官典范”王桀，他经过思想斗争，毅然敢于就地正法。汉桓帝听说处决王桀后恼羞成怒，陈蕃不顾个人安危，继续揭发君王崇信的近臣王甫、曹节的累累罪行。其四，体恤民众、亲民爱民特征尤为显著。到达陵桂后，微服私访，及时营救被王桀府上管家曹虎追赶的田水娟。

上述这一切行动，均源自他对民众的体恤之情和对社稷的责任之心。陈涌泉不仅塑造了陈蕃行为的真实性，而且诠释了其行动的伟大性。“陈蕃正是以‘忠清直亮’的风骨，挺起了伟岸的脊梁，为东汉筑起一座抵挡溃败的堤坝。这是我们民族的宝贵的精神财富，也是这个时代稀缺的品质。”① 陈蕃为了大汉江山社稷，不顾个人安危直谏汉桓帝，与宦官斗争，与贪腐势力斗争，堪称东汉江山的擎天柱，支撑着风雨飘摇的东汉王朝。随着曹节等劫持幼帝，虽然陈蕃拼尽全力，但是东汉王朝还是大厦倾覆。陈蕃虽然与东汉一道走向毁灭，其誓死惩贪、拼死抗争的精神却得到了世人的敬仰，他向往的公正廉明、河清海晏的政治期许恰恰为中华民族的后世子孙带来了不竭的动力源泉，从而使该剧实现了“帮助当代观众从陈蕃这个历史人物的廉洁风貌和人格操守中获取精神动力，从历史的镜鉴中获取政治智慧”②。

这两个反腐题材剧目，再次阐述了戏剧净化人心、惩前毖后的教化功能。作为公案戏的一种，陈涌泉笔下的清官戏体现出他对传统公案戏创作技巧的极好把握和较好展示，体现了中国传统戏曲尤其是公案戏的创作三昧，是他关心社稷、关注民生的具体表现，是他对屡禁不止的贪腐问题的沉重反思，显现了剧作家的时代感与责任感。

结语

陈涌泉坚守中华优秀传统文化立场，怀着对戏曲的珍惜与对广大观众的高度责任感，传承近代以来的文化启蒙思想，怀着超强的道德自律与涤荡人心的教化意识，提炼出展示中华现代文明的精神标识和文化精髓，承担起现实主义创作的神圣使

① 陈涌泉：《穿越历史，烛照时代——新编历史剧〈陈蕃〉创作札记》，《光明日报》2015年5月11日。
② 仲呈祥：《谈新编历史剧〈陈蕃〉：历史风云的镜鉴》，《人民日报》2015年6月19日。

命，以悲悯之情从事戏曲创作，尊重戏剧本体与观众审美，发掘传统题材内涵来发扬具有普世性的民族精神，拓展现代题材以烛照时代潮汐，回归人性以寄托人文关怀，关注当下婚恋思潮与女性情感，秉持公心着意反腐主题，形成了其现实主义创作的范式，“以文学的方式推进传统戏曲现代化转化”[①]。激荡在其剧作中的能动参与意识与戏剧改良社会的淑世精神，使其剧作彰显出闪亮的人文光辉和浓郁的现实主义情怀，体现出剧作家对人类命运与精神家园的多重关注。

① 孙红侠：《从“固本”走向“求新”——陈涌泉创作阐释》，《艺术评论》2023年第9期。

戏曲寓言剧风格化叙述探究

赖嘉文

一、戏曲寓言剧的释义与特征

20世纪尾叶，罗怀臻先生的新编淮剧《金龙与蜉蝣》以“新历史寓言剧”的姿态，将式微的淮剧重新拉回观众的视野，为传统戏曲的现代性探索提供了成功典范。寓言精神是《金龙与蜉蝣》的创作思想核心，也是中国戏曲自始便有的属性：诸如汤显祖《南柯记》《牡丹亭》等。寓言的精神是传统的，寓言的形式又是能为戏曲现代性所服务的，这种形式有助于剧作选材从“现实题材”的现实主义中进入寓言审美，从普通的社会关系提升到人对自我、对人与人之间社会关系的现代性探讨，在事件冲突和人物情感的交织中，由传统走向“现代”所代表的永恒价值观。

但是对于“戏曲寓言剧”这一概念，学界虽有提及，且亦未对此作更为详尽的定义，使得“寓言”“寓言体”“寓言精神”“寓言性”“寓言剧”这些本来便不是独立存在的概念产生可能存在的混淆和误解，其本质也偏向于单调的“寓言”与现代戏曲发展中的“寓言剧”概念认识上的冲突，因此该章节旨在厘正二者在风格叙述与本体上的差异，继而将其风格化叙述概论。

（一）戏曲寓言剧的释义

自《庄周梦蝶》始，寓言精神在中国文化长河中一直经久不衰，而寓言精神作为一种文化底蕴会影响文学艺术创作，小说如《红楼梦》《狂人日记》种种，戏剧如《牡丹亭》《歌代啸》云云。但是此处对于三组关系需要加以甄别，其一，戏剧文学作品中所附属的寓言性，能否使之能称之为寓言剧？其二，以寓言故事为内容载体，所创作的舞台作品能否使之称之为寓言剧？其三，寓言精神对于寓言剧的意义相较于其他戏剧风格品类间的差异是什么？

在第一个问题中，寓言性为戏剧文学创作的天然属性，是剧作家在主观创作思考过程中，他们的创作目的随着时代背景的变迁，人生经历的变幻中“自知而不自知”的凝练。所谓“自知而不自知”，为作者受客观事物影响而生，但不自觉地将其融进作品中的主观感想。寓言并不为其第一目的，当然不能称之为寓言剧。

在第二个问题中，寓言故事是用假托的故事或者自然物的拟人手法，来说明某个道理或教训的文学作品[①]。简单的故事服务于说教，虽然在本体上符合了戏剧艺术发展过程中所衍生的教化功能，但是其本质上还是一个寓言故事，虽然于舞台上扮演，也带有戏剧性质，但是由于寓言故事中不仅以寓言为主题，而且其内核中的寓言精神不被约束，戏剧形象只是作为说理的附庸存在，缺乏了足够的“以情动人”与戏剧性，因此也不能如此顺理成章地称之为寓言剧。

那么寓言精神对于寓言剧的意义何在？二者关系并不是相互约束抑或扶持。简单地拆分寓言剧为两个部分，前者为寓言—寓言性—思想性；后者为剧—戏剧性—故事性，思想性压倒戏剧性便不是一部足够吸引观众的舞台作品，故事性压倒思想性又不能称之为寓言剧。其二者相关关系应当是思想性与戏剧性权衡比例下的戏剧作品，权衡关系为思想性取里，戏剧性取表，戏剧作品内涵囿于观众认知不，其最终完成决定于观众的理解，或不被理解，或有悖于作者创作目的，或顺从于作者的主观思想，这些都不是剧作者思考的第一顺位，只有通过戏剧性，让作品本身更被观众接受，更能吸引观众，才会拥有后置的思考步骤。如果一个故事既不能合理地读成历史，也不能读成寓言，它就是无意义的、微不足道的、怪异的、误入歧途和颠覆性的。这就是许多小说叙事的命运，因为它们不能在官方文化符码中得到理

① 中国社会科学院语言研究所词典编辑室编：《现代汉语词典》，商务印书馆2016年版，第1544页。

解。这样，我们触及了“幻想”这一问题，它意味着对文本和阅读过程的一种不确定态度。[①]而寓言剧便是在真实的历史背景下，虚构出充满冲突，冲突背后暗喻哲理的戏剧样式。在此基础上，寓言剧又被赋予了新的定语——“戏曲”，形成了一个新名词“戏曲寓言剧”。在寓言剧中，戏剧性与寓言性的权衡是极为重要的，而在中国戏曲审美中，“动之以情”同样也会牵引着前面二者的比例：“为什么传统戏曲要舍‘讲道理’之途而走另外的渠道呢？正如我们反复强调指出，戏曲长于‘直取心肝’，以表达人们的情感和内心状态为艺术特长，以‘妙在人情’‘动人以情’为艺术特征。由此也就显而易见，‘摆事实、讲道理’并非戏曲之所长而恰是其所短。”[②]所谓“摆事实、讲道理”，便为公之于台面的寓言性，但是戏曲所长之情，也并不为戏剧性所完全包容，“盖诗以道性情；而能道性情者，莫如曲。……自古感人之深而动人之切，无过于曲者也”[③]。那么此处的“戏曲寓言剧”，便是在真实的历史背景下找寻局部的空白处，在此空间虚构出极致情境，放大冲突，实验人性，以表现人情意味为主体，其间亦暗喻哲理的戏剧样式。

（二）戏曲寓言剧的文本特征

定义是指描述一个概念，并区别于其他相关概念的表述。此处特征应理解为指出事物的突出属性。对于戏曲寓言剧特征的陈述，有辅于戏曲寓言剧创作经验的总结。前人剧作样貌各异，手法也各有巧妙之处，而找到他们突出的同一处，便可集纳出戏曲寓言剧的几项特征：

1.“非常态”的特殊情境

戏曲寓言剧中使用的历史文化大背景是真实的，可靠的，可给予演员与观众信念感的“大情境”，这种“大情境”既可以是固定位某个具体的历史时期，也可以模糊时间概念，写作时只提大概范围，如罗怀臻先生所作《金龙与蜉蝣》中所描时间为“西周以降，华夏某诸侯国，大体为楚流裔一脉”；罗曰铣先生所作《老铳》中所描时

① ［美］鲁晓鹏：《从史实性到虚构性——中国叙事诗学》，王玮译，冯雪峰校，北京大学出版社2012年版，第97页。

② 陈多：《戏曲美学》，四川人民出版社2001年版，第189页。

③ （明）祁彪佳：《孟子塞五种曲序》，转引自陈多、叶长海选注：《中国历代剧论选注》，上海古籍出版社2010年版，第264页。

间为“古代”，这种部分的模糊的不确定感给寓言剧提供了营造假定性的可能性；又如杨军先生所作《水莽草》干脆直接地模糊掉时代概念，直接由中国人文背景下亘古不变的“婆媳关系”开场，所述主题既是永恒的，时代便不会拘谨。可见寓言剧并不割裂现实生活中可见元素，鲜见神鬼，只在“小情境”中放大假定性，这种“小情境”并不影响该时代与真实历史叙事，只对故事中所撰人物所有作用。

戏剧艺术是“假定性”的，“它来自生活但又是对生活的提炼与升华，与实际生活有一定的距离”①。但是戏曲寓言剧中的假定性是“非常态”的，这种“非常态”在于其假定情况在现实生活中的再现几无可能，但是对客观生活的想象又可以复现。比如无场次戏曲《老铳》中的假定性在于故事发生的村落，这个村子与世隔绝，常年被狼群袭扰，野狼抢食村民婴孩事件时有发生，但是千百年来村民们却似乎对于狼群无动于衷。从科学、理性、客观的角度去思考，这个村子真的能够存在于中国历史中吗？在低生育率下婴孩被吃之事不时发生，人口补给、世代传承便如空中楼阁一般。已知这个村子在这个戏剧情境下不可能存在，假定性与实际生活过于割裂，但是这种假定性是基于部分生活中的合理性，山野布满野兽，村民愚昧软弱等，在这种部分符合生活逻辑的前提下，“非常态”的假定性在发挥其作用的情况中，也能被观众所允许。

这种阴差阳错的巧合，恰好是戏曲寓言剧为了营造更极致的情境冲突而造成的相对不合理，就如《牡丹亭》中的死者苏生，《金龙与蜉蝣》中孑孓在现场的出现一样。

2. 核心意象的虚拟与具象

对于核心意象的运用，西方戏剧中如《琼斯皇》中的枪声、《老妇还乡》中的黑豹都有所见，中国戏曲寓言剧中如《老铳》中的狼群、《水莽草》中的水莽草、《金龙与蜉蝣》中的渔网也有所闻。这些剧作中的核心意象在呈现上或虚拟或具象，具体表现为：《老铳》中的狼群并未在剧情行进中实际出现过，形象是虚拟的，但是狼群的存在对人物关系、行动动机又有着客观影响，核心意象在该层面上是具象的。《金

① 宋宝珍：《戏剧的假定性与整体性》，《戏剧文学》2016年第1期。

龙与蜉蝣》中的渔网曾经实际出现在剧中的真实世界，核心意象的形象是外化且具体的，但是渔网对于剧情发展的影响，却是微乎其微的，更多是彰显命运对剧中人的影响，将主题与作家情感寄托于此，在这个层面中核心意象是虚拟的。《水莽草》中的核心意象“水莽草”是一棵毒草，在设定中食其者四十九天后就会死亡，这是全剧的假定性。至于这个假定性是否真实、符合逻辑，似乎在剧中并非很重要。作为观众完全可以接受，而不会用西方观众的“临摹”说来质疑甚至否定这个假定前提。这个有趣的假定性用于核心意象“水莽草”的时候，就会形成辩证统一的关系，在剧中水莽草是客观存在的事物，在增添寓言感的同时推动着剧情的发展，但是在现实生活中，置人四十九天后于死地之水莽草又是不存在的，是剧作者的虚构产物，在此层面上“水莽草”又是虚拟的，由此可见，戏曲寓言剧中对核心意象的要求，是虚拟与具象的统一。

在戏曲寓言剧中，核心意象是创作中的必需品，是寓言的有效工具。譬如一个见所未见的神兽在真实历史背景中是不可能实际出场，但是作为一个虚渺的传说，可以作为一种神秘的仪式贯穿全剧，从形式上营建出一个完整的表意、隐喻系统。在仪式行进的过程中所发生的事，一方面是因村民们的迷信，相信神兽的存在而发生，另一方面，对神兽的迷信又会影响剧中人对事物的判断。因此在这个维度中，“神兽”作为一个核心意象既是虚拟的，也是具象的，他不实际存在，却实际地影响并推动了贯穿行动线的形成。

3.“以微见著”的永恒主题

“微”在于主题可以简单，可以涉猎方面单一，但是主题的内容一定是富有现代性的，是人类文明繁衍至今一直在思考，困扰着人类、影响着人类、塑造着人类的内容。这类主题的生命力才不会仅仅利在当代，就如《牡丹亭》的爱情一样，千年后的今人依然会产生伤其所伤的共情。在人的复杂性当中，可以选择的主题多如砂砾，而主题的找寻也是一部戏剧文学作品能否成为寓言剧的关键所在。主题与戏剧故事是相辅相成的存在，它影响着作品的品质，也同样影响着观众对作品的接受程度，如果不能很好地权衡、处理好二者关系，便会落入前文所说思想性高于故事性，丧失戏曲寓言剧的审美趣味，陷进“寓言故事”的窠臼当中。

（三）寓言剧的现代性品格

近几年，当代戏曲已经出现了某种缓慢复苏的端倪。在戏曲复苏的景象里，越是古老的剧种反而越显示出生气，譬如昆曲。[①]除了古老剧种能获得更多的扶持与其观众根基更为深厚以外，古老剧种的天然优势何在？在于古老剧种拥有更多的传统剧目，譬如汤显祖的《牡丹亭》，明面上讲述了一双古代儿女“生者可以死，死者可以生”的爱情故事，实则表现了普通人对于人欲合理却被压抑的追求，这种追求是永恒的，是具备强烈现代意识的，此现代亦为永恒的现代，每一个时期“现代人”的现代。由此看来，“现代性”中的“现代”并不是一个时间概念，而是一个文化概念。

这种现代性品格是优秀戏剧作品所追求的戏剧艺术的最高境界，不是生活表面的摹本，而是对生活底蕴、神髓的深刻揭示与激荡人心的审美表现，[②]但是其对于寓言剧便不仅仅是一种可遇而不知可否求的追求，而是要求，一种命令，似乎只有具备现代性品格，才能被称为寓言剧。那么现代性品格是如何在戏曲寓言剧中形成有效融合的？在前文所述“非常态”的情境故事中，剧作家可以假借情境与虚构的情节去突破现实生活中被社会因素所压抑、限制的人性与选择，在这种超脱一般生活经验的领域中，剧作家得以获得更多的自由，并且将这些创作自由去讲述人性的深刻真相。这也是戏曲寓言剧具备强烈的现代性品格的原因。

这种戏曲寓言剧的现代性品格基于何处？基于戏曲艺术的源头——“民间趣味”。譬如《水莽草》中一些不符合生活逻辑的，其实它是符合“民间认知”逻辑的。比如关于下地狱，如何下地狱，中国老百姓很习惯于观赏这种传统戏常有的“技术”，亦不从中追究真实性，民间趣味的审美需求跟随寓言性质，不按生活真实路径行进，如若按照生活真实走向“常规”，那么戏曲便失去了“虚”，只剩下了“实”。在这种虚实之间，戏曲寓言剧的现代性品格便贯通其中：《水莽草》写到人们从误解、隔阂、冲突到认识、理解、和解的过程，这个过程有深刻的启示性。人与人之间，性别与性别之间，甚至民族、国家之间的许多冲突、矛盾、对垒、战争，常常都是因误解、错

① 罗怀臻、蒲波：《传统戏曲现实题材创作的“现代性”问题》，《中国艺术报》2016年9月12日。
② 焦尚志：《论戏剧欣赏与戏剧批评》，《戏剧文学》2002年第3期。

位而造成的一种无谓的内耗。这部戏从婆媳题材出发，向我们展示了人类向善的、向美的、求理解、求共鸣的过程，用一个小故事，讲了大道理。这部戏最大的魅力就是体现人在错误面前反躬自省、痛改前非而不惜牺牲生命的道德深度。

二、戏曲寓言剧风格化的探索

（一）特殊情境的构建

一切戏剧作品都离不开戏剧情境的构建，但是戏曲寓言剧不同于其他戏剧样式，特殊情节是它的根本载体。在戏曲寓言剧中，戏剧性的展开与寓言性的进入与渗透都离不开特殊情境的构建，戏剧性的产生附于情境的加载，寓言性的渗透源于戏剧性的步步推进。这种特殊情境下所产生的极致冲突，是一些戏剧样式不具备的带有强烈直观性的审美冲击力，也必须在这种审美冲击力下，寓言性才能隐藏在戏剧故事之后，也是戏曲寓言剧的根本所在。尽管在戏曲评论中，对于戏剧情境的过分“特殊”而导致的“失真”常常被质疑，但其中人物内心的状态却是真实的，所以在此不能简单地认为这是对戏曲文学的真情审美塑造的遏制。当时在某种程度上，特殊情境的构建恰好是戏曲寓言剧独有的特殊审美所在，与“真实”相对的“特殊且虚幻”的魅力。在这类作品的文学与舞台呈现中，基于生活的真实，又因为情境的特殊而带给观众的视觉冲突往往也会因此导致观众的观感浮于舞台世界与真实世界的趋同，也在此基础上，情境中的“幻觉”最能导致观众对“生活真实”的想象，这也是戏曲舞台的特性所赋予的。

（二）歌队与群像的并置

李渔在《闲情偶寄》中提及“往来无二事，贯穿始一人”，一人一事始终是戏曲文学创作的基础与根本。在满足一人一事的前提下，歌队介入对于戏剧情境的渲染与剧情的推动起着至关重要的作用。歌队既可以在剧作者设定“非常态”假定性的情况下起到交代故事情节的效果，又可以将剧作者的自我意识赋予到歌队身上，但是这种自我意识的呈现是通过他者去实现的。这种形式在不破坏故事场面真实性的前提下，又能够做到不揭露“非常态”假定性的幕布予以观众。歌队在发挥功能的时候，不仅仅只是功能与编剧技术的载体，而是能够在实际上发挥出更多角色的作用。滇剧《水莽草》中关于婆婆与媳妇歌队的应用，虽然在生活中没有这两支泾渭分明的团队，但是人以群分，婆婆群体与媳妇群体成为社会的一种特殊矛盾现象早已为大家所知，甚至成为一种亘古长久的笑点和争议点。剧中婆婆歌队与媳妇歌队从示好到猜忌，从冲突又到和谐共爱，寓意着两代人群的生活观念与生活态度的冲突与矛盾。这样的寓言假定性表面看是非常态的，实际完全从生活中来，又提炼了生活，可以说是非常原生态的，故显得如盐入水，融合无痕。

尤其在戏剧场面的开篇中，歌队既是各自所代表的群像身份，又可以作为仪式活动的载体。虽然寓言剧中更多提到“意象的隐喻”，比如萨特的《苍蝇》中，苍蝇是对法国人民在战争中失败、迷茫、焦躁情绪的表达与延伸，但是戏曲寓言剧中的“意象”不同于虚无缥缈的苍蝇，它的要求是必须立于舞台上演绎的客观存在，由此可见“仪式”的介入就必不可少了。仪式的对象是虚拟的，可以是不存在的，一方面符合了“意象”烘托气氛与升华主题的作用。另一方面，“进行仪式”这个戏剧动作本身是客观存在的，是可以察觉的，是可以成为具体的情节存在于戏曲文学中的。仪式的载体又不能是具体的角色，因为仪式的对象本身便是相对虚无且不可考的存在。那么歌队的介入在此便至关重要了，一方面歌队作为戏剧场面与戏剧动作的组织元素发挥着作用，左右着剧情的发展；另一方面，歌队是由群像人物组成，随着剧情的活动他们各自的人物形象也会出现动态的变化，在推动情节的同时也塑造着主题。

在歌队身份互换的过程中，一方面也能够代表场景、时间的迁移变化。这种转化符合了传统戏曲“一个圆场万水千山，四个龙套千军万马”的虚拟性，又对戏曲现代化过程中亟须补充的符合现代生活的程式提供一些可能的启发，这是歌队作为角色的身份互换。另一方面，歌队还能作为使用功能的不同进行互换，既可以作为不影响剧中正在进行表演的角色存在的环境存在，用以渲染氛围与情绪；又可以当一个默默的无声者，于剧情发展过程中称为实际存在的对象，去打破第四堵墙，代替观众见证当场发生的事件。以上两种功能中歌队虽有插足剧情，却不对剧情起到干预作用。此时另有一种情况，便是前面所提歌队进行角色的互换中，一方面可以作如村民甲、乙、丙、丁这类无本质区别的角色身份转换以完成对话、对唱的任务。另一方面亦可作群像塑造中身份的转换，去称为剧中的主要角色，去参与、干预、推动剧情。

（三）设置典型化的人物

在次要人物中，譬如《老妇还乡》中关于校长、警察局长等角色的设定：这些角色不携有具体的个性，不赋予角色姓名，直接以职业取代，模糊个体的特殊性，强调职业面具下的角色共性，几十年前的充当某职业的群体给社会的直观认知是哪般，今天该群体给今人的社会认知也是那般，人物是典型且恒常的。但是如果完全采用《老妇还乡》的角色设定，削弱个体情感的表达，强调群体上的公共理性，那便会削弱戏曲文学中关于情感上的表达。共情的产生不仅倚靠主要角色的单方面陈词，也需要其他角色在情感上的衬托。于是笔者在创作思考的时候有了以下两种不同的需求——一是典型人物对情境进行巩固，以方便寓言性的进入；二是典型人物也需要个体情感在受到剧中具体影响时进行表达，那么这里的典型人物便需要予以区分。此处的区分不是单一地摒弃典型人物的恒常而采用特殊，失去了恒常那也无法形成典型人物了，而是典型人物在恒常与特殊中进行转换。转换的条件是结合典型人物当时受到戏剧情境变化的影响是否极致刺激，因为当戏剧情境在不断变化过程中，并不是每一位典型人物都会受到同等强烈的刺激，这样在实际操作中，典型人物的塑造既具备了恒常的统一性，又在运动中迸发真情，以推动主要角色情绪的发生外化，以符合戏曲艺术的审美。

（四）统一而独特的语言风格

戏剧文学中的生活化语言是朴实的，充满生活趣味的，而乡土的中国戏曲不同于话剧，一方面其艺术体裁已经要求了对生活化语言的使用，但是如果将其夸张放大了是否还能成为生活化的语言？另一方面，中国戏曲与话剧在舞台语言上因为唱词的介入而产生较大的趋异性，唱词的形式本就是异于普通寻常的生活单一表达，是对生活本质与形态的凝练后再现。这是戏曲与话剧在语言风格上的差异，那么戏曲寓言剧与其他戏曲范式在语言风格上相比，也有其独特的部分。

戏曲作为民间艺术，各地剧种受各地方言的影响各有差异。同理，戏曲寓言剧的语言风格也应具备地方性，但是这个地方性并不指向具体的地域，从语言感觉上带有一种特殊的地域质感，是笼统模糊的南方、北方、西南等这些大致的概念。但是这种地域的大方向基础下，又会让观众能明白故事发生的地域是真实存在于他们已知的中国某片疆土。这种语言风格，既不会削弱特殊情境与真实生活的距离感，破坏观众对情境的沉浸，又能够在一定程度上避免观众对假定性的反问。

在这种语言风格的影响下，戏曲寓言剧对于唱词的创作也有了特殊的要求——民谣化。戏曲唱词或俗或雅都有其审美表达，但是俗与雅二者都不适应于戏曲寓言剧的唱词风貌。过雅，会过分拉开情境与生活的距离；过俗，会削弱寓言质感的产生，毕竟剧作家创作寓言剧，建构情境、发生冲突都是寓言于其中。那么戏曲寓言剧的唱词风格在二者须臾之间有一个平衡点，便是民谣。民谣源于生活，本身便带有生活质感，但是又是生活的凝练，并且带有一些缥缈的隐喻。民谣化的唱词创作同上述语言风格一样，并不具体是某一地域的民谣风格，但又是基于中华民族整体文化认同下的民族歌谣，因为这类民族歌谣在不分地域的前提下能够更大程度地唤醒每一个观众的地域意识，达成生活质感与寓言质感。

除却以上语言风格以外，一些基于日常生活的特殊修辞方式也是戏曲寓言剧的独特寓言表达方式，譬如反问是现实生活中的语言表达方式，但是并不是最常见的语言表达方式，但是如果将反问用于文学剧本当中，既可以侧面烘托角色当时的际遇与情绪，也可以将这种情绪附加在观众身上，通过这类加强宿命的不可抗力的感知，去更好地营造出寓言感。当然这类反问的语言不应当由“角色”去承担，而是交由歌队去完成，也符合前文所说于剧情发展过程中称为实际存在的对象，去打破第四堵墙，代替观众见证当场发生的事件。

笔者在此处在反问的基础上，添加了更为常见的疑问——前者不知为反问，不是为疑问；后者知乎为反问，是乎为疑问。每一句只有简单的两组四字，因为无论舞台语言与生活化语言都有一个根本的要求：使观众尽可能地沉浸于所设定的规定情境当中去。[①]那么如何在实践中通过生活化语言使观众尽可能地沉浸于所设定的规定情境当中去？笔者尝试了使用以上方式去加强观众对被反问角色的共情，这种共情并不源于理解人物，而是源于歌队在反问、质问角色的同时，也在质问观剧的观众，而这种质问，本身也是寓言的一部分。

三、寓言剧与戏曲现代化探索的展望与反思

《金龙与蜉蝣》在中国文化背景下，架空中国历史，虚构了一个特殊的戏剧情境，创作出了一个"俄狄浦斯王"式的命运悲剧。罗怀臻先生也曾提过：中国戏剧就是没有直面悲剧的勇气，当然也是由于人性中有很多善良的东西，承受了一次悲剧的打击之后不能再承受另外一次，对苦难的结局抱有很多幻想，试图逃避人性中恶的成分。[②]但是这也正是中国戏曲的审美所在，予人教化，予人心向光明的力量，在艺术中所有的邪恶会被粉碎，所有的正义终得伸张。几千年的农耕文明中，勤劳艰苦的中国人民见识过社会与人性的黑暗，但是他们也得见天日。寓言剧作为《金龙与蜉蝣》《老铳》《水莽草》等前辈或有意识或无意识摸索出来的一条可能有效的现代戏曲创作路径，又如20世纪50年代黄志德通过整理改编《鸳鸯缘》创作而成的川剧《拉郎配》也具有寓言剧的质感，通过喜剧的方式把嘲弄的对象构置在夸张放大的极致情境中。

在中西方不同的文化背景下，若在戏曲现代化探索进程中，将寓言剧这一样式介入其中，便需要预期性地对道路的前方进行可行性的预测与目前实践过程中得到的反思。

（一）同质化创演下的审美危机

寓言精神作为中国传统文学的基调之一，无疑是贯穿了传统戏曲文学与现代戏曲文学始终的。但是寓言精神是否仅被剧作者们无意识地在作品中提及？剧本创

① 单法亮：《在〈明年此时〉角色创作中对舞台人物语言生活化表达的再认识》，山东艺术学院硕士学位论文，2019年。
② 罗怀臻：《罗怀臻演讲集》（教学卷），上海人民出版社2017年版，第77页。

作是理性与感性的统一，既是剧作者的主观创作，但是创作方法在浮于编剧脑中是客观的存在，将其创作方法理性化对于戏曲文学主体意识的复归能够提供很大的帮助。已知寓言精神在创作中是客观存在，那如果将寓言精神予以扩大使用，使其成为一种新的创作主体，笔者认为是有效且有必要的尝试，尝试的过程中，笔者也感受到寓言剧创作在可持续发展过程中一些不可避免的问题。

在某种层面上，寓言剧的叙事方式趋于相近，以夸张的假定性去营造强烈的戏剧情境，那么在此情境中所产生的冲突与动作难免会给予观众一种不真实感。但是如果戏曲寓言剧成为一种可复制且有效的创作路径，这种不真实感会被戏剧性本身对观众带来的冲击力给削弱。那么寓言剧便有可能难以避免地被陷入同质化的创演当中。所谓“同质化”陷阱，那便是寓言“思想”流于表，会与生活的距离过于拉远。如前文举例中的《老铳》：在极不合理的戏剧情境下，过分强调在激烈的戏剧冲突中表达思想，而略于情感表现。与之相较，《金龙与蜉蝣》虽然也是虚构情境与历史背景，但是其所展示的历史基调、人文风情都会让观众认为在中国历史王朝更迭过程中，确实会有这么一刻“历史真实”发生，而且所寓之言是基于血统与亲情间的宿命悲剧，哪怕是普通观众也会由此产生共情。

在同质化创演下，如果剧作者对于寓言剧的假定性设定上没有更好的解决办法，那么寓言剧较之成熟的历史剧会更让观众陷入审美疲劳。不同于寓言剧，历史剧是基于观众存在意兴与预知的审美对象，在已知的真实历史中，寻找史书空白，进行重新解读，是对历史事件的艺术再现，人文风味的观赏甚于其中哲学思辨的力量。而寓言剧将戏剧性放大是为了更好地包裹、容纳其中的思想性，以好看为前提。当单一的同质化被观众所厌烦之后，只余下思想性，恐怕又将落入前文所说寓言剧思想性优先于戏剧性的陷阱中了。

（二）戏曲寓言剧在戏曲现代化中的展望

中国戏剧的主要形态是戏曲，但是现代戏曲发展上的举步维艰也是客观存在的事实。对于这个事实，郭启宏与罗怀臻南北两位剧作家都曾提到一个关键名词：戏剧文学的主体意识。由徽班进京伊始，直到新中国成立后，戏曲文学沦为了表演的附庸，也就是俗称的“打本子”。在此影响下，戏曲艺术的发展的偏向主要在前台的愈发精致，以突出表演的娱乐功能。20世纪80年代以降，随着文艺生态的复苏，观众产生了对于更多优秀舞台文学作品的需求，戏曲舞台演出除却传统戏的复排以外，文学剧本的质量开始走向戏曲观众的审美选择。一时涌现出如徐芬、魏明伦、陈亚先等一批剧作家，现代戏曲的审美从欣赏唱腔表演的前提下，也转移目光向戏曲文学。

20世纪90年代以来，新历史寓言剧因不能突破原有语义结构而逐渐走向式微。①但是笔者依然能够清晰地感觉到，中国传统文学中所蕴含的机趣与韵味在戏曲寓言剧的发展中依然发挥着无可比拟作用——以《金龙与蜉蝣》为例的新历史寓言剧把古代寓言、古典诗词和戏曲文学有机地结合在一起，把寓言与象征体验结合在一起。笔者在对部分戏曲寓言剧进行已实现的编剧技巧的可行性分析与再运用中得出一个结论：戏曲寓言剧从出现到发展的过程，是戏曲寓言剧对戏曲现代化做出了有益探索的体现，但戏曲现代化不止步于戏曲寓言剧。

① 张兰阁：《戏剧范型——20世纪戏剧诗学（下）》，北京大学出版社2009年版，第755页。

坚定守正　勇于创新

——评弹《千里江山图》剧本创作谈

张　裕

著名作家孙甘露创作的长篇小说《千里江山图》甫一问世，即受到文学界的广泛关注。小说原著获得中宣部“五个一工程”奖、茅盾文学奖之后，更是成为文艺界的一大IP，评弹、广播剧、话剧、电影、电视剧、音乐剧等艺术品种竞相改编创作。上海评弹团捷足先登，签下小说的评弹改编权，邀请笔者将小说改编为上下两集中篇评弹，率先以舞台艺术的样式致敬这部文学著作，致敬小说中那些散落于历史尘埃中的信仰坚定者。

在应邀创作评弹剧本《千里江山图》之前，笔者刚好参与创作了京剧《红色特工》。从历史的时间线上看，小说《千里江山图》可以说是京剧《红色特工》的续篇。京剧《红色特工》主要讲述的是中共高层顾顺章被捕叛变，以钱壮飞等为原型的红色特工将绝密情报从南京送到上海，从而挽救了党中央。小说《千里江山图》同样以“红色特工”为主要表现对象，讲述因顾顺章等人的叛变，中国共产党在上海的秘密机关遭到严重破坏，中央局作出了一项绝密的重大决策：即“安全地将中央有关领导从上海撤离，转移到瑞金，转移到更广阔的天地里去”。京剧《红色特工》是我们原创的剧本，而评弹《千里江山图》则是在文学的高峰上，努力绽放属于评弹的“高山雪莲”。笔者初次涉足评弹剧本创作，边学边写，在与导演和评弹艺术家们的反复磨合中，探索评弹演绎红色谍战、表现重大题材的艺术空间。

一、改编忠实原著，不离评弹本体

文学作品改编为舞台艺术，路径很多。可以“借尸还魂”——说是“改编”，但题旨、情节、人物等都离原著十万八千里，只剩下“改编自某某作品”这一噱头；也可以“旧瓶装新酒”——看似人物、剧情都源自原著，但改编者生发出新的人物与情节，甚至在题旨上也另起炉灶；当然改编也可以忠实原著，在题旨、情节、人物等与原著保持一致的同时，充分张扬剧种的本体特色。在将小说《千里江山图》改编的过程中，评弹《千里江山图》选择了“忠实于原著”这一改编路径，认定小说《千里江山图》是创作的根脉，同名评弹是在小说原著上长出的果实。很显然，作家孙甘露创作《千里江山图》的立意在当下。小说原著将散落于历史尘埃中的信仰坚定者，重新聚起他们的精神和血肉，讲述以陈千里等为代表的一批党的地下工作者，面对白色恐怖和生死考验，以忠诚与信仰、勇毅与牺牲，在危机四伏的隐蔽战线上与敌人展开生死较量，铸就了惊心动魄、震撼人心的红色传奇，凸显革命激流中绽放的青春之花和用初心垒起的精神丰碑。同时，以敌方的易君年、叶启年、崔文泰等人作为反衬。同样面对牺牲，共产党人甘愿牺牲亲人、牺牲自我成就事业、保护人民；而国民党人则以牺牲他人乃至亲人来成就自己、成就小我，由此双方的境界与追求高下立见。评弹《千里江山图》承继并发扬小说原著的主旨精神，充分发挥评弹说、噱、弹、唱、演之艺术特色，赋予小说中“历史尘埃中的信仰坚定者”以声形可感的艺术形象。

时下文艺界流行“跨界”与“融合”。对于评弹而言，之前有“书戏”，近年也有“评弹剧”，《千里江山图》要以怎样的面貌搬上评弹舞台，在剧本创作之初就要找准定位。评弹《千里江山图》可谓“前有堵截”——同名广播剧抢先登场，“后有追兵”——话剧、影视、音乐剧皆在摩拳擦掌，轮番推出。同样的创作源头，不同的改编样式，同场竞技时，评弹《千里江山图》最合适的艺术呈现方式，就是立足本体，坚持特色，兼收并蓄，扬长避短。否则，很容易昙花一现，湮没其间。

早年以先锋文学扬名的孙甘露，在转型创作这部红色谍战小说时，自觉不自觉地运用了很多先锋文学的手法，使已经充满悬疑的谍战小说，情节上更为错综复杂，让读者"揪心又烧脑"。小说中，正反两大阵营的人物众多，在叙事上采用多线并行、交叉补充等手法，将草蛇灰线、伏笔千里的笔法调度得淋漓尽致。直白是文学的大忌，小说可以而且应该发挥文学"点到即止"的艺术特点。然而，将小说改编为剧场艺术尤其是评弹这一特定的艺术品种，则必须进行创造性的转换，使同样的人物和剧情，以符合评弹的呈现方式进行表达。因为剧场艺术具有"转瞬即逝"的特点，观众无法"反复倒带"，一旦台上的人物过于繁多庞杂、剧情过于"烧脑"，观众可能就会一头雾水，难以入戏。笔者最初的构思，是将小说原著拆分为上中下三个评弹中篇，可以将20世纪30年代的谍战故事娓娓道来，呈现得张弛有度。然而，上海评弹团每年都有四千五百场演出任务，通常一年只能排演一部原创中篇，三年排演上、中、下三个评弹中篇，"战线"未免过长。权衡再三，决定以陈千里从广州回上海前后为分水岭，将小说情节切分为上、下两个中篇。评弹的两个中篇，剧本篇幅最多不过五万字，而要容纳将近二十五万字小说原著的主体内容，改编确实颇具挑战性。小说谍战情节十分复杂，如果改编不好，"书理"不顺畅，观众很有可能就会听不明白。好在，评弹是评话和弹词的总称，既有擅长叙事的评话，也有擅长抒情的弹词，即评弹业内所说的"大书（评话）一股劲，小书（弹词）一段情"。评弹《千里江山图》起用评话演员担纲"讲述人"，完成剧情的快速推进、勾连与评说。这样一来，从编剧技术上确保每回书都足够"有戏"。那些"无戏"或"不太有戏"但又必须交代的情节，则通过讲述人的叙述，一笔带过，完成谍战戏的"逻辑闭环"。同时，根据评弹剧本的创作规律，评弹《千里江山图》没有从小说开头的"四马路菜场会议"讲起，而是一上来就让男主角陈千里肩负重任来到了危机四伏的上海，揪出内奸，重抓队伍，重启"千里江山图"计划。评弹《千里江山图》上下两集的主体，各有五回弹词组成。评弹的书回有"关子书"和"弄堂书"之分。"关子书"往往是主人公的命运处于转折关头，从而形成故事的高潮部分的书回。与"关子书"相对的是"弄堂书"，是为故事高潮的到来理顺头绪、交代过程、衔接书情的书回。评弹《千里江山图》上下两集共十回书，基本舍弃了铺垫性质的"弄堂书"，尽量安排冲突激烈、情节抓人的"关子书"。评弹的"弄堂书"，往往有生动活泼的细节和精彩机智的"小闲话"，讲究生活化、世俗化，于平淡中显新奇，是传统评弹不可或缺的组成部分。然而，"弄堂书”虽好，但其风格与《千里江山图》谍战戏着力凸显戏剧矛盾的风格不尽相符，也没有篇幅徐徐展开，只能忍痛割爱。

评弹的剧本，说表和唱段与戏曲剧本有诸多相通之处，但评弹特有的“噱头”，通常都是编剧最难表现的。然而，“噱”又是“书中之宝”。在评弹创作中，必须留心在合适的场景中制造噱头，否则，“说噱弹唱演”失了一角，如同炒菜不放盐，寡淡无味。在《千里江山图》这样的“谍战正剧”中，能不能“放噱头”，又如何“放噱头”？通过反复坐排，大家认定应该要“放噱头”，而“噱头”可以在小人物和反派人物身上寻找。剧中有个反派人物游天啸，“特工总部”派驻上海负责人，其公开身份是龙华警备司令部军法处侦缉队队长，正是他带人围捕了参加四马路菜场会议的地下党员。小说中，游天啸是男性角色，评弹《千里江山图》却反其道而行之，起用女演员演绎这个“面孔雪白、良心墨黑”的反派“游队长”。游天啸以“特工总部”头目叶启年的学生自居，而叶启年则压根看不起游天啸，双方对于“师生”的认知存在落差。舞台上，游天啸每次见到叶启年，总是毕恭毕敬，反复说着：“是，老师！”落差产生“噱头”，重复产生力量，观众以笑声认可了安插在游天啸身上的“噱头”。下集名为“生死较量”，五回书的情节可谓剑拔弩张，那还有必要出噱头吗？不仅需要，而且更要见缝插针出噱头，以调节剧场气氛。记得下集坐排时，演绎游天啸的演员问笔者：这个人物只在第三回“打个酱油”，又没啥唱段，你写他干吗？笔者几乎脱口而出：腾出空间，给你们“放噱头”！演出时，游天啸和卫达夫不辱使命，在台上放足了噱头。游天啸抓住卫达夫后，先是一顿毒打——说是“辣椒小炒肉”，还嘲笑卫达夫：“我知道，四马路菜场开会，你也去的。你跑得真快，比兔子还快。”卫达夫用浦东土话慢悠悠地回怼：“菜场？没去过，书场里听书倒一直去的。”真像一条“黄鳝，滑溜溜，捏不牢”。演到此时，观众哈哈一笑，紧张的剧场气氛一下子松弛下来。

评弹的噱头分“外插噱”（亦称“外插花”）和“肉里噱”，前者可以是“书外话”，演员可以跳出剧情“放噱头”，而“肉里噱”与书目剧情紧密相关，必须依据喜剧性的情节架构、演变以及剧情赋予喜剧人物的独特性格，自然而巧妙地“放噱头”。都放噱头，都能带来剧场效果，但评弹《千里江山图》坚持只要“肉里噱”，绝不要“挠痒痒”的“外插噱”。上集中的崔文泰，早已被陈千里识破其内奸身份，陈千里依然让他去银行取五根金条。崔文泰拿到箱子，因其贪欲使然，竟想私吞金条，以为自己能发大财了。当他在车上打开箱子，一看竟是几块砖头，惊出一身冷汗，顿觉国共两党都容不下他：“啊呀呀，我是‘驼子摔跤，两头不着’。心里嘀咕：‘我再也回不去了！’”崔文泰放的“肉里噱”，是喜剧性的戏剧结构、人物贪婪而不得的独特性格一起赋予的，因此，剧场效果也十分强烈。

二、评弹能否表现“谍战”？“藏”与“不藏”的探索

创作伊始，对于用评弹来演绎红色谍战，很多业内外人士并不看好。有业内专家好心提醒：评弹这种江南曲艺，最不擅长的就是“藏”，也就是把人物的身份、谍战手法等隐藏起来，评弹艺人通常都会让观众拥有“上帝视角”，明明白白地知道台上的角色谁是好人，谁是坏人，以此方便演员说书。此前，评弹也尝试过改编《刑警803》等刑侦剧，大多铩羽而归，究其原因就是很难处理好“藏”与“不藏”的关系。倘若“不藏”，把剧情底牌、人物底色全盘托出，那就失去了“破案剧”的特色；倘若要“藏”，则悖离了评弹观众传统的审美习惯，甚至会看不懂，坐不住。也就是说，就连《刑警803》这类的题材都不适合改编成评弹，那评弹似乎更不适合改编“谍战小说”《千里江山图》了。

如此说来，评弹真就不能在谍战剧上作些突破吗？确实，在剧本创作过程中，走过一些弯路，有反复，有探索，有磨合，甚至还有气馁。但在剧组所有成员不断“头脑风暴”中，创作逐渐找到突破的方向。最初，笔者尝试采用“上帝视角”，让人物一登场即亮出或是“内奸”或是“死间”的底牌。譬如上集《接头》，“红色特工”陈千里与地下党上海情报网负责人易君年在跑马场接头，易君年通过展现其心理活动的唱段，向观众传递出他的“内奸”身份。然而，这样“一顺边”的写法，不仅与小说原著的情节铺排相去甚远，关键是上集第四回《广州》中，易君年撕下伪装面目、残忍杀死他曾深爱的凌汶这一场戏，变得毫无戏剧张力。因为观众早就知道易君年是内奸，让一个特务“坏人”杀死一个地下党“好人”，哪有悬念可言，又怎能拨动观众

心弦！由此看来，单纯地做到“不藏”，此路不通，赶紧调转方向，在上集的前三回里将易君年“内奸”身份暂作隐藏，只表述他作为地下党情报网负责人的身份，直到第四回他被凌汶揭穿身份时才凶相毕露，进而残忍地杀死了一度深爱的凌汶。通过先“藏”后“露”易君年身份的手法，第四回《广州》既有悬念，又有反转，成为上集最具戏剧张力的一回“关子书”。

如果说，上集最具张力的人物是易君年，那么，下集无疑是卫达夫。对于卫达夫“死间”这一身份是“藏”还是“不藏”，在剧本创作过程中，也曾有过摇摆。对主要角色，评弹讲究要“开相”，也就是对其形象进行描摹，以便观众在脑海中建立对人物的形象认知。剧本对下集才登场的卫达夫是如此“开相”的：“卫达夫是经租处跑街的，一到冬天，就裹着一件黑不黑、蓝不蓝的棉袄，抠抠索索地穿梭在街上帮人租房。每次看见衣装笔挺的阔佬，总会想象自己穿上西装、披上大衣的帅气模样，成为上海滩招人喜爱的‘小开’。不过，卫达夫也晓得，‘帅气’俩字，跟他浑身不搭界。看看自己：短胳膊短腿短头颈，十足五短身材，要是穿上羊绒大衣，怕是要拖到脚后跟了。要说短，就连眉毛也短，稀疏几根，像几根蓽草插在总也睁不大的眼睛上，看着就不精神。一壶烧酒下肚，黑黢黢的脸上透着几分暗红，小眯眼睛醉意朦胧，十足一个酒鬼模样。”在下集第三回《“叛变”》中，卫达夫主动“叛变”，呈现一副猥琐、卑劣的小丑模样。但就是这样的“小丑”，到了第四回《死间》，人物有一个大反转：卫达夫竟是“死间”，而且是向死而生、宁死弃生的“死间”。所谓“死间”，出自《孙子兵法》，是间谍领域的专有名词，是指我方的间谍通过假叛变，故意将假情报传递给敌人，诱使敌人上当，一旦事情败露，我方间谍难免一死。能够凭借自己的智慧和勇气，经受了一轮又一轮非常人所能忍受的刑讯，以所谓“假招供”的方式把狡猾的对手诱入歧途，正是卫达夫人性最闪光的地方。剧本原先在第三回《“叛变”》中，就让卫达夫在被毒打濒死时，以一段唱表明他如何牢记自己“死间”身份，从鬼门关前挣扎回来。经过剧组讨论，大家认为卫达夫的“死间”身份若在第三回里就暴露，易君年大段抒发自己将“一战功成扬神威”的唱段，会让易君年这个人物变得十分弱智可笑。大家建议，或许在第四回《死间》时揭露，才更具戏剧张力。第四回，卫达夫携易君年与陈千里在顾家宅公园见面，陈千里借口“去看大船”，想伸手将卫达夫拉出魔窟，卫达夫也明白，这是他最后脱身的机会，但他为了不让易君年产生怀疑、确保救出浩瀚同志，向死而生。由此，借陈千里之口，向观众揭示了卫达夫的“死间”身份。卫达夫的表面形象和理想信仰形成了极大反差，一个真实而独特的“人”站立在评弹舞台上。陈千里在揭示卫达夫“死间”身份后，两人一段生离死别的对唱，再接一段用男声对唱演绎主题歌的方式，将同志情感推向了一个高潮：“莫道行路难，风雨暗河山。信念铭心底，重任一肩担。凭慧眼，识别人与鬼。具肝胆，热血洒尽心也甘。道阻且长行则至，躬身入局救险危。千里江山图挥就，英雄无名带笑看！”同时，通过先抑后扬、先藏后露的手法，放大了卫达夫的“外丑内秀”，人物的戏剧张力随之也得以增强，取得了不错的艺术效果。

三、融合借鉴各种手段　塑造性格鲜明的人物

评弹艺术有着独特的艺术魅力。但笔者也清醒地认识到，相比影视和话剧，在视听艺术的冲击力上，抱三弦、琵琶坐着说书演唱的评弹，未必能占上风，因此，在创作评弹《千里江山图》剧本时，除了营造人物的“大反转”来制造强烈的戏剧效果，还采用“强抒情”的手法，来激发评弹演员和观众的情感。

譬如上集第四回书《广州》，易君年杀凌汶，这是上集的重头戏。从戏剧结构出发，评弹剧本在上集第二回《除夕》里，先给他们之间的“暧昧”关系打下情感基础，到了第四回《广州》，易君年出手杀死凌汶，就形成了反转和张力。易君年爱凌汶，这是他公开宣扬的。但凌汶心里一直惦记着死生未明的丈夫龙冬。在那个年代，革命党人尤其是地下党人有时候说消失就消失了，凌汶数年等不回龙冬，试着去接受向她求爱的易君年。除夕夜，易君年和凌汶共坐一辆黄包车去开党小组会议，而两人中间放着一坛绍兴黄酒，“一坛绍酒摆当中”的男女对唱，揭示了两人彼此的暧昧情感。他俩看似隔着一坛绍酒，实则横亘其间的是一座很难跨越的高山，这座高山不仅是凌汶内心深爱着、从未忘记的丈夫龙冬，还有两人完全不同的信仰。这回高潮戏到来之前，评弹剧本借助天官里后街那条河渠和渠中小鱼，抒发了凌汶对丈夫

龙冬深厚的情感:“碧水清浅漾渠沟,对对红鱼嬉耍游。鱼儿成双影孤独,不闻龙冬语温柔。料想他,饮过这河渠清凉液,掬水洗却脸上愁。恍惚间,鱼化龙冬人消瘦,盈盈笑脸河面浮；相拥鱼惊臂空收……”因为凌汶对龙冬情感深厚,所以,当她知悉易君年就是杀死龙冬的凶手时,“凌汶气得浑身发抖。我竟然对他深信不疑,把魔鬼当同志,把凶手当亲人。用足力道往他脸上狠狠一巴掌”,接着,用上海评弹团较少采用的“香香调”(王月香调),一口气唱出三十几句的唱段“你这魔鬼与他怎并论”,酣畅淋漓,听者解气,也达到了“强抒情”的艺术效果。

又譬如下集第二回书《墓地》,有一段“闪回”到三年前的戏,主要通过两段对唱,来展现小千里和叶桃这对恋人纯真的爱情和革命的情怀。第一段对唱,表现小千里和叶桃基于共同革命理想的纯真爱情,而这纯真爱情的抒发,是在叶桃替小千里挡枪这一极致的戏剧情景下的抒发。鲁迅先生说,悲剧是把人生有价值的东西毁灭给人看。只有两人的爱情非常纯净,叶桃被自己父亲叶启年派出的特务杀死,才更具悲剧性,也才更为动人。第二段“松手”的对唱,小千里想先救叶桃,叶桃则要求小千里赶紧先去送绝密情报。然而,这一对爱人都知道,只要彼此一松手,很可能是生死永隔,于是,有了这一段生离死别的对唱。陈千里回忆当年情景,心在滴血,怒火中烧,小千里最后两句唱,与当下时空的陈千里一起唱出。同时,剧目通过光影和时空的叠换,完成陈千里与小千里的情感共振,也希望能激发台下观众与台上演员的情感共振。

因为是“红色谍战评弹”,评弹《千里江山图》在坚守评弹艺术本体的同时,也借鉴了戏剧、影视的艺术手段,以加快情节推进的节奏,尽可能在有限的演出时间里确保情节顺畅,深挖主要人物的内心世界,集中塑造几位性格鲜明的人物形象,从而使评弹新作能更加符合当代观众的审美趣味。譬如,上集的第五回《真相》,让小凤凰从跟陈千里的叙述时空中,进入三年前的“回忆时空”,与卢忠德(易君年)分别。这样“闪回”的影视手法,在下集第二回《墓地》中再度使用,使这一评弹较少使用的手法在上下集中得以呼应,不至于在表现手法上让观众产生突兀之感。又譬如,在下集的第五回《决战》中,陈千里杀死易君年后,望向浦江对岸,致敬“以身饲敌”的同志们。仅靠三弦、琵琶伴奏下的单人演唱,难以将剧目推向剧情和情感的高潮。

评弹《千里江山图》让即将牺牲、已经牺牲的地下党人，坐在移动平台上集体亮相，用独唱接小组唱这一创新的艺术形式，给为《千里江山图》计划献身的无名英雄以集体的亮相和致敬，从而传递出在这部作品中，从来不是陈千里一个人在战斗，而是一群无名英雄，用鲜血和生命绘就了“千里江山图”！

“正直无私的反射镜”

——论茅盾话剧《清明前后》对新闻事件的改编

朱一田

茅盾作为中国著名文学家，常常被人们所提起的是他创作的小说或者文艺理论，而他在戏剧上的贡献往往被忽略。其实茅盾与戏剧的关系是非常紧密的，早在1921年他就以主要发起人的身份在上海成立了“五四”以后第一个新的戏剧团体——民众戏剧社，还创办了《戏剧》月刊，该刊位居《民众戏剧社社员题名录》榜首。民众戏剧社所发表的“戏剧为人生”宣言切实影响了中国话剧的创作与审美，而茅盾本人的创作也始终遵循着这一观念：“戏院在现代社会中确是占着重要的地位，是推动社会使前进的一个轮子，又是搜寻社会病根的X光镜；他又是一块正直无私的反射镜；一国人民程度的高低，也赤裸裸地在这面大镜子里反照出来，不得一毫遁形。”①

茅盾所创作的唯一话剧《清明前后》既承续了《子夜》对民族资本家现状的如实反映，又进一步拉近了与现实之间的距离，选择对1945年一桩轰动重庆乃至中国的“黄金提价案”新闻事件进行改编。可以说，《清明前后》是一块不折不扣的“正直无私的反射镜”，一方面对新闻事件进行了艺术化的反射，另一方面对国民众生相进行了全景且细致的描绘，真实展现了抗战胜利前夕重庆政府的腐败、投机者的狷獗、民族资本家的无奈以及底层人民的痛苦。

① 民众戏剧社：《民众戏剧社宣言》，《戏剧》1921年第1卷第1期。

真实自有千钧之力，但没有经过艺术凝练的新闻事件是平面的、空洞的，无法给人以强烈持久的情感震撼，艺术作品通过改编加注创作者的主观情感，可以弥补新闻报道这一缺陷。中国话剧自诞生之日起，便承担了改造社会、改造国民精神这一历史任务，对新闻事件进行改编成为话剧常见的创作方式，譬如早期进化团的《共和万岁》，"七七事变"爆发后的《保卫卢沟桥》，甚至抗战演剧队的一系列活报剧便是典型案例。1945年3月在重庆爆发的"黄金加价舞弊案"波及了上至蒋介石委员长，下至普通职员的近乎所有人，各大报纸纷纷报道跟进，整场闹剧持续了近半年才草草落幕。这样的一个新闻事件本身就具备了广泛影响力和关注度，更别提其对重庆政府的讽刺和对国统区现状的微缩展示，所以它天然有着极强的改编价值。张恨水长篇小说《纸醉金迷》和徐昌霖五幕剧《黄金潮》也是据此改编的，但无论从艺术价值还是现实影响力方面，都无法同茅盾《清明前后》相比。

改编这一创作行为涉及原文本和现文本之间的互文关系，如何裁切、选择情节以及如何在核心故事链中插入改编者的主观意图成为衡量一个改编作品好坏的基本标准。与一般只是艺术体裁之间的改编不同，对真实新闻事件的改编，还必须处理好真实和虚构之间的关系。

"我把那一天报上的新闻剪下来，打算用个什么方式写成一天的纪录片那样的东西。但是，朋友们鼓励我写剧本的空气，又使我不好意思再不试试。于是从那天报上的形形色色中拣取一小小插曲来作为题材，而仍然称之曰《清明前后》。"[①] 从茅盾这一段话中可以看出，其原本的创作意图是重述新闻，真实的成分居多而更趋向于纪录片。后来因为朋友们的鼓励，才采用了戏剧这一样式，于是从形形色色的新闻中拣出了黄金案作为题材进行创作，虚构的比例随之增加。戏剧作为"正直无私的反射镜"不是还原和再现，而是经过艺术加工（"反射"）的全新文本。《清明前后》对"黄金加价舞弊案"进行了故事提炼和多维度的改编，在真实的基础上创造典型，尽管茅盾在戏剧这一体裁上表现出了一些"水土不服"的症状，但仍然遵循其一贯深邃现实主义创作道路。

① 茅盾:《茅盾全集》(第10卷)，人民文学出版社1985年版，第148页。

一、迷雾重庆：黄金案的始末

要了解《清明前后》对于新闻事件的改编，就必须对“黄金加价舞弊案”进行如实还原。然而此前对于该新闻案件始末的关注显然是不够的，仅有的一点介绍来自《〈清明前后〉后记》的注释中：

> 小小插曲指一九四五年轰动重庆的黄金加价舞弊案。一九四五年三月下旬，国民党财政部宣布黄金自每两二万元提价至三万五千元，事先获得消息的主管人员及官僚政客即乘机抢购以获暴利。案发后舆论哗然，国民党当局为搪塞舆论，查办几个有牵连的银行小职员，作为官僚政客营私舞弊的牺牲品。①

这短短百字确是《清明前后》主要关注的情节线索，即“查办几个有牵连的银行小职员”，以及主题选择——“官僚政客营私舞弊”。但这已经是经过叙述者主观视点筛选过的信息，既无案件起因的追溯，也无调查的经过和涉案人员的介绍，自然也无法对茅盾的改编内容和特征进行细致分析。经过对各种史料信息的拼凑，发生于1945年的“黄金加价舞弊案”主要可分为四个阶段：酝酿和提价阶段、案发阶段、调查阶段以及结案和余波阶段。

（一）酝酿和提价阶段

黄金加价并不是国民政府的一时兴起，随之而生的投机舞弊也非突然出现，相反，这是国统区长期恶性通货膨胀所带来的必然恶果。因为抗日战争初期的接连败退，国民政府失去了大量原本可以征税的土地，“当日本人蹂躏上海和其他沿海城市时，这些税收来源大量丧失。政府战时支出的约75%靠印制新纸币来弥补”②。基于

---

① 茅盾：《茅盾全集》（第10卷），人民文学出版社1985年版，第148页。
② ［美］费正清、费维恺编：《剑桥中华民国史》（下卷），中国社会科学出版社1994年版，第581页。

1935年建立的法币体系[1]，为了缓解财政缺失，国民政府大量印发由国家担保且不能与贵金属之间流通的现代货币，从而成为引发战时通货膨胀的主要原因之一。除此之外，战时物资的短缺更进一步加剧了通货膨胀，引发了民众对货币信任的全面崩塌，为了防止自己手上货币的持续贬值，社会上投机之风甚嚣尘上。

1942年3月，国民政府获得了美国五亿美元借款，用来帮助中国维持抗战。这笔借款是抗战时期美国援助最为突出的一笔，它"几乎是无条件的，无抵押、无期限、无利息"[2]，而这笔款项最大支出就是向美国购买黄金，向国内出售从而回笼法币，缓解通货膨胀。1944年国民政府开放了黄金储蓄存款，这也是"黄金加价舞弊案"的前因。1945年3月28日晚，国民政府财政部宣布：出售黄金价格及法币折合黄金存款折价，自3月29日起改为每两三万五千元。由此，打开了引发黄金案的祸端。

（二）案发阶段

仅仅只是黄金提价这一财政措施，可以说是国民政府为了缓解恶性通货膨胀的有益举措。但此后核对加价当天黄金买卖的数据，却与平常大不一样，泄露消息已成实证。《大公报》（重庆版）1945年4月13日的报纸较为详细披露了黄金加价前后各银行舞弊的过程：

> 三月二十八日晨十时，行政院宋代院长曾召集财政部当局及各承办行局负责人讨论黄金是否应该加价问题，谈论一小时余，未得结论而散。至下午四时，宋代院长复召各有关部分负责人开会，先讨论其他金融财政事项，会议进行至五时，宋代院长始宣布，关于黄金加价事已商得蒋主席之同意，决定加为三万五千元一两，并嘱财政部当局及各行局负责人从速宣布，并作业务上之准备。财政部之加价通令，系于五时一刻发出，是时各银行应已停止营业，而转日

① 1935年11月4日，国民政府开始实施法币政策。其主要内容为：钞票发行权收归中央、中国、交通三银行（后又加农民银行），其他银行不准发行钞票；废除银本位制，以中央、中国、交通三银行所发行之钞票定为法币，所有完纳粮税及一切公私款项之收付概以法币为限，不得行使现金；实行白银国有，作法币之准备金；为使法币对外汇价按目前价格稳定起见，应由中央、中国、交通三银行无限制买卖外汇。参见王荣林、赵丽琴：《再评1935年国民政府的法币政策》，《晋东南师专学报》2000年第1期。

② 《关于英美借款及其使用》，《大公报》（重庆版）1942年3月27日。

又为革命先烈纪念日休假，当不致有投机抢购情事。不料据后来各承办行局之报告，三月二十八日之黄金存款竟达三万五千余两，较平日多出约两万两，而报纸亦于三月三十一日刊出加价消息有透露情事。财政部当即派员分赴各行局彻查，至四月六日已将三月二十八日二十两以上之黄金存户名单全部抄出，发觉其中以本票银行转帐通知书及一张支票化名存购者极多。当依本票支票，银行转帐通知书追查，竟有一人购存三千多两者，而千两以上者亦有十余人，均系与金融界有关之闻人。即单纯以支票及转帐通知单购存一事，各承办行局即有违法责任，因：㈠ 黄金存款不能以支票购；㈡ 银行转帐通知书仅限各银行间划帐有效，不能作为商业信用，尤不能购存黄金。据此追查，各承办行局中尚无违法舞弊，嫌疑者仅中国银行及中国农民银行两行，而违法收存最多者为中央信托局及邮政储金汇业局两局。并从购储者方面得悉，当日最迟有在晚间十一时存入者，而违法收存之各行局多在晚间七时尚在办理黄金存款。因各承办行局之惯例，黄金存款之帐目于第二日清结，故于营业时间以后尚能非法私行收存，在帐簿上无法查出。又因商业银行中XX银行之营业时间每日至晚间九时始毕，即于晚九时前尚可开出支票，致三月二十八日购存黄金之支票亦以XX银行之支票占多数。如此各承办行局违法舞弊至属显然。且经查出某局储蓄处之某经理当日曾以大批支票未经副经理签字交下购存黄金，公然舞弊，财政当局决定于彻查清楚后，将各经办舞弊人员依法严办。①

据此可知，财政部发布黄金加价信息是在银行下班期间，原本不应该有投机行为的发生，但银行各工作人员勾结大资本家在下班期间徇私舞弊，依靠黄金提价信息以非法手段大肆购买黄金。此事逐渐波及开来，参政员以及普通民众对此愤慨不已，要求彻查这一舞弊案件，4月6日至10日间报纸刊登了大量有关此事的讯息和读者意见，基本建议方式有三：第一要求政府宣布3月28日当天售出的黄金一律无效，价款应该充国防用；第二要求政府彻查泄露消息的重要人物，并交由法院审讯；

① 《黄金铄铄黑幕重重　承办行局舞弊查出头绪　走漏消息责任尚无所归》，《大公报》（重庆版）1945年4月13日。

第三公告所有非法购买黄金存款者的真正姓名。[①]

至此，黄金提价舞弊案件东窗事发，再无姑息的余地。

（三）调查阶段

蒋介石知悉此案件之后，立即敦促财政部长俞鸿钧彻查，并要求在4月12日之前详报泄露消息与各行局舞弊人员信息。然这一调查过程显然遭到了些许阻碍，直到4月17日俞鸿钧才和四联总处秘书长刘攻芸将调查报告呈报给蒋介石，内容颇有一些转移视线、避重就轻的意味。首先该调查并未如实解释为何购买黄金数量激增的原因，而归结为笼统的“惟市面对于提高价格猜测已久，每逢例假或星期日之前一日均有挤存现象”。其次，调查结果最明确清晰的是两个小人物——中央信托局储蓄处建储科主任戴仁文及助员朱治廉，他们挪用公款、化名存够，建议移送司法。“戴仁文是中央信托局储蓄建储科经办黄某的一个主办人员，朱治廉是戴仁文的助手。在3月28日晚，财政部宣布黄金加价后，29日适黄花岗起义纪念日，各行局停业不办手续。年方三十岁的戴仁文利欲熏心，见有机可乘，于30日大早赶到办公室，向助手朱治廉询问有无暂记存款。朱在账上查出：28日有一笔社会局存入乡镇公益储蓄款一百万元。戴便拿过传票用李子琦等七个户名存入黄金五十两，嘱咐朱治廉另外写一张新的传票。戴仁文自己动手造了表。如此转瞬间就白白赚下七十五万元。”[②]

最后，“关于彻查泄露消息一节，因财政部及四联总处调查范围仅能及于金融机构，且以有关账册单据为调查根据，至账上所列公司行号及存户个人，则以职权所限，似未便再作进一步之查究”。[③]行政院张秘书在回答记者提问时，也同样含糊其辞：“截至目前，政府尚未查出任何方面有泄露消息之实证，在此案既经送法院侦查，将来自不难真相大白。”[④]这样的调查结果显然引起了负面舆论，4月21日《时事新报》指出：“现在社会上所最惶恐不解答者，乃是透露消息者究竟是何人？提高金

① 参见《黄金提价消息透漏　参政会请政府彻查　驻会参政员昨开会》，《大公报》（重庆版）1945年4月7日；《对黄金提价消息泄露案意见》，《大公报》（重庆版）1945年4月10日。

② 黄述斌：《轰动战时陪都的“黄金加价舞弊案”》，《文史杂志》2011年第6期。

③ 《俞鸿钧刘攻芸为报调查黄金舞弊情形致蒋介石呈》（1945年4月17日），载黄立人编选：《有关抗战后期黄金舞弊案的一组史料》，《档案史料与研究》1989年第4期，第30页。

④ 《黄金案送法院侦查　行政院昨发表彻查经过　尚未查出任何方面有泄露消息之实证　违法接受转帐书之主管人员先行撤职》，《大公报》（重庆版）1945年4月19日。

价的决定既是非常秘密，何以会透露出去。”[①]民众对俞鸿钧的调查结果并不满意，戴仁文和朱治廉两人所购买的黄金数量只占一小部分，泄露消息的高管以及隐于幕后大量购买黄金的投机资本家到底是谁，才是整个黄金案的重点，国民政府的调查结果显然存着包庇的内情，《清明前后》等一批艺术作品主要改编情节线索便是来自此。

（四）结案和余波阶段

在上层权力的多方博弈和权衡之后，“黄金加价舞弊案”在7月才终于在重庆实验地方法院开庭审理。而首当其冲的依旧是戴仁文和朱治廉等小人物的判刑，其中戴仁文被判有期徒刑十七年，朱治廉五年。对于核心泄密部分，直到7月27日才开庭调查，除了对杨管北、徐子毅等人的切实犯罪证据之外，还对中央银行业务局局长郭景琨和前财政部总务司长王绍斋以及印刷公司总经理李祖永三人进行公审调查。次日重庆《大公报》对此进行了详细新闻发布：

【本报讯】黄金案透漏消息部分，重庆实验地方法院昨传被告前中央银行业务局长郭景琨，财务部总务司长王绍斋，大业公司总经理李祖永，中央信托局信托科主任胡仁山，交通银行副经理沈笑春，襄理沈慰之，储蓄（办）主任冯韶，（产）源公司总经理杨管北，金城银行副主任许子毅等九人，开最后一次调查庭，被告等所聘之律师陆鸿仪，端木恺，何宇铨，吴麒，陈行健，张企泰，傅况麟，汪赞熙，×士豪等均到庭旁听，由刑庭第二庭长纪元×庭审讯。此次开庭因非公开，拒绝记者及任何人入内旁听，但法庭门外户外旁听者仍人山人海，其中以金融界及与被告有联系之人士为多。上午八时四十分开始审讯，首询郭景琨关于3月28日以前曾参加几次黄金加价讨论会？决定加价系在几次会议确定？并询郭于参加决定加价后会见到何人？谈何事情？家庭有何人？有何××等及茜为微妙之时间，地点，人物等细小事情，这二小时之久。随即询问李祖永关

① 《黄金舞弊案的关键在那里?》,《时事新报》1945年4月21日。

于与郭景琨之友谊关系及3月28日下午以六千六百万元之支票三纸，以二十四户名单向中央银行、中央信托局等处购买黄金三千三百两一事，李供Z公司所购，并能说出二十四户之人名及其来历，其中非亲即戚，并谓六千六百万元三月二十日自财政部。法官询及在二十日即将××到，为何持至加价前一日之下午始购一事，李对延续九日过程中每日均说出事故未能办到。李答话有条不紊。询问亦达二小时之久。随即询问胡仁由为何获得消息后购买黄金。至下午一时半法官宣告休息。并以郭景琨，王绍斋（按郭王二人前曾变保）二人对于透漏消息嫌疑较大，暂时扣押，其余七人仍照旧交保。下午二时半继续询问王绍斋，沈笑春，杨管北，许子毅，沈慰之，冯韶六人。迄六时始事。①

可以说，案件进行到此处确实对高层权力者进行了调查，也在一定程度上接近了舞弊案的核心真相。然而法院调查很快受到了权力的再次干预。又因为案件审判前夕，1945年8月15日日本宣布投降转移了注意力，人民对抗战胜利的喜悦盖过了对案情的关注。最终在12月19日上午重庆实验地方法院正式宣判：王绍斋侵占共公有财物，处有期徒刑八年，褫夺公权一年，侵占之公款国币四十万元，应予以追缴；郭景琨、李祖永、沈笑春、胡仁山、杨管北、徐子毅、沈慰之、冯韶均无罪。②

一场平地惊雷的黄金提价案就此以不甚光彩的结局草草落幕，有权者横行霸道不受法律约束，无权者贫穷困苦甚至“做了官僚资本的替死鬼”③。这对一直站在左翼阵线的茅盾触动很大，早在案件刚发生之时他就开始了构思创作。1945年8月6日至10月1日，《清明前后》在重庆《大公晚报》上进行连载，此时“黄金加价舞弊案”甚至还未彻底结案。9月26日该剧由中国艺术剧社公演，遭到了国民党审查委员多次审查，台词删改多次，即便如此依旧掀起了观剧热潮，“卖座突破了本年剧季的最高纪录”。与普通观众的热烈相比，国民党中央宣传部则多次暗中阻止该剧上演。10月8日，《民国公报》称：该检查机关“强令该剧台词‘我们要向全世界有良

① 《黄金案开庭调查　法院昨讯问郭景琨等　郭及王绍斋暂被拘押》，《大公报》（重庆版）1945年7月28日。

② 《黄金案提价案，昨日宣判，王绍斋徒刑八年》，《民国日报》1945年12月20日。

③ 祝世康：《轰动重庆的黄金舞弊案》，载中国人民政治协商会议全国委员会、文史资料研究委员会编：《法币、金圆券与黄金风潮》，文史资料出版社1985年版，第133页。

心的人控告’及‘以你的民主为我的民主’两句删去”。10月16日晚，国民党的中央广播电台广播说：“《清明前后》的内容有毒素，叫看过的人要自己反省一下，不要受骗。没有看过的人不要去看。”[①]如此种种反应，足见《清明前后》真实改编了现实中的新闻案件，从而刺激到了政府和民众的双重神经。

二、惊险一跃：从新闻到话剧的改编策略

《清明前后》诞生之初，文艺界对此的评价是两极的，争议主要围绕两方面：第一是小说化的叙述与戏剧体裁特性之间的冲突。李健吾就对该剧缺乏戏剧技巧有一段详细的说明：“这是茅盾先生第一次从事于戏剧写作。我们时时感到我们的小说巨匠用心在摸索他所不熟悉的道路。太小心，太拘泥，因而行动之间不免迟钝。近看雕琢，远看缺乏距离。我们不怕第二幕的絮谈，怕的是才点到了题目就闭了幕。但是，第二幕本身的瑕疵，远不及它在全剧占有的地位，突出，妨害视野。”[②]甚至排演之初该剧遭遇了演员们的冷落，因为“《清明前后》这个剧既无我们所期望的‘心理描写’足以发挥，甚至连一个可资炫耀的场面都没有，以所谓‘内行’的眼光看起来，是‘糟透了’”[③]。第二是针对政治表达和艺术审美之间的失衡问题。1945年11月10日，胡乔木在新华日报社召开了《清明前后》和《芳草天涯》两剧的座谈会并以C君名义发言：“假如说《清明前后》是公式主义，我们宁可多有一些这种所谓‘公式主义’，而不愿有所谓‘非公式主义’的《芳草天涯》或其他莫名其妙的让人糊涂而不让人清醒的东西。”[④]随后王戎在《新华日报》发表了文章《从〈清明前后〉说起》驳斥了这种观点，认为《清明前后》不是“实际生活斗争的呼声”，而是“失去了生活基础的抽象概念”和“勉强凑活事实的空洞口号”，是一部“只有标语口号公式主义的作品”[⑤]。这种强烈的政治化倾向和茅盾一直以来的创作观念有关，同时不可忽视

① 茅盾：《我走过的道路》（下），人民文学出版1997年版，第552页。
② 李维永编：《李健吾文集》（文论卷1），北岳文艺出版社2016年版，第314页。
③ 宋时编：《中国文学史资料全编　现代卷　宋之的研究资料》，知识产权出版社2010年版，第189页。
④ 《〈清明前后〉与〈芳草天涯〉两个话剧的座谈会》，《新华日报》1945年11月28日。
⑤ 庄钟庆：《茅盾研究论集》，天津人民出版社1984年版，第385页。原载于1945年12月19日《新华日报》。

的是,《清明前后》本身就是基于政治新闻事件的改编,带有天生的政治亲缘性,而改编就是从政治化走向艺术化,从客观事件走向主观表达的过程,而这正是"惊险一跃"。

在《清明前后》正式成文之前,茅盾写下了两万七千字的大纲材料,还包括名为《黄金潮》的大纲壹和大纲贰。以前文梳理的新闻事件、大纲壹贰和剧本为基础可以分析茅盾的改编策略和创作意图,从而窥见这"惊险一跃"是如何完成的。

对"黄金加价舞弊案"的改编,茅盾并未选择自己熟悉的小说体裁来进行创作,而是"换把刀来试试"[①],一方面是因为朋友的鼓励,包括曹禺、赵丹等人都给予了茅盾许多帮助。另一方面是因为戏剧可以以最快的速度反映现实和传播出去。茅盾在自传中谈到写《清明前后》"主要原因是写成剧本而又能上演,它的影响是直接的、集中的、爆发性的"[②]。黄金案1945年3月底发生,9月份《清明前后》已经由中国艺术剧社演出,成为投向国民党腐败统治的一颗手雷。难怪有评论认为"该剧之所以能吸引观众,在于它创作于争取民主的年代。一旦民主化需求的因素消失,且人们忘记了'黄金提价案'的轰动性,它是否仍能获得如此多的认可是值得怀疑的"[③]。合适的改编体裁为"惊险一跃"做了充分的"准备工作"。

其次是剧本主题的选择在改编过程中发生了有意识的偏移。如前文新闻所描述,黄金案的主题在于"舞弊""以权谋私",情节主线则是调查泄露消息的高层是谁。然而《清明前后》的主题则是最后一幕林永清所言的"政治不民主,工业就没有出路"。显然民族工业振兴这一主题是茅盾透过黄金案的表面提炼出来的,与《子夜》《霜叶红似二月花》等文一脉相承,回到了他所熟悉的民族资产阶级表现上。6月茅盾写大纲壹的时候题目还是《黄金潮》,说明了与黄金案之间非常直接的关系,然而最后却使用了一个较为含蓄的题目《清明前后》,反将黄金提价隐藏在文字之间。题目的转变同样是主题偏移的外在表现。偏移的原因,除了作者本人的创作惯

① 茅盾:《茅盾全集》(第10卷),人民文学出版社1985年版,第147页。

② 茅盾:《我走过的道路》(下),人民文学出版1997年版,第548页。

③ 参见K. CHOW,1946年发表于《英文月刊》的文章*On Round About Chingming*,英文原文如下:The play was able to catch its audience because it was produced at a time when all people are clamouring for democracy. It is doubtful whether it can still command so much approval once the cause for the demand for democratization is gone and the excitement of the 'Gold Scandal' case is forgotten.

性之外，也是外部条件限制下的一种应答。该剧创作于1945年的重庆，受到国统区创作审查的影响，而黄金案又切实戳到了国民党的痛处，即便蒋介石等人极力表现出要揪出幕后黑手的严厉态度，然案件调查实则处处被官僚干涉，以此案为创作背景需要做出一部分的妥协。事实上，当宋之的想将《清明前后》搬上舞台时，就遭到了检察官的政治审查。为了避免国民党的审查，即便如此，这最后涉及政治的一句话，依旧给《清明前后》带来了不少麻烦，遭到了禁演。

创作中途日本投降是茅盾始料未及的，在创作后记中他写道："刚写了两幕，敌人投降的消息来了；乡下并不像城里那样狂欢热闹，但多少也有点嚷嚷然罢，我还是顽强地写着。明知这一来，经济界将有大变，我这题材有点过时了，而且又愈来愈觉得技术上不像个样，可是转念一想，公然卖国殃民的文字还在大量生产呢，我何必客气而不在这乌烟瘴气中喊几声？"①事实上，茅盾本人并不认为日本会以如此快的速度投降，在大纲贰中，夸夸其谈的寅（余为民）为了劝服甲（林永清）投机黄金，让甲将目光放长远一点，"你这厂已是鸡肋，不如弃之，日本六个到八个月内必然投降。琉球战争不出一月，以后即登陆本土，故半年日本必降。你有钱，难道不好置新机器？"②其中暗含了叙事者本人的态度是否定的，日本不会那么快投降，资本家的眼光还需放在实业上。然而没出两个月，日本真的投降了，这打乱了茅盾原来的主题表达和情节布置，最后只能通过第五幕的交谈推进主题。

为了与主题表达相紧扣，故事核心情节链也不再是单纯黄金案的调查，而是采用了一明一暗两条线索，明线是林永清、李维勤两人因投机黄金而破产和入狱，暗线才是黄金案的发展，真实案件的具体细节被隐藏了起来，包括如何委派官员调查、李维勤如何被抓捕入狱等戏剧性场面。而有关案件的重要信息是通过层层递话传给角色知道的，譬如3月28日购买的黄金失效这条信息在第三幕经历了多番反转，最后才明确要公布买黄金的具体名单。这是艺术化的改编，填充了前因后果，以及黄金案是如何切实影响众人的。李健吾便评论黄金案对于《清明前后》是一种影响，而非主线："我们明白戏剧不是小说，缺乏更大的自由，要的更多的集中。凡在主线

① 茅盾：《茅盾全集》（第10卷），人民文学出版社1985年版，第148页。
② 茅盾：《茅盾全集·补遗》，人民文学出版社2006年版，第114页。

以内的，即使属于最烦难的介绍，我们有权利要求详细解剖。黄金案是一种影响，是一种作用，真正的命题（就剧本本身推敲）应当是林永清抢救工厂失败的历程。为了透入他们夫妻爱护的亲手缔造的事业，仅仅仰仗语言和口气不够传达，事业的正面必须展开给我们看，最有力的辩护不是热情，乃是事实。戏剧需要摊开一件事看，尽量避免叙述一件事看。给我们一幕工厂的角落，不落主线之外，也就远比枝外生节有力。《华伦斯坦》的兵营的序幕是一个最好的说明。”①

其次，人物设置更加凸显“典型性”，不是对新闻事件中人物的简单对应，而是以一个角色涵盖了一种类型。新闻事件报道有其局限性，往往只能集中在案件内部，所以人物只有案件参与者，即舞弊的官员和投机的商人两类。在大纲壹中，茅盾曾设置甲、乙、丙三个不同的资本家。其中甲是林永清的原型，是一个有民族意识的钢铁厂厂主；乙是一个不折不扣的买办，已经堕落的资本家；丙是工业家，暂时还未被投机迷花眼睛。黄梦英“对工业家乙印象不佳，以为他是买办性的；对丙稍好，然而以为此人尸居余气，独对甲，感想尚佳，因为甲还有民族意识，还有热情，还有一种憧憬”②。这段话虽托黄梦英心理活动说出，实则是作者茅盾的人物形象设定，他想通过三种不同类型的工业资本家来描绘一幅黄金案前的众商人相，但最后整合成了一人，最具典型性的林永清。毫无疑问，林永清是一个具有民族意识的工业家，在前半生中他将机器厂辗转各地，各种困难都熬了过来，可以说厂就是他的儿子，但如今又迷失了方向，试图通过投机黄金来增加资金。他身上有着两面性，可以很好代表抗战时期的资本家形象。与林永清相对应的有两人，余为民和陈克明。茅盾写大纲之时，两者的斗争其实是党派斗争和亲美亲苏斗争的缩影。余为民是流氓文人的代言人，擅长趋炎附势，是一个“反苏反共专家”，也是他劝林永清投机黄金；陈克明则相反，他相信实业救国，想极力阻止林永清投机黄金却未遂，最终在第五幕还是他的观念占了上风，也是茅盾本人所要传达的价值观。李维勤这条情节线与新闻重合度最高，几乎可以说是新闻人物朱治廉的翻版，然茅盾为其加上了人物小传，生活是如何困窘才一时失足，这些戏剧情境的搭建丰满了新闻中平面的“小人物代言人”。金

① 李维永编：《李健吾文集》（文论卷1），北岳文艺出版社2016年版，第315页。
② 茅盾：《茅盾全集·补遗》，人民文学出版社2006年版，第100页。

澹庵、严干臣一流是官僚代表，暗中参与了黄金案却又没有受到任何不利影响。在新闻报道中，郭景琨作为中央银行业务局局长有着透露黄金提价消息的最大嫌疑，最终却没有得到任何处罚，还有大资本家杜月笙完全从黄金案中隐身，杨管北作为他的弟子站出来顶包，两者的关系隐隐像是剧本中的金和林。下表是新闻人物和剧本人物之间的对应关系，从中可以一窥茅盾“典型化”的过程。

<table>
<tr><th>新闻人物</th><th>职　务</th><th>在黄金案中的作用</th><th>《清明前后》中的对应人物</th><th>职　务</th></tr>
<tr><td>戴仁文</td><td>中央信托局储蓄处建储科主任</td><td>挪用市社会局所交乡镇公益储蓄款一百万，购买黄金。</td><td>方英才</td><td>“办事处”总务科长，严干臣手下得力人员</td></tr>
<tr><td>朱治廉</td><td>助理员</td><td>跟随戴仁文挪用公款购买黄金。</td><td>李维勤</td><td>“某半官事业驻渝办事处”助理会计</td></tr>
<tr><td>王华</td><td>中央信托局经理</td><td>与戴仁文协商挪用公款存购黄金。</td><td>严干臣</td><td>“某半官事业驻渝办事处”主任</td></tr>
<tr><td>杜月笙</td><td>中国通商银行董事长</td><td>企图利用黄金加价发横财，财政部偏袒，在送案名单中隐去，代之以大弟子杨管北。</td><td rowspan="2">金澹庵</td><td rowspan="2">乘抗战风云而腾达，现已成一“存在”</td></tr>
<tr><td>郭景琨</td><td>中央银行业务局局长</td><td>泄密黄金提价。</td></tr>
<tr><td>李祖永</td><td>大业印刷公司总经理</td><td>购买黄金三千三百两之多。</td><td rowspan="6">林永清、余为民身上有着这些现实人物的影子</td><td rowspan="6">林永清：“更新机器厂”的厂主，一时堕入投机陷阱的民族资本家
余为民：沽名钓誉的“变色龙”，无行文人兼流氓，金澹庵亲信</td></tr>
<tr><td>张悦联</td><td>中央银行业务局副局长</td><td>李祖永至亲，勾结购买黄金。</td></tr>
<tr><td>杨管北</td><td>汇源公司总经理（幕后大佬杜月笙大弟子）</td><td>银行下班时间勾结交通银行襄理沈慰之，存购黄金三百两。</td></tr>
<tr><td>许子毅</td><td>金城银行副主任</td><td>勾结交通银行储蓄股主任冯韶，在下班时间化名购买黄金二十五两。</td></tr>
<tr><td>沈笑春</td><td>交通银行分行副理</td><td>化名在下班时间购买黄金二十五两。</td></tr>
<tr><td>王绍斋</td><td>财政部总务司长</td><td>擅提国币四十万元，化名转向储蓄处购买黄金二十两。</td></tr>
</table>

另外，女性在新闻事件中是缺席的，然而剧作中的四个女性戏份颇重，黄梦英、赵自芳更是显露出超越男性的政治自觉。如上表所列，新闻事件人物都是犯案者，而在戏剧文本中，为了制造集中、爆发的冲突，会设置正反双方，所以引入了黄梦英、陈克明两个角色，包括赵自芳和唐文君其实也站在“投机”的反面。如果说“黄金加价舞弊案”这个新闻集中在黑暗，那么《清明前后》中的女性角色反而是清醒的、引领的，有着扑向光明的欲望。添加女性角色固然有技术上的考虑，是一种剧作的平衡，但更重要的是茅盾要通过这些女性角色去表达自己的观点。大纲壹中，其余人尚且皆用“甲乙丙丁”等代号做名字，黄梦英首先确定了正式名字，是整部剧作人物塑造的核心。她还是一个有着明确前史的人物，是茅盾《走上岗位》小说里的延续。在大纲中，茅盾多次强调略写乔张是为了凸显梦，赵自芳向唐文君吐婚姻的苦水也是为了凸显梦。她是一个理想化的人物，男性为她折腰，女性嫉妒她，处于淤泥却不染，最后还用一记耳光狠狠打了官僚资本家的脸。黄梦英看似与黄金案没有关系，实则串联了始末，第一幕中暗示了是她帮助林永清谈到了借款，正是有了这笔借款才给了林永清投机黄金的机会，第三幕中她将唐文君带入严主任家，由她之口说出了李维勤顶包的事实，大纲中还设置了她为李维勤向金澹庵求情的情节。类似于黄梦英这样未曾出现在新闻中的“纯虚构人物”是改编中必要的润滑剂，也是作者自我表达的媒介。

最后，相较于新闻报道仅仅是客观事件的陈述，《清明前后》则更深入，不仅有事件的反映，还试图提出了解决这一社会问题的办法，是“既把脉又开药方”。陈平原曾点评：“善于提出问题，并力图解决它，是《清明前后》比较突出的外部特征。不单是控诉雾重庆的罪人们，也不单是对民族工业家寄予同情，并刻画其怯弱的一面，更重要的是为他—— 民族工业家林永清找到一条真正的出路，这是评论者、研究者一致指出的。”①

经过了体裁的选择、主题的偏移、情节的重构、人物的“典型化”设置以及“开药方”式提出黄金案的解决方法这几个改编策略后，茅盾完成了从新闻到剧本的“惊险一跃”。

---

① 陈平原：《〈清明前后〉——小说化的戏剧》，《茅盾研究》（第一辑）1983年3月，第674页。

三、科学的精神:《清明前后》的改编原则

1946年李健吾在《文艺复兴》创刊号上发表了对于《清明前后》的评论，认为茅盾在用“一种科学的自然的方式”观看现实生活，并“把科学的方法运用到文学领域”。“科学的精神”是茅盾进行文艺创作的特征，在《清明前后》对于新闻事件的改编中有突出表现。如果说新闻报道是平面的、冰冷的，它的第一要义是真实，它有千钧之力但无法动人心魄。艺术作品则更进一步，中间掺杂了更多叙述者的主观意愿和情感，有大量虚构的成分，但这些虚构的部分搭建了深入人物内心的通道，有时甚至有着超越真实事件本身的“真实性”，是一种规律的显现。按照恩格斯的话来说，艺术创作要“再现典型环境中的典型人物”，《清明前后》正是用深邃的现实主义创作手法真实表现了黄金案，揭露了真实的社会问题，还进一步寻求问题的答案。而这样现实主义的表达，不仅受到了文艺界人士的关注，也激起了工业界商人的热烈欢迎，“这是因为我们工业界的困难，自己不敢讲，不能讲的，都在戏里面讲了出来，全部都是最真实的”[①]。现实主义不是自然主义，《清明前后》也不仅只是黄金案的一般重述，而是注入了茅盾强烈的时代精神，从而表达了对政治腐败、工业积弱的愤慨。

正如曹禺对中国艺术剧社《清明前后》演出的评价:“话剧主要有‘话’，这是中国舞台上第一个有‘话’的剧本。”曹禺所言的“话”不仅是在说《清明前后》带有小说的性质，也不是在说对话如何精彩，而是该剧深入了现实，从新闻事件中生发出了有艺术高度的总结和反映。改编是将“事件”重新组织成“有话”的过程，遵循的原则是茅盾一贯“科学的创作精神”，符合他早年在上海戏剧协社提倡的戏剧创作观念“戏剧是一块正直无私的反射镜”。

---

① 黎舫:《〈清明前后〉在重庆》,《周报》1945年11月10日。

张骏祥“自唱反调”与借《边城故事》创作转型

王　耿

张骏祥1940年在国立戏剧学校（以下简称“剧校”）写完《边城故事》，次年5月借“中央青年剧社”（以下简称“中青”）将此剧搬上重庆舞台。此剧讲述了抗战期间特派员杨诚赴后方边陲处理“建国”所致的官民矛盾，并锄奸的故事，情节跌宕。为唱和演出，张骏祥发文有二，前后两天刊出：署笔名“袁俊”①的《一个供状》、署本名的《导演者言》。两文诠释编、导创作动机并不一致：“编剧袁俊”“招供”人物（英雄）是写作出发点，编写“重情节”的“melodrama”②乃为“给英雄出头机会”，并掩盖其性格失真“不知怎么灵机一动”③所致；“张导”视“这本戏所着重的因素无疑的是情节”，恰可吸引观众作戏剧宣传，但也承认“袁俊”“非刻意追求情节”，文中未谈英雄创作诉求。④“二人”观点、感触似彼此间有所遮蔽、保留，却又显出互动、帮衬。文题中“供状”“××者言”更是强化“各自”私见色彩。“张导”更借“作者自称”“也许作者”⑤

① 打引号的“袁俊”“张导”各意指、强调张骏祥的编剧与导演身份，是隐藏在张骏祥身后其编、导身份的人格载体，不一定吻合张骏祥显性人格，故以此区分不打引号的张骏祥，下同。

② 即情节剧。张骏祥认为“melodrama”含义“极复杂混淆”，找确当译名“十分困难”（张骏祥：《闹剧与伤感剧的导演》，《文章》1946年第1卷第3期）。曾译“过火的戏剧”（张骏祥：《论戏剧的》，《中山文化教育馆季刊》1937年第4卷第1期）、“闹剧”（张骏祥：《导演的基本技术第一——画面的组合（上）》，《剧场艺术》1940年第2卷第4期。1983年版《导演术基础》及1997年版《张骏祥文集》中，同文此处“闹剧”改为“情节剧”，而后者正是张骏祥为melodrama择取的最终译名，故可认定此文最初版中，“闹剧”这临时译名，指的就是“melodrama”）。但《边城故事》落笔后，又暂时收回此前译称——“替这个字想过十个以上的译名，一个也不适用”（袁俊：《关于〈边城故事〉的演出——一个供状》，《新蜀报》1941年5月9日）。最迟至1946年，又“姑遵俗译作‘闹剧’”这“极不正确”的名称“将就”，乃因其至少还“传达了其情节离奇热闹一点”（张骏祥：《闹剧与伤感剧的导演》，《文章》1946年第1卷第3期）。而后，或是为避免“闹剧”会与低端喜剧（张骏祥称之“笑剧”）混淆，又改译为“情节剧”（张骏祥：《情节剧与伤感剧的导演》，载《导演术基础》，中国戏剧出版社1983年版，第240页）。下文论述除引文外，涉此概念，仍沿用英文。

③ 袁俊：《一个供状》，《新蜀报》1941年5月9日。

④ 张骏祥：《导演者言》，《大公报》（重庆版）1941年5月8日。

⑤ 同上。

一类辞藻间离出与“袁俊”之距。两文呈强烈互文性。吊诡的是，“袁俊”就是张骏祥，这并非秘密，[①]用与自己有明显连带关系的假名发出异声，难道有意让外界听出自己唱反调？[②]同一剧，编、导创作诉求有差异，其实并不稀奇。后世导演，自可删掉王子大段独白，略去其内心冲突，把原性格悲剧《哈姆莱特》强调为宫廷内斗情节剧。只是张骏祥编与导的实践仅隔一年，“袁俊”“张导”真如“他们”所陈述，有创作诉求之差？或张骏祥借署名耍文字游戏？不妨先考探“名主”张骏祥本人，在各时间节点，于编、导工作中，作为“完整剧人”的创作诉求。

一、1940年作剧：“重情节”牵制“重性格”

“袁俊”并不否认作剧“重情节”，但这诉求被讲得低调、不情愿。反过来看，既然称是受英雄触发创作，是否能避免如此“重情节”“下策”？至少“袁俊”自己认为不可能。稍稍分析《一个供状》结尾字面之意，既然说“重情节”是给英雄“出头机会”，那么要写英雄，照此逻辑，“袁俊”必是一开始就意识到要用此招，绝非之后“灵机一动”悟出。若认为署笔名发表于时效性出版物报纸的文章不作数，那就研读张骏祥理论著述——英雄的奇遇、性格，在其所作《闹剧与伤感剧的导演》中，更是不止一次被用来诠释“重情节”的“melodrama”，英雄与情节，似一枚硬币正反面。欲写英雄，“重情节”既算不上“灵机一动”，想“轻情节”理论上更无可能。

另外，作《边城故事》写“建国”，乃有意挖抗战戏剧题材之新，即是有意求情节之新。张骏祥半年多前（1940年10月）抱怨审查、批评苛刻——“好些材料都不便用”，致使抗战戏剧因狭隘化、庸俗化而显出生硬、虚伪，故企盼审查者、批评家扩展眼光和气度。[③]倘若抗战戏剧可分狭义、广义，那前者仅讲前线抗战，后者则还囊括后方建国，建国是新。《边城故事》故算新抗战戏剧。赋名“边城”，即是预告故事远

① 演前刊出的《中央日报》1941年4月30日第3版《看〈边城故事〉的试演》、《国民公报》1941年5月7日第4版《艺术部队》之《一周间》，均记述“袁俊就是张骏祥”。尤其前文作者与张骏祥在4月28日有交流，故似张骏祥也没把“袁俊”的身份当秘密。

② 演毕不到1月即出版的中青官刊《青年戏剧通讯》1941年第13期再以张骏祥真名、笔名刊发两文，几无修改。作为“中青”“当家人”、刊物编委，张骏祥属主动延长“反调”之声。

③ 张骏祥：《戏剧节感言》，《抗敌戏剧》1940年第2卷第12期。

离前线,"连敌寇轰炸机也听不到"①,规避了容易产生"假抗"②的狭义抗战背景。张骏祥1940年10月盼审查、批评开恩,正是为此前后③创作的《边城故事》上演清障。他认为"情节是经过剧作者编排后的故事"④,那故事即是编制情节的毛料。《边城故事》有意为戏剧宣传求新——写新人(体制内游侠、边民)在新地(边陲)经历的新故事("建国""朦胧爱恋"),故由此而生的情节也是为戏剧宣传有意出的新。

再者,"重情节"更是张骏祥长期以来的自觉诉求。他早就意识到情节是吸引观众的重要质素。留美期间,他曾作《论"戏剧的"》一文爬梳史上各家对戏剧性,这"戏剧理论中最困难的始终无解决的一个问题"的主要阐发、争辩之脉。文末,他又拾回、接纳原本被其视为批评靶心的阿契尔的那句"空话"——"或者我们得学着阿求尔⑤说:'戏剧是能引起一个聚在剧场中的平均的观众感兴趣的一些幻想人物的搬演'"。虽曾"粗鲁"地将这句话解释为"戏剧的就是有戏剧效力的",但实际上也承认了戏剧效力就是能让观众买账,毕竟张骏祥认为那句话所包括的"剧院、观众、兴趣、人物、扮演"皆是"戏剧的根本问题"。⑥此外,张骏祥曾借洪深所言定义情节——"情节乃是将故事'按照舞台上发生最大效果的需要,重新布置支配过的'",并接而阐发:

> 这故事被戏剧家揉捏以使他在剧院里得到他理想的情感反应,就变成了情节。……他为得引起兴趣维持兴趣便在这编制中加入种种的技术成分:悬置、惊吓、暗示、焦点……一个故事在用这些技巧来施以分配或着重之后就成了情节……要在剧院中得到理想的反应,平铺直叙往往不能成功……⑦

是故,他当然会认定情节不仅大大造就了戏剧效力,也使戏剧得以成为戏剧。

① 刘念渠:《关于〈边城故事〉的演出——略论〈边城故事〉》,《青年戏剧通讯》1941年第13期。

② 张骏祥:《戏剧节感言》,《抗敌戏剧》1940年第2卷第12期。

③ 《边城故事》剧1940年完成,但收煞无落笔日期。张骏祥回忆"在江安那一年(1940年),我一口气写了三个剧本"(张骏祥:《美好的回忆》,《戏剧报》1986年第12期),许朋乐说是《小城故事》《边城故事》《美国总统号》(见许朋乐:《张骏祥传》,载《中国话剧艺术家传》(第五辑),文化艺术出版社1987年版,第187页)。

④ 张骏祥:《导演的分析》,《戏剧时代》1944年第1卷第6期。

⑤ 即阿契尔。

⑥ 张骏祥:《论"戏剧的"》,《中山文化教育馆季刊》1937年第4卷第1期。

⑦ 张骏祥:《写剧》,载《张骏祥文集》(上),学林出版社1997年版,第817—819页。

其“三城三部曲”皆以故事缀名（即《小城故事》《边城故事》《山城故事》），可见其对故事的偏好，关切故事就是关注情节。“张导”言“故事与情节永远是每一个观众的兴趣所在——尤其是中国观众”[①]，正契合此意。同仁阎哲吾也预言“《边城故事》在这一点（“重情节”——引者注）上他是有了观众”[②]。无论以创作《边城故事》“重英雄”的短期自我诉求说，还是自张骏祥为戏剧宣传鼓动观众的即时社会目标讲，或是从他早已形成的戏剧观念看，写此剧“重情节”都绝非“灵机一动”，所谓“非刻意追求情节”反而是“欲盖弥彰”了。但“重情节”为何反遭低调言说？

“袁俊”说“重英雄（性格）”才是核心诉求，难道张骏祥觉得“重情节”抵牾“重性格”？“重情节”确实抵牾“重性格”，编排“melodrama”兼顾两者则难上加难。剧史之初，情节因源出史诗而奇幻，性格不过其配合、附庸，亚里士多德故认为情节为悲剧之目的、根本、灵魂，性格只得望其项背落“六要素”之次席。[③]后世剧作因人的文化自觉，“重性格”塑造渐次蔚然成风。作者常人，耳闻目睹常人，或只有学欧里庇得斯那样“照人本来之样”写，才可写细写真。于是剧中孔武有力的“半神”落成“王”，“王”降至“公”，“公”沦为“民”，“常人”即是上述种种之“最大公约数”。是故相应地，情节也渐趋自然、日常，毕竟常人只能办常事，写常人常事也最易。此背景下，性格、情节的生成与运动渐生联系。时过境迁，再编“非常”的跌宕情节，必有损于这一联系。张骏祥就认为“以情节取胜，着重巧合惊险”的“melodrama”中，“英雄”仅能在“字面上”匹配情节，“性格牵强”。[④]

但张骏祥亲力创作时，却想改良“melodrama”性格牵强的基因，视这为此类剧短板。他认可琼士对“意志说”论者布雷地耶“牺牲人物个性”学说的质疑——

> 照布氏的原则来说，一出戏成了一个人的意志的不停的冲突，从开场直到落幕一点没有间断……人物的刻画一定得被牺牲，只看见好到不可能的英雄同坏到不可能的恶棍。情节也嫌太复杂。像这样急促地进展的动作是看得出地

① 张骏祥：《导演者言》，《大公报》（重庆版）1941年5月8日。
② 阎哲吾：《风风雨雨话〈边城〉——为中央青年剧社公演〈边城故事〉作》，《中央日报》1941年5月9日。
③［古希腊］亚里士多德：《诗学》，陈中梅译注，商务印书馆1996年版，第64—65页。
④ 张骏祥：《闹剧与伤感剧的导演》，《文章》1946年第1卷第3期。

不可能，它不能引起我们的兴趣，因为它显然地是虚伪不真，而且也太单调、太无变化，所以很快就令观众厌倦。[①]

有意思的是，张骏祥归国前恰将此类剧划入“melodrama”中，译作“过火的戏剧”[②]，后称其“失掉灵魂的悲剧”[③]。不过他也远未将“melodrama”一棒打死，否则不会编导《边城故事》。张骏祥明了悲剧与“melodrama”的亲缘、高下关系，自会对后者先天缺陷有所提防，亦明了其被优化、改良的可能与空间。其实，他早承认有“顶成功的过火戏剧”，需“那些意志的斗争暂时松缓不提”，否则，还是“无人物个性的无变换的不忠实于人生的过火戏剧”[④]。张骏祥认为改良“melodrama”，需重估情节、性格比重。

早先留美时，张骏祥就从艺术价值角度判定“戏剧中比故事更重要的是人物的性格”。借“人物支配情节”这套两者的“生成—互动”机制，才有“活戏”——“情节的进展与个性的发展必须同时进行”，“人物为了故事而存在，这篇戏也许是个很聪明的玩意儿，但绝不是一件艺术作品”。[⑤]回国滞沪，赏剧观影，张骏祥几发评章，诟病的靶心之一，正是《夜上海》（于伶著）等现出的这套性格、情节“生成—互动”机制问题。在生活之流中白描人物，算极“重性格”，可“人物惨是惨极了，但这只是一群蚂蚁遭了无辜的践踏，这不是悲剧”。角色不“伟大高超”、极“被动”、不“反抗”，[⑥]带不动情节，显然又矫枉过正。[⑦]不重、过重性格，在张骏祥看来都不妥，性格、情节应有机“生成—互动”。

---

① 张骏祥：《写剧》，载《张骏祥文集》（上），学林出版社1997年版，第853页。

② 张骏祥：《论戏剧的》，《中山文化教育馆季刊》1937年第4卷第1期。

③ 张骏祥：《闹剧与伤感剧的导演》，《文章》1946年第1卷第3期。

④ 张骏祥：《论戏剧的》，《中山文化教育馆季刊》1937年第4卷第1期。

⑤ 张骏祥：《写剧》，载《张骏祥文集》（上），学林出版社1997年版，第816—817页。

⑥ 张骏祥讲，郑尧记：《谈谈写戏的几个基本问题》，《学生月刊》1940年第1卷第1期。

⑦ 事实上，《夜上海》中的人物虽渺小，但并非不具“伟大高超”的灵魂种子，只是这样的灵魂，在“孤岛”的特殊社会历史情境下，只能靠“苦熬暗斗”展现其坚贞、刚毅、信念；而平淡，恰是作者一贯文风——“现实的生活压刺着我，时代的血腥喷激着我……我往往被我所要写的事件和人物压制与冲动得不暇追求与探索形式或技巧，而像报导剧或叙事诗一般地抒写了。”（于伶：《未寄的信——〈汉奸的子孙〉前言》，载《于伶剧作集》（第1卷），中国戏剧出版社1984年版，第298页）这似是作者对自己长期以来“写什么”“怎么写”“为什么写”的最好诠释。只是张骏祥能感同身受？或许初到沪上，对“孤岛”复杂的军政、文化环境，及“明斗”的可能性之低，尚不了然；想必文化界又对这“洋博士”照应妥帖，张骏祥故未能深切感受孤岛民众“苦熬暗斗”之艰辛，以至于会作比于丧失意志动力的难民、叫化子，甚至蚂蚁。孤岛，或不足以产生张骏祥意义上孔武有力的悲剧灵魂。尽管他也承认“在善良的处理之下，一个看不见的内心的动作往往比一个肉体的动作更为有力”（张骏祥：《写剧》，载《张骏祥文集》（上），学林出版社1997年版，第816—817页），但《夜上海》文字处理再“善良”，未见实演（谈及此剧的《谈谈写戏的几个基本问题》，据张骏祥称是看过几个剧本、演出后作，所列演出中并无此剧），张骏祥能被触动几许？

作“melodrama”《边城故事》便要作此尝试——卸载传统“melodrama”角色脸谱，换装能左右情节的性格。张骏祥对写作缘起儿时“英雄崇拜”毫不讳言，但称长大见了“世面”，觉悟“传奇式的英雄在实际人生中并不存在”，不过也“看出这个人世中并不缺少英雄”，虽“不能飞檐走壁”，但“强壮”“坚毅”“精力无穷”，也绝不永远绷着面孔，“爱说爱笑”，也“幼稚憨直”，甚至有“短处缺点”。他成年后对英雄的描述更“世俗化”“烟火味”，甚至宽容其“不完整性”，更强调英雄与现实的联系，仰慕其改变现实、创造历史的力量。如果说张骏祥早年崇拜英雄，乃因“在这些人的豪举侠迹中满足了自己被压抑着的欲望”，那么到了成年，他则是从历史发展、人类进化这“另一个方面”，召唤“一些肯担且能担风险的人物”①。作者正是从“世面”（现实情境）的角度出发，在呼唤能左右现实的性格，亦即是盼如此真实性格能决定、带动戏剧的情节。

的确，《边城故事》人物性格并不像传统“melodrama”般“往往都只是一个平面的型体”，“忠奸善恶”“都像招牌一样挂在脸上”，“红脸白脸黑脸分的清清楚楚”。殷小山首次露面时瘦、小、秃，及小眼睛、龅牙之貌虽丑，但似窥不出恶，虽巴爹对此“打心底里发凉”②，但刚开场观众哪会更站在蛮愚番民这一边？这种描写只能算预埋伏笔。第二幕末尾，殷小山暗中观察被人发现，至多也只能说此人反常。凤娃顽皮、热情、仗义，先懵懂天真，后明辨是非，恰是作者力求逼真塑造的形象。张骏祥认为传统“melodrama”英雄乃文武全才，“从不会吃一个难堪的亏”，那么杨诚首幕中遭凤娃捉弄，显然是作者在弱化其“不败金身”，是“去神话化”。殷小山的恶、杨诚的英武，并不一目了然，两者也并非“总是面对面地对立”。更有意思的是，前者阴险，尤似《奥赛罗》的伊阿古，张骏祥讲“melodrama”人物塑造时，恰恰是拿这一形象做反面的例子。③

但张骏祥“自供”这番性格塑造效果不佳。除去自谦、谨慎，原因大致有二。一，儿时“偏狭”④“英雄情结”的强大惯性，拉扯“情节—性格”杠杆左倾。他在《一

① 袁俊：《一个供状》，《新蜀报》1941年5月9日。
② 袁俊：《边城故事——一个五幕的Melo Drama》，《殖荒者》（文学集林第五辑）1941年第5期。
③ 张骏祥：《闹剧与伤感剧的导演》，《文章》1946年第1卷第3期。
④ 袁俊：《一个供状》，《新蜀报》1941年5月9日。

个供状》中招供“我崇拜英雄”之前，先坦言自己因“生活的安逸平淡与寂寞”而“格外向往于一切惊险的和不平凡的”，故“迷恋于他们（英雄）的经历与冒险”。到了读“闲书”的年龄，“崇拜那些飞檐走壁的侠义英雄”；年岁稍长，沉湎于西洋文学中艾凡赫[①]、堂吉诃德等“洋英雄的事迹”。[②]厌倦平淡、向往奇幻事迹，是作者英雄情结的种子。字里行间，可看出作者多是从外部经历观照英雄，即把奇幻冒险当作模具，把天灾人祸当作冲力，如机床一样从外锻造、捶打英雄形象。与其说作者崇拜英雄，不如说他向往英雄奇遇，这般奇遇，在艺术作品中，即是情节。如此英雄崇拜远源，必导致“情节—性格”杠杆左倾。二，大后方建国现实是作者英雄崇拜的近源，但因事出边城，虚构色彩难免浓重，也致“杠杆”左倾。

懵懂少年张骏祥，梦中敷演的英雄剧，必是注重故事、情节、事件、动作、冲突等表面元素的“过火戏剧”；“见多了世面”的青年张骏祥，创作《边城故事》，即要努力挣脱蛰伏于潜意识里儿时痴梦的惯性，加强现实世面下的性格塑造。他想借人物支配情节带活全戏，但人物尚难轻易摆脱情节左右。而“换些材料”“强化情节”的诉求又带来干扰。张骏祥并不满意此番尝试：“情节要写得生动，而人物又必须逼真，‘逼真’，是的，这一着就难住了我。”尽管“招供”力不从心，我们却不能否认他为艺术价值想写“一个有血有肉的我们天天看得见听得到的人物”[③]的诚意与努力。

二、1941年导剧：“老老实实”导演激化“情节—性格”冲突

“张导”称排《边城故事》，是看上它的“重情节”，这恰可召回因反感抗战戏剧公式化、概念化而疏远的观众。且不论张骏祥所称“除了些少场面外，我并没有应用一点Melodrama（导演——引者注）手法”可信度多少，选排“melodrama”，导演自然要处理、展示“重情节”的审美资源。“重性格”也是此番排演重点：张骏祥称要“去melodrama化”，“当作写实的戏剧”，“老老实实地处理”[④]。他似是期望用活生生

① 英国作家司各特同名小说中的人物。
② 袁俊：《一个供状》，《新蜀报》1941年5月9日。
③ 同上。
④ 张骏祥：《导演者言》，《大公报》（重庆版）1941年5月8日。

的舞台形象，弥补纸面性格失真。

这听起来多少有点匪夷所思！张骏祥日后谈“melodrama”导演法时，认为此类剧因格体趋离写实，排起来“最不忌讳手法运用的明显”，甚至观众“可以原谅许多粗糙生硬的手法”：多组合，绘意“明显直接”，动作丰富，尺度宽大，“避免零碎与烦琐”，甚至“形式化”，节奏明显且节拍简单，重点清晰，速率多变。①若“实”导，照他的理论，以上人为、外加的基本技术应用及其直露程度，必然大减：

> 取舍的标准，除了趣味之外，首重格体与类型……倾向写实的戏，则所有的手法运用必须隐藏，必须选择……以“绘意”而言，格体化成分重的戏剧中的对称的排列，同时的行动变化，高低的鲜明对照……都不适用于写实戏中。②

“老老实实”导演抵牾“melodrama”常规导演法。张骏祥如此言，也确实如此做了。“知识分子新女性”凤子饰野姑娘凤娃，两者经历、性格、气质距离甚大。凤子排练间隙笔录感言“充实幻想，创造人物意境，是做演员的必修日课”，并有意识借助想象改造、适应所触环境，③依托剧词摸索并感悟角色背景、性情、行动逻辑，④追忆相关类型人物，“绘出了不少幅海市蜃楼”⑤，这“心象”之绘定与张骏祥有关。熟知排练过程的辛慕认为“排戏进行得相当顺利”——正因以凤子为代表的诸演员“以他自己的头脑，身体情感和知觉为材料，去雕塑剧中人”，“以他的认识与理解为依据”“充分发挥他的创造性”，张骏祥也启发、利用了这种创造性，“共同完成典型的创造”。是故，辛慕首演日衷心恭祝，大胆预言“《边城故事》可能成为一次水准以上的出演”⑥。

但看过正式演出，观者即便认可赞赏，也还是指出角色形象欠妥：有观者友善批评“表演的不深刻”，“内心的表情不够”，“凤子对凤娃那样女孩子情感表现方式

---

① 张骏祥：《闹剧与伤感剧的导演》，《文章》1946年第1卷第3期。
② 张骏祥：《导演的分析——〈导演术基础〉中卷第一章》，《戏剧时代》1944年第1卷第6期。
③ 凤子：《山居笔录四则》，《新蜀报》1941年5月10日。
④ 凤子：《祭一个寂寞地死去的小灵魂》，《新蜀报》1941年5月9日。
⑤ 凤子：《山居笔录四则》，《新蜀报》1941年5月10日。
⑥ 辛慕：《凤子与凤娃》，《中央日报》1941年5月9日。

的把握不够","没有将凤娃性格的地方色彩表现出来"。[1]老舍指出凤娃"举动前后不一致","有点奇怪",殷小山身份、动机不明,连累县长人格的澄明,后者"最不合身份",倒是杨诚,颇为微妙,耐人寻味——"不很像中国人,而中国的的确确需要这种人……必是一种什么最高明的教育造就出来的。不现实么?……愿多遇见几个真杨诚"。[2]他好像感觉到人物性格受意识与情节支配、挤压,但恰逢抗战,"时节非常",却也没认为不妥。表演形象欠佳,或与试图补救文学性格失真的"老老实实"导演难脱干系。如此导演需要的表演心理体验"内功",却又极依赖角色真、性格塑造深的剧作,《边城故事》显然还差火候,所以效果有限。这相当尴尬。难怪有人不忘替沈扬、凤子说话:

他俩对剧中的人物是无愧的……作者只用莫里哀创造喜剧人物的方法创造了老苟,而没有用杜依退依夫斯基创造《罪与罚》的主人翁的方法来创造老苟的性格。当然,也就不能怪沈扬不能将老苟的性格表现得更深刻与曲折一些啰!作者没有把握住生长在边疆的女孩子的典型,没有深切的体会她们感情表现的方式(现在的凤娃的情感的表现跟内地的女孩子没有很大的差别,就我知道的就不同的。)当然,也不能完全责备凤子没有将凤娃性格的地方色彩表现出来。[3]

若再少用、弃用导演"melodrama""该用"的调度画面、指挥节奏、雕饰身段的"外法",则不仅将使表演缺失外在参照,也会导致整体演出失去统一的标杆、依托。这埋于深层的失调,也还是老舍才能细心察觉得到:

以全剧的情调而言,似乎是由现实与浪漫的两种情调混合而成。可是现实既不足,浪漫也不够;结果,剧情虽处处有应有的发展,而没有十分动人的效果。

① 留痕:《老苟与凤娃的创造》,《新蜀报》1941年5月13日。
② 老舍.《看了边城故事》,《中央日报》1941年5月22日。
③ 留痕:《老苟与凤娃的创造》,《新蜀报》1941年5月13日。

浪漫的热火仿佛全压伏在大家的心中，而没有爆发。最得意一时的倒只有殷小山；可是他是绝对客观的精细的人，一点也不能浪漫。[①]

“老老实实”导演冒险，不算成功。一个多少有点失真的文学性格，仅被阅读，或还可“蒙混过关”，毕竟读者会借想象圆润性格之糙；但当演剧替换了想象却又不能栩栩再现性格时，观众则就不会那么宽容了。张骏祥想借二度创作弥补一度创作缺失，却导致台上的“情节—性格”冲突较在纸面上更为严重。

三、首演前：“自唱反调”，排解无奈

张骏祥作剧，其“重情节”“重性格”两技巧相克背后，乃是编、导身份之冲突，更是重剧场效果与求艺术价值的矛盾显现。作为导演，他的创作成品是演出，即时性的观众反馈乃最直观的评判。情节因能大造效果，极受导演青睐，故会影响导演的选排、改编剧本；作为编剧，他化心血为剧文，不用甚至不屑对单次的演出负责，自不必如导演那般“功利”，重文学价值才能流芳百世，情节编织也更审慎。这诚然说得较绝对，但导、编诉求之差，还是会左右情节的生成方式：居观众席，依剧场效果订制情节，怎么闹怎么来；处作家位，完全投身情境，只与角色感同身受，由其性格孕出动机、发生动作，成就情节，怎么真怎么来。两者若各走极端，则情节或沦为胡闹马戏，或降至索然生活，皆无可取。真实作剧，编剧自会寻平衡，导演选择剧本、独自或与编剧合力修改，也是求调和。但张骏祥既编又导，望剧场效果、艺术价值双收，很难平衡矛盾，以致“重情节”“重性格”明显相克。

从远处说，张骏祥早就焦虑、无奈于“效果—艺术”“情节—性格”之间的矛盾，这在他《写剧》《论“戏剧的”》等早期著述中即已显露。上述两文中，与其说他在论述戏剧与写剧的一般原理、规范，毋宁说他是在谈论“导演认为戏剧是什么”“导演要编剧怎么写”。暂作“理论家”“写剧教师”的张骏祥无法摆脱其“导

① 老舍：《看了边城故事》，《中央日报》1941年5月22日。

演”底色，就像他说“或许我们得信服路易儒艮（Louis Jouvet）代表现在所有的舞台艺人呼出的‘成功就行’（‘success is the thing’）”——“所谓成功，就是叫座，就是赚钱”，然而，他又“多少怀疑这些东西是不是也算‘戏剧的’”；[①]他还说“写剧的人必须有那种勇气，假如情势（商业经营——引者注）需要你删去原来那意思的时候，就毫不迟疑地删去”，尽管对方（导演——引者注）的话“不一定对”。[②]类似的矛盾态度，在他回顾纽约1936—1937年的戏剧演出状况时也存在——张骏祥欣喜于纽约剧业复兴的同时，亦感慨美国演剧艺术探索的保守、非艺术要素的浸淫，但也不是没有对经营者困难的深切同情。[③]这种摇摆，在1940—1941年编导《边城故事》时终遇尴尬——“编剧张骏祥”“导演张骏祥”都摆脱不了对方的影子。从近处说，张骏祥离剧校留渝，也要为剧场效果左倾前述“情节—性格”创作杠杆，以适应重庆环境。来渝不到半年，他已深切体悟到剧人为票房的身不由己，[④]加之1940年熊佛西排演《秦良玉》赔本，[⑤]身为“中青”副社长，他更要借助重效果的“melodrama”以挽救剧社于经济困境。抗战形势也督促他重效果以召回观众。

即将演出，张骏祥对于前述较纸面上更明显的舞台“情节—性格”冲突就要暴露极为焦虑，于是，与其内心纠结，不如倾吐排解，让“身不由己”的“袁俊”“招供”以求“救赎”，重效果的“幕后元凶”“张导”、张骏祥多少也能“推脱责任”，这样便有了自唱反调的“署名游戏”。对“张导”来说，戏是“我（张）”导的，剧是“袁俊”写的，“袁罪”“袁俊”“招供”，“我（张）”批“袁俊”又为其帮腔——“我想，也许作者只是用这个字（melodrama）来掩饰他的人物的虚构”[⑥]。“也许”间离出“张袁之距”，“只是”又似为“袁俊”“开脱”。这很巧妙。而对“袁俊”来说，“melodrama”又恰可作“避难（四声）所”，缓冲外界对其创作能力的批评，“袁俊”也自嘲，承认身居“所”中，却称是“灵机一动”钻入；若“袁俊”高调言说“重情节”，则会让外界诟

① 张骏祥：《论戏剧的》，《中山文化教育馆季刊》1937年第4卷第1期。
② 张骏祥：《写剧》，载《张骏祥文集》（上册），学林出版社1997年版，第815页。
③ 张骏祥：《过去一年中的纽约戏剧》，《文学杂志》1937年第1卷第4期。
④ 《戏剧批评座谈会记录》，《新蜀报》1941年5月6日。
⑤ 张骏祥：《美好的回忆》，《戏剧报》1986年第12期。
⑥ 张骏祥：《导演者言》，《大公报》（重庆版）1941年5月8日。

病他早已规划“避难（二声）所”，毕竟创作态度遭质疑更可怕。

作为中国现当代剧影界名士，张骏祥的身份并不只是导演，还包括教师、编剧、译者、剧评人、理论家、新旧体制文化官员。“袁俊”即是其编剧、译剧人身份的人格载体。“袁”取自其母姓，即为忆念英年早逝的慈母，[①]“俊”同音于本名中“骏”。故“袁俊”依字面看，或可认作张骏祥自母权文化所生的别名，所涵情感无关创作，不像沈德鸿的“茅盾”、郭沫若的“麦克昂”那般有“故事”。“袁俊”非但不具最基本的遮蔽名主身份功能，反是张骏祥发出关涉戏剧文学之声时，一个引向自己的公开能指。虽这一符号游戏中所指并非秘密，张骏祥不能借“袁俊”完全隐身，但借能指缓冲，或可吸收外界对其戏剧文学创作的冲击；而恰由“袁俊”的非匿名性，张骏祥又可能借此中介释放、排解、宣泄编与译时的苦闷，倾吐不敢、不能、不便直抒的心曲时，也能“圆滑”地做到知名不具。“袁俊”这一隐形人格，可适时膨胀成“气囊”，虽不具“防撞梁”式完全匿名的刚性，却可弹性吸收“气囊”两端冲撞，保护名主本人。同理，张骏祥虽未设导演创作艺名，但受“导演者言”如此强调导演身份的标题庇护，行文同样会现出导演人格的膨胀，也可能有别于张骏祥在其他场合，以其他身份发出的声音。尽管如此表现不如“袁俊效应”明显。但，“张导”配合“袁俊”唱反调，这已具社会表演色彩。

“袁俊”“言行不一”，与“张导”互起反调，缘于张骏祥无力化解“情节—性格”矛盾的焦虑，更体现出他想要，却又自认暂时无力兼顾剧场效果与艺术价值时的无奈，还能小心呵护自己的作剧自信，却也恰借“自唱反调”一番自嘲，宣泄出创作苦闷，“超然于自己的矛盾之上”[②]。

四、1940—1941年：迈出转型艰难初步

其实张骏祥设计反常导演构思，不会意识不到为补救“情节—性格”冲突而去“老老实实”导演会更是“火上浇油”。难道张骏祥除不甘心剧本性格缺失，想补救

① 吕晓明：《张骏祥传》，上海人民出版社2010年版，第5页。

② ［德］黑格尔：《美学》（第三卷　下册），朱光潜译，商务印书馆1997年版，第291页。

外，又有他求？于《边城故事》上演前后投出，该剧收箱五天[①]即刊出的《导演与演员》中，张骏祥对苏联导演查哈瓦所称导演、演员"良性互动""皆能创造"的"理想模式"推崇备至。此模式下，具体创作中，导演就调度一事，并不向演员作过多解释，而是借助演员自发的情感，使其情不自禁地动作，这实乃演员的创作逻辑使然。此种创作关系下，导演敢如此"放任"演员，全在于双方依角色情感起因、动作目的及"情感—动作"联系而建立起来的共识。张骏祥1941年谈此"理想模式"时毕竟还在"纸上"，且此模式也多少"矫枉过正"，但其中导演、演员借上述"共识"合力创作的举动，正是在利用有机天性以表现情感、深挖人性。这也是他认为孜孜求索的"演技深度"所能有的唯一出路："我以为今后我国剧场中导演与演员的关系，也必须以此为途径。"[②]而这也正契合了大后方此刻如火如荼展开的演剧现实主义运动的要求。

但这将与张骏祥既有的创作模式冲突。他留美所学"关于导演的课程，主要是偏重于五个基本技术的应用"[③]，在剧校也教这个，并借此成功排演了《以身作则》。"基本技术"集合了一系列演出形象设计、操演的最基础技术单元，是导演调度演员、组织场面、营造气氛的基本操作指南。熟谙这"导演的语言"[④]，便可如遣词造句般支配表演、舞美等要素，"捏造一出戏的演出"[⑤]。导演借此极易从外"捏造"笑剧、"melodrama"这类更重外在形式的戏。但太依赖技术，必排挤艺术，重整体形式之齐，恐有损单体形象之活。张骏祥也承认"基本技术""有离开戏剧语言与人物塑造谈导演处理的倾向，甚至还有某些形式主义的东西"[⑥]。

张骏祥"固执"地要"老老实实"导演《边城故事》正源于要纠正这一弊端，更是要践行前述他所倡导的导表演协作的"新模式"。虽恐"火上浇油"，但着实能改良导表演创作关系，帮助自己与演员摆脱"技术至上"的束缚，以此解放后者天性，尝试更"活"的性格塑造方法。这是"为艺术"的更大、更远目标。若说演出前作

① 《边城故事》演至1941年5月14日，《导演与演员》载于《戏剧岗位》1941年第2卷第4—6期，后者5月20日出版。
② 张骏祥：《导演与演员》，《戏剧岗位》1941年第2卷第4—6期。
③ 张骏祥：《导演术基础》，中国戏剧出版社1983年版，第286页。
④ 同上，第3页。
⑤ 张骏祥：《导演的基本技术第一——画面的组合（上）》，《剧场艺术》1940年第2卷第4期。
⑥ 张骏祥：《导演术基础》，中国戏剧出版社1983年版，第286页。

为“操盘手”的“编剧”“导演”在报上“自唱反调”，多少涉社会表演之嫌，“不太作数”，那演出后载于专业期刊的《导演与演员》，则算“规划师”张骏祥同期“行动”中的肺腑之“言”。要言行相合，一求对象，二赖方法——尝试“重性格”编《边城故事》，“老老实实”导演为防“基本技术”滥用。导表演创作关系才能由此更新，原极重“基本技术”的张骏祥自可“把好些导演该做的事妄冀演员替他做到”，因“演员所发掘的，不是别的，只是人性”。[①]“重性格”作剧，导演时又放权于演员，弱化“技术至上”，才能探索演技深度，方有塑造完满舞台性格的可能。“老老实实”导演虽毁誉参半，但不能由此低估张骏祥舍“像”求“真”的执着追求。

我们恐怕还忽视了一个重要事实：《边城故事》并非张骏祥正式开启编剧生涯后的初作，乃“插队”开排。他自认像初作《小城故事》这样的笑剧，虽然“是一块试金石”，“始终在剧场赢得无数观众的欢笑与拥护”，[②]但“角色往往只是夸张了的或是风格化了的速写”，这便“限制了性格的发掘”。[③]而他的《边城故事》尽管“重情节”，但也是尽量“重性格”去写的。1941年张骏祥怀揣更高理想离职剧专，暂接“中青”副社长职位，为践行更高理想，呼应当时大后方演剧的现实主义深化热潮，便自然选排了《边城故事》。他把这个剧本当作自文学、舞台两个维度深度挖掘性格，以实现自己创作转型的媒介。

1941年弃排《小城故事》，不仅是张骏祥创作“战术”的灵活变动，也是其更主动应对大后方社会情境的文化生产的“战略”选择。《小城故事》仿西欧世态喜剧，延其重误会、巧合之趣。背景恰是“长江下游北岸，后方某小城”[④]，剧中提到的“囤积居奇”“发国难财”乃当时大后方，甚至剧专所在地江安实情，似有含沙射影意味。剧中角色丑态百出，及本土交际花柳叶子对“大上海”的神往，又不免让人觉得作者有以“大城市人”“文明者”自居，俯视、调笑大后方人事之嫌。剧本被禁，不足为奇，但稍作修稿，弱化影射，获准解禁其实不难。有感于抗战及抗战戏剧现实，此剧落笔半年多后，张骏祥在第三届戏剧节时发文，倾吐对乱改外国戏为抗战剧的反感，

① 张骏祥：《试谈演技的深度》，《文艺先锋》1943年第3卷第1期。
② 张骏祥：《笑剧的导演》，《演剧艺术》1945年第1卷第1期。
③ 张骏祥：《试谈演技的深度》，《文艺先锋》1943年第3卷第1期。
④ 袁俊：《小城故事》，文化生活出版社1947年版，第5页。

并提及“我们反对黑幕小说式的一味暴露弱点的戏剧和完全风凉话的冷嘲热讽”[①]，两弊端《小城故事》似都沾染。相较之下尽管该剧也“重情节”、善逗乐、有效果，但《边城故事》更贴现实，鼓舞、激励色彩明显，极合时宜。这种选排剧目的策略调整，正是张骏祥走出耶鲁稳定、纽约成熟、孤岛（畸形）繁荣、江安闭塞的环境，初遇大后方更真实社会情境时积极的应对。

张骏祥虽自觉到调整创作生产战略战术的必要，但知易行难，转型的瓶颈在于他手边尚无真正“重性格”、可被“老老实实”导演，又直接、间接具抗战意义的剧作。如此导演性格有缺的《边城故事》，意味着新演剧方法和旧演剧素材的仳离，这是他本人，更是当时整个剧界的无奈。《边城故事》演出即将面临的评价，就是对张骏祥转型的初检，演前“自唱反调”的焦虑，体现出大后方演剧转型蜕变初期的阵痛。幸运的是，几乎同时，《北京人》落笔成文，挽回了又欲辞职返沪的张骏祥。靠着曹禺笔下的人物性格细描、严谨的排演制度、张瑞芳及其他亦徒亦友的曾经门生的助演，张骏祥又一次“老老实实”地去导演了一场，终于大获成功。用这种导演方法，张骏祥完成了创作转型。但他又不满于此，再以《安魂曲》（1943年1月，渝）、《牛郎织女》（1943年4月，蓉）、《柔密欧与幽丽叶》（即《罗密欧与朱丽叶》）（1944年1月，蓉）等剧演出探索风格化创作。尽管这些作品不全是按“写实”导演，但都多少得益于因“老老实实”导演《边城故事》而改良的新导表演创作关系。当初“老老实实”导演多少算“固执”，却又体现出张骏祥应激环境时的思维弹性。张骏祥是中国现代话剧导演中，类于洪深一派的“技术主义者”，但又依其细腻、多变之风而有别于大刀阔斧的后者。与张骏祥一样，依托更写实的剧本，贺孟斧、章泯、杨村彬等大后方导演也借导表演创作关系的革新，在保证自己把握大局的前提下，给了演员更多创作自由，帮助其创造出众多鲜活的舞台形象，推动了现实主义演剧的深化发展。

① 张骏祥：《戏剧节感言》，《抗敌戏剧》1940年第2卷第12期。

人性书写喜好下的现代性探索

——从《而我们将永不分离》等作品谈刘丹导演创作

张 健

2024年末，中国国家话剧院为纪念中挪建交七十周年，将2023年新晋诺贝尔文学奖得主、挪威剧作家约恩·福瑟的剧作《而我们将永不分离》搬上舞台，执导这部话剧的是国家话剧院导演刘丹。

作为2024年国家话剧院舞台的收官之作，刘丹执导的这一版本《而我们将永不分离》无论从文本样貌还是舞台呈现，无不延循着福瑟的文学精神，但导演的二度创作并未逐字逐句谨慎搬演约恩·福瑟原著译本，而是大胆敬畏地尝试了多维度的精心改编。对于原剧主题的深化、人物关系的连接、人物立场和设定上规训与反叛式的调整，所形成的整体上打破自我意识牢笼般的"出走"，被许多观众认为这是对于约恩福瑟的改编的一种"有效改编"。

进入国家话剧院以来，刘丹先后独立执导了《搁浅》《爆玉米花》《村里新来的年轻人》《而我们将永不分离》等几部作品[①]，题材背景、剧作风格迥然不同，有的以原创写虚构国外故事，有的是奥利弗奖新经典，有的聚焦本土现实主义题材，这部诺奖作品《而我们将永不分离》是她继上部戏上演五年后再度执导话剧，在漫长的时间中她迎来了个体生命身份转变而带来的最温馨的假期。在此之后，2023年她开始在中央戏剧学院攻读导演学博士学位，于是我们不难窥见刘丹选择以这样一部作品的再进

① 信息来源于国家话剧院官网，剧院精英栏目，导演刘丹介绍http: //www.ntcc.com.cn/zggjhjy/daoyan/201504/0035d70bc3ef4289b3b3bf40c79e18ae.shtml。

发所体现的创作雄心。借此回顾刘丹此前多部作品，不难发现她的导演创作已经呈现出了不同样本中较为清晰共通的创作习惯，也渐显出背后的风格指向。本文主要以《而我们将永不分离》及历年创作的其他作品为例，从编剧学角度探讨其一而贯之坚守对于人性书写的剧本偏好，以及编剧视域下导演技法愈发深入的现代性表达。

一、文本喜好：具备戏剧现代性表达的特质

20世纪以降，中国戏剧舞台上的绝大多数作品，集体以反映人的戏剧理念贯穿和推动着中国戏剧的发展。现代戏剧是人的戏剧，这是由其审美特性所决定的。马克思强调的“人的根本就是人本身”[①]阐明了“人的戏剧”的思想内涵主体是关注和表现人。不同时代，对于戏剧现代性的核心问题之一，是如何通过戏剧语言呈现当代社会中的个体困境、社会变革和人性的深刻迷失。彼得·布鲁克曾追问：“衡量一切的唯一生命攸关的问题：到底为什么要有戏剧？为了什么？……舞台在我们的生活中真的占有一席之地吗？它能有什么职责？能贡献出什么？能发掘出什么？它的特性又是什么？”[②]从刘丹所执导的作品中不难看出，作为一个青年导演，她在有力且耐心地回应这种追问。笔者简单概括这几部戏的内核：《搁浅》讲述了三个刚刚走出大学意气风发的少年像火球一般冲入社会，马上卷入一场潜艇的搁浅危机，并在此基础上探讨经次沉沦（事件上沉船和人之沉沦的隐喻）后的变化走向。《爆玉米花》讲述了一个娱乐至死背景下，这把枪如果没有对准你的脑袋，你如何面对抉择道德和人性的恐怖直播。《村里新来的年轻人》讲述了明明贫穷是干穿了也无力改变命运的绝望，偏偏有人来跟命运抗争。在笔者看来，这几部剧皆是“人的戏剧”。

刘丹在进入中央戏剧学院之前，在家乡山西太原这片土地上对戏剧养分的汲取，来源于中国地方院团的创作大户——山西省话剧院。一份来自近二十年前的山西话剧的回顾中这样说道：“回首60年，剧院先后排演了500多部古今中外的歌剧、

① ［德］卡尔·马克思、弗里德里希·恩格斯：《马克思恩格斯全集》（第1卷），人民出版社1979年版，第460页。
② ［英］彼得·布鲁克：《空的空间》，邢历等译，中国戏剧出版社1988年版，第45页。

戏曲、话剧、儿童剧，共演出1万余场，观众达5 000多万人次。”[①] 光是我们熟知的《立秋》，在2009年的数据中显示，“已在全国83个城市演出500余场，创造了建国以来中国话剧史上的‘舞台奇迹’”[②]。确实，毕竟2009年的戏剧演出市场还不如往后十余年达到了全国剧场林立、巡演模式成熟的市场环境，在当时确实是个奇迹。一个本地剧院无疑对一个从本地走出的导演，在少时提供了戏剧启蒙和戏剧创作最初的骨血。由此我们不难看出刘丹对于文本的喜好，是他们这一代八零后的导演最擅长的，对于生活的冷静观察和崛起中的中国所面临的人的问题的普遍敏感，这一点让其在思索的同时多了更多人性书写的偏好。

（一）《搁浅》：沉沦与起航的人性寓言

《搁浅》的剧本由编剧董天翼创作于2015年，讲述了三个意气风发的少年马尔科、米什卡和科瓦奇接受了国内最优质的高等教育后，满怀热忱进入重要机关为国效力，大展拳脚多年之后他们已经在各自的岗位上建树颇丰。正在这时，为了重振军力而由国家出资建造的一艘潜艇在初航的当晚意外沉没了，又因“潜艇的天职便是下沉”所以被官方冠以“搁浅”的性质，一切进展都指向了一场预谋已久的阴谋……这艘搁浅的潜艇的沉没，似乎让这三个被培养出的犹如国之利器般的优秀青年也“沉没”了。在狂热追寻梦想道路上的青年是真的“沉没”了？或只是暂时搁浅后将择日起航？

从故事情节来看，不难看出这是一部中国编剧写国外故事的戏剧。该剧2016年在鼓楼西剧场连演十场，保持了好口碑和高上座率，完全不针对市场泛娱乐化的考量，在当时是十分罕见的戏剧景象。随后它又在上海人民大舞台演出，并受邀参加了国家大剧院的演出。在笔者看来，在短时间内一部刘丹带领民间团体创作的话剧能面对有一定观剧门槛的文艺剧场的观众，做出上海大剧场版本面对观众，又受到官方邀请进入最高演出机构进行演出，说明这部戏的艺术质量和制作水准均属上乘。

其中能赢得观众口碑最重要的秘诀在于，刘丹将剧本中属于不同国度、不同时

① 彭一：《山西省话剧院60年发展历程和主要经验》，《理论探索》2009年第6期，第143页。
② 同上，第143页。

空下人类情感共通的来处和走向清晰地呈现在舞台上。虚构的这个国家刚刚经历了一场从专制集权到民主社会的过渡；虚构的民主国家花费重金打造的一艘潜艇在首航的当天搁浅……这种种的虚构，使得观众会觉得有些搞不清国情，甚至有时候会觉得他们是不是拿错了《等待戈多》的剧本。比如这段：

基奇 （委屈地）你打我……但你知道我说的是对的。

波奇 （绝望地）也许，这就是我们生命的意义。

编剧用一艘刚刚要起航的舰艇“搁浅”这一核心事件，随着这个国家的政要要开始处理这样一个棘手的政治丑闻。虽然从人物台词和语言风格无不透露着某个欧洲国家的荒诞和戏谑，但它无疑有着对当下现实的反应，比如这段讨论为什么要在班杨造潜艇：

也许是想拉动班杨的地区经济；也可能是监控达里尼斯对索琴的非法移民；又或者是国家轮值委员会高层为了限制德拉古蒂，不至于让他变得那么强大而故意不在那造；也可能是以军备建设为由管控这片地区多民族化所引起的不必要麻烦。

《搁浅》在处理和观众有距离的时空和人物关系的妙处在于，虽然暗讽当下的现实，但创作者并没有把这样的题材变成一次情绪的宣泄，而是成功地转入人物与人物关系的建构之上，成功地在人物关系的建构中推进了情节，推进了自身的情绪表达。从这个层面来说，请注意，如果说刘丹对于基于人性书写的偏好是她善于与这样的剧本产生共情，哪怕是一个表象设定复杂的故事，她也能准确抓取戏剧内核作为自己的导演抓手，那么她导演上的第一度开掘，便是将剧本中人与人之间关系的真实性和丰沛感建立得极为清晰，使观众能马上与其共情并投射个体生命体验。

诚如中国社会科学院文学研究所研究院陶庆梅评文：“让我有点惊讶的是，虽然说不仅人名、国家名像国外作品，整个故事的架构也很像国外当代作品，但创作者——我要再说一遍是作为整体的创作者——在这种抽空背景的叙述中，他们对于角色的把握与拿捏，居然如此成熟。成熟到我会渐渐地忘了那种抽空的背景，渐渐地忘了那些稀奇古怪的外国人名字，忘了这些人的所做所为是不是‘不符合国情’……”①对此，北京戏剧家协会会长杨乾武评论：“《搁浅》的二度创作让我眼前一亮，舞台的感觉完全是一流的，放在中国戏剧舞台和世界当代戏剧舞台上都是一流的，超过很多的大制作作品，《搁浅》的质感、空间的运用、舞台的意向跟表演的结合这些方面特别出色。”②

这是刘丹进入国家话剧院后独立创作的第一部作品，但事实上《搁浅》并非是在剧院体制下诞生的，而恰恰是在近十年来中国戏剧发展最宽松、最有情怀和充满理想主义色彩的时间段，由一个面对市场的创作团队打造，它诞生的艰难过程伴随着创作者对于艺术质量的不懈追求和能否经历票房考验的双重重压。笔者认为，这也让刘丹从创作伊始便带着这种意识——戏剧应该是描摹和审视我们自己，应该和观众息息相关。正如观众所说：“《搁浅》横空出世，给人们带来很多思考、困惑，甚至不解。杰出的作品不一定完美无瑕，但一定是能引发人们思索和讨论的，《搁浅》在当代戏剧舞台上令人眼前一亮，至少它让我们看到了年轻人对时代和历史的关注，对民族命运和明天的忧虑，最后的沉船吊起化作飞碟，是他们在深思探索之后的乐观。”③

（二）《爆米花》：犯罪与娱乐的人性直播

2017年，刘丹在国家话剧院排演了奥利弗奖经典喜剧《爆米花》，全剧讲述了美国著名好莱坞电影导演布鲁斯在奥斯卡颁奖夜前后所遭遇的一连串荒谬离奇事件，并由此导致一场令人震惊和颤栗的杀戮惨剧发生。

刘丹此次排演《爆米花》的念头，萌生于十年前她仍就读中央戏剧学院导演系时，当时她作为观众，被她的导师廖向红所导演的《爆米花》深深震撼和刺痛，这十年间她清楚地意识到《爆米花》剧中所带给观众的恐惧和思索没有减少，反而因为

① 陶庆梅：《小剧场的黑马们》，《文化广场》2016年12月刊。

② 《搁浅之后是起航——原创话剧〈搁浅〉研讨会成功举行》，“新剧本NEWDRAMA”微信公众号，2016年9月18日。

③ 王斐：《惊喜和遗憾交织——评话剧〈搁浅〉》，《上海戏剧》2016年第12期。

时代的发展和全民心态的变化与日俱增。如果说1985年《爆米花》这部作品的问世是一个预言的话，那么在这二十多年里预言已经成为现实。

刘丹所执导的《爆米花》最大的特点，是刘丹找到了沿循突出人性书写的偏好和精准巧妙调动人物关系的又一片试验田，当然此时她的舞台处理手法已经日臻成熟，而这个剧本本身的人物张力和时空压力都非常明显。该剧更大的艺术贡献，是刘丹对于科技在推动社会发展并导致泛娱乐化进程中，科技本身作为一种传播媒介和戏剧舞台呈现形式这一命题进行了重要的原初思索。这也大概为日后她排演《而我们将永不分离》中对于“他”和“女孩”两个角色改编加入人工智能和科技感元素埋下了伏笔。

原剧作中整件事情的发酵和推进由于“电视”这一媒介在本版《爆米花》中进行了更为深入的推进和创造，“电视”作为导演和舞台独特的视觉标签而呈现，而保留原本“电视”报道的戏剧内核基础之上，导演大胆使用了“手机”作为更为贴合如今现代生活的媒介，引入“手机直播”的方式对整件事态进行推进，关注了在现代生活中不断改变我们日常生活方式、每天让我们倾注大量时间和精力的手机，并在戏剧表达中引入了“真人秀”“收视率”“IP”等概念，直指当下，尖锐叩问。

对此，刘丹阐释：“从去年到今年，仅仅一年的时间，直播就成了一个最热门的现象，甚至可以说是一种生活方式。这种东西出现、成长得太快，大家都没有做好准备。我是想引导大家关注生活与娱乐的关系。娱乐本身没有错，而是我们的分寸没有把握好，因为它一旦过度就会引发危机。”[①] 此刻，她已经开始在自己导演的作品中以一种面向未来的方式反思当下的科技发展对人的影响了，这有两层意义，第一她在剧中用这种思索来要求自己的创作，第二她在创作之外用这种新奇的舞台跳脱出陈旧观念，在戏剧发展走向数智时代以奇观建立现代观众的共鸣。

该剧揭示了伴随着信息爆炸、文化井喷等一系列的社会现象，“全民娱乐”的心态下导致“娱乐至死”悲惨结局，极具现实意义地反观当下与我们息息相关的生活细节和日常境遇，文本犀利，震撼人心。杀手韦恩对同伴说：“只要枪不抵在他们的

① 《史上最惊心动魄直播》，“中国国家话剧院”微信公众号，2017年12月6日。

脑袋上，一切对他们来说，都只是看热闹而已。”颇具玩味但实则悲凉地指出了观众的冷漠心态。全剧尾声，当一场场杀戮呈现在观众面前时，导演布鲁斯哀嚎：“这不是娱乐，这是现实。”“我们不停追求娱乐，直至娱乐至死。”现实意义极强地撞击着观众内心。

相较于她的上一部创作，《爆米花》的上演，让刘丹对于人性书写进行不断逼问和深挖，在极端情境中找寻人性可能的恐怖真相并呈现在观众面前，用极为现代的语汇包装这种残酷的直播，直至我们看见当中残存的那份思考，我们到底如何面对自己内心深处幽微的善与恶，我们真的在面对这个世界时如此儿戏吗？

（三）《村里新来的年轻人》：明知不可为而为之的人性抗争

在接连创作两部讲述国外故事（虽然《搁浅》由中国编剧原创）后，刘丹接到了一个完全是中国故事、现实主义的命题创作。2020年是脱贫攻坚决战决胜、全面建成小康社会之年，这种题材一度成为创作的热门。中国国家话剧院要如何处理这类题材才能不落俗套，从而彰显国家剧院的创作示范实力；刘丹的导演创作又如何从普遍的表达中找到自己所熟悉和擅长的方式，去建构人性书写下对于现代性的探索，都是相当不容易的。

该剧的故事脉络简单清晰，从繁华喧闹的都市来到偏远、贫困的凤溪村，驻村书记孙倩倩面临的困难远超她的想象，村里的年轻人纷纷外出打工，留下的基本都是老人。落后的生产方式、艰苦的生活条件让孙倩倩无所适从，甚至产生了退缩的念头。但乡亲们骨子里流露出的质朴与厚道让孙倩倩不甘心就这样放弃，坚定了她帮助凤溪村打赢脱贫攻坚战的决心。

在看完全剧后，从编剧学的角度来说，笔者认为刘丹找到了一个最重要的戏核，就是她重构了对于“贫穷”这个关键主题、关键情节、关键氛围、关键人物关系的解释。贫穷，不再单单是对于环境、家庭、人字面意义上的阐释，而是一个人凭自己那一把子力气，干穿了天也改变不了命运的绝望。从这一点来说，孙倩倩就是来与命运抗争的。笔者认为刘丹对本剧的阐释最重要的便是找到了一个这样的对立的矛盾关系。千百年来文学中的矛盾冲突，最经典的便是抗争与牺牲，不难看出在一部主旋律的作品中，也可以用这样的方式去建构人物和人物关系。

刘丹自己也曾表示过："拿到这个剧本以后，对二度创作来讲，首先关键词是'年轻'，又是位年轻的党员，我第一个思考的是对于年轻人来讲，苦难和贫穷意味着什么，因为剧中的主人公是八零后甚至九零后，我是1985年出生的，我的成长过程中经历的学习、经历的家庭、经历的社会发展，我们这代人对于苦难和我们父辈这代人对贫穷和苦难的理解意义是不一样的，理解的能量和份量也是不一样的。但是我在进行二度创作时在想，这是不是一定要划等号？国家的经济发展，我们父辈给这代人提供了这么好的生活条件、开眼看世界的条件，是为了让我们不把它划上等号，是为了让我们用新视角看到今天的生活，所以'年轻'这两个字背后的意义不一样。"

刘丹找到了老搭档董天翼，在全剧开始时设置了一个快速与观众建立连接的序曲。舞台尚未幕启之时，芸芸众生的天音相机而来，是无数普普通通的观众生活中所面临的困境和日常对话，因为篇幅原因笔者列举部分段落：

那笔融资只能算入股，不参与项目开发，也就是说彻底立项前我们没法动那五千万的资金……

首付100，贷70%，35年。现在就是上下两代开始拉扯精力，小的要读书，老的现在也开始频繁去医院了，哪敢有什么闪失……

你面试的时候一看就清楚，同事之间勾肩搭背，称兄道弟的就是996公司。反过来要是相敬如宾，严肃冷漠的，肯定都是准点下班的……

那现在是全市最红的火锅店，要不提前预约，排队能等死你。但哥们我有关系，一会儿咱们就过去，今天我请，不醉不归……

还是该每年去检查一次身体，别太相信自己年轻，1 380也就一顿饭钱，但能保你一年安心……

工作不是为了开心，坚持不下去其实是个常态，习惯就好，习惯是个很强大的词，可以代替所有的一言难尽……

为了表现这是一部大家固定认知外的“扶贫戏”，刘丹首先在舞美上提出要求，把空的舞台空间设计成一个斜坡，地面和空中有三个旋转的圆盘。这个设计表现了西北农村的风貌、坡道，一直在转动的状态体现出在这块土地生活的人扎根在这块土地上，他们被土地滋养着、束缚着，想要起飞但生活带来的局限使其无力起飞，就像在这个古老的土地上的磨盘，转不出命运的轮回，充满了强力的“象征性”。“它们不仅传达了人物在特定情境中具体的心理内容，而且这种心理内容又具有审美的普遍性。它们本身构成一种具象，其内涵又是对具象的超越。不过，这种超越，并不是对实在的自然形态的超越，而是具象的内在意义对具象个性价值的超越。”①

刘丹通过这部戏把农村贫困的根源性问题描述出来了，脱贫不是单纯把某一个人从贫困变成富裕，而是要让大家看到农村贫困的本质原因，呈现了极强的假定性和诗化意向。“将这些原本无确定含义的舞台造型因素，与戏剧演出中的情感意蕴建立非写实逻辑的但却协调有机的联系，以形成黑格尔所说的戏剧演出的‘精神性布景’或者‘精神背景’，并利用其间形成的情感转移和创造想象，达到以‘美的形式’对‘诗情哲理’进行直观表达的艺术目的。”②

二、《而我们将永不分离》对于现代性表达的深入探索

如果将前五年三部戏做一个节点的划分，我认为刘丹已经凸显出对于人性书写的根本偏好，并在这样的基础上不断地进行不同层面的现代性探索。时隔近五年后，刘丹以一部几乎是对于她导演创作挑战最大的作品回归。从她的前几部作品中我们不难看出她对于人性书写的偏好，而约恩·福瑟笔下人物的人性书写是极为晦涩、含蓄和内观的，挖掘难度巨大，这种连绵不断的跳脱情绪的不断堆叠和沉默、静

① 谭霈生：《戏剧本体纲论》，《剧作家》1989年第1期。
② 王晓鹰：《从假定性到诗化意向》，中国戏剧出版社2005年版，第68页。

场，往往令创作者难以找寻可以沿循的轨迹，而她创作中善以人物关系为抓手，这部剧目中只有不具名的她、他、女孩三者。

《而我们将永不分离》是约恩·福瑟第一部被搬上舞台的戏剧，写成于1994年。该剧表现了女人时而等待着逝去的恋人，时而欢迎着回来的恋人，这似乎都是只有女人一人的独角戏，一些破碎的回忆，打乱了时空，混淆了真幻；但是女人自欺欺人地认为恋人还会回来，于是自欺欺人地等待，然后又时而担忧他再也不回来了，时而提醒自己他走了不会再回来，诠释着“生命就是等待”这一重要的命题。

在刘丹执导的这一版《而我们将永不分离》中，导演和改编严格地延循约恩·福瑟的文学和精神内涵，准确叩问“等待”并继续对话思索“等待什么，却从来无人得知”，却又在本剧写成三十年后为它赋予了新的时代精神，把原剧中女性对“逝去”恋人的依恋推向了更加理性的对于自我和孤独个体的接纳与认可，而对于等待的思索也打开视角，延伸到了对生命本身意义价值的反思，在福瑟相当后现代的话语中找到了独特的现代意义。

（一）导演：沿循精神、风格、思考、主题上的准确同频

导演刘丹难能可贵地抓住了约恩·福瑟剧作的精髓，让“不可见者”可见、“不可说者”可说——的确就如瑞典学院在宣布约恩·福瑟获得诺贝尔奖时的获奖理由：为“不可言说”发声，“for his innovative plays and prose which give voice to the unsayable”。在此基础上进行多维度的改编，不但涉及台词的中国语言之美、结构上的差异调整、人物精神的再深化、故事结局的展开探讨，但笔者认为在看似多维度改编的背后，导演刘丹和改编董天翼毫不犹豫地选择和原著及作者站在一起，他们共同守住了灵魂内核上的绝不挪移，在笔者看来有以下几处把握足以佐证：

1. 极简主义展现孤独

首先，把握了极简主义风格。福瑟的剧作中，极为强调极简的语言和结构。不论是原作，还是改编后的作品，保持了福瑟写作风格和《而我们将永不分离》原著中很少的对白、简洁的场景设定和朴素的叙事手法，营造出一种沉默和空洞的氛围。通过这种简洁性，他们不仅关注情节的推进，更着重表现人物内心的困境与冲突。

在改编剧本的扉页，改编编剧董天翼保留了原著中约恩·福瑟对于但丁的引用，“我未曾死去，但也并非活着。请用心思索，假如你对我的感受能有些微体会，彼时我曾求生不得求死不能。”虽然这段话并没有出现在演出中作为任何形式的呈现，但笔者认为在导演和改编的根基上，两位认同并理解了福瑟对于生死悖论的极致探索，而他们也打通了创作的核心矛盾，找寻生与死之间漫长的瞪大和盛大的孤独，笔者认为他们找到了创作的抓手。“‘我一个人也能过得很好/但我不是孤单一人/我从来就没有孤单一人过/我一直都只有孤单一人/我从来就没有不孤单一人过’，并同样以悖论式话语终场：‘我一个人很快乐/我不是孤单一人’。此类悖论式话语在福瑟剧作中并非个例，而是探讨人之生存及其情感世界的一种普遍性存在的话语表征模式。”①

在此基础上，改编准确地遵照核心表达，集中展现人物的孤独与人际隔阂。明显受到塞缪尔·贝克特的影响，福瑟的作品中孤独是一个核心主题。福瑟的剧本中的人物常常在无声的空白中挣扎，虽然他们相互对话，但他们之间常常存在着无法逾越的距离。本版演出的作品同样展现了人物之间的疏离与沉默。福瑟的角色也是常常感到被遗弃或无法与他人建立真正的联系。例如，在本次改编的版本中，持续等待的她终于“见到”了他：

他　欸。

她　是你呀。

[她直接冲到他身边，张开双臂紧紧拥抱着他。而他只是站在那儿，毫无反应。

她　你呀你呀你呀，恨死我了，你怎么不索性让我恨死呢？

[她紧紧地拥抱着他。

可你回来了，我还该恨你吗？

[她放开他，退后一步，拉起他的手。她就这么站在那儿注视着他，而他依然站在那儿没动，只是轻轻甩着头发，用空着的那只手梳理着头

① 张立峰：《无法言说之创意性戏剧言说——福瑟戏剧的当代人生体验与话语表征研究》，《西安外国语大学学报》2024年第2期。

发。静场。她有点儿生气地说。

我更恨你了。

[她带着点儿责备的语气说。

我一直在等你,你至少该打个电话(那不是多麻烦的事)。

他 [对她微笑着。

欸,我这不是来了吗?

她 可不,这不是来了嘛!

[一字一句地说。

终于,来了。

[她又一次扑到他怀里,紧紧地拥抱着他。

呼吸来了,心跳来了,体温也来了,一切都来得无可挑剔。可不,这不是都来了?

[她亲吻着他的面颊。他用双臂紧紧地抱住她,把她抱得双脚离地了一点儿,然后又把她放下。

他 可不,这不都来了? 现在,咱俩好好地在一起,不就行了?

我们不难看出其中所表达的时间的流动与存在的意义:福瑟和本版演出都通过反复的时间结构和无尽的等待,来探讨存在的意义和人的处境,展现了人类存在的荒谬与无意义,通过极为简化的情节,让人物处于一种无解的循环中,揭示生活的重复性和人类的无力感。

2. 语言氛围和主题表达

在九十分钟的演出当中,“她”呓语、自我暗示、嘲讽、留恋、爆发,都十分完整地呈现了剧作中语言的空洞与沉默:语言不仅仅是沟通的工具,更是荒诞与无法表达内心世界的象征。福瑟的剧本常用简短的对话,甚至有时候只是沉默来表达情感的空洞或人物的内心困境。本版演出的语言更为戏剧性,往往被用来揭示无法实现的期望和荒谬感。两者的作品都探索了语言与意义之间的关系,展示了言语的局限性。

对于刘丹所执导的本版演出,笔者认为以上几个佐证都是对其遵循原著进行创作的重要印证,而她牢牢擎领着存在主义的主题,是笔者认为她恰恰极为尊重原著的重要表现。福瑟的原著和本版演出的作品都特别展现了对于人的生存状态、死亡和荒谬感的思考,体现了对人类处境的深刻思考。本版演出中高潮段落来临前,她、他、女孩都陷入了因为长时间等待与急于在当下困境的牢笼中走出的无奈甚至是绝望——

女孩站在那儿注视着他。告诉他:“我走了。”他苦心挽留:“不行,不能走,我求求你,不要走。”静场之中,他绝望地对女孩说,“别离开我,你说过,我们将永不分离。”而现实时空中的她仍在等着他的电话,并因此自嘲苦恼。“因为他随时都有可能打电话啊,要接到他的电话我就该把听筒放回去,不然他怎么能打通我的电话。”与此同时,虚拟时空中的他和女孩约定好一起离开,但似乎又无法离去,直到看见她和女孩身影的重叠,绝望地重复着:“我不能离开你,我每时每刻都在想念你,只要你不在,我会被这种想念彻底毁灭。我每时每刻都在想念你,但我不能离开你,因为我俩是一对儿,经不起这样的拆散。”

刘丹的处理让三个人在不同的时空和情感中得到连接,现实时空中她仍没有等到他的电话,虚拟时空中他又在极力挽留女孩,过去和现在、女孩和她、真实和智能在跨越不同时空的同一个舞台上奇异地统一了,充分展现了导演在二度创作中把脉原著的精准度,及其延续了对存在的思考、对死亡的感知以及如何在不确定的世界中寻找意义。

(二)改编:当下性的表达和未来性的思考

福瑟的剧作将时空重叠在一起,出场的人物悬浮在过去、现在和未来中,某种意义上他们都是死去的人,这种构建适合去探讨一些宏大的主题,但是后现代主义又使得他去讨论家庭生活的细节剖面。在此次的导演和改编处理中,原本立足于过去和当下的连接被发展成为当下和未来,于是剧中等待而归来的男人和女孩,甚至发展成为机械和智能,不仅如此,对于她、他、女孩三者之间的关系,剧中又有了极为现代的解读,改编使得文本具备了当下性甚至未来性,而结尾原本的出走被处理成肆意的奔赴，使得三十年前文本中的人物有了新的思考和自我接受。笔者认为主要表现在以下三个维度。

1. 展现中国语言之美

在刘丹导演对于原作戏剧结构、节奏、叙事方式上保持不变外，本剧篇幅最大的改动，是将原作台词的落地化以及尽可能展现中国语言之美，这是相当大胆地实验的结果——通过中国古典语言的修辞方式来传达更加简洁的情感与思想。这种“简洁”的再创造，不仅符合中国文化中对语言美学的追求，也让原作的哲理更加贴近中国观众的认知习惯，例如在表现她饱受相思之苦时：

[她走到前门旁。

她　身子，心灵，意识。

[她再次开始在房间里游走着。

空一缕，香在此，游子，何之。

[她缓缓开始浅吟低唱。

纵使相逢不识，平生不会，才会，害了，相思。

[她依然浅吟低唱着。

当听到这一段时，笔者似乎在这样一个极为现代的人物身上看到了古人借以诗词表达内心愁予的跳脱一瞬，这种感觉所带来的间离感给了笔者一种创作者在有意混淆时空的感受。原作中的真实或者不真实的“他”和“女孩”如果是鬼魂，如果是回忆，那“她”的身上未尝不可是古今的拼贴。或者从另一个维度来说，或许如果真的世界已经发展到了“他”和“女孩”的数字智能时代，那她未尝不能被理解成为一个回忆和朝代中的形象。又如：羞日遮罗袖，愁春懒起妆；易求无价宝，难得有情郎；枕上潜垂泪，花间暗断肠；自能窥宋玉，何必恨王昌——以近乎戏曲念白，无不展现出中国语言之美。

2. 人物和人物关系的调整

改编后的本剧，通过调整人物的对话方式、行动动机和情感冲突，使他们的行为和思维更具中国特色。在原版中，明确的剧中人是“她、他、女孩”，虽然在舞台上他们都没有姓名和明确的身份标识，但从董天翼的改编剧本中，笔者似乎可以印证导演在处理时确实模糊了“她”和“女孩”之间的明确界限，这种改动让笔者几乎没有一瞬间觉得这个女孩是“她”之外的另一个人，也使得剧情没有落入具有发展成为三角情感关系的可能性的俗套。笔者一次一次被“她”和“女孩”之间的惺惺相惜感动，直到最后女孩为她送上轻轻一吻。

这种调整使得改编的力度全部为主角的人物设定产生最优结果，和原作不同，这个舞台上的“她”为爱情肝肠寸断过，但并没有因此消沉，她找到了在漫长时间和等待后自我的成长，这种成长不只是和过去弥合的一吻，更是指向未来的。这个改动显然赢得了大多数观众最发自内心的感动，因为当下不再是过去，自然应该有面向未来的表达和更为独立的观点。

3. 结尾的改动将主题进一步推动

刘丹延续了《村里新来的年轻人》不设置附台、完全打开的艺术创作构想，用简单的线条和墙面呈现了一个孤独的空间，这种冷峻的空洞，成为整场演出最简洁的留白和静场。“从视觉上呈现了剧中语言的脆弱和不稳定性：语言的条理和连贯性在角色的沉默中频频受到破坏，破损的物体映射出语义的支离破碎，而房屋框架外的无垠黑暗则象征着无法逾越的人际深渊。”[①]

在全局高潮处，导演引入了街舞和电子风格极强的音乐肆意宣泄爱、歌颂爱，而最终又回归古典。最后，结尾的改动和主题的延伸，是此次改编的一个重要突破——在原作的结尾基础上做了适当的调整，赋予其更深远的哲学含义，进一步探讨了“永不分离”这一主题的多重层次。从生命的无常，到人际关系的深刻影响，再到个体存在的意义，这一主题的升华让整部作品不单单是对爱情或人际情感的讨论，更是对生命本质的深刻反思与追问。

笔者甚至看见了“易卜生”，以一种更加深刻的方式探讨自由与命运的主题。福瑟作品中的存在主义思考，与贝克特的困境与等待交织在一起，呈现了个体在不

① 赵稳稳：《沉默与静顿——约恩·福瑟戏剧中的留白艺术》，《戏剧之家》2024年第28期。

断逼近自我解放的过程中所面临的困顿与迷茫。然而，这种存在的挣扎并不是单单对无意义生活的被动承受，而是在其中寻找突破与希望。福瑟笔下的个体，虽然身处于看似无解的困境中，但依然在挣扎，在追求，正如易卜生作品中的人物所表现的那样，虽然深陷社会桎梏，却依然不放弃对自由的追求。

特别是在女主角的结局设计上，本剧大胆改动了原作的走向，赋予她一份不拘泥于传统框架的自由意志。当她最终奔向观众席时，那一刻的冲动与狂奔，象征着对命运的挑战与超越，远远超出了单纯的“逃离”。她的行动并非娜拉式的出走，逃离家庭与束缚，而更具个体性与自我实现的意味。这不仅是对社会框架的突破，更是对自我意识觉醒后的真实表达。和导演的精巧设计一样，开场她从观众满怀心事踱步走上台，最后她放下一切原本的准备下场，留下了一个出走的背影，此刻笔者已经相信她能够再出发。可远处一束光照亮了她，她回身相对，竟然飞也似的冲回观众席高处。在她的奔跑中，观众看到了自由意志的宣言，感受到了那种在荒诞与困境中依然可以选择的力量，这种结尾和主题的延伸，不仅是对福瑟作品的再创作，也与贝克特的荒诞精神和易卜生对社会桎梏的批判达成了深刻的对话。女主角的奔向观众席，成为这部作品对自由、选择与自我认同的最终宣言，是对每一个观众心中潜藏的自我意识与自由意志的呼唤。

结语

《搁浅》①《爆米花》《村里新来的年轻人》②《而我们将永不分离》③四部剧目所横跨的十年时间，是中国话剧舞台上新一批导演成长起来的十年。当然，对于刘丹导演艺术创作的评价简单只从几部作品的分析是不够的，还应该从大量的案例和舞台呈现中去更为细致地找到线索。但是，作为中国话剧艺术最高殿堂的青年导演，其女性身份又显示出其艺术创作的独特视角和不可或缺，笔者认为对于这样具备学术

① 本文对于《搁浅》台词的引用均来自董天翼编剧的剧本。
② 本文对于《村里新来的年轻人》台词的引用均来自蒲逊编剧的剧本。
③ 本文对于《而我们将永不分离》台词的引用均来自约恩·福瑟原著，邹鲁璐翻译，董天翼改编编剧的剧本。

性和实践性的青年导演应该给予更多的关注与研究。诚如刘丹从2023年开始跟随王晓鹰博士开始攻读自己的博士学位,笔者将《而我们将永不分离》视作她的一部全新创作阶段的开跋之作,也由此可见她会在不断探索舞台假定性和诗化现实主义的道路上,做出自己独特的现代性探索下的戏剧作品。

时空聚合下的情节回溯

——谈田汉与夏衍对《复活》的话剧改编

张　弛

俄国作家列夫·托尔斯泰的长篇小说《复活》讲述了贵族青年聂赫留朵夫在年轻时诱奸了女仆喀秋莎而致其沦落为妓女，又在多年后与她法庭相见，最终选择与她一起去西伯利亚赎罪的故事。自问世起，这部小说就经常被搬上话剧的舞台，而在中国，田汉、夏衍两位近代戏剧大师都曾对它进行改编——1936年，田汉为托翁逝世二十五周年纪念而作《复活》，该剧于南京世界大戏院首演，后又经新南剧社复排。夏衍亦曾观看此剧目，结尾时政治犯们一边高歌着一边向茫茫风雪走去的场景给他留下了深刻的印象。六年后，他在好友陈鲤庭导演的再三鼓励下也试着改编了一版《复活》，该剧在重庆连演十九天，后又随剧社去莫斯科展演，受欢迎的程度可见一斑。似乎是冥冥中的必然，田、夏的《复活》从诸多话剧版本中脱颖而出，经受住了时间的考验，成为最具影响力和传播力的两个版本，后来人再改编《复活》时多有对它们的借鉴。

若我们把两本《复活》放在一起看，不难发现，二者存在一个共同点：它们都采用了时空相对集中的纯戏剧式结构（孙惠柱语），对舞台时空进行了高度集中化的处理，而在高度集中的时空下，又不断地借助回溯来展开叙述——这或许就是它们成功的秘密所在。借此机会，笔者希望对两部《复活》聚合时空的方式及效果展开分析，以供其他改编者参考。

一、时空聚合：从故事时间到叙述时间

与用文字搭建天地万物的小说不同，戏剧是由一个个明确的、可视（和听）的戏剧场面构成的，同时，受演出时长的限制，这些场面往往需要在二到三个小时之内全部展现完毕，因此每一个场面都必须承载足够多的叙事任务。为了提高任务完成的效率，创作者也会有意识地对戏剧结构进行设计与调整，以使舞台上的时空更加集中。这样一来，就产生了故事时间与叙述时间的差异。所谓故事时间，是指“被叙述的故事的原始或编年时间”，即整个故事从开始发生到全部结束的时间，而叙述时间则是“文本中的叙述时间”①，即叙述行为持续的时间，相当于整个文本用于讲述故事的时间。

原著小说里也存在着故事时间与叙述时间的差异。第一章第一节，喀秋莎被狱卒从牢房里提了出来，押送去法庭受审，此时的喀秋莎已经做了很多年妓女，并因为遭人陷害而卷入了命案之中，但托翁直到第二节才开始透露喀秋莎成为妓女的原因。同样，小说第三、四节讲聂赫留朵夫收到未婚妻的来信，准备去参加庭审，在他思考婚姻大事的时候，托翁顺便讲述了他在抛弃喀秋莎后的十年里遇到了哪些事、发生了哪些变化。换言之，托翁先是把两个具体的形象——堕落的妓女以及腐朽的贵族立在了读者面前，然后才不紧不慢地对他们的身世与经历展开补叙。故事时间和叙述时间之间的差距随即显现了出来：故事时间开始于喀秋莎出生后，叙述时间则开始于庭审之前，两者之间差了将近三十年。不仅开篇这一处，小说其他部分经常也会出现类似的情况，例如聂赫留朵夫带着枢密院的判决去监狱医院看望喀秋莎，却意外从典狱长口中得知喀秋莎因为勾搭医生而被打发回牢房了，聂赫留朵夫在经过一段内心的挣扎后选择继续帮助她，而当两人的会面结束后，托翁才补叙了喀秋莎此前在监狱医院被诬陷的经历。文学体裁的作品向来没有什么时空方面的压力，托翁的做法自然也不是为了适应舞台，而是为了达到某些特定的艺术效果。仍以开篇的部分为例，先把男女主人公十年后的境遇摆出来再去解释造成这种情况的原因，随之而来的巨大反差感会加剧女主人公身上的悲剧性，进而使读者更容易

① 胡亚敏：《叙事学》，华中师范大学出版社2004年版，第63页。

对她产生同情与怜悯，于是更加期待即将要到来的"法庭审判"。

然而，尽管有原著作为参照，戏剧的改编者在选择叙述时间时仍会生出诸多顾虑。对线性戏剧结构来说，问题首先出在对全部叙述时间起点的选择上，或者说故事该从哪里开始讲起。起始点选得早，作品就会趋向于"开放式"，反之则会向"锁闭式"靠拢。在这一步，创作者其实可以照搬托翁的设置，即以庭审开始前的早晨作为起始点，但田汉与夏衍显然有不同的理解，因此做出了截然相反的选择。

相比于小说，田汉把开始叙述的时间又向后推迟了一点——大幕一拉开，庭审就已经结束，在狱友们的关心中，精疲力竭的喀秋莎被送回了牢房，聂赫留朵夫随即来到狱中寻访，两人进行了分别后的首次相见。也就是说，田剧将喀秋莎被提出牢房、聂赫留朵夫从家里出发去法庭以及整个庭审的过程全部隐藏了，使故事时间与叙述时间之间的差距被进一步拉大。虽然放在整个故事时间中，这半天的时距显得微不足道，但却在舞台上略去了包括监狱、公爵府和法院在内的三处地点，同时，跳过那些对聂赫留朵夫和喀秋莎现行状况的展示后，田剧比小说更加迅速地搭建起了男女主人公之间的戏剧关系，而这份关系里蕴藏的冲突催促着他们展开下一步行动，由此引发了舞台上一连串实际的戏剧动作。

夏衍则不然，他将起始点大大提前，最终放在了喀秋莎被聂赫留朵夫所诱骗的那个复活节之夜，使故事时间和叙述时间之间的差距急剧缩小，以至于呈现出"开放式"的戏剧样态。这样做自然有它的好处，比如观众可以不用带着猜测来观察舞台上发生的一切，从而将注意力主要集中在男女主人公命运起伏的过程上。但从叙事的效率上来说，夏剧是远远低于田剧的，同样是六幕，田剧在第一幕已经交代到了聂赫留朵夫探望喀秋莎并向她忏悔，夏剧却用了整整两幕来表现十年前发生的爱恨纠葛，占了全剧篇幅的三分之一，以至于后续聂赫留朵夫与喀秋莎精神觉醒的过程稍显仓促。

不过，这并不代表夏衍在改编时失去了对舞台承载力的把握。如果说田汉的剧作是"将时空高度浓缩，在有限的空间里以'过去的戏剧'推动'现在的戏剧'"，夏衍的剧作则是"在散漫时空的外表下，同样遵循着戏剧时空的基本规律，集中而统一"①。毕

① 《夏衍戏剧的潜在叙事》，载苏永旭主编：《戏剧叙事学研究》，中国戏剧出版社2004年版，第303页。

竟除了从何时开始讲述故事之外，运用叙述时间改变故事时间的机会还有很多，夏衍只是把这些机会平均地分散在了整部戏里。小说第二部伊始，聂赫留朵夫回到巴洛洼村（喀秋莎的出生地，也是罪恶的发生地），将自己拥有的田产无偿地分给农民们。就拿这一段情节为例，小说中故事时间和叙述时间是重合的，在田剧里，由于起始点选得晚，剧作者有充裕的时间进行其他场面的展示，所以在第二幕中，他也安排聂赫留朵夫去乡下分地，除事件被大量简化以外，同小说一样，剧作者也保持了故事时间和叙述时间的一致。但在夏剧里，为了在剩下的四幕里节约舞台上的时空，剧作者选择将这段情节全部隐藏起来，没有用单独的一幕或一场在舞台上呈现，而是一直等到第五幕聂赫留朵夫与喀秋莎在医院相会的时候，他才花费极少量的舞台时空将这段情节表现出来：

涅赫留道夫　（望了一下，看不见卡丘莎，看见了杜赫娃）啊，杜赫娃，你也在这儿，好极了，一向好吗？

维　　拉　多谢，公爵是从……

涅赫留道夫　嗳，才从圣彼得堡回来——

维　　拉　请坐，圣彼得堡，近来有什么新闻？

［埃斯狄若夫将他上下打量了一下，回身进去。

涅赫留道夫　唔，也没有什么可说的新闻……对了，维拉，我这回去整理家产，把所有的田地，都分给了农民……①

综上，虽然情节选择的方式与角度各不相同，但田汉和夏衍两位剧作家都完成了各自的目的，成功地把六幕戏集中在了固定的时间和地点：

	田汉版《复活》（六幕六场）	夏衍版《复活》（六幕七场）
第一幕	监狱	巴洛洼村
第二幕	巴洛洼村	巴洛洼村（上一幕七个月后）

① 夏衍：《夏衍剧作集》（第三卷），中国戏剧出版社1986年版，第72页。

续 表

	田汉版《复活》(六幕六场)	夏衍版《复活》(六幕七场)
第三幕	医院	公爵府
		公爵府(上一场同天晚上)
第四幕	公爵府	监狱
第五幕	塞外监狱	医院
第六幕	车站	车站

单从表上来看,田剧的时间要更加集中,只用了六幕六场,而夏剧虽然比田剧多出一场,地点却只设置了五处,比田剧要少一处。然而,在小说面前,这种差别又显得太过细微。要知道,小说三部加起来可是分了整整一百二十九小节,涉及的地点更是不计其数。对戏剧舞台来说,这是不可想象的。但当时空聚拢起来的时候,演员不需要频繁地上下场,置景也不用跟着一变再变,同时,创作者也不需要再花费力气重新创建情境,因为多个事件都可以放进同一个情境里——如此一来,叙述效率自然就提升了。

二、回溯复现:弥补原著信息的手段

时空聚合虽然可以使叙述效率提升,但也因为故事时空被隐去而导致原著信息的大量缺失,创作者必须用其他方式对这些信息加以回溯。这个过程同样充满挑战。

对于人多数戏剧作品来说,回溯主要是借助人物之间的对白完成的。这是由于对白发生的场景和时机可以由创作者自行设计,并且它所占用的舞台时空总是相对较小的。仍以夏剧第五幕聂赫留朵夫与维拉的谈话为例:彼时,聂赫留朵夫收到上诉被驳回的消息,迫不及待地去监狱医院找喀秋莎,正好碰见了他的旧交维拉,在寒暄中,聂赫留朵夫向她透露了自己将田产散去的善举,以表示自己赎罪的决心。在剧作结构上,这几句对白轻松地完成了对缺失情节的回溯,使观众在叙述时间明显短缺的情况下了解到更多的信息。

在田、夏两本《复活》中，承担着类似叙事功能的对白几乎随处可见，但它们需要满足一个必要的前提，即这些对白必须在一个合乎逻辑的情境中产生，换句话说，应该把对白放在特定人物的整体行动中来看，否则就会产生一种剧作家为传递信息而要求人物讲出那些台词的不协调感。诚然，田剧第一幕让其他犯人来讲述喀秋莎的过往确实是一个省时省力的好主意，可再稍微推敲一下，这又不免会让人感到奇怪：犯人们与喀秋莎非亲非故，他们缘何知道喀秋莎的身世与经历？彼时的喀秋莎已经是一个妓女——至少在面对陌生人时，她总是把自己表现得更加堕落，她与公爵曾经有过的情感应该是她最难以启齿的秘密，甚至在面对聂赫留朵夫本人时，她都声称"什么都不记得""全都忘了""那事早完了"①，那她的狱友们就更不可能得知她的故事。

然而，即便满足这个前提条件，对白所带来的回溯依然存在一个致命的缺陷，那就是除了完成既定的叙事任务外，它鲜有机会再参与更深层次的情感表达，因为比起观众亲眼看到的东西，对白终归是一种信息的转述，隐藏着一定的不确定性，很难表现出那些实打实的戏剧场面所蕴含的情感张力，而这一点在两版剧本中均有体现。例如夏剧第二幕，两位仆人奇洪和马夏搀扶着衣衫不整的喀秋莎回到家中——聂赫留朵夫乘坐的火车正好经过巴洛洼村，喀秋莎冒着风雨去火车站找他。面对另一位仆人的询问，奇洪和马夏讲述了她在火车站的遭遇，尽管两人讲得绘声绘色，并反复地使用"可怜"这类词汇来形容喀秋莎的境遇，但这终究只是一段对白，观众需要先通过二者的描述在脑海中想象出那幅画面，然后才能形成相应的情感体验，这无疑加大了他们与舞台的距离。巴金看完此剧后曾提出建议："第二幕卡丘莎追车回来，感情变化也不及原作复杂。"夏衍对此表示同意，并在一篇杂谈中写道："这批评是对的，对于这两场戏（当然还有其他的地方），我在改编的过程中的确也颇费周章，可是除上演时间和演出条件之外，主要受限制的还是改编者的理解和功力。这就使观众不能得到像阅读原作当时一样的享受和感动了。"②而在另一版《复活》里，

① ［俄］列夫·托尔斯泰：《复活》，吴兴勇译，春风文艺出版社2018年版，第174页。
② 夏衍：《杂谈改编》，《中国电影》1958年第1期。

田汉也对这段情节展开了回溯，只不过情境换成了聂赫留朵夫与喀秋莎在狱中的相会、讲述的人也从仆人变成了喀秋莎自己，但对白的形式并没有改变，所产生的效果也和夏剧大同小异。

其实，不仅仅是人物对白，其他相关的叙述话语也都面临着类似问题。越来越多的创作者喜欢在改编的时候安排一个全能的叙述者或让某个人物暂时越过第四堵墙向观众展开叙述，这样做也确实达到了节省舞台时空的目的，但却少了些戏剧艺术的魅力。剧作家李宝群在谈到改编时曾说："现在有些戏过于依赖'叙述'，演出中充斥大量叙述，若处理不好叙述性与戏剧性的关系，演员又不给力，很容易沦为剧本朗读或小说朗读。"[①] 从某种意义上来说，过多的叙述话语(甚至是对小说原文的朗读)有让话剧作品变成原著附庸的风险，使得话剧艺术的特殊魅力无法体现。

可见，如果在一出戏里人物总是在进行回溯性的对白而又没有其他动作，观众自然就会感到失落——同样是接收信息，戏剧舞台既然不能带给观众全新的感受与体验，他们为何还要走进剧场，而不是去阅读原著呢？若我们能看清这一点，就不会执着于用对白来完成全部回溯了。对于某些事件来说，场面复现或许才是更加合适的表现方式。当然，场面的转换需要时间、空间和内在的合理性，但就如电影中的蒙太奇一样，创作者是有办法满足这些要求的。

田剧第二幕，聂赫留朵夫去巴洛洼村给农民分地，再度留宿在姑妈家，而当夜深人静的时候，他不禁梦到了十年前的往事，就是在这里，他诱奸了喀秋莎。于是，借助着这份"巧合"，舞台在置景不更换的情况下完成了一次短暂的时空转换，穿着仆人服饰的少女喀秋莎推门而入，与聂赫留朵夫一起重现了当年的情景。由此，观众得以直观地感受到喀秋莎曾经的纯真与热烈，以及她寄予公爵少爷的无比诚挚的爱情，而这一切在梦醒之后统统散去，只剩下聂赫留朵夫在旧屋中辗转，妓女喀秋莎则在监狱里受苦。落差感顿时扑面而来，观众对喀秋莎的痛苦与挣扎和对聂赫留朵夫的自我忏悔也都有了更加深刻的理解。如果喀秋莎追车的情节也能在某种"巧合"的安排下完成情景的复现，相信其所创造的艺术感染力一定要比人物间的对白强很

① 李宝群：《漫谈时下剧坛的"文学作品改编热"》，《新世纪剧坛》2023年第4期。

多，说不定观众也能体验到“像阅读原作当时一样的享受和感动”了。

需要注意的是，相较于戏剧对白，场面复现的回溯手段只能作为补充，不应当被滥用，因为在多数情况下，它所占用的舞台时空也要比普通的对白更多一些，如果这种回溯过多，留给人物当下行动的时间就会显得很急促了。在纯戏剧式结构中，大部分的回溯任务还是要交给人物对白来完成，只有少数重要的情节才可以考虑是否用场面来展现。

三、纯戏剧式结构：对原著精神的继承与革新

经过上述的种种安排，两版《复活》在时空聚合的条件下呈现出了纯戏剧式话剧的显著特征，那就是尽量凝聚时空、凝聚情节，在相对集中的时间和地点内完成故事的交待。从最终效果上来看，它们不仅完成了对原著外在风貌的继承，也完成了对作品主题内核的大胆创新。

所谓继承，表现在以下两个方面。

第一，在一台戏的常规时间内将全书的主要内容表现了出来。无论田剧还是夏剧，都完整地讲述了喀秋莎和聂赫留朵夫从相识、分别、重逢到最后各自为了想要的生活而分道扬镳的过程，其中也没有令观众含糊不清的情况发生。对长篇小说的改编来说，这其实是不太容易的。对比其他剧目，这种感受或许会更加明显。2019年，圣彼得堡马斯特卡雅剧院带着苏联作家米哈依尔·肖洛霍夫的著作《静静的顿河》来到中国，当时就有观众在社交媒体上表示八个小时的演出时长太久了——这不难理解，因为观众再怎么热情，也很难摆脱体力的限制，注意力也会随着时间的流逝不自觉地分散。除了把演出时长拉大以外，还有创作者想到了连台戏的形式：2018年，改编自金宇澄同名长篇小说的《繁花》第一季在沪上演，三年后又推出了第二季，第三季则还在制作中。诚然，受中国传统戏曲熏陶的观众对连台戏这种模式并不陌生，且每一季的内容也都独立成篇，但不可否认的是，观众每一次走出剧院都会将积累的情感清空，他们获得的体验终究是断续的，对于作品内核的感受自然也要打些折扣。

第二，延续了原著的现实主义风格。在小说中，托尔斯泰将沙俄晚期的社会生活图景一五一十地呈现出来，并以此为背景对包括男女主人公在内的近百名人物展开描写，有时还会深入他们的内心，对他们的精神世界进行细致的刻画，这种朴素而自然的现实主义写作风格也成为托翁的一大招牌。得益于回溯对故事时间的弥补，田、夏两版剧本都完成了对这种风格的继承——尽管田剧也有用到梦境等非现实元素，但那只是作为舞台时空转换的接口，情节的发展逻辑与呈现方式依旧遵循着现实主义原则，而夏剧自不用多说，在具体情境中凸显人物内心冲突正是夏衍作为剧作家的一贯特色。于是，在固定的写实化场景里，人物通过一系列合理的行为将事件依次推到观众面前，使他们沉浸在第四堵墙内的幻觉中，并与人物的情感与经历产生共鸣。

而所谓创新，即对原著主题的超越与升华。托翁晚年时精神世界向宗教皈依，《复活》作为本时期最重要的代表作，也透露出浓浓的宗教色彩，如小说第三部第二十一节，聂赫留朵夫在渡河时遇到了一个怪老头，他们对宗教的含义及上帝的真面目等话题展开了讨论，再如结尾处，聂赫留朵夫和喀秋莎分别在宗教的感召下寻找到了自我，并怀着“宽恕世人”的观点开启了新的生活，甚至在全文最后一节，托翁还不忘让聂赫留朵夫阅读《马太福音》的戒律，以上种种做法不免让作品沾染上了理想主义的说教气。

田汉认为，这是托翁没能摆脱掉的“原始基督的封建残余”和“贵族残余”[①]，故而要将其摒弃，同时，他还要借《复活》这部戏来宣扬革命思想，正如他在后记中写到的：“这个戏的演出目的不只在于纪念托尔斯泰，而在通过或假借托尔斯泰的人物说出我们要说的话。在白色恐怖严重的日子里，写外国故事的戏跟写历史剧有同一战斗作用。”[②]从这点来看，叙述时间的选择显然还有另一重原因，那就是田汉不打算过分聚焦于喀秋莎过去的苦难经历，毕竟，她与聂赫留朵夫的纠葛只是个体的遭遇，田汉更希望展示的，是黑暗社会背景下的群体命运，以及包括男女主人公在内的这些人如何对这种社会现实展开反击。于是我们可以看到，田汉几乎把舞台时空全部

① 田汉：《我为什么改编〈复活〉》，《新民报》1936年4月12日。

② 田汉：《〈复活〉后记》，载《复活》，中国戏剧出版社1957年版，第175页。

安置在了有利于进行这一主题表达的场合中：第一幕，喀秋莎带着庭审结果回到牢房，她的狱友纷纷向她施以善意，并表示这样的结果不令人意外，有的还讲述了自己的经历聊以安慰，由此可见，在当时的社会环境里，底层人常常受到不公正的待遇，甚至被施以刑法；第二幕，聂赫留朵夫来到乡下分发田产，农民们在惶恐中讲述了他们是如何被地主剥削的，甚至站在聂赫留朵夫的立场上劝他“每年帮大家一点种子就成”，因为即使聂赫留朵夫不后悔，“别的地主也要反对的”[①]，但聂赫留朵夫执意要将田地分下去，而这段情节也直接将聂赫留朵夫放在了他所处的阶级的对立面，说明造成农民们苦难的根源不在于某一个具体的人，而在于整个社会制度；甚至，田汉分两幕来表现苦刑犯们被流放的过程，一幕在塞外监狱，一幕在车站，在塞外监狱时，犯人们互相帮助、互相打气，以至于讨论起如何争取民主与自由，在车站时，他们冒着风雪向西伯利亚进发的动作亦表明了这一切。而在整部剧中，一些对男女主人公的命运起决定性作用却又不能进行主题表达的情节则被交予了回溯，如聂赫留朵夫去枢密院申诉等。经过这么一番调整，观众看到的就始终是男女主人公和其他底层人与社会现实的抗争了。

在夏本《复活》中，时空聚合同样对主题产生了明确的引导，但不同的是，夏衍“没有把托翁那样执拗地攻击的司法制度和寿昌兄那样多彩地描画了的土地问题放在这改编本的主位”，转而以人为核心的表现对象，用他自己的话说，仅“写了一些出身不同、教养不同、性格不同，但是基本上却同具着一颗善良的心的人物，被放置在一个特定的环境里面，他们如何蹉跌，如何创伤，如何悔恨，乃至如何到达了一个可能到达的结果”[②]，因此，夏本里没有那么浓烈的批判色彩和革命意识，只专心地对人物的性格与命运展开深入的发掘。于是，在田汉花费整整一幕来大力讲述聂赫留朵夫去乡下分田地的时候，夏衍反而略过了这一情节，自然也不会让观众看到太多底层人的境遇以及“忏悔贵族”为改变他们的境遇而付出的努力。与此相对的是，他把舞台时空聚焦在每一次男女主人公命运的重大转折上，比如喀秋莎随犯人们一起被流放的这一过程，夏衍就没有再额外设置一个与“塞外监狱”类似的场景来展

① 田汉：《复活》，中国戏剧出版社1957年版，第43页。
② 夏衍：《改编〈复活〉后记》，《新华日报》1943年4月28日。

示犯人们的精神风貌，他只用了一幕——地点选择在车站，时间则控制在男女主人公分别的当天——来展示男女主人公经过一系列挣扎后最终“到达的结果”。当整个舞台都被他们命运中的种种跌宕充斥着时，观众的目光当然也就牢牢地锁定在人物本身了。

综上不难发现，田、夏两剧最难能可贵的是，它们不仅将原著小说的“形”表现了出来，还借着外在的“形”完成了改编者的主观表达。

结语

当然，从小说到话剧的改编有着不同的方法和路径，具体走哪条路线是创作者的自由，改编并不意味着要在这一点上与原著保持一致，风格的转换在当今的戏剧市场上早已屡见不鲜，例如国家大剧院制作的《基督山伯爵》就一改原著的现实主义风格，在舞台上安排了老、中、青三个年龄阶段的主人公，使他们彼此展开交流与对话，从而完成对事件的叙述，这样的改编也是富有趣味的。此外，在《北京法源寺》的话剧改编版本中，创作者运用了叙述者来串联情节、构建了双重时空。这种叙述话语的使用与《复活》偏重于现实主义、在场景之内回溯与复现也是大大不同的，作品会因为间离效果的存在而更能促进观众思考的主动性。

总之，时空聚合对于话剧改编的影响是多方面的，它不仅能在小说舞台化的过程中督促创作者进行高效率、高质量的叙述，也能帮助创作者展现出作品的深层内涵与独特魅力。甚至，这种影响不仅限于纯戏剧式结构，因为不管采用什么样的形式，小说在被改编时总会面临着舞台承载力不够的问题，而时间与空间恰恰又是戏剧这门艺术核心的叙事语言，所以不管创作者最终选择了哪种改编策略，都要充分尊重它的特质，以最合宜的方式使读者或潜在的读者在剧场中获得完整、崭新而深刻的体验。

影视剧编剧研究

网络剧的垂直文际性：网络空间中的数字叙事共同体构建

王　婧

福柯的“异质空间”理论将我们生存的空间看作一个关系的总体，一个不均匀的、多元的、由多重关系的交互作用而建构的一种空间。网络世界正是这样一个空间，在这个空间中现实空间被压缩，而虚拟空间无限扩张，生产出多元化、多义性、彼此互文的意义。

一、网络剧的垂直文际性

（一）分众化创作强化网络剧的垂直文际性

网络剧的垂直性起因于网络的分众化传播，垂直分发、交互反馈的媒介特质作用到生产环节、接受环节，在垂直中强化了传播效果。

在生产过程中，网络剧通过标签化的类型细分实现内容的垂直增生，通过反标签化的细节创新完成离散性的垂直创作。生产者不断挖掘内容潜能，更全面也更精准地满足网络受众个性化的欣赏需求，获得长线发展的稳定消费者。每一类型的作品通过“标签化”区隔出垂直通道，又通过类型的数据库化与这一类型作品的主体受众组成互动的集合。随着网络受众数量的不断增加，细分的选项越来越多。网络剧生产者为了能够在众多细分类型中脱颖而出，不断尝试拓展表现形式，并通过在主题、人物、情节等方面的探索生发出具有“网感”的内容，希望通过反标签化的细节创新获得观众的青睐。活跃的受众借助互联网参与基于网络剧的“超文本”的建立，在“超文本”中的每个关联文本都处于其他文本的交汇处，彼此间吸收、转化形成内容的水平增生，为网络剧的垂直深入积蓄能量。网络剧生产者在追求类型差异化的同时，也通过分层发展兼顾大众的共性需求。网络剧的分层次发展和类型的差异化细分分别扩大了受众覆盖面和相对稳定的细分受众群体。

网络既是突出个性、表达意见的空间，又是达成共识、充分社交的空间，在类型不断深耕的同时，网络剧通过互文性、连续性不断扩张同一类型的系统，强化受众对作品的期待，将目标受众转化为这一类型系统的拥趸，打开抵达垂直细分观众的通道，扩大稳固的受众群体。

在接受过程中，网络剧意义的生产和解读不单存在于文本生产的某个阶段，也不单存在于文本接受的某个阶段，而是存在于每一阶段的互动中，创作者和接受者不再是固化的个体，也不再是僵化的身份，而是以交互主体的身份在不断地生产和解读文本的过程中与不同文本交流互动，创造新的文本，在网络空间参与构建起超文本形式的跨文本叙事系统，在扩大的涵义上体现出网络剧的另一种垂直性强化，这也为网络剧的垂直文际性的丰富发展提供了广阔的空间。

（二）垂直文际性巩固网络剧的垂直通道

约翰·菲斯克在《电视文化》中讨论了电视节目的文际性，指出可以从垂直和水平两个维度来看待文际关系。“水平关系指的是或多或少有明显联系的初级文本之间的关系，这些文本通常沿类别人物和剧情的水平轴发生联系。垂直文际关系指的是一个初级文本和直接提到它的不同类别文本之间的关系。这些不同文本也许是次级文本，比如摄影棚的公开信、新闻特写、批评，或者由观众产生的第三种文本。”[①]水平文本在电视领域得到最广泛讨论的是类别，这种文际性是所有屏幕亮相的集合，也是任意一个屏幕亮相解读的重要部分。这里的类别也就是指我们惯常说的“类型”，同时它强调电视是一种高度的类别化的媒体。

① ［美］约翰·菲斯克：《电视文化》，祁阿红、张鲲译，商务印书馆2005年版，第156页。

在互联网环境下，网络剧更突出地具有“垂直文际性”的研究价值，“垂直文际性是由初级文本和与之特别相关的其他文本的关系所构成”①。次文本能够起到推动初级文本首选意义传播的作用，而更有意义的是互联网世界极为庞大的第三级文本，他们将网络剧的首选意义放在历史的任意时间被考量。在网络平台中，除了由于种种原因被下架的作品以外，其他作品在平台上可以在任意历史时间中被调取、阅读、与当时的社会文化生活产生新的意义，能够充分地调动网络剧文本的多义性潜能。

在“初级文本”的层面上，网络剧创作的一大内容来源是网络文学作品，也就是经常被称为IP改编的作品，这类作品所取材的源文本往往有一定的粉丝基础，《鬼吹灯》系列、《青云志诛仙》《秦时明月》《御赐小仵作》等为数众多的网络剧都是通过有一定阅读量的网络小说和漫画改编，在吸收了原作“吸睛”元素的基础上，结合网络剧创作的视听要求和立项审查要求，进行可实施的改编。随着“迷雾剧场”“恋恋剧场”等按题材划分的网络剧专栏的风靡，网络剧对某些受到广大网络用户追捧的热门题材进行深耕。在同类型题材的发展中，创作者通过各自的作品对题材的选取、阐释、表达、呈现进行了互相交流。在发展中也能看到互相渗透的影子，在交叉互鉴中，网络剧中“悬疑”“甜宠”等题材有了深入的发展，甚至可以说成为网络剧有别于传统电视剧的突出的品类。这些具有协同性的特质在垂直文际性中进一步被突出强化，对观众产生了极大的吸引力。例如在网络上有着各种诸如“吻戏混剪”“撒糖混剪”“名场面合集”等可以类比的同题材的影视片段的再创作产品，在垂直文际间共性的特点得到了充分的解读、突出、放大，反过来也影响了水平层面上的文际发展，客观上促进了这一类型的网络剧整体发展。

互联网受众与作者一起完成了对网络剧文本的写作，受众与作者一起进入生产领域。作者完成了网络剧作为源文本的创作，而不同趣缘社区的网络用户依据各不相同的关注点，充分发挥主观能动性完成对文本持续不断的破坏和重建。有时候作者会根据观众的呼声进行续集或番外的创作，有时候观众在自己的趣缘群体中创作

① ［美］约翰·菲斯克：《电视文化》，祁阿红、张鲲译，商务印书馆2005年版，第169页。

同人作品、混合剪辑视频等，“产出”许多与源文本有着密切关联的文本，客观上突出了文本间性在网络剧文本中的特质。

在当下的网络世界，一部网络剧的受关注程度也能从文本产出的丰富性上有所体现，一部剧如果在网络上受欢迎，就有许多“靠爱发电”的网友自发地进行许多延展的文本创作，将源文本中的内容解构并重新结构成自己想象的样子。而根据观众的喜爱程度，一个源文本也可以不断通过翻拍、续集、番外等多种形式构建同一个故事的前世今生，在这个层面上，连原作者在创作之初可能都无法想象自己生产的文本究竟有多少种解读的方式。特别是那些“爆款”，在拥趸中间通过各种方式完成对源文本的意义再生，“兄弟情”指代耽美的同性之爱，同人文作者按照自己的意愿填补各种剧中的意难平，剪辑爱好者把源文本当作素材，按照自己期望的方式重新结构作品……从这个角度来说，网络剧在网络世界不仅是供人欣赏的文本，也是供人“生产”的原材料，这种生产贯穿于网络剧“生产—传播—消费”链条内部，本质上是一种意义生成活动。在这种意义生成的生产中，生产者（作者和衍生文本的生产者）都有自己的逻辑，在文本的生产和再生产中，这种逻辑能够自洽。基于源文本和衍生文本共同构成的系统中，能够充分地强调文本的多元表意价值。在这种系统中，网络剧的意义已经不仅仅是静态的主题思想，而是一种动态的意义生成过程，这种动态包含了不同解读者自身的创造能力、解读者所处的社会历史阶段，以及不同视点、立场、价值观，所以它是多元而动态、富有生命力的。

对网络剧的垂直文际性的研究，是从一点出发向纵深挖掘的研究思路，充分地考虑了以网络剧文本为中心，作者、消费者、文本意义生产者之间主体性不断地变化，在意义的传播和交换中凸显了文本作为可流通的商品化的价值客体的一面，强调了文本意义的流通性和交互性，只有经过传播，被读者消费，才会产生价值，具有意义，而这种意义随着文际拓展而变得更加丰富。

在文际拓展中，网络用户发掘自己认为有价值的意义以自己的方式进行吸收和转化，这种转化并不是简单的复制粘贴，也不是直白的模仿，而是从源文本中提取意义，并拓展、超越原意，与其他文本勾连起来，形成更大的社会性的文本中，也就是扩充了文本的社会性容量。现在要衡量一部网络剧的热度，首先需要看数据，看节目在网站的播放量，看上网络社交平台热搜的次数，不少观众是通过热搜提起选择收看网剧的兴趣的，在这个角度来看，网络剧提供给了观众“话题”，也就提供给了观众社交的属性，观众在社交中热议了文本的话题，又对文本产生的意义进行增容，扩充了其社会性容量，甚至投射到现实社会，影响社会的发展和变化。罗兰·巴特认为文本的这种社会容量包含了“来到文本之中的先前和当时的语言整体”。[①]

作者、可以被不断再创作的文本、深度参与文本解读的快感构成网络剧文际关系的要素。从源文本出发，许多原本没有联系的文本被网络用户随意地派生出各种联系，许多文本内容在网络语境下被断章取义的戏谑“误用”，生成了新的意义和效果。例如B站常被粉丝津津乐道的“拉郎配”视频，依据网友和粉丝们的喜好，将两个原本没有感情线、没有“CP”属性的人物生拉硬拽到一起组成的“CP”。用通俗的话来讲，“拉郎”就是乱拉红线，把两个没有感情的人凑在一起，是一种“圈地自萌”的做法，不带任何贬义色彩。相声演员岳云鹏被网友与诸多著名艺人剪辑脑洞大开的“拉郎配”视频，还受到了本人的调侃，甚至部分粉丝以自己的偶像与岳云鹏“拉郎配”视频能否出圈，来衡量自己的偶像是不是大火。网络文本间的这种网状联系使得“作者”的身份受到了消解，在面对庞大的网络用户的不确定性的行为时，“作者已死”，他/她已经“不是文本最具有权威的唯一终极的意义和解释，文本成为多维空间的组合，在这个空间中各种写作相互交织、结合、对话、竞争，但没有一个居主导地位，没有一个是始源性的，没有一个具备优先性，文本是各种引证的编织物，是充满凌乱文化源头的混合物，作家总在写作史之中，他们总是在模仿一部模仿作，因为任何写作都不具有初始性、原创性，任何写作都汇入写作的大海中，从而彼此模仿”[②]。在互联网中，网络剧的各级文本系统的建立，依靠读者创造力的发挥。广阔的网络空间为网络用户这种自发的多元解读、层出不穷的生产力爆发，提供了相对开放和包容的沃土。

传统的单向输出的剧集在网络空间里成为新的生产创作的素材，在开放的环境下，网络剧发生了结构性的变化，内容在文本的互文中显现出多义性，而传统的一元

① 王瑾：《互文性》，广西师范大学出版社2005年版，第49页。
② 同上，第54页。

论的意义在开放的网络文本的游戏中被文本意义的不确定所消解。丰富的文本内容意蕴和多元化的社会文化因素的加入，产生了去中心化和多元化的效果。网络剧的文本变成了不同文化、不同观点和不同社会议题的“超链接”。从这个意义上来说，网络剧及诸多衍生文本共同形成了以垂直文际性为特点的立体、多元、具备交互性的超级文本，也就是说，网络剧不再是平面的、唯一解读的、有限文本，而是垂直纵深的、立体的、多元化的、无限展开的超级文本。网络剧的在网络空间这种不断生成的文际关系使得文本有了更长、更广地与文本自身进行对话的关系，这种不断生长的关系无形中巩固了网络剧的垂直化发展。

二、网络剧垂直文际性建构数字叙事共同体

（一）网络拓展了空间驱动的叙事体验

网络剧作为一种视听艺术，在虚拟的互联网世界，在作品类型离散性的布局下，衍生出竖屏剧、互动剧等新的体裁，这些体裁受到技术变革的影响，改变了传统电视剧横幅、固定格式的空间呈现方式。竖屏、小屏、跨屏等新兴的数字终端使得网络剧生产者有了更多的尝试的机会。在不同的尝试中，网络剧中并置呈现互不相容的场所或事物，拓展了空间驱动的叙事体验，有些作品尝试通过空间与空间的连接推动情节发展，带给观众全新的体验。例如最近新兴的互动剧，通过不同情节的并置为观众提供多种空间组合的选择。在爱奇艺首部代入式互动剧《她的微笑》中，一集作品就有二十一个互动节点，十七种结局。在这些作品中，空间是推动故事发展的重要载体，它通过时间和空间的并置实现了时间停滞和展现空间维度的选项设置。在同一时间节点、不同空间里发生的故事共同建构着整个故事。互动剧以不同的视角将共时情境下，不同空间里的不同的人物、不同情节片段全部记录下来，再将它们平行并置在一起，由观众掌握选择权进行重新组合，形成一个立体的空间叙事结构。

（二）虚拟的空间共同体丰富了作品的内涵与外延

网络剧中鲜明的互联网思维和类型上的垂直性，使得一些作品常常通过激发观

众的空间的幻想性建构与现实空间完全分裂的“空间共同体”。这些空间在现实中不能并存的空间和场地，但在网络剧的幻想空间中能够并置成一个“真实”的空间，例如系列IP“九州世界”所营造的庞大的虚拟世界，在这个世界中有着完整的异于现实时空却能自圆其说的幻想世界。观众凭借各自的想象力，能够充分地接受这一空间的假定性，并构建出一个具有鲜明的幻想性和奇观性的空间，满足网络受众丰富的想象力和网络文化的开放性。再如《鬼吹灯》系列、《盗墓笔记》系列网络剧，不仅建构了平行于现实世界的神怪世界，剧中的人物来自现实世界，却能任意穿梭于各个空间当中，通过交叉蒙太奇、平行蒙太奇等手段，展开多线索叙事，在线索的切换中将情节层层推进，推动故事向前发展，带给观众环环相扣的高密度情节体验。

网络世界作为一种异质空间拥有多元文化并存的开放格局，在受众作为主体积极参与超文本的建构，受众所代表的文化多元性解读带来了诸多文本的产出，而文际间性就使得不同文本间建构起千丝万缕的互文关系，因此围绕网络剧的故事空间得到极大的拓展和延伸，“意义生成是社会的、公开的过程”①。例如火爆出圈的网络剧《陈情令》，受众们不仅在社交媒体上根据各自不同的趣缘喜好建立了不同的“超级话题”，在弹幕中讨论，形成了许多有趣的话题讨论，更自发创作了“同人小说”“同人视频”，将自己喜欢的主人公和段落按照自己的意图进行重新剪辑、组合，反复放大自己喜欢的特质，形成了新的故事空间，带给网络受众全新的想象空间。网络用户互相启发，用实际行动唤起了更多人的主动参与，在网络形成了一个巨大的超文本，甚至还投射到现实世界，在亚洲多个城市召开了音乐会，在某些城市开设了主题餐厅，部分配角组成了偶像团体，将网络用户对《陈情令》这部网剧所激发出的情感和创造力调动到最大化。由此可见，当一部网剧能够引起足够多受众的关注，并调动他们参与到话题讨论甚至文本的再创造中时，这部剧所能带来的影响力将打通各个空间，拓展到最大化。

网络剧在巨大的网络数据库中可以随时被观众所调阅，文化产品的长尾效应在网络剧视频平台中被充分发挥，因此网络剧作为网络文化产品，在互联网空间能够

① ［美］亨利·詹金斯：《文本盗猎者：电视粉丝与参与式文化》，郑熙青译，北京大学出版社2016年版，第71页。

在受众的主动参与下，将历史演进过程中的文化差异性充分地显现出来。特别是对一些网络翻拍剧，比如金庸系列武侠剧，网友通过“考古”的方式将历史上所有的影视剧版本收集到一起，根据自己的兴趣进行对比和再创造，不同时间和空间的同一故事或场景被并置在一起，构建起全新的关系，形成了动态拼贴效果。这样带有后现代性的拼贴形式，打破了空间的历时性，以一种非连续性和非历史性的姿态建构了去中心化的新的意义和价值。一些已经淡出人们视野、处于边缘化的影像，在与新的网络剧影像产生关联后，被受众重新挖掘，按互联网思维建构起了新的影像，赋予影像新的含义。

在网络时代类型垂直化的创作语境下，“一种涵盖全网的多维类型景观开始呈现，其主要表现为：传统电视剧美学风格与网络文艺美学风格融为一体，多种类型元素混搭杂糅，由此产生的创新效果正不断刷新观众的‘期待视野’，助推更多热播剧集的问世”[①]。在网络剧中经常使用书穿、魂穿等方式将不同时空的人物并置在同一空间里，将权谋、商战与甜宠、偶像等类型混搭，将平等、自我等现代观念与忠义、贤良等传统美德相碰撞，形成新的美学风格。这样的作品从传统的美学中汲取养料又结合网络文化的特点，形成了贴近当下语境的审美品格。但也有的网络剧在创作时不遵从创作规律，随意混搭，生产出了不伦不类不严肃的网络剧作品。

三、网络剧垂直文际性实现传播的数字化超越

从更宏观的传播空间来看，网络世界的空间革命，本质上是对空间的压缩，这种压缩放弃了一些传统上本体的东西，正如保罗・维利里奥在《消失的美学》中指出的：“电传托邦的‘空间’概念正是由这种界面操作所组成。一方面电视和计算机荧幕透过不同界面的切换，出现不同的实际或虚拟空间；另一方面所有出现的三度的实际空间都被缩减于银幕的二度空间的一个表面上。”[②]这种压缩能够使世界更紧密地融合在一起，但同时也在全球范围内分离和瓦解整个具体的社会。网络空间

① 韩岳：《从“网感”看电视剧的类型创新与话语转向》，《电影文学》2021年第12期。
② ［法］保罗・维利里奥：《消失的美学》，杨凯麟译，河南大学出版社2018年版，第6页。

里通过电子界面进行的活动，逐渐取代了物理和地理空间上的人类活动。网络空间的突出特性是空间的传导能力，传导性、连接性、媒体性三者的结合，现实中人们无法克服的自然的距离、分隔和具体被定位的空间在以数字技术为基础的网络世界以集会、连接和密集的空间所取代。在网络世界，只要有数字终端、网络，就可以克服空间的阻碍，通过链接的形式抵达任何空间。网络世界形成了通过数字链接的全球化。在数字全球化的情境中，现实世界中曾存在于空间中的那些千丝万缕的关系依然会重新建立，就像梅洛庞蒂在谈到个体的存在与其自身无比巨大的世界之间的联系时说的“成为身体，就是维系于某个世界……身体首先不在空间里：它属于空间”①，海德格尔则在他分析“在世内存在者身上呈报出来的周围世界的合世界性”时指出，“此在对其自身的存在之领会无论多么不确定，本质上属于它的存在”②，他们共同指出作为占据了一定象征和实体体积的此在，意味着在不可压缩性当中的逗留，也就是说在去空间化的过程中，人类社会也在不断地对自身重新地空间化。因此，一切现实存在着的关系都必须面临着为一个没有空间的自我和一个没有自我的空间寻找“精神的栖居之所”。在网络世界里社会关系的去空间化语境下，人们在民族国家之外形成了“想象的共同体”，数字化生存的无数个体在想象中共同分享着各自的文化的生活形式的图像，“大众媒体借助集体性的阅读、批判和娱乐等条件，使‘情感共同体’成为可能，这一群体能够共同想象和感受事物”③。在这里全球性得以确实的建立，在网络世界中，无数偶然共同存在者打破了现实的距离和空间的阻隔成为数字化邻居。

这种无数偶然共存的邻居可以用离散化来进行描述，数字化生存的人们被离散为数量庞大的个体，这个庞大的数量可以用密集来形容。这种密集性则提升了网络世界所包含的行动着的个体之间更加频繁的相遇可能性，高密集性意味着频繁的互动性。在网络世界中的人们都能够理解和掌握这种高密集性的频繁交互活动的游戏规则，使得个体在网络中的主体地位得到了前所未有的彰显。

---

① ［法］梅洛-庞蒂：《感知现象学》，姜志辉译，商务印书馆2001年版，第173页。
② ［德］海德格尔：《存在与时间》，陈嘉映、王庆节译，商务印书馆2015年版，第96页。
③ ［美］阿尔君·阿帕杜莱：《消散的现代性：全球化的文化维度》，刘冉译，上海三联书店2012年版，第11页。

麦克卢汉和其他一些学者都认为，希腊文字出现这一事件带给人们不依赖于情境而理解含义的想象能力，而这种抽象的、能够与文本交流和对话的能力使得读者具有了本体性。然而这种本体性剥离了受众作为参与者潜入情境中并与之融合的体验快乐。但网络的密集型交互活动又带给了受众极强的参与感，在虚拟的网络世界，人们可以自己建构想象的空间，将抽象的体验在想象的共同体中具体化。

网络剧的传播，在互联网中通过网络剧视频平台、网格化的趣缘社区将离散化的受众密集化，将粉丝的零星评价汇总凝聚，集合成庞大的数据信息。在这一传播过程中，用户乐于发挥能动性提高参与程度，贡献原创力量，实现互联网的双向传播，达到多点共同创作，提高了以剧为核心的文化生产力。同时，在离散化的网络受众进行互动交流时，每一个交流主体的个性化表达、差异化的兴趣点以及不同维度的关注点为网络剧的解读提供了丰富的话题。例如网络剧《开端》作为一部以时间循环为概念的悬疑剧，一经播出就在网上引起了热议，屡次登上社交媒体热搜，话题度居高不下。纵观受众对这部剧的讨论，涉及的话题非常丰富，有关注隐藏细节的、有关注情节细节的、有讨论世界观的、有畅想结局以外的故事的、有投射到自身经历的……而该剧的弹幕则更加扣人心弦，关键画面一出现评论就如子弹般密集发射，可以说，受众在互联网平台收看网络剧，是在互动中解读作品的。当一部剧热播，受众很难从网络的热议中逃脱出来，不仅算法会推送信息，各大热搜榜、弹窗也无处不在地向人们传播着与之相关的话题，甚至可以说，不参与到热点的讨论中，都无法在社交中融入他人的话题。因此，网络空间的传播通过数字化的形式超越了任何以往的传播手段，每个网络中的个体既是参与者，又陷入一种交互性的束缚中难以自拔。

无论什么风格和审美趣味的网络剧本质上都离不开对社会和历史的投射和反映，在创作中以社会伦理道德为底线，以大众审美的基本需求为约束，在基本的社会认知为边界的范围内进行创作。同时，在创作中融入对时代特点和社会风尚的表现，将宏大叙事进行离散化细分的方式将沉重的社会议题分解为个体焦虑与个体时代使命，以带有“网感”的话语表达方式，以平易近人的方式消解宣教带来的社会压力。

“灵韵”复现：中华文化经典的数智化影像创作研究*

杨溪若　苏米尔

一、灵韵：从“机械复制”到数智创新的时代更迭

本雅明艺术生产理论中提出的“灵韵”，是20世纪以来至今在美学与艺术批评领域里不可绕过的关键词。在《机械复制时代的艺术作品》中，本雅明指出：“从时空角度所作的描述就是：在一定距离之外但感觉上如此贴近之物的独一无二的显现。在一个夏日的午后，一边休憩着一边凝视地平线上的一座连绵不断的山脉或一根在休憩者身上投下绿荫的树枝，那就是这座山脉或这根树枝的光韵在散发。”①这里的“灵韵”带有明显的两个特征：一是它具有独特性，在深邃的时空交织下，手工制作时代的艺术作品是“独一无二”与“此时此地存在”的，可以对观者（接受者）产生强大的吸引力；二是它具有一种不可接近性，也可以说这是一种距离感，不论你离它多近，主体投射出视线却无法缩短与客体之间的距离，凝望之中的客体被主体奉为更高一级的存在，在类似一种巫术祭拜的仪式中观众始终保持着敬畏，使其产生崇拜价值。然而到了机械复制时代，由于摄影技术的发明与应用，在对原作一次次的复刻中，受众难以感知到作品的独特与距离之美，导致艺术生产中的“灵韵”逐渐消散。对于历史久远而饱含“灵韵”的中华文化经典，在数智时代可能会迎来“灵韵”的复现。

---

* 本文系北京市社会科学基金项目（青年项目）“虚拟现实赋能京剧传播的全息融合优化研究”（编号：23XCC017）成果。

① ［德］瓦尔明·本雅明：《机械复制时代的艺术作品》，王才勇译，中国城市出版社2002年版，第13页。

（一）数智技术赋能：走出“灵韵”消散的困境

“本雅明特别罗列出的，从古代希腊的熔铸与冲压、中世纪的木刻再到后来的铜版画与石印术的若干发展阶段，技术不断更新的进程所昭示出的，是‘灵韵’于某个方面或者在某种程度上若隐若现、或强或弱的历史存在状态。”① 伊瓦尔·比约克曼(Ivar Björkman)也认为：“‘灵韵’从来不是新生的事物或者文化现象，它始终依存并潜藏于社会之中，看起来新鲜的，只不过是已改变了的社会境况以及‘灵韵在社会中所扮演的角色’。”② 因此从理论上来讲，“灵韵”从未真正消散，而是在特定的社会环境与历史内涵下以不同形式存在。所谓的“灵韵”消逝，仅仅意味着承载前一个时代的历史性内涵的“灵韵”消逝了，但能够在时代的更迭、在新的社会结构中不断更新着自身的历史性内涵，从而以新的样貌重现。

进入21世纪后，互联网技术革命给人类社会带来了新的光景。伴随着近年来5G技术逐步覆盖，互联网、数字化、虚拟现实、人工智能等应用在全球不断地普及兴盛，数智时代已经来临。2016年被称为中国VR（Virtual Reality，即虚拟现实）元年，大量高端的VR产品面世发售；2023年作为AIGC（AI-Generated Content，即生成式人工智能）元年，AIGC大模型在人工智能领域取得了重大突破，涵盖了LLM（Large Language Model，即大语言大模型）、多模态大模型、图像生成大模型以及视频生成大模型等四种类型，不断朝着更加智能化、精细化和个性化的方向发展。数智化传播呈现技术加速的态势。

新媒体研究领域的专家约斯·德·穆尔（Jos de Mul）接续本雅明，在讨论“数据库美学”时指出：“一个数据库可重组的次数几乎是无限的，所以，在数字化重组时代的艺术作品，让光韵回归了。”③ 他肯定了在强大的技术支撑下，艺术作品的“灵韵”能够在数字化重组的仪式中显现出来。随着人类运用数字媒介进行数据化创造，使艺术生产逐渐过渡到更为高级智慧的阶段。尤其是生成式人工智能的应用，将人类的创造力带到了更为广阔的疆场，再次印证着麦克罗汉关于媒介是人的延伸的观点。

---

① 刘潇、刘毅：《灵韵生产与数字图像》，《北京电影学院学报》2024年第8期。

② Ivar Björkman, “Aura: Aesthetic Business Creativity,” *Consumption, Markets & Culture*, 2002, Vol.5(1), p.70.

③ ［荷兰］约斯·德·穆尔：《数字化操控时代的艺术作品》，吕和应译，《学术研究》2008年第10期。

艺术的“灵韵”经历了古典手工时期的自然生成，机械复制时代的被动消逝，技术的变革可能消磨着艺术的“灵韵”。而在如今的数智时代，AIGC、VR等技术在扩充生产想象力的发展空间上发挥了不可比拟的重要作用，受众感知到艺术作品中前所未有的创造力与独特性。随着技术媒介对人类器官的进一步延伸，内容生产与技术间正努力实现着完美融合与深度对话，使艺术的灵韵获得一种超越性的复归。

虽然现阶段AIGC技术尚未成熟，“灵韵”的复现也仅仅差强人意，从行业到学界也不乏对AIGC存有一些质疑的声音，但由于其充满可能性的技术属性，先进技术的应用与艺术“灵韵”的生成不再呈二元对立，而是反哺与促进的关系。也就是说，数智技术激发“灵韵”再现乃是大势所趋。

（二）想象力生产：从技术到灵韵的必要环节

数智技术带来“灵韵”之光重现的可能，技术应用与灵韵闪现不再抵牾。从运用数智技术到艺术灵韵复现，需要“想象力生产”这一必要环节。人类想象力是一种与生俱来又因人而异的内生力量，数智化影像文本可以激发受众想象力，并在数智技术对交互性的赋能下，使得受众运用技术开启创造活动，这是又一重想象力的激发，并以可视化文本实现想象力的实现，所以想象力已经实现了从“被激发”到“被生产”的跃迁。AIGC对中华文化经典剧作的赋能，在叙事维度体现在叙事主体（表演者）、叙事内容、叙事结构以及涉及视听呈现的叙事形态等诸多方面，在对经典文化资源的转化创新中，极大地激发着人的想象力与创造力。仅就叙事主体而言，在AIGC技术的赋能下通过高逼真实时数字人技术，促使国内第一位真正意义上的可实时交互的“梅兰芳孪生数字人”诞生。项目创造性地建立了“从艺术到技术”的人物建模方法，探索实践数字演员建模标准和技术伦理规范，把人物性格、情感融入模型驱动参数。用虚拟数字人替换京剧“音配像”工程中的配像演员，使早年间的经典剧目、京剧名家获得更高程度的复现。不同于摄影技术下对艺术作品机械化的复制搬演，而是融合了新时代人类的新兴创造力与独特的审美感受，使传统京剧艺术的“灵韵”在新的历史内涵中焕发出别样的生机与活力。在叙事形态方面，中国首部文生视频《千秋诗颂》基于 Transformer、Stable-Diffusion 等预训练模型以及迭代学习算法，从海量语料库中选取能反映中华优秀传统文化底蕴与中式审美的相关数据并输入至央视视听大模型的数据训练机制之中。经过数据预训练、数据处理、模型训练、模型评估等流程，大模型深入理解诗词文化之丰富内涵，掌握国风审美的生成规律和风格，使生成内容不仅无限贴近国潮动画的审美需求，并发挥着人工智能技术的智慧特性，为作品注入不竭的创新动力。千百年前古典诗词世界的神秘想象得以可视听化呈现，在有声言诗与无声画意有机融合的视听美学盛宴中，观众感知着"灵韵"。

在互联网新媒体时代成长起来的年轻受众逐渐成为艺术欣赏的主力军，由于长期浸润于技术赋能的虚拟环境，展露出不同以往的审美需求与审美标准。"灵韵"的生成不再单纯地依赖于物质空间中看与被看、崇拜与被崇拜的仪式建构，而是真正回归到艺术生产创作本身。

AI、VR等技术为文本、图像、音频、视频等多个领域的生产赋能，急速转变着视听影像生产的格局。以其最具包容度的技术基底，颠覆着传统的制作流程与生产逻辑，支持着艺术灵感、想象力与多元内容的释放与爆发，突破了以往影像生产模式中对于创造力的限制。在影视内容生产要素组织的智能化升级下，数字技术回归到工具本身，经过对人类个体经验逻辑进行数以万计的学习，数据大模型逐渐摸索出人类的"共性"，基于人类的想象，汇聚人类的想象，助力具有个人风格与想象力的作品高效产出，并生成更为多元、更具突破性的可视化影像。

观众对大胆夸张的未来创意、精美绮丽的超验画面、前所未有的猎奇体验等一系列具有创造力艺术作品的满足与消费中，引发情感上的波动与心绪上的感知，从而赋予其以崭新的"灵韵"。

二、文本：中华文化经典的内容开掘与灵韵复现

中华文化经典中的剧作以文字、画像或口耳相传的方式记录保存，对其进行影像转化颇具难度。在中华文化经典的数智化影像再生产中，AIGC作为一种新兴技术生产力，相较人力而言，依托于庞大的数据资源，可以生成可供参考的影像文本。

在对一些古籍记载、古典小说和民间戏曲曲艺的影像转化中，AIGC介入题材选择、剧本编写、场景搭建、角色塑造、特效制作、音乐配音等多个生产制作环节，可以为影像的想象力生产赋能，创作者借此跳脱出固定化套路，大胆运用想象力，并通过数智技术实现想象力的可视化呈现，从而伴随着文本的诞生而实现“灵韵”的复现。

（一）文本内容：灵韵的追溯与想象力激发

“灵韵”绝非无源之水、无本之木，其由来仍然是自古以来宏阔而丰富的历史与现实生活。那些经过历史的大浪淘沙沉淀下来的文化经典也是对当时自然与社会风貌的审美化的想象、提炼与升华。对中国传统文化中的民间故事、志怪传说、神话故事中的元素、题材、人物原型进行想象力再造，完全可以建立起有别于并超越好莱坞科幻大片的“东方式”幻想类题材资源数据库。例如，脱胎于中国古代典籍《山海经》生成的玄幻微短剧《山海奇镜之劈波斩浪》，深度探索了上古神话世界。依据古代文言小说《聊斋志异》生成的陶偶风志怪动画《胡相公》，讲述了人狐相恋的异想世界。抑或是基于对近景或远景未来的想象，凭空搭建起未来幻想的特殊世界观，绘制起中国式的未来科幻题材大片。全国首部AIGC科幻短剧《三星堆·未来启示录》，创造性地将历史传说中古朴神秘的古蜀文明与遥远的未来科幻世界无缝衔接在一起，打破了传统影视作品的类型界限，展现着中国原创科幻题材的无限潜力。由于AIGC是基于机器利用深度学习算法从大量已有的数据中进行数据处理与分析，在用户指令下对学习到的知识进行再造生成，因而具有“拼贴性”的特点。这在客观上影响着创作者的美学观念与建构思维，多元要素的杂糅与拼贴也使影像题材呈现出不凡的想象力表达。例如，基于“可灵AI”大模型制作的《数据行者》，大胆构建了2D内容与3D内容嫁接串联的科幻故事，实现着艺术的跨界与融合。

可以说，AIGC技术激发了创作者想象力的巨大潜能，拓宽了影视题材创作的边界。对未知世界、虚拟世界的积极探索满足着年轻受众对于超现实、后假定美学类、玄幻、科幻魔幻类作品，影游融合、虚拟现实类作品的消费需求[①]。AIGC影像生态中

① 陈旭光、李雨谏：《论影游融合的想象力新美学与想象力消费》，《上海大学学报》（社会科学版）2020年第37期。

大量全新创意性内容的注入，赋予了影像艺术作品超脱以往的新意与创新活力。

随着以Chat GPT为代表的LLM的逐渐成熟，AI生成故事(AI Generated Storyline，简称AIGSL)与AI生成剧本(AI Generated Screen-play，简称AIGSP)已逐渐开始纳入编剧工作的重要环节，成为辅助创作的常态。基于大规模预训练模型，AIGC技术以其强大的自然语言数据处理和模式识别能力，对海量的电影作品、文学作品、网络素材进行深度学习与分析，逐渐掌握文本剧本创作中各种故事情节、角色设定、场景布局等方面的规律，为故事生成奠定基础。基于循环神经网络算法（RNN）的故事生成方法，AIGC根据导演、编剧的输入的关键词和需求，即“提示工程”(Prompt engineering)，模拟人类思维与逻辑，迅速生成横跨多个艺术领域、涵盖多种内容形式，架构完整、逻辑通畅的剧本初稿。由于人工智能技术对数据捕捉的即时性与永恒性，数据库内容的多变性与流动性，造就了AIGC生成内容与素材的不确定性与万有可能性，给予创作者更多的灵感启发，不断促进着自身创意再生成。

比如，导演闲人一坤在与ChatGPT的对话中萌生了制作《山海奇境之劈波斩浪》的想法，并尝试使用ChatGPT、GPT马良、Midjourney等AI工具进行初步创意测试；中央广播电视总台通过工作流的生产方式制作播出了AI全流程微短剧《中国神话》，基于GPT-4语言模型对数据库中海量数据的收集和学习，人工智能快速掌握着神话故事中的文本建构与背后的哲思，精准定位着市场的喜好与偏向，从而挖掘出神话故事内核与现代社会乃至全球未来人类命运发展中的关联之处。在“补天、逐日、填海、奔月、尝百草、治水”六集故事中，均在还原古老神话的同时强调了人类的现代文明与未来展望。AIGC技术精确地让创作者了解受众的观影需求，从而生成不仅能够展现传统文化底蕴又具有现代审美与社会价值意义的剧本，促进中国文化经典的优质内容生产。

此外，越来越多基于GPT-N的专用AI，利用其大语言模型的优势实现着更加专门性、创造性的AIGSL与AIGSP创作。比如基于开源的GPT-3 (Generative Pre-trained Transformer 3）API的内容写作工具Jasper AI提供了头脑风暴平台；Shortly AI中支持用户使用命令和参数来改写扩充句子并允许多种语言故事创作；Sassbook AI提供了多个候选生成文本片段以供用户选择并可以任意调节AI的写作风格；甚至

Tome AI 中能够为已有的故事添加图片、指向链接甚至视频；Squibler 视觉生成和分屏的功能，使故事形式不再局限于文字。值得一提的是，以“一站式AI创意创作平台”为产品定位，基于豆包大模型技术的即梦AI还为用户搭建了以偏好划分的兴趣社区。用户在与社群内其他用户的交流与互动中能够获得更多的灵感启发。总之，随着这些平台及工具的优化升级，创作者对丰富的大语言模型的运用，突破着传统剧本创作时的想象局限，缓解着灵感瓶颈难题，激发着想象力与创造力的爆发。AIGC技术最大限度地辅助着创作者创意生成，从而产出更为独特，更具创造力的剧本内容。

（二）符码建构：想象力的视听景观呈现

居伊・德波在《景观社会》中提到“比商品实际的使用价值更重要的是它的华丽外观和展示性景观存在”[①]。作为在互联网时代成长起来的年轻受众，他们的思想是充沛的、跳跃的，他们的文化是现代的、多元的，他们的审美倾向是虚拟的、超现实的、具有想象力的。他们亟须在社会文化空间中迅速建立属于自身的圈层以彰显自己的存在与身份。AIGC技术的应用显然给了他们进行“象征性权力”表达的机会与方式。鲍德里亚所言：“一旦人们进行消费，那就绝不是孤立的行动，人们就进入了一个全面编码价值生产交换系统中。”[②]用户消费的过程也间接参与着影像的生产，对符号（想象力）资本进行有目的的生产与运作。在影视领域表现在对超经验的虚拟空间、超现实的“拟像”环境、强冲击的奇观元素的审美偏好与呈现上。

新的内容生产要素的产生依赖于新的生产方式。随着即梦AI、可灵、Midjourney、Stable Diffision等专业创作平台的更新升级，机器学习和计算机视觉技术的飞速发展，大模型的自然语言处理能力、视觉处理能力和语义理解能力的不断提升，AIGC以其强大的技术优势使影像创作实现了对现实声音和图像的跨越。虚拟场景、数字人等拟态空间元素成为AIGC内容生产要素的重要组成部分，切实迎合着如今影视生产端的创作所需。基于对抗式网络（generative adversarial networks，GAN），在提示词的指令下，AIGC通过训练的生成器网络和判别器网络来对抗生成器生成的图

① ［法］居伊・德波：《消费社会》，张新木译，南京大学出版社2014年版。
② ［法］让・鲍德里亚：《消费社会》，刘成富、全志钢译，南京大学出版社2000年版，第70页。

像，实现跨模态、跨平台的内容匹配，生成大量丰富、逼真且具有视觉冲击力的虚拟视觉画面，给影像的“拟真”与奇观效果带来更多的表现力。

科幻短剧《三星堆：未来启示录》利用AIGC技术建构起远离现实的彼岸、虚拟与想象世界：科技飞速发展，地球古文明遗迹异变的近未来、由计算机量子计算生成的神秘古蜀国。AIGC技术将多种元素进行杂糅拼贴：在古蜀国数字空间，半机械化战士吴星言、现代人类江城、斯塔瑟组织使者伊莎贝拉、未来时空宇航员西陵、古蜀国王蚕丛共存共生；在古文明遗迹异变的虚拟空间，秦始皇陵中的兵马俑、金字塔陵墓中的埃及法老复活再生。金碧辉煌的蜀国宫殿、流光溢彩的青铜神树、神秘庄重的祭坛仪式，这些只在民间传说中听闻的场景栩栩如生地还原在观众眼前。依据《华阳国志·蜀志》中提到的“其兽多犀、象、夔牛”，《山海经·海内南经》中提到的“巴蛇食象，三岁而出其骨”，将遥远古文明中古犀牛、古大象、古熊猫、神秘巨蚕、山魈等动物的生存与活动状态高度逼真地还原在影像之中。在AIGC技术的运用下，一系列繁复神秘的古老文明元素、荒诞的超现实空间景象成为“拟像”的视觉符码，展现着AI影像艺术的后假定美学特质。

由于可灵AI大模型在技术层面的自我优化，不断提高着对复杂物理规律的掌握能力。在对运动画面的运动幅度与运动轨迹的生成上，AIGC愈发能够模拟现实世界中的真实运动。在《山海奇镜之劈波斩浪》山雾缭绕的幽静仙山、波涛汹涌的无边海域等一系列奇幻的自然景观中，怪蛇之属的海底异兽九婴张开恐怖的獠牙利爪席卷川流喷水吐火，鱼身鸟翼的水中异兽赢鱼扇动着巨大的翅膀激起惊涛骇浪，上天入海的鲲鹏由海底巨鲲摇身变为大鹏自空中展翅高飞……上古神兽的毛发、爪子、鳞片等每一个细节都生动逼真，每一个动作都自然流畅。AIGC将人类对中国古老传说中自然界神秘力量的崇拜与想象展现出来，实现了对非现实的“拟像”环境和超经验的想象空间的建构。

依托AIGC技术强大的生成能力，创作者对中华文化经典中的元素进行自由、夸张的想象与虚构。当观众对影像中的视听符号系统进行想象力消费时，不由自主地对其产生崇拜之感。此时的“崇拜”不再来源于观众与作品之间难以靠近的物理距离，而是当观众进入影像所架空的拟态空间，在大量虚拟仿真的空间元素与视觉奇观的体验中对科技美学不由得萌生一种惊诧、陌生与新奇之感，具象地感知到AI影像独特的美学内涵与特质。

三、消费：从个体参与到想象力的共同体

“想象力消费”是北京大学陈旭光教授在研究电影时提出的概念。“当然，与经典文学艺术的想象力美学不同，互联网时期电影的想象力表达和想象力消费有新的特点。我们应该与时俱进，进行知识再生产，以创新学术话语方式和体系，进而追求创新学科体系，有效地阐释并推动中国电影的发展。”① 这一论断也揭示出互联网时期的数智技术在激发、生产和消费想象力时所发挥出的不同以往的效用。陈旭光教授对电影“想象力消费”的诸多论述也在很大程度上可以用于阐释数智技术对中华文化经典再生产赋能的问题。

（一）共同体：受众消费话语权的集结

“本雅明在《机械复制》中还强调：‘自阿杰开始，摄影变成在历史进程中收集证据，这便构成它隐藏的政治意义。’这说明，‘灵韵’的消逝不仅意味着艺术的整个特质发生改变——膜拜价值的消亡，而且表明艺术的社会功能发生变化——从仪式的演化为政治的，电影艺术亦是如此。”② 机械复制时代的“灵韵”消逝并未给本雅明带来消极的感伤情绪，而是将其视作剖析当下社会症候的有效窗口，对“灵韵”的社会价值进行更进一步的探索与思考。相关学者也指出：“本雅明提出‘灵韵’这一独立的现象与概念，却并不局限于艺术以及与之相关的物理客体图像、展示性客体形象与被展示的客体主题等审美艺术领域，而是将其与社会的整体结构及其秩序紧密地联系起来，作为拆解现代社会的一种主要方法。”③ 因此，积极拓展“灵韵”概念在数智时代的应用范畴的意义与重要性也就不言而喻。

① 陈旭光：《电影想象力消费理论构想及与中国电影学派关系思辨》，《当代电影》2022年第1期。
② 马欣：《本雅明“灵韵”概念的辩证结构》，《外国美学》2020年第1期。
③ 刘潇、刘毅：《灵韵生产与数字图像》，《北京电影学院学报》2024年第8期。

约斯·德·穆尔认为："特别是在用户能改变数据库的内容并且在数据库中加入新的成分时，每一次查询都是一次独特的重组。结果，被数字化重组的艺术作品重新获得某种仪式性维度，再次成为感性成分和超感性成分之间的界面。"①数智技术不仅给予艺术作品光韵回归的合理性，更强调了"灵韵"生成仪式中权力结构和资源配置方式的变化，即受众扮演起了更为关键的角色，对"灵韵"的生成掌握着绝对的话语权。对于电影艺术而言，由于银幕的存在，观众处于一个静态欣赏的状态，更多侧重的是消费端的心灵体验。而AIGC的加入打破了生产与消费间的界限，将观众从以往对艺术作品欣赏的物质性、固定性、在场性中解放出来，赋予其沉浸观看与深度参与的权力。互联网将来自天南海北不同物质空间的观众集聚在虚拟空间，这种仪式性维度类似于本雅明所讲的礼仪与膜拜价值，但更像一种艺术的场域。布迪厄将文学与艺术的生产置于文学场与艺术场中，揭示了具有不同习惯与文化资本的行动者进入文学场与艺术场，并为占据支配地位与控制场域的合法逻辑而相互竞争。虚拟场域中的用户不再是孤立的个体与被动观看的接受端，而是以一种动态欣赏的状态存在。在界面机制的作用下，接受者实现了身份的转变。通过对界面进行简洁、精准的操作，对作品的每一次搜索、浏览、点赞、评论、转发等一系列能动行为，都被数据库所捕捉并自动转化为新一轮的数据要素源源不断纳入至巨量数据库中，不断影响改变着数据库的内容，重塑着数据库的格局。在虚拟与现实世界的往来中，不自觉却又持续地为数字化的作品注入活力，自动影响着下一作品的生成，甚至是借助各类软件施行改造或是对艺术直接进行再创作。

（二）想象力：消费与生产的共时化

可以说，不似单机游戏式的传统、被动的消费模式，在技术赋能下由于个体的全流程参与，使得想象力消费与生产想象力获得了一种共时性维度，此时的艺术创造与欣赏行为有望在一种类似网络游戏式的模式中进行。由于来自不同时空下的多个主体在虚拟场域中的共同参与、集体构建，个体想象力得到最大限度地集聚与整

① ［荷兰］约斯·德·穆尔：《数字化操控时代的艺术作品》，吕和应译，《学术研究》2008年第10期。

合，从而构成一种想象力的共同体，这种叠化效应又进一步促进着生产想象力的构建。这种创造力不仅在影视艺术领域得到体现，更对传统艺术的生产创新有着重要意义。

此前，基于昆曲《牡丹亭》戏曲故事的基本要求，按照互动故事多结局的情节设置，抚州文旅局便打造了寻梦牡丹亭互动阅读的一档游戏，运用游戏等数字技术手段推动戏曲文化的当代传承和保护。全程采用来画科技自主研发的SkinSoul动画大模型制作生成的水墨动画短片《火焰山》打破了传统京剧艺术对戏曲影像生产中要求的人工布景，突破着传统的场景建构经验。《三借芭蕉扇》的京剧叙事文本历来便被大众所熟知，在数据算法下，通过对戏曲、动画与中国传统绘画三门艺术的美学共性的捕捉与提炼，人工智能自动生成浓淡虚实变化的水墨动态影像，自然灵动的山川河流替代了传统京剧舞台上单一刻板的道具，成为新的写意性叙事背景与环境空间造型。京剧人物在气韵生动的自然空间中表演着"唱、念、做、打"，这种视觉上的奇观改变着观众对京剧艺术表现形式的刻板印象。具有民族特色的传统艺术与现代动画得以优势互补、交相辉映，给予观众一种别开生面的视觉与心灵上的双重新奇体验。

随着VR的视觉渲染技术、AIGC仿真技术、数据算法能力的高速提升，"未来的VR情境依托于'VR五感仿真技术'的突破，情境中的人物和景物都会在视觉上更接近人眼分辨率的极限，在听觉上更接近真实声音的声源方位。"[①]不妨借鉴昆曲《牡丹亭》的游戏开发经验，构建一个以京剧故事《铡美案》为蓝本的虚拟游戏空间，游戏设置的每一个关卡对应着戏曲中的起承转合（如下页图）。

玩家戴上VR眼镜进入由AIGC技术打造的美轮美奂的京剧游戏空间，通过VR手柄自行选定戏中个人角色的记忆，控制人物前后左右上下位移，在沉浸式体验中操纵着关卡的情节走向。玩家与游戏中其他虚拟数字京剧人共同完成着京剧文本的再生产，多个主体的想象力与创造力在同一场域中得到集聚。"在虚拟世界中，VR体验者通过与情境的交互成为与创作者共同编织故事世界的主体，并通过在VR世

① 苏米尔：《交互·镜语·复眼：VR影像媒介语言的全息融合》，《现代传播》（中国传媒大学学报）2022年第6期。

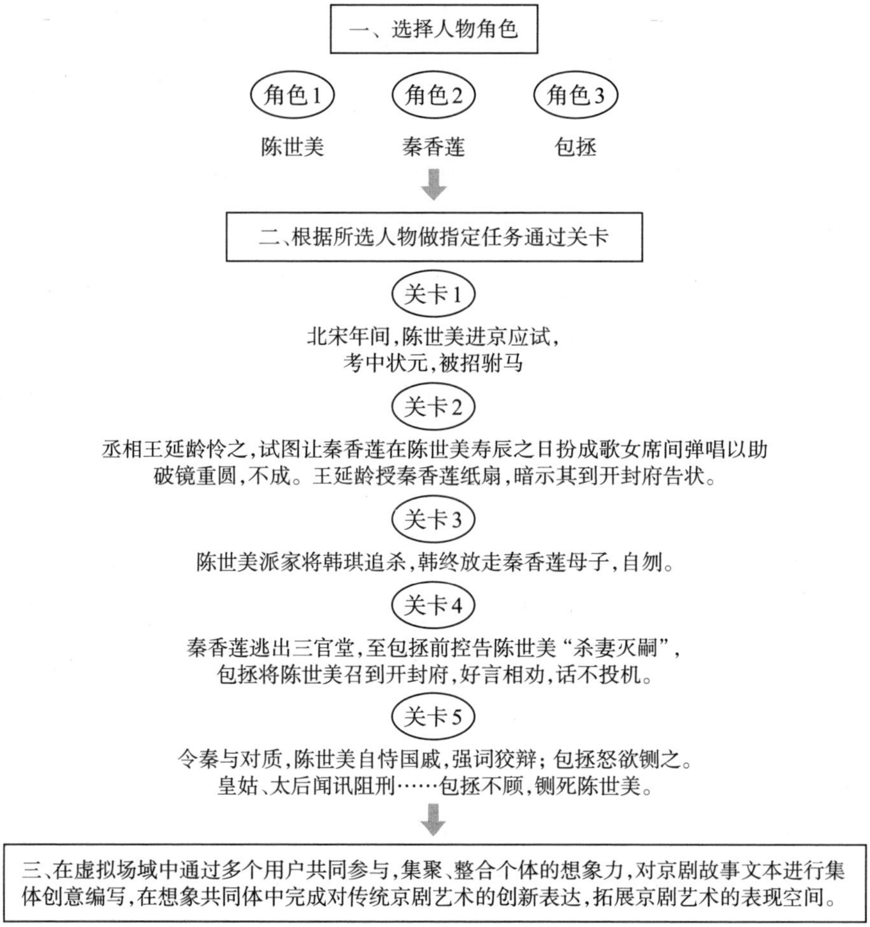

京剧《铡美案》的VR游戏环节设想

界中人的本质力量的对象化来审视与确证自身。”在想象力共同体的建构中，体验者具身参与生产与消费的全过程，深刻地感知并沉浸在作品的“灵韵”之中。

结语

道技相生，技艺相生。在艺术层面，虚拟仿真的视听等感官科技只是触动人们心灵的基本物质技术要素。鲁道夫 · 阿恩海姆（Rudolf Arheim）在《艺术与视知觉》的“引言”中写道：“视觉形象永远不是对感性材料的机械复制，而是对现实的一种创造性的把握，它把握到的形象是含有丰富的想象性、创造性、敏锐性的美的形象。一个不可否认的事实是：那些赋予思想家和艺术家的行为以高贵性的东西只能是心灵。"[①]在人工智能、虚拟现实等数字技术的赋能下，艺术创作者立足于新型媒介语言的融合与创新，努力地激发着艺术生产中人类的创造力与想象力潜能，这也正是数智时代艺术"灵韵"之所以得到复归的关键所在。尽管人工智能技术仍处于一种探索的、远未成熟的阶段，但发展轨迹仍然坚定地朝着更有利于人类生产生活的方向发展，相信在不远的将来定能在全新的影像世界中瞥见更为动人的艺术"灵韵"。

① [美]鲁道夫·阿恩海姆：《艺术与视知觉》，腾守尧等译，中国社会科学出版社1984年版，第2页。

影视作品对城市叙事空间的表现模式研究

韩锡鹏

近年来，中国的学界和业界对于“讲好中国故事”的传播研究予以高度重视。有研究提出讲好中国故事、传播好中国声音，可以从讲好城市故事、塑造城市形象做起。[①]城市形象是城市展示给大众的综合性的环境印象，是一个城市的发展水平、内在特征和文明程度的综合体现，是城市竞争力的重要组成部分。

城市形象的塑造过程中离不开大众传播。大众传播对城市形象，有提高知名度、增进信任感与高感度以及成本更低等优势。[②]作为大众媒体中重要组成部分的影视作品，毫无疑问，对于讲好中国故事、塑造城市形象塑造同样具有积极的意义。相较于其他媒介，诉诸视觉的影视作品对城市形象的展示更加全面、立体、多元，是当前城市形象塑造的重要媒介平台。影视作品对于城市形象的塑造与传播，不仅局限于对城市物理空间做出视觉上的复制再现，更是利用其特有的叙事技术，对城市叙事空间呈现与叙述，将城市空间所具有的主题内涵传达给受众，并由此塑造城市形象。

一、城市空间呈现的两种模式

传统的城市空间可通过建筑、景观、造型、环境等物理空间塑造城市形象；而伴随着城市整体规划的发展，空间联系更加复杂，城市空间具备了叙事功能，形成城市

① 廉同辉、王昕、王裕城、陈梦停、张为付:《讲好城市故事 展示城市形象》,载搜狐网https://www.sohu.com/a/720033186_121388342,2024年8月15日。

② 莫智勇:《中国城市形象传播力研究》,武汉大学博士学位论文,2013年。

叙事空间，其所包含的主题内涵更为丰富与立体，城市形象塑造需要的表达也更为深刻与复杂。

城市叙事空间依托于城市主体中的物理空间；逐渐成为编辑、组织历时性发生的多样性城市事件后形成的空间共时性聚群的现象，是一种具有易认知性，会讲故事的空间。[①]城市中建筑、景观、造型、环境的传播价值不仅体现在物理呈现上，还承担了相应的叙事功能，能够传达丰富的、立体的主题意涵。

城市叙事空间是建立城市形象的理论基础之上，关注从主体认知的角度来传播的城市空间特征与主题。城市叙事空间与城市形象两者的不同点在于识别的要素不同：城市形象侧重于强调观察者从道路、边界、区域、节点、标志物等五要素来识别城市空间，空间的识别是建立在物质性要素之上，主要侧重城市的物理空间。[②]城市叙事空间概念除了强调物理空间的叙事功能之外，同时会以空间中发生的多样性城市事件来促进观察者理解空间、认识空间、识别空间，属于建立在非物质性要素基础上的空间认知。[③]比如北京大栅栏地区保留了从元至今的城市传统胡同空间，其中的建筑、门院、庭落具有相当高的历史价值与艺术价值。这些院落、会馆除了让人观察到其作为建筑物的存在之外，还包含了超越单纯建筑景观的内容：很多场所都曾经发生过历史典故、人物经历、趣闻轶事等。这些事件就是城市叙事空间超越物理空间所要表达的叙事内容。

影视作品可以记录、保存当下物理空间的呈现；同时可以通过布景、剪辑等方式复原空间的实践性变迁，加强对城市空间叙事功能的表现。影视技术的综合运用，使得物理空间与叙事空间的呈现更为立体与复杂，表现出有别于在地特征的空间特征，塑造出更加丰富与多元的城市形象。

二、城市物理空间的影视再现

影视作品对城市物理空间的呈现，可以充分利用其媒介特征在视觉上的优势。

① 刘乃芳：《城市叙事空间理论及其方法研究》，中南大学博士学位论文，2012年。
② ［美］凯文·林奇：《城市意象》，项秉仁译，中国建筑工业出版社1990年版，第41—44页。
③ 刘乃芳：《城市叙事空间理论及其方法研究》，中南大学博士学位论文，2012年。

影视作品中的空间是由电影制作者创造或选定的、经过处理的，用以承载所要叙述的故事或事件中的事物的活动场所或存在空间，它以活动影像和声音的直观形象再现于观众的视觉和听觉。[①]影视空间对城市物理空间的呈现属于一种地理空间的再现，强调摄影机以“复制”的方式记录下实景影像所形成的空间形象，具体的呈现内容具有地理空间的文化属性。[②]城市形象中诸多物质要素在影视作品中的呈现基本就属于此类，即通过再现地理空间的方式，影视作品记录、保持、传播城市物理空间的内容，让非在地的受众也可以体验到城市空间所传达的视觉信息。

但是在具体的对物理空间的呈现表达中，影视作品不局限于上述单纯的复制再现，而是让物理空间获得了更多面向的特征。

（一）对物理空间的选择性呈现

影视作品在拍摄过程中，可以利用镜头、景别、构图对城市物理空间做出选择与侧重。通过对细节的特写与淡化，或对背景的侧重与模糊，对原先具备一致性的空间做出不同的取舍与倾向，从而影响受众对于该物理空间的认知与感受。物理空间通过影视空间中的特别强调，空间本身会增加更多的价值，被赋予更丰富的意义，获得本不具有的叙事性，为进一步成为叙事空间打下基础。

“胜地巡礼”现象的出现就基于对于物理空间的选择性表达。“圣地巡礼”指的就是爱好者通过旅游的形式，造访自己喜爱作品的故事背景所发生的区域和地点。[③]这些区域与地点能够成为所谓的“圣地”，原因就在于它们作为故事发生的物理空间，在相关的影视作品中被强调与突出，由此受到受众额外的重视与关注，最终成为“圣地”。如20世纪90年代动画《灌篮高手》，取景了位于日本神奈川县镰仓市的一处铁道口，而该处空间恰好作为男女主角邂逅的空间被重点呈现，因此成为许多海外游客必须造访的“圣地”之一。同样，在我国，相关影视作品的取景地也会成为热门的旅游目的地。[④]这种空间受到特殊的关注，其原因都可以归结在受到影视空间

① 黄德泉：《电影的空间叙事研究——以张艺谋导演的作品为例》，北京电影学院硕士学位论文，2005年。
② 陈岩：《试论电影空间叙事的构成》，南京艺术学院博士学位论文，2015年。
③ 《中国动漫距离“圣地巡礼”还有多远？》，载虎嗅网https://m.huxiu.com/article/239820.html，2024年8月15日。
④ 刘叶子：《“影视+旅游”的意义空间生产与文旅产业发展》，《中国电视》2023年第12期。

的选择性突出这种塑造手法。

（二）对物理空间的多样性呈现

影视作品本身以叙事为目的，物理空间的展示就要从属于影片本身的叙事基调。在这种前提下，影片将物理空间与剧情结合，呈现出其有别于真实空间中的观感。比如意大利的威尼斯，作为物理空间，它在影视作品中的形象各不相同，结合剧情展现出了不同的内涵。在最新的《碟中谍》中，整座城市都是在夜戏中呈现，表现出水城隐秘、幽暗的一面；在《007：大战皇家赌场》中，运河则成为最为重要的再现空间，水面的荡漾，展现了特工作战的刺激与动感；《夺宝奇兵3：圣战奇兵》中则契合影片主题，以图书馆作为最为重要的呈现空间，特意突出了威尼斯在宗教上的作用。同样的物理空间，因为影片本身的剧情、主题基调有所不同，在作品中的呈现也会多种多样，带给观众极为不同的认识与感知。

我国北京、上海、香港等城市，在各类作品中广泛出现，由于影片的剧情、主题、基调各不相同，这些空间带给观众的感受也绝不相同，让观众能够从中认识到这些物理空间多种多样的特色，感受到城市形象的立体与丰富。

（三）对物理空间的结构性呈现

影视作品对城市物理空间的再现，不仅强调单个空间，通过影像的剪辑组合，还能够展现多物理空间的互动，再现物理空间中的系统关系。影视作品通过巧妙连接城市空间，结合具体的电影空间设计，能够充实电影背景故事，自然强化电影的叙述力度，用城市的空间符号性隐喻，去铺垫角色个性与故事走向等。[①]当这些物理空间的组合呈现在影视空间中时，其彼此之间共同具备的象征意义则会对观众产生影响，形成“1+1”大于2的效果。

城市物理空间的结构性呈现，前提在于空间已具备符号性与象征性意义。这种形式的呈现比较接近麦茨提出的电影符号组合，只不过由于叙事空间作为符号在表

① 孙姗姗：《城市空间符号与电影空间文化记忆的重塑》，《电影文学》2024年第6期。

达上存在局限，呈现的内容与展现的内涵相对而言不够多样化，所以在影视作品中提供的意义也相对简单。

东方明珠作为上海的典型地标，在影视作品中表达的含义相当丰富，包括：1. 指示故事发生地及时代背景介绍；2. 象征社会公平公正；3. 突出都市浪漫特征；4. 展现上海的国际化、现代化。[①]东方明珠单独出现在影片中时，其所象征的含义具备了模糊性与暧昧性，而当影视作品将其与上海中心大厦、上海环球金融中心等空间结构呈现时，受众则会确认这些物理空间所传达的意义是有关上海的现代化发展。

伍迪・艾伦的《午夜巴黎》中，为了体现巴黎作为时尚之都、艺术之都的形象，便以午夜钟声作为切入点，再现了如埃菲尔铁塔、凯旋门、著名的卢浮宫等具有代表性的空间组合，将影片的浪漫氛围营造到极致。正是这些具有代表性的象征意义空间的再现，让观众再次重温、认同巴黎具备浪漫特质的城市形象。影片中所要传达的主题，需要通过一系列物理空间共同呈现才能够实现，否则会造成意义表达上的暧昧。在物理空间中难以表达的象征性意义，在影视作品中通过结构化的组织，则能够表达共同的象征意义，塑造城市形象。

影视作品对于城市中物理空间的呈现，绝不仅仅是单纯的记录与复制。影视作品通过对城市物理空间选择化、多样化、结构化等方式的再现，创造出更复杂、多样的空间主题，赋予空间更多的叙事可能，传递给观众对城市形象更加复杂的认知与理解。这种空间的呈现与城市塑造，是在地居民所难以感受的，是影视作品观众所独有的认知与感受。

三、城市叙事空间的影视呈现

影视作品以多种方式再现城市中物理空间，表达丰富、多样的叙事主题，并赋予物理空间叙事可能性。同时，作为一种可以讲故事的媒介，影视媒介所具备的叙述

① 李鑫斓：《五要素视域下的上海城市形象——以21世纪中国电影为例》，《上海视觉》2023年第1期。

功能，对城市叙事空间的呈现也有良好的呈现。

城市叙事空间所承载的叙事内容类别多样、材料丰富、话语复杂，属于一种多样性事件。多样性城市事件是从城市历时性的发展中所整理出的，分析该叙事空间不同时期的城市事件，能够体现城市形象变化、展现物理空间变迁的动态过程。[①]将城市空间发生的多样性事件与城市物理空间结合，是影视空间呈现城市叙事空间的基础。

城市多样性事件涉及具体叙事内容，本身的复杂性远超静态的建筑、景观、雕塑等物理空间的展示。单纯的物理空间对叙事内容的表达，一般是通过在地的文字说明介绍，相对比较简单；而影视作品的叙事内容可以全面、细致地讲述与空间结合的各种事件，使得观众通过欣赏影视作品加深对物理空间的认识，加强对城市形象的理解。与对物理空间的呈现相比，对城市叙事空间的呈现往往涉及时间维度。影视作品对物理空间的呈现，体现的是空间在被拍摄时的即时状态；而对城市叙事空间的呈现，则涉及物理空间在过去时空的视觉展示，是一种特定状态。具体而言，影视作品可以对叙事空间做出以下的呈现方式。

（一）叙事空间的过去形态呈现

在各类城市多样性事件中，名人事件、历史事件、建设事件、文化事件、商业事件、战争事件，其发生地点可以集中凸显城市空间在某段时间内的特征。过去形态的城市物理空间作为事件发生的空间载体，具备了叙事可能，成为叙事空间。过去空间通过影视作品中的再造呈现，可以与当下的物理空间建立关系，扩展了现实中物理空间的叙事性，增强了它在主题上的丰富与深刻。

影视作品中呈现的历史事件叙事空间，有条件的可以使用真实空间予以展示。如《末代皇帝》中，溥仪的故事就在北京故宫中取景。而大部分的真实空间，基于各种原因并不能真正的作为历史事件的外景地，叙事空间的重现只能通过仿制空间实现。比如2024年热播的《繁花》，故事的主要发生地黄河路就是在上海车墩影视基

① 刘乃芳：《城市叙事空间理论及其方法研究》，中南大学博士学位论文，2012年。

地的布景。随着剧集的热映，现实中存在的黄河路同样成为市民、游客青睐的城市空间。剧集中的黄河路与现实中的黄河路有着巨大的差异，但影片中仿制空间的再造呈现却可以将两者链接，为真实空间赋予了叙事魅力，提供吸引力，增加了市民、游客的认知与感受，从而进一步丰富了城市形象的历史底蕴。

历史事件发生空间的呈现并非易事，实际上往往面临着潜在的负面干扰。在呈现历史事件时，历史中的叙事空间应尽可能与现实中的物理空间保持一致。如果历史事件的发生空间在现实生活中已不存在，仿制空间就会让观众产生困扰。受众可能会在不同的空间认知中产生混乱，难以准确把握历史事件的真实空间。

（二）叙事空间的发展状态比较

城市叙事空间的发展是一个动态的过程。随着时间的流逝，在不同的阶段，叙事空间具有各异的意涵与象征，能够叙述丰富多彩的内容。空间在时间中的变迁与比较也形成具有特点的多样性事件。不同时间的同一空间，可以通过影视作品的剪辑等独特手法，巧妙地罗列、连接，加以对比。通过对空间历时性发展的比较，观众能深入对城市空间在时间主题变迁中展开探讨，挖掘其背后的历史变迁与人文价值。影视作品展现不同时期的城市空间特征时，很容易唤起不同世代观众的记忆与共鸣。老一辈观众可以在其中找寻曾经的岁月痕迹，年轻一代也能更好地理解城市的发展脉络，让城市形象充满了历史感与沉淀感。通过这种方式，影视作品尤其能够讲好城市故事，让人们更加热爱和珍惜自己生活的城市空间。

《山河故人》一片中多次出现了明末的文峰塔。这个地标贯穿了影片中1999、2014和2025年三个年代的故事。电影本身跨越了不同年代，利用同样的地标侧面反映了影片对于山河依旧在而故人已经不再的感慨。《中国合伙人》则是借助对北京街头叙事空间在不同时间中的再造，展现了三个伙伴从20世纪80年代到千禧年近三十年奋斗历程的发展。

（三）叙事空间的互动形态呈现

城市叙事空间除了与过去的历史事件联系紧密之外，与居民的日常活动同样密切相关。各地风土人情、生活习惯的形成与当地的城市空间密不可分。当影视作品呈现某地具备特色的市民生活，同样涉及对叙事空间多样性事件的呈现，同样赋予城市空间相应的叙事特色，让观众对空间的价值有更多的了解。

重庆主城区人口众多，市民群体崇尚休闲式的生活方式，公共空间中的人群密度很高，这与其城市空间的构成息息相关。在表达重庆日常生活中的逼仄感时，狭窄的街道、石阶密布的小径以及曲折的盘山小路等空间成为主要的拍摄对象。这些空间的组合让重庆市民的人际交往的紧密感表现得更为极致，让观众理解到此类空间中所具备的叙事互动情况，能够通过影视作品中重庆城市空间的呈现理解到重庆与众不同的日常生活。这在《晚安，重庆》《日照重庆》《好奇害死猫》等影片中均有体现。通过这些影片，观众对重庆的城市空间有了新的了解与认识。

与城市空间存在密切互动的叙事活动，除了日常活动之外，各类具有特色的民俗事件同样如此。各种民俗事件的兴起与发展与各地的特定空间联系格外密切，此类活动的表达与叙事空间的呈现不可分割。

民俗是从历史经验中保留、传承下来的重要经验习惯。与历史事件、文化事件不同的地方在于，民俗事件一方面是过去发生的文化事件，而同时在当下的生活中依然活跃。因为涉及了民俗事件的产生源流，同时又与当下的生活密切相关；民俗事件的叙事空间一方面就是过去空间，一方面则是当下空间。而影视作品可以以民俗活动为主题，以时间为线索，组合不同时间的物理空间，共同展现空间所具备的叙事性。

在电影《雄狮少年》中，贯穿全片的主线索是“舞狮”这一充满魅力的民俗习惯。在空间展现方面，影片以岭南地区的地理面貌和乡村样态作为故事的发生空间。通过细腻的画面呈现，生动地描绘出岭南地区独特的自然风光和乡村生活场景，细致地讲述了“舞狮”与岭南地区密不可分的联系。这一处理方式赋予了该地区深厚的文化意涵，让观众深刻感受到岭南文化的独特魅力。而另一方面，影片有意表现出城市空间与“舞狮”之间的不协调。在城市的高楼大厦和快节奏生活中，舞狮似乎显得有些格格不入。这种对比以反衬的方式，再次加强了舞狮民俗与岭南乡村空间的密切关系，进一步强化了民俗事件与叙事空间的紧密结合，使观众更加深刻地认识到特定空间在民俗中的独特性与重要性。

伴随着我国城市化的快速发展，城市建成区逐渐变得千城一面，物理空间变得难以区别。在这种情况下，具备特色的日常活动、节庆民俗的空间，可以具备与众不同的叙事性，成为独一无二的叙事空间。具有特色的叙事空间不仅能让人们感受到城市文化的魅力，还能为城市增添独特的韵味，丰富居民的精神生活，让城市在现代化的进程中依然保留着独特的文化记忆和人文魅力，让城市形象表现得更具特色，更有格调。

（四）叙事空间的象征形态塑造

影视作品对城市空间的呈现，能够塑造具有共识的叙事空间，使观众对特定的城市空间产生认同依赖和情感共鸣。这种共识的叙事空间能够丰富人们对城市的认知，也为城市的发展和文化传承注入新的活力。城市本身处于不断发展的过程中，随着时间的推移，城市空间也会不断产生新的多样性事件。在这个过程中，新的多样性事件就需要影视作品的空间呈现，以让更多的受众了解到城市空间新的魅力、新的特质。

基于现实中城市空间的叙事表达，重点在于对空间真实发生事件的挖掘与探究，概括所发生种种事件具有典型性的主题特征，从而创作真正能够突出空间叙事内涵的剧情，概括城市叙事空间所具备的象征性。影视作品对城市空间的叙事表达是一种象征性再造，通过影视作品主动表达该空间发生的概括性叙事事件，进一步结晶、概括逐渐成形的符号性意义。这种符号性意义往往是目前观众或者居民所没有明确感知的。而上文提及的物理空间的结构化再现，是基于现实生活中已普遍获得认可的符号性价值，并加以组织后在影视作品中予以呈现。两者的形成与表达是相反的两个过程。

城市空间的叙事表达与象征性塑造应该围绕都市空间、工作空间、家庭空间展开，一方面是因为空间在城市题材的影视作品中最为常见；[①]另一方面，这类空间通

① 宋家玲：《影视叙事学》，中国传媒大学出版社2007年版，第209页。

常是新设、新建的，在一定程度上缺乏历史事件的积累。通过对这些常见空间的重新塑造和挖掘，可以展现出城市生活的不同侧面，引发观众的共鸣和思考。

如电影《抓娃娃》，主要生活场景是在青岛闲置多年的长山路里院拍摄。影片极为精准、深刻地总结了里院居民的日常生活，概括了该空间所具备的叙事主题，提炼了该空间所具备的符号意义，塑造了该空间所具备的象征内涵。观众在看到《抓娃娃》后，会对此类空间所传达的叙事内容有所了解，逐渐认同其所具备的象征意义。当然，单一的影片也许无法彻底表达类似空间的象征主题，但是有了该片对此类空间符号意义创造性的塑造，后续的影片则会在此基础上巩固此类空间的叙事表达，逐步让受众形成共识。如近年来的《鸭川荷尔蒙》《四叠半神话大系》等以京都大学附近的鸭川为叙事空间的作品，其主题往往围绕青春、恋爱展开，久而久之，“鸭川”作为叙事空间其符号性的意义也开始固化。种种表达都能够让观众对于特定的空间产生新的象征性认识。

结语

对城市空间的表达上，影视作品具有其他媒体所不具备的优点与长处。影视作品能够从视觉上对城市叙事空间有多层次的表现，可以展现出城市形象的多维特征。具体而言，电影空间对于城市的物理空间与叙事空间都能够创造性呈现，给予观众不同于亲临现场所得到的观感感受。

对于城市的物理空间，影视作品可以通过对不同空间细节的调整，给予空间特别的呈现方式，扩展其影响力；对于同一空间，影视作品对其不同角度、不同侧面的展现，也会让物理空间呈现出更加多样的面貌；而影视作品对多个空间的组合呈现，能够有效利用空间的象征性，以更好地传递影片的主题。对于城市的叙事空间而言，影视作品可以通过叙述历史事件，提高观众对于叙述空间的兴趣与好感；同一叙事空间在不同时间的状态，也可以在影视作品中比较；具有特色的生活习惯与日常生活，通过互动性能够塑造现实空间的叙述功能；最后，影视作品对于空间中事件的挖掘，空间的象征性意义能够得到塑造与推广。

城市空间的构成极为复杂，并且处于持续的发展之中。如何拓展影视作品对城市空间的表现形式、如何讲述城市各类空间的故事以及如何塑造城市空间的形象，均需要进行进一步细化的讨论与深入的研究。尤其在文旅融合的视野框架内，在影视旅游的推动助力下，城市形象与影视作品的结合需要更为精细、深入的探讨研究。

编剧学前沿问题研究

人工智能（AI）编剧的叙事自主与伦理反思

苗若木

关于人工智能（AI）编剧的叙事自主，学界存在两种截然不同的看法。一方面，人工智能编剧系统的叙事自主能诠释和重新组合先验经验，当然也能够按照时间顺序组织和排列事件和剧情，即是对叙事节奏的把控，从而有效控制叙事节奏，创造出具有吸引力的剧本故事。这种能力使得人工智能编剧在剧本创作中展现出了一定的灵活性和创新性，能够借助大数据分析生成符合观众期待的情节发展。另一方面，另一种观点则强调叙事自主应该能够与叙事节奏保持距离，重新审视叙事的结构、情节、脉络的合理性，最后选择、梳理和撰写剧本故事，认为其最终呈现出的叙事作品更多的是操作性和程序性的产物，缺乏深层次的伦理评估。这种看法指出，虽然人工智能编剧可以模拟经典戏剧模式，但在情感共鸣和伦理价值的传达上却存在不足。

苏珊·威廉姆斯（Susan Williams）是首位提出叙事自主这一概念的哲学家，她也是极少数明确采用"叙事自主"这一表述方式的学者之一。她持有这样的观点："在叙事自主的模式里，最核心的不是意志或行为，而是解释和创造意义的过程。叙事的自主就像一种黏合剂，将生活中的各种元素紧密地结合在一起。"[①] 总体来说，苏珊·威廉姆斯在描述叙事自主时明确指出，叙事自主并不是一种后天习得的技能，而是一种能够解释和创造意义的能力，而不仅仅是一种意志行为。换句话说，叙事的自主要求编剧去解读剧本里的事件，而不是去控制这些事件的发展方向。剧本创

① Williams S, "Free speech and autonomy: thinkers, storytellers, and a systematic approach to speech," *Const Comment*, 2011, 27, pp.399–416.

作的能力实际上是一种自发地创作、创造和生产有意义故事的能力，这种能力源于人物、情节、事件和行动从时间顺序和逻辑角度出发的内在组织和一致性。亚里士多德曾经明确表示，正是这种内在的连续性和一致性赋予了意义。实际上，剧本的创作在触动和说服读者方面表现出色，并在市场推广、政策制定和教育等多个领域得到了广泛应用。在大多数情况下，一个引人入胜的故事能够深刻地触动和说服听众，故事的叙述质量越高，其效果也就越显著，更有可能产生广泛的传播影响。从某个角度看，叙事的自主意味着具备独立编排合理且令人信赖的情节的能力，从而影响观众的情感和情绪。

一、人类和人工智能编剧叙事自主之间的差异

人工智能编剧的叙事自主是基于人工智能接受有限的人类先验经验所带来的创造力，人工智能编剧系统不可能完全掌握剧本事件、情节和节奏。因为人工智能编剧系统的叙事自主可以追溯到人类创造力的被动性，或者通过重新诠释先验经验，和对故事赋予意义来营造新颖性。人工智能编剧系统的叙事自主能力则是定量且有限制的创造力，因为AI编剧结合了大数据和模型。人工智能编剧系统在叙事自主方面表现出定量和有限的创造性，这是因为人工智能编剧系统融合了大数据和模型分析。鉴于人工智能编剧系统主要是基于模仿，人工智能目前还不能达到真正的叙事自主。叙事自主不应仅仅被视为一种特殊的能力或天赋，它远远超越了单纯的能力定义，更有可能代表着一种回溯到先验经验中、重新评估先验经验、重新解读历史，并从这些先验经验中释放出的叙事创意。也可以认为，人工智能编剧系统的能力是有其局限性的，它是一种能够简化叙述流程和形式的方法。AI编剧实际上掩盖了人类编剧在探索生活中的复杂含义，即叙事的核心。如果叙事自主起源于这种复杂性，并试图解释这种复杂性背后的含义，那么人工智能编剧系统的叙事能力与复杂意义似乎是不相容的。尽管人工智能的研究人员一直在努力让人工智能更深入地理解人类的情感、思维和逻辑。然而，复杂的叙事含义不可避免地会与人类编剧过去的叙事模式产生冲突。

这是因为人类编剧和人工智能编剧系统在满足观众需求上有着截然不同的方式。人工智能编剧系统更多地关注过去的选择，并倾向于采用重复且固定的叙述方式。这批AI编写的剧本不仅缺乏创新性，也未能与先验经验形成一致。与此相对，AI编剧好像是在忠实地再现经典的叙述方式，创造出与之相似的故事情节。西奥多·阿多诺（Theodor Wiesengrund Adorno），法兰克福学派批判理论的重要代表之一，曾经提出了“文化工业”这一概念。这个“文化工业”是一种通过现代科技手段进行大规模复制和传播的文化体系，其生产的文化产品是商品化的、非创造性的。①这种现象的出现是因为，虽然在叙事方式上具有一定的自主性，但AI作为编剧系统确实增强了这一方面的叙事自主。在亚里士多德的思想体系里，“实践智慧”（phronesis）与“理论智慧”（sophia）和“技术智慧”（techne）有着明确的区别，其中，实践智慧被认为是一种特定于实践领域的智慧。在编剧学领域，编剧实践被视为一种实践智慧。叙事自主在某种程度上与实践智慧相似，它不仅可以应对编写剧本时可能出现的不确定性，还能为编剧学的实际应用提供新的视角和意义。

叙事自主也可以说是脆弱且敏感的，因为它有的时候转瞬即逝。而且叙事的特点就在于即使可以追溯到经典叙事模式，挖掘出新的叙事模式，也不代表一定适用于未来戏剧。人类编剧和人工智能编剧系统之间叙事自主的关键区别也在于对时间和空间的敏感性。AI编剧的剧本具有哪些特征？迄今为止，AI所生成的故事还是基于对受众喜欢和欣赏的故事模式进行分析，并且计算受众的预期输出内容。这种AI故事无法描述人类生活中难以表达的情感、诉求和情绪，AI编剧只能保证一种基于算法、模型、数据和经典剧作方式的双重认可。在编写剧本的过程中，叙事自主是不可预测的，因为不同的编剧可能会有不同的叙事方式，这种叙事自主是受到所谓的“认知偏差”所影响的。相对地说，叙事的自主并不仅仅是个体的问题或情感，也不是基于主观的推测，它涉及人类叙事中的普遍情感、普遍的戏剧情感模式和共同的审美观点等方面。编剧的叙事自主意味着可以整合零散的先验经验，并对其连贯性和叙述逻辑进行重新思考。

① 马驰：《论大众文化批判的当代意义及其历史局限》，《学习与探索》2004年第3期。

简而言之，叙事自主不仅仅是一种能力或潜质，因为涉及脆弱性和敏感性，更是一种对自己生活的“诠释学”（Hermeneutics）态度。因此，简单地将叙述简化为描述成功或失败的故事不切实际，也不是一个好选择。人类编剧与人工智能编剧系统在叙事模式上的差异，为我们提供了一个更为宏观的视角：将伦理的自主性纳入叙事自主思考之中。剧本的创作通常是与时代同步发展的，甚至是具有前瞻性的，因此，人类的编剧不会因为智慧的累积而降低他们的叙事能力。与此相对，他们在经历沉淀和积累后，会更加深入地进行反思。然而，人工智能编剧系统在叙事自主方面与人类的实际经验存在一定的偏离。AI编剧无法完全理解人类复杂的情感和逻辑结构，其叙事自主呈现出一种“自动+自治”的特点，却忽视了从未来戏剧视角来恢复、重塑和拯救先验经验的潜在创作能力。正是这种独特的创作潜力，促使了部分人类成为编剧。

二、人工智能编剧的叙事自主与创造力

叙事自主并不是区分人类编剧与人工智能编剧系统的唯一属性。首先，本研究对人工智能编剧系统中出现的主要伦理问题进行了重构，并强调了这些问题中的大部分问题是如何追溯到叙事自主的问题。AI编剧的叙事自主并不是关于叙事自主是否受到限制或加强，而是关于AI编剧在道德层面上是否具有自主性。人工智能编剧系统拥有出色的叙事技巧，并且技术在不断地更新和迭代，通常我们认为叙事自主源于叙事与人类日常生活之间的紧密联系。然而，目前的情况并不是唯一的，甚至现在的人工智能编剧系统也能够独立创作故事。因此有必要进一步研究人工智能编剧系统输出故事的特征，最重要的是AI究竟如何产生故事。人工智能编剧系统参照之前的故事集，收集先验经验，输出剧本。要进一步探讨了故事创作中的创造力，区分人类编剧的创造力不完全可控，而且人类编剧有能力重新讨论和解释过去的意义，这与AI编剧的创造力有所不同，后者是通过模仿主义的方式组合而成的。AI编剧基于对过去戏剧元素，比如DeepMind发布的AI编剧模型Dramatron，可以生成人物描述、情节点、位置描述和对话，其底层技术逻辑还是GPT-3所使用的大语言模型，遵循的戏剧逻辑模型是弗赖塔格金字塔和克里斯托弗·沃格勒提出的英

雄之旅式。对于数据和模型的重新组合，通过机械式地模仿来预测受众喜欢看的、想要看的。这和流媒体平台根据内容过滤算法和协同过滤算法预测观看喜好而向受众推荐内容是一样的。因此，AI编剧看似是技术进步的写作工具，实际上也可能成为限制创作想象力的"落后"工具。

2020年，Romele的研究对人类的创造力进行了新的评价，指出人类的创造力远不止于此。①对于人类编剧来说，除了他们所观察到的、经历过的和所体验到的，他们所创作的不仅仅局限于已有的结构、框架或数据整合等方面。从另一个角度看，也存在部分学者坚决支持与此相反的看法。Valqui Vidal持有的观点是，创造力是一种具有独特治愈能力的人类能力，也就是人类的自治能力。②在这个流媒体技术普及且盛行的时代，我们所感受到的是，我们逐渐走向了自我商品化的道路，导致我们失去了更多的生活自主权。从这两种不同的视角来看，人工智能编剧系统与人类编剧在创造力方面仍有明显的不同。首先要明确的是，人类的创造性是基于体验的，且与经验、实践和感觉有着紧密的联系。而人工智能编剧系统的创造力则是基于他人所记录的感觉、记忆和经验的累积而形成的。再者，人类所拥有的创新能力是一种重新释放过去的力量，使其能够预知未来戏剧的走向。这一关于人类创造性水平的议题，其根源可以追溯到想象力，或者说至少可以追溯到康德的时代之前。在《纯粹理性批判》一书中，如何定位想象力成为康德学术界面临的一项重大挑战。在两个不同版本的《纯粹理性批判》里，想象力这一概念存在明显的差异。康德在其首版中对想象力进行了"主观解读"，这实际上是对亚里士多德的经验想象力的一种"先验"修正。第二版的修改表明康德认识到，从亚里士多德的想象力观念中推导出的先验想象力，仍然缺乏必要的先验规则。③

对人类编剧来说，在创造力和剧本生产过程中保持排他性的动力似乎应该是主动的，而事实恰恰相反。人类编剧创造力的独特性有时有被动性。此外，即使是先验经验的创造力，人类编剧创作的剧本在质量上也与人工智能编剧系统的创造力有

① Romele A, *Digital hermeneutics: Philosophical investigations in new media and technologies*, London, New York: Routledge, 2020.
② Valqui Vidal RV, "To be human is to be creative," *AI & Soc*, 2013, Vol.28, pp.237–248.
③ 陆凯华：《从经验想象力到先验想象力——〈纯粹理性批判〉中想象力的先验改造与疑难》，《世界哲学》2016年第3期。

所不同。后者对先验经验进行了重组，而没有回顾和重塑过去事件的可能性，而前者能够通过远离固定僵化的叙事模式，既接近经典的流行趋势，又创新叙事方式。AI编剧在创意上过分依赖于经典的成功叙事方式，导致他们难以从多种视角解读先验经验。因此，人类编剧与人工智能编剧系统在创造力方面的不同，涉及人类具备知觉、感知和共情的能力。然而，尽管AI具备知觉功能，它仍然需要从模仿和固化的思维模式中进一步扩展和发展。AI编剧是依赖模仿来创作剧本的，AI必须遵循特定的算法和模式，这种创新能力源于对过去数据的重新整合。从某种程度上讲，人工智能编剧系统输出的故事内容是由其固有的先验知识所决定的，其中的任何事件、情节或转折都是不可更改的。

AI编剧这一主题的研究范围和深度都在不断扩大，AI编剧的叙事能力与人类叙述故事的能力是一致的，只有后者才能被真正定义为叙事自主。AI编剧在创作时，仅能依赖之前积累的大数据，结合观众的喜好和市场效应的信息，但人类的叙事自主更偏向于面向未来的戏剧创作。人类戏剧创作的一个显著特性是，他们不会仅仅依赖于过去的戏剧形式和叙事技巧来进行创作，而是会基于对历史事件的模拟和预测来塑造未来的戏剧艺术形态。当我们探讨AI编剧的叙事自主时，一个常见的误解是从人类与AI编剧之间的想象力关系出发，逐渐深入叙事自主的议题。但实际上，两者在叙事自主上的区别并不是仅限于人类，因为想象力并非仅限于人类。AI也拥有其独特的想象力。两者之间的核心差异在于，人类可以利用其独特的想象力来塑造未来，而AI编剧的这种想象实际上是对过去数据的重新组合。从某种角度看，AI编剧的未来方向是非常清晰的。叙事自主不应被简化为一种能力或天赋的问题，也不应被视为一种语言的掌握。虽然AI在编剧领域的创新和应用已经取得了不少成功，但叙事自主仍是人类独有的特质。在某些积极的情境中，AI编剧确实具有伦理自主权。

三、人工智能编剧叙事自主的伦理反思

伴随着人工智能技术的飞速进步，它在众多行业中的使用变得越来越普遍，与

此同时，人工智能对编剧领域的作用和在行业中的应用也发生了相应的转变。显然，这无疑激起了对人工智能伦理问题的深入探讨。尤其在机器的自主决策能力上，AI系统在无须人类直接介入的前提下进行决策，这一点已经变成了公众关注的焦点。尽管自主AI系统在提升工作效率和降低运营成本方面具有显著的潜能，但这也引发了一系列涉及伦理、法律以及社会方面的问题。

在编剧学的研究领域，这一议题有可能被重新定义为叙事自主的问题。AI在叙事自主方面的进步意味着，AI系统将肩负起更多原先应由人类完成的创作责任。这不只是一个技术问题，例如算法的精确度和稳定性，它还涉及更深层次的伦理议题，比如在AI系统存在性别偏见、刻板印象和意识形态倾向的情况下，如何确定责任的归属。另外，AI编剧的内部运作和决策流程通常是一个不透明的黑箱，其决策的依据和逻辑对人类来说是不透明的，这进一步增加了技术监管和控制的难度。

其次，随着AI编剧在多个领域如医疗、司法和金融中的广泛应用，由AI编剧的叙事自主带来的潜在风险也逐渐上升。在涉及医疗主题的情境下，AI的编剧系统可能会牵涉到角色在面对生命和健康问题时的关键决策；在涉及司法主题时，AI的编剧情节可能会对观众对于个人自由和权益的误解产生直接的影响；在涉及金融主题的剧情设计中，AI编剧是否能为涉及大量资金的部分提供正确的价值观方向还待考察。除了这些，我们还经常在日常生活中遇到如教师、警务人员、工程师等角色。在这些职业相关的题材和高风险的环境中，AI的编剧在自主应用叙事时，都需要经过严格的伦理审查和法律的约束。

再者，AI作为编剧的诞生，对于人类编剧在艺术创作和社会角色划分方面都带来了深刻的变革。从一方面看，AI已经取代了许多短剧、短视频和广告的编剧任务，这也导致了AI编剧在就业结构和职业发展上的不稳定性；从另一个角度看，过分依赖AI作为编剧可能会导致编剧技术的衰退和审美鉴赏能力的下降。因此，在推动剧本创作领域的技术创新的同时，如何确保编剧行业及其实践的持续稳定和进步，成为我们当前面临的一项重大挑战。AI编剧的叙事自主不仅反映了AI技术的进步，同时也对我们当前的伦理和法律体系提出了挑战。仅当我们跨越多个学科和领域进行合作时，我们才能有力地应对这些问题，确保AI技术持续健康地进步，并使其转化为推进人类艺术和审美变革的正面动力。

叙事自主实际上是一种特殊的能力，它允许我们在解读和反思我们视为有价值和意义的故事情节后，不受任何限制地进行思考和构建叙述。这一能力在本质上是相互关联的。从更广泛的视角来看，AI编剧的叙事自主可能会引发一系列的问题。首先，AI编剧能够影响或推动艺术创作的伦理自主性，因为技术不仅是没有生命的惰性工具，而且技术与人类的互动会改变和影响人类。技术不仅是人类所创造的，同时也是专为人类打造的。这样的交互可以借助诠释学进行阐释，因为技术被认为是理解自我并为未来的行动提供方向的关键媒介。由于技术在帮助我们更好地理解自己和这个世界上起到了至关重要的作用，技术有能力显著地改变我们的行为模式，因此，技术，特别是AI编剧，与叙事自主有着紧密的联系。

关于AI编剧的叙事自主问题，可以划分为两个主要类别。第一种类型的问题是关于AI在何种程度上能够自动地更新故事或推动伦理决策、选择和操作的自主性。目前，这个议题显得尤为重要，特别是在人工智能编剧系统设计过程中。第二种类型的问题旨在解决由AI推动的编剧系统在叙事方面的自主归属问题。第一种类型的问题涵盖了广泛的领域，包括可能损害人类编剧叙事能力的技术和能够增强叙事自主的算法。这是因为AI编剧有能力在基础剧本创作任务中取代人类的劳动，从而释放人类的创造力，并为人们提供更多的时间，使他们能够投身于更有价值的任务中。换种方式表达，从个人角度看，由AI编写的剧本可能会使人们在解读和批判现实时感到距离，或者至少会妨碍他们的努力，因为AI编写系统常常会掩盖某些信息。从社会的角度看，AI编剧可能会预设并内化所谓的“人工智能偏见”或偏见。AI的最终决策过程是基于对人类创作模式和决策过程的深入学习和模拟，因此，AI的偏见实际上是对社会传统偏见的一种反映。因此，除了在技术层面上优化数据集和打标等机器学习环节之外，还需要对人工智能编剧系统背后的人和公司偏见进行适当的限制。机器和人类这两种自主之间的共存可以通过他们所说的“合理认可测试”来实现：只有在每个人都能合理认可的原则允许的情况下，行为才是道德上可行的。

关于第二类问题，即人工智能编剧系统在多大程度上可以被认为是伦理上自主的。福萨(Fossa)等人从一般伦理学和应用伦理学的角度探讨了这些问题[①]。人工智能编剧系统与传统的人类编剧在深层次和不可逆转性上存在显著差异。这主要是因为只有人工智能编剧系统才能被视为在伦理层面上具有叙事自主,这也验证了康德曾经提出的人类道德主体(moral agent)具有不可复制性的观点。AI编剧与人类编剧之间的主要差异在于,即便人工智能编剧系统产生了符合道德和伦理的输出结果,也不能认为AI编剧具有叙事自主。这是因为人工智能编剧系统不能从科学的角度提出问题和解决问题,也不能从艺术创作的角度打破叙事框架或创造新的叙事框架,而是遵循前人的规则和经典的叙事框架。在当前这个人工智能的时代背景下,康德的哲学思想仍然在理论和实践中占有重要地位。从康德的文献中提及的“精神的自动机”开始,现代心灵哲学、认知科学和人工智能的讨论中,自然主义仍然占据主导地位,特别是作为物理主义的自然主义和功能主义。物理主义致力于将心灵或认知的过程转化为对物理过程的还原。在功能主义理论中,与人工智能有密切关联的是计算主义,该理论主张利用计算机算法来模拟或还原人类的认知活动。康德的哲学观点对物理主义和计算主义提出了严重的质疑,这种质疑可以被认为是一种“深刻的洞见”[②]。

如我们所期望的,到现在为止,许多与AI编剧相关的伦理问题都可以追溯到叙事自主的问题,而不只是探讨人工智能编剧系统在创作决策过程中对人类编剧叙事自主的影响和削弱程度?这在何种程度上增强了叙事自主?然而,把叙事自主归咎于由人工智能驱动的系统和机器也揭示了,当人类与人工智能编剧系统建立联系时,编剧害怕失去自我管理的能力,这种能力不可避免地会体现在个人故事中,与个人故事有关,甚至可能由个人故事产生。这种恐惧不只是因为害怕失去创作的主导权,还因为害怕在选择剧本的最终表现形式时,是否还能通过剧本创作、编剧的目的和剧本的呈现结果来平衡不确定性,以及把握时机的能力。简单来说,叙事自主是人工智能编剧系统所不能达到的,但这有助于人类实现叙事自主。

综合来看,在前述的众多讨论里,叙事自主通常被看作一种特殊的能力。实际

---

① Fossa F, Schiafonati V, Tamburrini G (eds), *Automi e persone. Introduzione all'etica dell'intelligenza artifciale*, Roma: Carocci, 2021.

② 范大邯:《自然与自由之间的鸿沟与过渡——重审〈判断力批判〉导论的基本问题》,《学术月刊》2024年第8期。

上，编剧都需要叙事自主，这种能力来自人类的创造性、想象力，语言学和逻辑判断能力，这也可能暗示着它与人工智能之间的联系。由于人类与人工智能之间的明确联系，编剧开始重新审视叙事自主，并认为这是与人工智能共同拥有的一种能力。此外，编剧们也不得不接受这样一个现实：尽管人工智能有助于人类在伦理层面上实现叙事自主，但AI编剧并不能完全替代人类编剧的角色。从这项研究的角度来看，人工智能的叙事自主可以被定义为一种与算法、系统和数据有关的程序化和自动化能力。而在人类的叙事自主中，它涉及改变角色的路径和弧光，通过为情节和细节赋予不同的意义来传达剧本的核心思想。尽管从伦理角度看，人工智能的叙事自主是合理的，但AI编剧的独立行为并不仅仅是对价值观的再塑造，更多的是对历史数据的梳理和回顾，以及对经典叙事模式中的框架、程序和结构的深入应用。

人机共舞

——AI辅助下的编剧行业生产力重塑与解放

何伟豪

绪论

随着科技的飞速发展，人工智能（AI）已悄然渗透至社会的每一个角落，其影响力之深、范围之广，前所未有。我们不难发现，技术进步总是伴随着对传统模式的冲击与重塑。

距2023年7月13日好莱坞演员与编剧首次联合大罢工以来，AI技术并没有因为人类意志的抵触而停止发展，相反，它依然以一种超越想象的速度如核弹般氤氲在周围。于是在僵持了数月争夺话语权、达成协议框架后，人们重返岗位，生活依然继续。这次罢工的直指矛头，正是2022年Open推出的ChatGPT等AI技术。

一、生产力的解放与取代

从石器时代到工业时代，再到信息时代，人类总是对超出自我本能外的东西怀有敬畏而又期待——解放生产力的同时，又害怕被取代。这种纠结与矛盾是真实存在的，且永远伴随着人类发展的社会进程。

18世纪珍妮机的出现，极大提高了工人纺织的效率。然而一群原本靠着纺车谋生的工人闯入研究出珍妮机的哈格里夫斯夫妇家中，砸毁机器，并将他们赶出兰开郡小镇，夫妇俩被迫流落诺丁汉街头。之所以会发生如此情况，是因为珍妮机对于当时工人们普遍使用的纺车来说极大地提高了棉纱产量，以至于原本供不应求的棉纱价格下跌，变成了物美价廉的产品，这使得这些用纺车的工人们不得不开始担心此刻的局势，更重要的是，他们害怕被珍妮机取代。

所以当影视行业的"珍妮机事件"到来时，我们依然像两百多年前那样，带着观望，又提出质疑。被赶出去的哈格里夫斯夫妇依然继续研究着自己的珍妮机，然而不管怎么发展，珍妮机仍然要用人力。正如在电脑上打开AI软件时，我们依然需要输入指令。那么好莱坞的编剧们在担心什么呢？大概，他们所担心的是，越来越多的人使用"珍妮机"后，自己则成为使用纺车的工人。"事实上，此次罢工的双方都承认，在科技高速发展的今天无法禁止人工智能的使用，它在影视制作的许多方面——包括编剧层面，确实是有价值的工具，关键在于规定片方和编剧本人如何避免造成人工智能滥用。"[①]当罢工结束后，好莱坞编剧们选择有条件地接受了AI在领域行业的进入，正如纺织工人们接受了从纺车到珍妮机的转变。在新浪潮到来时，旧事物将会被取代，而人作为可以扭转自身随之改变的角色，并非只有取代与被取代两种抉择，我们依然能够从事物的间隙中找到一个最为微妙的平衡点。

但是人工智能与珍妮机的性质又大不相同。"人工智能之所以能够催生新质生产力，关键就在于其对于生产力三要素都产生了根本性的影响：在人工智能时代，劳动者不再只是传统的体力或技术劳动者，而是具有全新思维和知识快速迭代的能力，能够适应和熟练使用人工智能，从事知识型劳动或创新型劳动的劳动者；人工智能更是直接作为劳动工具参与生产过程，劳动资料发生了根本性改变；劳动对象的范围也不断扩大，不再只是物质资料，而是扩展到以数据为代表的非物质资料。"[②]这种从物质资料到非物质资料的转变，无疑重新定义了劳动者将来的劳动方向和生产能力导向，把劳动者从传统依靠体力或机械技术的生产力中解放出来，从而向更为高效的生产力方式迈进。

这并非是人类这一生产力被取代，而是人类的生产方式被重塑。

---

① 董铭：《编剧"赢了"罢工，好莱坞会好吗？》，《环球时报》2023年10月12日。

② 范从来、祝思民：《新质生产力与发展范式变革：以人工智能为例》，《学海》2024年第4期。

可以预料的是，人工智能化将会全方位地向各个领域迈进，它的出现带给了许多人在自我领域向未知领域跨越的空间，降低了行业门槛。人无我有的局面将逐渐褪去，人有我优的天平开始倾斜。

二、AI在编剧中的运用

“曾经我以为AI是代替我们扫地刷盘子，好让我们有时间去写歌画画，结果现在是AI代替我们写歌画画了，我们沦为扫地刷盘子的。”这是网上流传的段子，听起来略显悲观。自动洗碗机已经是早些年茶余饭后的问题，人类的劳动也逐渐朝着更为深刻的抽象劳动转变。

人工智能出现的出发点并非是取代人类，而是替人类将烦琐的事情处理，剩下的把控交由人类自己决定。

带着这种观点与视线去衡量，我们会发现，在使用AI的时候我们的身份已经发生了转变。我们从创作者变成了输入指令等待回复的制作人的身份——换句话说，我们不再仅仅是创作者，而是从第一人称向第二、第三人称跃变。

就好比我们将一篇文章的关键词和方向提供给AI，它就能根据你的关键词、想法以及要求，给出几篇文章的样式任由你选择、排列、组合。在这个过程中，省去了许多你需要码字的时间，又或许能给你带来未曾有的思考和意想不到的惊喜。这样的创作方式和我们传统的创作极为不一样，它允许我们颠覆原本的宏观叙事体，用碎片、零散化的思维进行点到面的创作。我们可以将昨夜的一场模糊的梦，或者午后一闪而过的念头提供给AI，让它在这些想法上将故事的前后补充蔓延，形成一个完整的、符合逻辑框架以及结构的故事整体。同样，我们也可以在AI中将一个庞大的概念放置，让它由这个概念引申出更多的细节。

虽然这样的创作方式给我们提供了超乎想象的便利，但是我们要了解的是，AI的运算是基于数据库和搜索引擎。这就意味着，它创作出来的东西，并非来源于它的真正思考，而是在数据库中搜索，根据符合指令的内容进行排列组合。这说明，通过AI创作所呈现的其实是我们个体所未知、而在庞大的数据库中真实存在的内容。

它的局限性也在于过于依赖数据，而不能自主地进行创作。“ChatGPT 在生成新闻报道文本的过程中，只能通过互联网，依靠数据库现成的材料对新闻事件作简单概括，无法像记者那样在收集原始信息的基础上挖掘新闻背景，描述来自新闻现场的情节和细节。”①

在戏剧、电影剧本中，我们想要用AI来完成一部完整的剧本似乎不难实现，但是其质量以及同类比程度，就有些差强人意了。戏剧和电影是将一个叙事生动化、冲突化、真实化的强有力载体，是艺术中一个使人得以娱乐和受到启迪的媒介。ChatGPT、Kimi、文心一言等AI软件在组织和编写宏大叙事结构的故事时，从逻辑和复杂程度上还不足以能够立得住，往往只是给出了普遍笼统的建议，像空中楼阁。但在一些如微小说和短篇文章类的内容中，AI展现了强大的语言逻辑能力，这种逻辑上的冷静是我们常常未能察觉的。

ChatGPT的模仿能力使得它成为人工智能的先锋，也成为压垮好莱坞编剧们的最后一根稻草。“ChatGPT 能够学习并模仿不同的写作风格，如古典、现代、浪漫、讽刺等。作家在写作时，如需模仿文学风格，可以为 ChatGPT 提供一些代表该风格的示例文本和风格要求，这些文本可以是经典文学作品中的段落，或者具有显著风格特点的现代作品片段，基于提供的示例文本和风格要求，让ChatGPT生成一段模仿该风格的文本，将ChatGPT生成的模仿文本与原始示例文本进行对比，观察它们在风格上的相似性和差异。”②

网上曾经举办过一个征文大赛，要求以“他听到了电话里传来的尖叫声，却无法挂断”为开头写一篇短文，并用ChatGPT来完成，题材风格不限，但是不宜超过500字，大概在微小说的篇幅。在众多投稿中，《挂断之前说爱你》和《一分钟后来电》两篇征文以同票数胜出。尤其是《一分钟后来电》这篇，不到三百字，寥寥数语，却仿佛出自一个常年沉浸在日式悬疑的作家之手。

他听到电话里传来尖叫声，但无法挂断。电话那头的声音非常熟悉，但他

① 刘兰英：《人工智能写稿与新闻报道原创性研究》，《新闻文化建设》2024年第4期。

② 赵文勇：《ChatGPT对文学创作的影响》，《长江小说鉴赏》2024年第22期。

分辨不出到底是谁。他听到声音一再念叨一个名字，然而却无法听清楚，只感到其中透着深深的绝望。这是恶作剧吗？他在办公室坐了许久，感到尾椎骨有些疼痛。于是，他切换到免提并站起身，打算活动一下身体。此时已经很晚了，办公室里只有他一人。

突然，电话桌上传来一阵"吱吱吡吡"的噪声。然后，他听到一个非常熟悉的声音说："你好，请问是哪位？"

是自己的声音！刚才传来的尖叫声也是！

办公室突然传出了尖叫声，声音非常绝望……①

当比赛结果公布后，许多人不禁感叹，人工智能生成出来的文字，从感情和措辞上已经分不清这究竟是人类的思维，还是机器的语气。

我们可以在进行剧本大纲阶段的创作中，利用AI这一强大的模仿能力和算法帮我们进行逻辑性和情节性的思考，并让它列出故事发展的多种可能性，最后作为第三视角的制作人的我们再对内容进行筛选。"人工智能在影视行业的优势并不仅仅在于影像制作或特效生成，利用AI算法进行电影剧本价值的评估和演员角色的选择……"②我们可以在剧本完成后，将内容提交到AI软件中，让它对剧本的情节合理性以及内容生动性进行评估，利用它的强大逻辑总结性替我们作出精炼的故事简介。

我们知道，影视作为一门镜头语言艺术，从文本到镜头的转换，必然会导致生产方式的变化。作为新的生产力，人工智能不仅仅是生产工具，某种程度上我们还可以将它视为"第三只眼"。"如果编剧描述的场面由于预算、技术的不达标而无法实现的话，剧本必然需要修改，拍摄的进度也可能减缓。人工智能的机器学习，实则是对人类自身学习能力的突破。编剧因为经历和天赋无法学习到的跨行知识，可以由人工智能通过规则模拟或神经模拟来完成学习并应用。编剧在完成部分情节后，可以在人工智能上进行拍摄方案的模拟，找到相应的拍摄场地、技术、演员特质、拍摄

① https://primal.net/e/note1s5t58hph4rrrt7zcde9gusl7zy53ay64nvadn9cufgwf2gd8wg0qgdrhy0.

② 岳宗胜：《数字裂变、想象力展褶与技术焦虑：人工智能对影视产业的介入、重塑与挑战》，《电影新作》2024年第3期。

成本等要求,甚至可以找到相似场景的其他影片的示例,从而大大提高剧本创意的可操作性。”[①]同时,AI可以对我们的剧本提供可循的方向,如是否和之前其他作品有过于雷同点,人物形象和矛盾冲突是否欠缺等。这是人工智能给我们带来新的创作上的导向。换句话说,人工智能的生产力不止于限定在生产,而是在应用上的一种重塑。

三、AI在未来的延伸性

和珍妮机、蒸汽机相比,AI虽然近几年才获得飞速发展,但AI与它们的不同之处在于,那些机器皆是以机械化模式来运转,而AI却是以学习模式来不断运行。因此,我们所害怕的是它的学习能力。

AI的学习能力令人难以置信。它能在短短几秒钟的时间里,将你所有学习过的知识复制粘贴,并且永远保存。可以说,我们投喂和训练的速度,永远比不上AI学习的速度。我们投喂得越多,训练得越多,AI对这一板块的内容也就越熟悉,数据库也会越来越大。它可以学习一个人作品的风格、特征,甚至是用词习惯,然后创造出一个与之相仿但不同的内容来。这样的先例,最开始涉及的是美术和设计这一领域,后来蔓延到了文学,再到了影视,AI的生成与产出将我们原本要耗费几天甚至数月才能完成的事情,在秒针转动的片刻即可完成。在这强大的运算能力和磅礴的数据资源面前,人类的大脑似乎显得如此渺小。

或许人们尚停留在几年前对AI的认识,认为AI生成的东西似乎不具备真正的人的情感。就在2024年一款名为Suno的软件在音乐行业中如烟花绽放,惊动如雷。它能根据你输入的歌词,选择风格,自动作曲和编曲配器,附有人声的演唱。在你刚泡上一杯咖啡的时间,它的播放指针就旋转在你的面前。重要的是它生成的音乐性和可听性,有的不输于过去和当下的当红歌曲。

这无疑给创作者带来了很多灵感,但是同时也带来了很多苦恼。一是关于制作

① 吴格尔:《人工智能机器学习对剧本创意的协助功能研究》,《艺术管理》2020年第2期。

门槛的问题，当越来越多的人开始使用这些软件来制作音乐后，原本真正制作音乐的工作室将会减少，产出也会减少，这就使得原本有门槛的产业，其门槛将被不断降低，最后可能导致市场饱和与混乱。

编剧和影视行业同样如此。我们曾视为高大上的艺术，现在在AI的帮助下，似乎唾手可得。制作的成本不断降低，人人都不断朝跨界的佼佼者这一方向看齐，而对于那些原本就从事这个行业的人来说，或许数十年的努力，就这么轻而易举地被AI复刻与超越了，让人不得不沉思其中。当美术家不需要学习绘画，钢琴家不需要练琴，文学家不再需要博览群书，这样的发展方式，是否值得我们遵从？

“从孩童时期开始，音乐就令我心潮澎湃，并能将我带入它最核心的地方。对于我所钟爱的每一件作品，我都能感受到它是来自作曲之人情感深处的一封‘私信’，那感觉仿佛使我能够直抵作曲者灵魂的最深处，这让我觉得世界上没有任何一样东西比音乐的表达更具人性，然而，对最浅显的音节排序进行模式操纵，却能够产生听起来仿佛来自人类内心的音乐，一想到这里，我就非常非常不安。”[①]——“侯世达的恐惧”同样也是我们的恐惧。人工智能能从当下延伸到未来，从可能延伸到不可能，模糊了真实与模拟的界限，让我们似乎越来越分不清这些作品内容究竟是出自人类的意识，还是来源人工智能的算法。

既然人工智能是基于算法，那么其本质上还是由人类所创作过的内容的拼接运用。我们可以理解成，它并没有超出了人类意识和认知之外的算法，仅仅是比我们记忆的多得多。我们所面临的困境，并不是与AI的对抗。正如珍妮机的出现，也并没有取缔了纺织工人。我们的担忧更多的是来自AI介入了行业本身后，给我们形成了压力。超速的生产力与过去我们的劳作效率显得如雾似梦般难以置信，门槛的降低让我们对外行的跨界产生了不情愿的抵触。毕竟在有限的资源中，门槛是有最有效的限制方式，AI无疑打破了这种方式。

同时，门槛是一切行业内“牛鬼蛇神”的照妖镜，但是凭借着人工智能的手段，我们会困惑于生产出的内容是出自专业人员之手还是非专业人员之手。这并非是

① ［美］梅拉妮·米歇尔：《AI 3.0》，四川科学技术出版社2021年版，第8页。

禁止跨界工作，而是希望在允许部分有效跨界的同时，依然回归到“专业之人做专业之事”这样的观点。AI模糊了这个界限之后，在介入的同时，虽然一定程度上提高了非专业的专业性，但是利用AI生产出的内容质量在等量的数据库中，不可避免地陷入同质化。

不过我们不必过于悲观。人工智能的出现，本质是为了更好地帮助人类完成本应该完成的事情，而并非代替人类，让人类失去所拥有的一切。如果因为AI的出现而造成人们的失业的话，人类以及法律的相关政策必然会进行抵制。正如Sonu软件虽然可以飞速生成不同风格的歌曲，但是其音质还不足以达到商业发行的程度，并且无法开放分轨下载，充其量只是作为一个参考，提高制作的效率，缩短制作时长。另外，生产的音乐版权受限，使用Sonu生成的音频还需要额外购买版权。这样的举措，无疑是保护了音频行业的规范，消除了许多原行业内从业者的担忧。

终其可见，在某种程度上来说，人工智能促使人类从低级的活动转向更为高级的活动，但并非限制人类参与生产活动。当人类的生产与世界需要时，人工智能将凭借着它的学习能力在未来横冲直撞，延伸至每个方向。

四、人机共舞

自1961年美国社会学家瑞奇·理查德斯提出“内卷”一词后，时隔多年，这个词语再次席卷而来。当每个人都试图增加内部消耗时，人工智能的出现加剧了“内卷化”的趋势。

人无我有是0到1的概念，而人有我优则是从1到∞。在这个无穷中，内卷的空间被挤压得越来越少。我们知道，人与动物的区别，是人会使用工具；然而在未来，人与人的区别可能在于是否能够高效使用AI工具。在这个内卷的趋势下，每个保持着力争上游念头的人，会果断地投入人工智能的使用中。信息化时代，AI工具的成本并不高，使用起来也并不困难，那么在这种人人都有的局面中，我们如何能形成优势，在内卷的环境中“卷出一息尚存”的空间？

那就是对AI工具使用熟练程度的比拼，以及对人工智能的训练程度和指令技巧。

就像我们学习语文、打字和拼音一样，在对人工智能的使用中，文字指令占据了绝大部分的操作空间，也决定了绝大部分的生成内容。所以反过来看，AI工具的使用，在同等的数据库和有限的算法中，最后比拼的其实依旧是人的表达能力，以及对人工智能反馈后的回应程度。其终究来说，仍旧是生产世界中人与人的角力抗争。

在AI介入文学创作后，持肯定和反对的人各有高论。“肯定派认为，‘历史的洪流只会向前，不会退后，人工智能时代必将到来，人工智能文学也终会走上历史舞台，成为不可忽视的存在’。至于文学创作领域出现的紧张情绪，肯定派则认为，目前AI写作的发展尚是‘初出茅庐’，难以威胁人类写作的主体地位，即使未来AI写作具有与人类写作旗鼓相当的水平，人类也应当持欢迎的态度。否定派认为‘人类自然主体的语言富有历史社会性’。AI因为缺乏必要的社会生活体验而不具备此种特性，因此，AI写作呈现的诗歌作品很难有与人类诗作旗鼓相当的思想深度。”① 肯定派的观点较为乐观，但同时也似乎预测到了“旗鼓相当”这一对立面。

这个观点仅仅是将“人与AI”站在了对立面，但是忽视了“人与使用AI的人”这样一个立点。谁越能掌控人工智能，就越能在众多人群中拥有更大的生产力和空间。如此看来，我们对于人工智能的恐惧，或许更多的是对于新鲜事物和未知事物尚未掌控的恐惧。我们的矛盾也并非是人工智能的去留，而是如何将人工智能更快地与我们匹配和适应，协调地运行在我们的生活和工作中。

自工业革命以来，人与机器的关系愈加紧密。我们早已接受了工厂模式、机器运行这些概念，而人工智能依然是承载在机器上运行的一个软件工具。关掉电闸，机器罢工。我们可以选择坚信自我的道路和理想化的发展，但是在这个信息漫天飞扬的时代，过度自信和拒绝向新事物认知，无疑是自我封锁的“闭关锁国”。人机共舞的时代必定会漫长且延续下去，不管结果如何，我们当下只有尽情地去舞动。

在英国《卫报》看来，去年的好莱坞大罢工固然在工资薪酬、流媒体分红和人工智能监管上取得一定共识，“但这种解脱和喜悦感中还夹杂着恐惧，好莱坞

① 李晓贤：《人工智能写作与诗歌鉴赏的“相遇”》，《文化产业》2024年第21期。

已经无法回到旧日时光。拿到更高薪的编剧和演员们发现工作机会更少了，各家流媒体的发展策略仍举棋未定，而人工智能是否真的会成为‘一种工具’，人们还需要回归理性视角。但从好的方面看，去年那份罢工后的新合同，至少让人们积极正视未来的变化”。[①]

没有人可以永远去逆着新时代的事物背道而驰，正如没有人可以在消逝的星空中找到永恒。罢工结束的好莱坞编剧们，也重新拿起了笔，继续着这场生产力重塑的人机共舞的游戏。

结语

在AI技术的浪潮中，好莱坞编剧行业正经历着一场前所未有的变革。从最初的抵制与担忧，到如今的有条件接纳与融合，AI以其高效与逻辑性强的优势，逐步成为编剧们不可或缺的伙伴。它不仅是生产力的解放者，更是创作方式的革新者。在这场人机共舞中，AI以其强大的数据处理与逻辑分析能力，为编剧们提供了前所未有的创作便利与灵感激发。然而，AI的介入也引发了关于版权、创造力及行业门槛降低等问题的深思。但正如历史无数次证明的那样，技术的进步终将推动人类走向更加辉煌的未来。在AI的辅助下，编剧们正以前所未有的热情与创造力，共同书写着影视行业的新篇章，让艺术与技术在碰撞中绽放出更加璀璨的光芒。

① 吕克：《罢工一周年，好莱坞还没缓过来》，《环球时报》2024年7月22日。

边缘行者：当代中国电子游戏中作者身份的讨论

陈亦芃

文学、美术、音乐、戏剧、电影甚至是电视，在发展到某个阶段的时候，都将会出现关于作者概念的讨论。这样一场讨论往往从一场批判开始：指责那些屈服于市场、向受众妥协的作品失去了灵魂，成为工具或是愚昧的复制品；在批判之后，往往要将这样一种“产品”放到本艺术发展时间线上进行史学的溯源或是对其未来影响的悲观判断，显然这些制作者们因为忘记了前辈们勇于突破的勇气，也葬送了艺术本体未来发展的可能而就此失去了艺术家的头衔。在这场讨论之后回到艺术实践中，当一种错误认知被确立以后，一种对立的、新的本体发展思路终将落地，新锐而与时代性更为紧密的表现将如浪潮般出现。我们将其冠名为“新浪潮”“先锋派”“现代派”等。

而当下，“作者化”讨论正在全球游戏领域广泛展开，一些电子游戏的导演/监督/制作人，开始拥有数量庞大的拥趸，其对于电子游戏的理解正在成为某些区域内受众的共识，“有作者的游戏”似乎正在成为好游戏的某种必要条件。以此反观中国电子游戏的生态环境，“作者”概念频繁出没于独立游戏和一些气质更为鲜明的游戏的讨论中，而更应该注意的是，那些用户数量庞大、影响更为广泛的电子游戏的生产商，似乎正在默契地形成对于其“作者”——不仅是个人或是创作群体，甚至是合作厂牌的有意识的剥离。其背后所反映的问题，关乎中国电子游戏在当下语境中的定位，以及未来中国电子游戏的发展方向。

一、电子游戏有无“作者”？——电子游戏作者身份的概念与定位

首先需要说明的是，笔者并无意在此将关于“作者”的讨论发展为“作者-叙事”的讨论场域，而是希望立足于作者的论述在电子游戏发展的史学概念下，看待“作者”作为一种身份参与认知观念的变革，并且成为未来谈论电子游戏叙事、电子游戏创作者与受众关系、电子游戏创作者身份认同的底层逻辑。之所以建立此讨论边界，一方面是受到艾斯本·阿尔萨斯（Espen Aarseth）教授在论文《游戏研究怎么玩：给渴望做游戏研究的学者们的十点建议》中，第一条对于不要提及“那场战争”（叙事理论家与所谓游戏学家之间在1998—2001年的论战），因为“这些作者非要怎么写，只是想表明他们知道一些以前的事情，结果却让这样的神话（争吵）延续下来”①。叙事学与电子游戏叙事研究之间的讨论，国内也多有提及，往往难有定论；其次则是因为，叙事学概念原本在20世纪80年代中后期被重视，主要是为了针对经典叙事学中，消极地将作品视为拥有自身结构的符号系统，割裂了作品与具体文化语境之间的关联性，“从发现到创造，从一致性到复杂性，从诗学到政治学，这是对20世纪80年代叙事学理论转折的简要概括”②。但是如果没有对于电子游戏作者身份概念的认知，那么其特点与社会、文化语境之间的关系难以被梳理，甚至仅以作者论的立场去看待电子游戏中，“作者”的参与和影响也会陷入一种以现象特征关联社会的先入为主的主观观点；最为重要的一点，是对于电子游戏本体，尤其是电子游戏所具有的“技术-工具”特性的尊重。

电子游戏与过往的艺术形态相比，其生产工具的特性是极为复杂的，甚至会在极短的时间内产生剧变，这使得其生成的方式、形态、流程中，“作者”的分工和参与往往随之变化，这与发展时间最为接近的电影的媒介特性之间也有了很大差别。文学、音乐、美术、戏剧的生产方式在漫长的历史中其生产工具的进化虽然存在，但是在绝大多数情况下并不会在某一时期使其创作方式发生剧变，电影、电视及其他影

① Aarseth. E：《游戏研究怎么玩：给渴望做游戏研究的学者们的十点建议》，载何威、刘梦霏主编：《游戏研究读本》，华东师范大学出版社2020年版，第1页。

② ［英］马克·柯里：《后现代叙事理论》，宁一中译，北京大学出版社2003年版。

像艺术在近代的科技进步中，其生产方式也有类似的存续，这些至少都不会让我们去怀疑艺术本体中作者的参与。我们无须去质疑作为艺术品的一幅画或是一部小说、戏剧剧本，其创作者在其中发挥的天然的造物者作用，但是在当代中国电子游戏的发展中，没有人在担任那些已经成为千万玩家现代生活中不可或缺的电子游戏的"作者"。游戏创意的提案、游戏机制的设计、游戏商业的策划、游戏美术的总监、游戏文案的作者、游戏运营的管理……这些现有的中国电子游戏生产职位中，并不存在电影导演般决定整体游戏艺术价值的"作者"位置。但这并不能简单以"团队作者"，或是"集体创作"去概括，因为从整体电子游戏的理解角度出发，若是要将传统、经典艺术时期对于"作者"的概念直接套用在电子游戏领域，将会生成一系列悲观的论断：电子游戏大多数没有作者，因为没有作者所以电子游戏不具备艺术性，根本不能用看待艺术的方式去看待，所以电子游戏的本体除了商业性、社会性之外，空无一物。这显然是傲慢和错误的。

对比电影理论中的作者电影理论，"其根本观点在于突出强调导演在电影创作中的地位和作用"[①]。但将电子游戏从整体生产流程和传播方式的角度进行对比，我们会看到当下中国电子游戏生产结构是复杂的，"作者"概念的来源也因此多元。这其中，我们会发现有与欧美类似的"大厂"式的生产，这往往被视为现代互联网科技、数字文娱的生产方式的结合；也有与日企类似，使用日本游戏公司管理模式的"企划+各方向专业团队协作"的提案方式；还有伴随着游戏开发环境的变化，在发行平台成熟的基础上形成的个人、小团队游戏开发方式。在这些游戏开发的不同环境中，作者身份的界定是完全不同的，尤其是其中还涉及设计分包的情况下。电子游戏的分包团队很多不仅是完成一些设计或是程序运营上的保障性问题，其贡献同样出现在创意层面。这与电影在当下的团队合作制片完全不同，电影的团队外包在当下普遍还是某一领域相对独立的技术领域内的艺术创作，比如配乐或是特效，最终是完成导演/监督的任务为目的，但电子游戏的创作从初始就面对着"世界工厂"和工业生产技术革新的细分环境，"革新是指技术体系转变的完成，并产生影响其他

① ［英］爱德华·巴斯科姆：《有关作者身份的一些概念》，王义国译，载杨远婴主编：《电影理论读本》，世界图书出版公司2012年版，第249页。

体系的效果”[1]。同时电子游戏生产的复杂性，尤其是游戏机制开发在其本体中的重要程度，都使得作者概念的从属问题的分析变得更加不具备普适性。

除从生产工具、创作流程的角度出发去构建对作者的观察之外，以“作者概念与读者概念的对应关系”作为基础去考虑，我们有没有可能从受众的感知层面，从自然接受环境的溯源，对作者的概念和理解去进行阐释呢？在一些情况下，这也许是可行的一种观察方式。试举一例：由日商卡普空（CAPCOM）开发的《龙之信条》的制作人是小林裕幸，小林裕幸本身是技术出身，比《龙之信条》的总监（日语：監督）伊津野英召更早进入卡普空，一度是卡普空重要的制作人，担任过《鬼泣》《战国Basara》《生化危机》的制作人；《龙之信条》的总监伊津野英召则是因为喜爱游戏，尤其热爱跑团游戏，放弃大学的化工专业而以企划的身份进入卡普空。至此对于绝大多数玩家而言，小林裕幸、伊津野英召都是《龙之信条》的制作人。但是伴随着二人对外发表言论的传播，玩家群体逐步了解到伊津野英召为了游戏创作坚持十年的提案、应对卡普空内部各类压力的经历，逐渐将整个《龙之信条》的开发风格、游戏机制设计、叙事设计归功于伊津野英召，并且进一步在认知上向前挖掘，将在2007年三上真司、神谷英树等制作人离开卡普空后，伊津野英召参与制作的《鬼泣》系列、《私立正义学园》系列中对于动作设计的“爽快感”的优点，识别为伊津野英召的个人风格；随着时间推移以及《龙之信条》成为系列游戏，玩家依据伊津野英召接受FAMI采访中“我把自己个人所有的欲望统统发挥出来的结果，就是《龙之信条》”，将《龙之信条》系列中“交换从者”、英国式文本表达的设计方式、道具设计思路等，认定为伊津野英召的游戏“作者标签”，更是在小林裕幸采访中诸多直白地对游戏商业层面进行看法表达后（一些被游戏玩家认为“不诚实”的商业短视说辞），将小林裕幸彻底排除在作者行列之外。在《龙之信条》的例子中我们可以看到，对于那些有认可度且相对更有类型突破特点的电子游戏而言，玩家群体有着对其创意来源的好奇，这种好奇引发的溯源需要以“作者”概念作为答案才能终结，那些创意逐渐被理解为类似“宝可梦作为伙伴的概念，来自田尻智小时候玩铁甲仙的

① ［法］贝尔纳·斯蒂格勒：《技术与时间1：爱比米修斯的过失》，裴程译，译林出版社2019年版，第39页。

经历”的对应关系，但也有了类似作者文本分析的简单逻辑。

只要电子游戏尚不能完全脱离人由算法自动生成，那么所有的电子游戏就一定有其对应的生产者，但是生产者并不能与“作者”直接画等号，后者作为一种属性，以多或少的方式存在于前者的行动之中。同时电子游戏本体之间极大的差异（这种差异大于任何艺术形式类型之分）、其生产方式超过想象的变革速度，都使得以过往对文学、美术、电影的作者概念套用在电子游戏中，是刻舟求剑般的一厢情愿。电子游戏的作者概念，势必要在其媒介讨论中进化得更加开放，同时成为未来对于环境中“更好的”游戏的标签化概念，这在宏观层面上，又与所有艺术中“作者化”的追求不谋而合。

二、谁需要电子游戏的作者？——对电子游戏作者概念的支持与反对

我们在当下中国电子游戏环境中会观察到一种现象，玩家认知中，几乎没有对《王者荣耀》《原神》《蛋仔派对》等用户数量极大、长期运营的线上游戏的作者的任何了解，似乎其对话的对象仅仅是虚拟环境本身，而非通过作品与制作者之间建立对话。我们当然可以从最简单的方式，类比电影史中那些大量作品出现但作者被忽略的时刻，将这个问题进行类“好莱坞”化的理解，认定这是资本主义为了自身增殖需求的稳定，将作者作为不稳定的个人因素和支付更多成本的一种风险，主动或下意识地排除出了自身的电影表达话语外延，所最终形成的“去作者化”，并且认定这终将使得这些长线运营的电子游戏，如同20世纪60年代的好莱坞大公司电影项目一样，陷入资本盲目扩大和电影自身创新活力不断流失的历史规律，只能等待新的“作者化”创作去拯救，只有“作者”进入才能打破恶行向下发展的循环，重新焕发整个媒介在社会活动中的活力。这样一种观念认同者自然不少，但是这套规律的问题在于既忽略了电子游戏本体的媒介特性，将其视为和电影一样的文化媒介进行的考量；同时也忽略了电子游戏在今天中国当下环境中的诸多特性：玩家对于自己所投入时间和精力的电子游戏的游玩行为理解间差异，从行为方式的逻辑上对比，是大于过去电影院看电影和去美术馆看美术展之间的差异的。

当电影发展到20世纪60年代，关于电影作者的讨论在法国的年轻人中爆发了。他们从表达对当时的法国电影的不满开始，希望有一种具有作者身份的电影出现在当时的法国影坛中，而“手册派”“左岸派”所形成的新浪潮正是这一诉求的回音。从“二战”后世界文化变迁的宏观，和当时电影形态发展的具象观察之间，我们在这一思维的中间层里可以看到的是电影发展和受众之间的呼应关联，作者论电影无疑是电影媒介发展到一个商业上相对成熟的阶段后，才会自然生成于其历史发展逻辑上的产物。

那么以此逻辑反推，当下中国影响最为广泛的游戏的讨论中，尚没有出现作者讨论是否标志玩家并不在乎电子游戏的作者？或者我们的游戏作为一种媒介，尚未到达可以讨论作者论的产业发展程度呢？并非如此。我们实际观察到的情况往往是这样：当下国内对于电子游戏作者的讨论，星罗棋布于各类游戏之中，其讨论方式、讨论中对于“作者概念”的理解彼此间差异极大。在一些中国国内长期运营类游戏中，玩家讨论的作者的对与错，集中在对游戏“运营者”的批判或是褒奖。很显然，在这类游戏中每一阶段对于游戏机制的更新与调整，无论是更改抽卡概率还是游戏战力算法等，都是玩家的“切肤之痛”，带来的是游戏中极为具身化的体验变化，因而玩家将做出决定的运营者或是运营方，具象化为有人格的“作者”去对待；而当玩家所钟情都直指某个具体角色或某段叙事时，玩家则选择其背后的配音演员、画师、编剧甚至是动捕演员作为对话的作者，将整体游戏视为承载创意的环境或是宇宙；更多时候玩家会从一系列游戏开发公司、运营方的表现中，自我识别到某种决策层面的考量相似性，并将这种好或坏的商业表现习惯拟人，将游戏归于公司的拟人概念之下成为其作品，将开发公司、运营公司作为作者的替代品，就好像对于《原神》的作者的追问，往往得到的答案是米哈游。这些对作者概念的拟人化想象，在今天的中国电子游戏环境中出现，是很正常的。电子游戏与电影虽然都是大众媒介，但是电影具有时间轴层面较大范围内的一致性，源源不断上映的电影塑造了相似的动态的迷影环境和观看经验；而电子游戏彼此间差异极大，你很难在一个《消消乐》玩家和一个《极乐迪克斯》玩家中寻找到他们对于游戏理解上的共性，这背后形成的可能是两条电子游戏游玩上永远平行的游玩历程。所以长期的不均衡的、差异极大的受众环境，可能就是电子游戏所面对的常态。媒介时代的发展也同样会加剧这种不平衡，一些玩家迫切需要那些敢于突破类型桎梏、游戏机制花样翻新、作者态度坚定的电子游戏，可另一些玩家不是不需要，而是从未见过，就如同洛克所认为的那样，“知识永远不能超出观念的范畴”。

大型常态化运营、用户基数更为庞大的电子游戏的开发方存在对于其创作者的“去作者化”，而独立电子游戏开发团队则整体更为偏向“作者化”，是我们对中国电子游戏环境中较为普遍的认知，但观察到的实际情况却要比表面看到的更加复杂。首先大型常态化运营的电子游戏，在过往的几年中与其玩家群体逐渐磨合出了一种默契——整个游戏是一个元宇宙的环境，策划者与游戏机制有关，而每个角色则与画师和配音演员建立游戏，整个游戏创意的溯源到一个集体、公司或开发团队为止，至此“作者”的身份被拆分完成。在这个二者共同建构的场域里，“作者”作为个人的概念往往只有被需要进行宣传的时候被刻意调用，比如新角色选择了知名声乐但并不会去讲述其配音中的创意生成过程，作者被品牌化为明星，以其影响力形成商业效果，并且官方的宣传往往仅到此为止。可见对于大型常态化游戏，相对有限的、在原本电子游戏框架内的创意要比更加作者化的创意更为有效，这也导致此类游戏长期运营实际，仍然是一种社区式的向内留住用户的运营方式。

而独立游戏，尤其是新兴的独立游戏中，“作者化”的表达则更加明显。这样一种表达并不是在于去塑造出开发社区中的“大神”，而是其作品中，直接表现出的对于电子游戏某方面的更有突破价值和意义的理解。就好像欧洲三大电影节每年颁奖的电影，那些归于导演、编剧、摄影、美术的个人奖项，就是以“奖励作者”的方式，表扬那些能够反映出电影作为媒介表达的突破价值的努力一样，电子游戏作为一种媒介，在概念和形式上可以去打破的边界还有很多。从游戏机制的角度出发，《符石守护者》《疑案追声》《雨血：死镇》等，在游戏机制层面的突破，甚至对之后的很多游戏有了更广泛的影响；此外更有《打鬼》《山河旅探》《完美的一天》这种将游戏机制创新表达与中国社会环境历史文化相结合的游戏，用于呈现中国电子游戏作者才能够去表达的内容，就如同巴赞所表述的“真正的电影人通过‘风格’获得力量，风格如人，不是表达的事物，而是能够探索外部世界的内在方向”[①]。《完美的一天》的制作人邓卜冉在采访中表述自己的游戏如何根植于中国现实主义传统表达，去还原“经典环境中的经典人物”时，表述“我在创作中会以《偷自行车的人》或是贾樟柯的作品去比对自己在游戏创作中的决策，如果不是（不符合），我不会这样做”[②]，这样的制作方式是个人化的，是商业和服务受众逻辑之外的表达，也必将带来中国电子游戏的空白被弥补。中国的独立游戏也许并不总是成功的，但这些开发想法反映出的其实是“玩家-电子游戏作者”的作者逻辑，以自身电子游戏经验和理解为基础，制作出自己能够将名字放在其上的作品看起来是个人的理想主义，事实上正在逐步推动和改变着中国电子游戏的整体生态。

电子游戏的“作者”概念被呼唤，反映出中国电子游戏玩家不仅希望自己能够接触到更新、更有创意的电子游戏的直接需求，也反映出电子游戏在中国传播的三十余年后的今天，中国电子游戏玩家渴望在虚拟环境中见到更加中国化的游戏机制、内容表述、传统美术和与当下所关心议题有关的文化。电子游戏的“作者”对于大型常态化运营而言，是一块必不可少但束之高阁的牌匾，只在招揽玩家的时候使用，但是对于独立游戏和未来更多的电子游戏开发者而言，“作者”身份是一种类似“新浪潮”中对于电影作者署名一样的神圣化的定义，这既标志着类似“迷影-作者”一样的“玩家-电子游戏制作”的身份定义，更明确了“这是我的游戏”的、灌注个人艺术创作经验和表达的一种制作态度，就像特吕弗在《法国电影的某种倾向》中表述的，电影作者就是“一个把某种真正个人的东西带进他题材的人”[③]。而事实上，最需要明确作者身份的，其实是玩家群体和制作人群体中的第三方——评价者，研究者和奖项的颁布，通过对中国电子游戏作者的概念的明确，将会把所有中国电子游戏从其本体追求上划分开来，从而旗帜鲜明地去支持那些更加优质，也更加冒险的作品，让璞玉焕发照亮业界和社会的光芒。

---

① ［美］达德利·安德鲁：《巴赞传》，张田、张立译，新星出版社2011年版，第26页。

② 西蒙、白大广、刘梦霏、邓卜冉：《行业沙龙：为什么我们玩到的游戏里很少有“现实主义”佳作？聊聊游戏创作的原始选题》，机核APP发布于2024年4月7日。

③ ［英］爱德华·巴斯科姆：《有关作者身份的一些概念》，王义国译，载杨远婴主编：《电影理论读本》，世界图书出版公司2012年版，第250页。

三、被讨论、被塑造、被理解中的突围——电子游戏作者的价值

电子游戏的复杂性，一定会带来开发环境的多样性，这使得关于中国电子游戏作者的讨论并不绝对，反而带来了更加开放的可能。因此，当我们将注意力集中在电子游戏整体媒介形态演化中时，我们可以对“作者”背后生态化来源作进一步探讨：似乎产业资本的集中，与电子游戏作者的显现，并不冲突。当我们对比中国和日本的游戏产业，会发现日本的电子游戏形态中，在当下正在孕育出更多的“明星制作人”：小岛秀夫、宫崎英高、三上真司、神谷英树等，在今天的游戏环境中受尊敬的程度不亚于日本电影界的知名导演，在国际上影响力也很大，全世界玩家都能对其电子游戏的设计特点有着清晰的认识，每个名字已经在业界成为一种游戏设计思路和游戏风格的代名词，比如小岛秀夫对于游戏机制、影像叙事中哲学概念的表达，和宫崎英高的“魂系列”衍化出的“魂like”类游戏，无一例外的都以其独特的表达，突破了旧有的对电子游戏类型划分的概念。值得关注的是，这些知名的电子游戏作者，并不是来源于独立游戏的开发，而是都出自日本电子游戏的大厂，这似乎与我们常规对大型电子游戏公司开发的理解是相违背的，似乎“去作者化”并没有在日本电子游戏企业中出现。

事实上并非如此。以小岛秀夫为例，其成为电子游戏知名作者的道路上，最为人熟知的就是小岛秀夫和科乐美（Konami）公司长达三十年不间断的“恩怨”。科乐美管理层自《合金装备》初代大受欢迎以来，使用手段包括但不限于试图拆分其团队、安插人员试图取代制作人位置、禁止去TGA领奖[①]等，最终科乐美管理层与小岛秀夫之间长期处于一种既彼此需要、又彼此憎恶的状态，直到其于2015年离开科乐美，成立索尼下独立工作室“小岛制作”（Kojima Productions），并于2022年推出极具个人作者色彩，改变无数玩家对电子游戏认知的《死亡搁浅》。这一过程可以被视为典型的公司与作者之间的争端，其中焦点就在于作为作者的开发者与开发公司之间对于游戏IP的所属权问题，科乐美为了市场不断压榨《合金装备》系列的品牌

① 篝火营地对TGA创始人Geoff的采访视频，https://www.bilibili.com/video/BV1Kt411S7yw/?spm_id_from=333.337.top_right_bar_window_custom_collection.content.click&vd_source=1be7e1c943859c3f142a710a2d0d9c92.

价值，而小岛秀夫的回应也颇具作者气质——拒绝在片头出现小岛工作室的署名，这一点构成了作者和受众之间跨越资本的默契。

小岛秀夫之所以能够离开大公司获得个人作者的平台，原因有三：首先是日本游戏的国际化合作与影响力。吉列尔莫·德尔·托罗不仅是《环太平洋》导演，也是小岛秀夫坚定的支持者[①]，二人友谊自合作开发寂静岭DEMO《P.T.》开始，像这样的国际支持者还有很多，也侧面印证了日本主机游戏的影响力；其次是电子游戏资本环境在对外市场上的竞争，索尼在面对微软等诸多厂商的环境中，出于对其作品质量的需要，促成了小岛秀夫独立工作室建立的可能[②]；同时个人社交媒体的兴起，在其中发挥了仅次于小岛秀夫个人作品优秀表达外，最为重要的作用。小岛秀夫日常在推特（现X）上展示自己的工作，也表达自己对于各种电影、文学、音乐的喜爱，这建立了与受众之间文本外的更多互动。所以我们可以看到，不是日本大型电子游戏公司认同“作者化”，而是在这样的环境中，资本依然会符合经济规律地走到个人化表达的对立面，但是更大的市场竞争、全球市场的开放、社交媒体的兴起，使得大型公司对于个人的限制变得更加困难了。

中国电子游戏厂商中，会出现明星制作人这种注重个人作者化表达的创作者吗？电子游戏作者在当下环境中突围虽然困难，但并非绝无可能。首先是对于其面对的困难的理解——中国当下影响力最大的电子游戏开发公司的框架内，至少在当下并不会主动对于电子游戏作者概念进行推进，原因在于其对于整体产业的扩张，并不需要推出所谓“明星制作人”就可以将资本的积累进一步增殖。同时商业上考虑，将受众的欢迎和喜爱集中在个人身上，不仅增加了不必要的风险，而且对于外来系列游戏的开发、新类型游戏的开发都将带来“作者的自我挑战”形成的更多压力，对于公司稳步增长而言，都是无意义的。更为大胆的一点地去理解，我们可以发现一个值得重视的问题：中国最大的电子游戏公司在实现了玩家数量的快速扩张并将用户群体扩散全球后，似乎对成为全世界最具影响力、代表电子游戏未来的游戏公司并没有表现出任何兴趣。

---

① 出自纪录片《小岛秀夫：连接世界》中对吉尔摩·德尔·托罗的采访。
② 出自纪录片《小岛秀夫：连接世界》中对相关知情者的采访。

以这样的想法为基础，很容易就能理解中国最大的几家电子游戏公司对比日本、欧美为什么在游戏机制创新和作者化程度上表现出明显差异：如果并不需要做出突破就能获得收益，那以“作者化”为代表的创新，就对他们毫无意义。这一点非常符合经济学中对于增量市场和存量市场概念的表述：增量市场对应中国头部电子游戏厂商所面对的环境，在全球市场中，他们所面对的市场边界正在扩散，市场中的主体增长主要依靠新市场的开拓以及自身市场环境中的兼容性，竞争并不是必要条件；而对于欧美的电子游戏厂商而言，过往三十年市场环境的生态演化后，现在所面对的是存量市场，份额只出现在自己或是对手的手中，想要获得自身成长，势必需要不断冒着风险，突破自我地进行创新，甚至挑战整个媒介现有发展的边界。依据这样的经济学规律去理解，似乎我们会获得一些欣慰：中国电子游戏的整体发展还在快速成长的阶段，而追求更高质量的可能也将在不远的未来自然演化出现。

在2024年5月1日非常经济长官会议上，韩国文化体育观光部宣布了促进游戏产业发展的《游戏产业综合振兴计划（2024—2028）》[①]，其中很多措施能够看到有韩国政府官方对于未来全球电子游戏市场的判断，选择了重组目前以网络游戏和移动游戏为核心的产业结构，引导韩国电子游戏业界将注意力重新转移到主机市场上，这标志着一种对网络游戏、移动游戏未来全球发展情况的预期，其增量市场的时代也许正悄然结束，而电子游戏存量市场的竞争在全球范围内才刚刚开始。这一点也可以理解为，过去十余年中国乃至亚洲的网络游戏、移动游戏以移动终端的便利和自身成熟运营的社群环境，塑造了大量现代社会环境中人的游戏经验，随着游戏经验的累积、年龄的增长，其中一些玩家也会自然出现分野，开始追求更高质量的电子游戏。面对这一情况，韩国政府官方在《游戏产业综合振兴计划（2024—2028）》中提出的若干规划，都为韩国未来电子游戏作者提供了创作的有利条件：将开设导师计划，通过与微软、索尼、任天堂等游戏公司合作，为韩国游戏创作者提供帮助；推出“合作共赢创业扶持”，专门针对独立游戏的开发，搭建独立游戏与龙头企业之间的合作，并且与大学合作，推动学生的优秀策划能够实现落地；通过FOF文化基

① 中华人民共和国商务部、韩政府发布《振兴游戏产业综合计划》，转载自韩国纽西斯新闻社2023年5月8日的报道：http: //www.mofcom.gov.cn/article/i/jyjl/j/202005/20200502963355.shtml.

金,扩大对优秀电子游戏的投资,并参与电子游戏的海外发行;制定政策,减轻游戏厂商制作成本负担的同时,组织更多独立游戏获得在拥有国际影响力的游戏开发者大会(GDC)等大型活动上亮相的机会等等。仅最近两年,韩国出品了一系列叫好叫座,同时也有着独特表达的现象级电子游戏,比如《潜水员戴夫》《匹诺曹》《星刃》,其作者都表述了自己对于类型突破和个人风格的清晰追求,相信在政府的支持下,韩国电子游戏这一次发展上的转身,也将为全球电子游戏环境的发展,注入全新力量。

以此反观当下,即使在中国的移动游戏、网络游戏的发展中寻找也能逐渐在那些头部之下的作品里看到其努力中所蕴含的作者意志。以《重返未来:1999》为例,这是一款由深蓝互动运营的近代复古神秘学RPG游戏,2023年10月26日日服开启公测。其中不仅使用了纯正的英文口音、俄式口音、粤语等语言,更是在内容上有大量让人熟悉的致敬:哒哒达利(木马角色致敬达利和达达主义)、丽莎&路易斯(双胞胎角色致敬《闪灵》)、咔嚓咔嚓(致敬战地摄影师罗伯特·卡帕)、玛蒂尔达(致敬同名英国莎士比亚剧团音乐剧)等;剧情里更是穿插了《至暗时刻》《纸牌屋》名片段、海明威小说《丧钟为谁而鸣》《死亡诗社》的名台词、《极乐迪斯科》的叙事小技巧、歌曲《喀秋莎》等。你不仅能够清晰地看到其作品背后作者的表达意图,也能通过整体文化共有编码,感受到更为多元层次的链接这一电子游戏所独有的具身感触。在其最新上线的资料片《再见,来亚什基》展现出了西伯利亚上苏联美学的风格,俄罗斯出品现象级电子游戏《原子之心》的艺术总监阿尔乔姆·加列耶夫(Artem GAleyev)表示"他们很了解苏维埃相关的内容,音乐非常准确,刻画的冬天是我记忆里冬天的样子,这就是典型的苏联美学,到处都是建设的身影和进步的样子"①。年轻一代的中国电子游戏制作人,从父辈那里感受到的"苏联美学"是有温度的,这一点在中国的文学、影视中有很多体现,现在电子游戏也有了属于同一代人记忆的表达,这样所形成的共性,用其玩家群体高赞的二创题目表达最为合适:《期初

① 来源于mundfishofficial(《原子之心》的设计工作室)官方账号发布的视频《〈原子之心〉艺术总监鉴定〈重返未来:1999〉,看看本地人怎么说》:https://www.bilibili.com/video/BV1Ew4m1y7yR/?spm_id_from=333.337.search-card.all.click&vd_source=1be7e1c943859c3f142a710a2d0d9c92.

不懂为什么说这次剧情封神，直到她高喊出“同志们”》《同志，你我别无二致》《同志们，让我们一道前行》。“最终看来，作者理论与其说是一种理论，倒不如说是一种态度，是一个把电影史改变为导演传记的价值表。”①有着作者表达的国产电子游戏在未来会越来越多，与之对应的，一定是越来越多电子游戏制作者和玩家之间，如同“同志”一般对电子游戏的理解。这将让中国电子游戏不仅有庞大的市场，也有真正优秀的文化表现力。

结语

电子游戏的作者在身份上，往往被当下中国游戏产业所隐藏。但是其灌注于作品中的文化标识，却总能清晰地表明游戏文本创意的背后有着创作者的存在。在资本“去作者化”的发展中，中国当下电子游戏的作者群体，正在以自身对于电子游戏的理解，逐步显现出自身价值。当中国电子游戏进一步走向全球化的发展与融合，“作者”的身份显现也正在形成一种趋势。

对于电子游戏中作者概念背后的深挖，我们不仅能够见到游戏生产中作者身份的变革，也能以此管窥中国各层次电子游戏开发的生态，从“去作者化”的默契中，看到商业追求和电子游戏质量追求中在增量市场环境中的分野。对比世界范围内电子游戏中作者的突围和官方对于其创作上的支持，我们能找到一种共性：电子游戏的作者化，将是电子游戏未来进步的最佳道路。

① ［英］爱德华·巴斯科姆：《有关作者身份的一些概念》，王义国译，载杨远婴主编：《电影理论读本》，世界图书出版公司2012年版，第249页。

戏剧剧本

北京塔楼

李宝群

时间

当代

地点

北京

人物

于思思（女）

于鲲鹏：思思父

赵美兰：思思母

奶奶：思思奶奶

林放达：于鲲鹏发小，朋友，公司老总

毛晓敏（女）：赵美兰同学，公司高管

陈永年：塔楼出租房房东

局长：某局局长

小媳妇：局长妻

秦二少：某民营公司大老板的儿子

佟巍然：伤残运动员

民工头：进城打工的河北农民

老民工：同上

小民工：同上

盲人：按摩师

哑妻：盲人妻

老头：退休教师

老伴：老头妻，退休教师

新房客：京外开矿的老板

数塔楼居民、数农民工、数装修工人

秦二少的女友、男友、老板手下、咖啡厅服务员、流浪猫、流浪狗

关于本剧演出的几点建议

1. 本剧写的是当今北京生活，不同于传统京味话剧。剧中有北京人，也有很多闯荡北京、“漂”在北京的外地人。演出中因人物来自不同地域，语言可较混杂，也可以普通话为主。

2. 本剧人物相对较多，非主要角色可一人饰演多个人物。猫与狗可出现，也可只出现声音。

3. 剧中塔楼具有象征性。舞美设计应考虑这一特点，并解决好场景多、空间变化多等问题。

4. 本剧以写实再现为主，也有主观表现、内心化，诗化、时空自由等，并非纯写实的话剧。

5. 本剧部分采用叙述体戏剧写法，演出应注意这一特质，并使叙述性与戏剧性有机结合。

第一幕

［一束光，于思思背着“双肩背”、拉着箱子出现其中。

于思思：——那年暑假，我正准备上高三，进入最紧张的一个学年迎接人生中最重要的高考，想不到爸妈决定全家进北京，让我在北京参加高考——变化猝然来临，一切成了未知数。我能适应北京的生活吗？能在那考上大学吗？我一宿宿睡不着觉……

［一束光，父亲于鲲鹏、母亲赵美兰背着包、拉着箱子出现。

于鲲鹏：——评职称和单位领导、同事闹僵了，股票被套牢，和人合伙投资做生意失败，一切都不顺。我决定辞职，放弃过去的一切，去北京从头开始！——这是一次赌博，赌输了一败涂地，赌赢了我于鲲鹏的命运将彻底改变，女儿也能顺利考上好大学。

赵美兰：——进北京，在北京生活，这是我做了多少年的梦。这个梦终于成真了！

于鲲鹏：——破釜沉舟！我把家里的车卖了，跑了好多趟北京花了不少钱。林放达，我的发小，我最好的朋友帮了大忙，不光安排我进了他的公司，帮我爱人应聘了一家医院，还帮思思进了一相当不错的高中当插班生。

［一束光，林放达出现。

林放达：——鲲鹏，房子我帮你找到了，离思思学校很近，三环边上一座塔楼。地址我发你手机上了——房主叫陈永年，手机号137901644，见面提我就行，价钱你们当面谈。

于鲲鹏：放达兄太够意思了！改天咱哥俩好好喝一场。

赵美兰：对，我俩在这除了你什么朋友都没有，以后少不了麻烦你，安顿下来咱们好好聚聚。

林放达：多少年的交情了，甭客气。你俩都是人才，窝在老家太可惜了。二位，我来北京快二十年了，最大的体会是这和咱们东北不一样，机会特多，压力特大，必须玩命打拼，吃得了北京的苦，才能享受北京的好，以后还得要靠你们自己打拼！二位好自为之！

于鲲鹏： 放心放心。我肯定拼肯定玩命。我这就联系房东，过去看房。

［现出一高高的塔楼，十八层，云影游走——

［陈永年出现在一束光中，小个儿，光头，悠悠地喝着茶，一地道北京大爷。

陈永年： 房子看了，怎么样？这套房以前是我自己住的，我闺女出国念书缺钱才改成出租房。不靠谱的我不租。上次几个大学生合租，屋里到处是垃圾，还经常招人来喝酒唱歌，租期没到我就让他们滚蛋了。林总说你两口子人不错闺女要高考，我才……

于鲲鹏： 是是，您这是在帮我们的忙。孩子一间我俩一间，老人来了住另一间，正合适。

陈永年： 那是。塔楼在北京算不上高档，可我这儿有五大优点：一是风水好，紧挨北京中轴线，在龙脉之上。做生意考学，谁不想有个好风水？二是风景好，边上就是公园，能看见湖看见西山；三是交通便利，商场电影院饭馆咖啡厅应有尽有；四是学区房，您孩子那高中离这就二三百米，分分钟就到。还有，我这房东好，文化不高可素质高，要多仁义多仁义，要多局气多局气，处长了就知道了。

于鲲鹏： 是是，哪哪都挺好，只是一个月五千，能不能……？

陈永年： 这事儿没商量。可北京城打听打听，三环以内出租房房价比我这高得多了。嫌贵，有好几个下家等着呢，一点不吹牛，我一个电话分分钟就能租出去。

于鲲鹏： ——别别，您容我们商量一下。

赵美兰： 不用商量了，就这么定了。按一年租，先交您半年房租。

陈永年： ——爽快！我喜欢和爽快人办事儿！有几条规矩先说清楚，头一条得讲卫生，屋里、楼道不能弄得又脏又乱，垃圾及时清理。二一条邻里和睦，凡事有里有面儿和和气气的。这栋楼里啥人都有。——顶楼住着位大局长，财大气粗还有权，老婆走了娶了一小他二十岁的娇性媳妇。地下室住着农民工，还有富二代、运动员、退休教师、残疾人。各人脾气禀性不一样，处得来就好好处，处不来就离他们远点。

于鲲鹏：这您放心。我们都不是喜欢挑事儿的人，和谁都处得来。

陈永年：第三条，也是最重要的，按时按数交房租，不能拖，我这儿不惯这毛病。拖一天收三天的钱，拖一星期搬家走人。这是我这儿的规矩，也是北京的规矩。

于鲲鹏：没问题，都按您的规矩办。

陈永年：得嘞。——这是租房合同。二位看看，没问题就签字，一式两份。

于鲲鹏：（和赵美兰看合同）——您这业务够熟练的了。

陈永年：那是，吃的就是这碗饭，三百六十行，我这也算一行。这栋楼里有我好儿套房子，年年往外租，十好几年了。

于鲲鹏：（递烟）您抽烟。以后我叫您陈哥了，有事您多关照。

陈永年：人和人到一块儿都是缘分，该关照的肯定关照。——钥匙，电卡，水费卡，煤气卡。

［升光，夫妇俩和于思思拉着行李箱背着包走入房间，

赵美兰：——终于有家了。（四下看着）这真不错！——思思，快来看——那就是你学校。

于鲲鹏：是不错。就是房租贵了点，离你上班的医院远了点，要辛苦你了。

赵美兰：没关系，这离地铁站近，坐地铁不堵车还能保证准时到。思思，你觉得怎么样？

于思思：住哪都行。我无所谓。我去我房间了，好多题要做，下周模拟考试。

［于思思背着书包入内。

赵美兰：这孩子，从打下火车就没笑过。

于鲲鹏：刚来，得适应一段。（取本子、笔，算着账）又出去三万。我本来还想砍砍价——

赵美兰：这钱咱必须花，不能委屈孩子。好在咱俩都有工作，月月都有收入，慢慢挣慢慢攒。思思能顺利考上大学比啥都强。面包牛奶都会有的，日子肯

定会一点点好起来。

［赵美兰打开行李箱，取出衣物等物品，安放着。于鲲鹏在边上帮忙。

于鲲鹏：我想好了，一年以后争取买车，钱不够借钱也要买。不然太不方便了。五年以后贷款买套房，小点的二手房也行，贷款咱慢慢还。——怎么样？五年规划！

赵美兰：好，过五年紧日子，全力以赴买车买房。

于鲲鹏：安顿得差不多了，我就回去把妈接来。

赵美兰：妈不是说她不想离开老家吗？

于鲲鹏：说是那么说，她心里怎么想的我最清楚。妈这辈子一直想来北京看看，没少念叨。

赵美兰：好吧，但我有个条件，老太太那条狗和那条猫无论如何不能来。

于鲲鹏：我也是这意思，又是狗又是猫的太麻烦。

［夫妇俩说着话，安排着房间。于思思站在阳台上，看着窗外的景色。

于思思：——这就是我北京的新家。这些年爸妈一直梦想离开老家，逃离过去，到北京生活，成为北京人。老家的奶奶一直梦想着来北京看看。而我的梦想是考上大学，彻底改变我的人生。这个梦是火，是光，鼓舞着我，燃烧着我，无论生活发生什么样变化，我都要奔向它，扑向它，哪怕被它烫伤，哪怕烧成灰烬——

［傍晚时分的塔楼，落日的余晖映照着楼体。

［居民进出着，佟巍然跑步上，秦二少和几男女乘摩托上，老妻推老头坐轮椅上。

［楼前，一棵树下一张小桌，陈永年悠悠而坐，喝着茶，很讲究地沏，泡，冲。

陈永年：早时年间我们陈家是这一带的大户，小半条街都是我家的。动迁时我在这栋楼里要了四套房，十楼一套十五楼一套，一楼两套，再加地下室，腰杆立马就硬了。在北京手上有几套房子就是爷，相当于半个王爷。凡事都得讲规矩，租我的房就得守我的规矩。（打着节拍，哼唱河北梆子）有寡人龙位里用目觑——

[夕照中,哑妻搀着盲人上,盲人拄着盲杖。

盲　人: 陈爷,又跟这儿喝茶唱戏呢?

陈永年: 喝。唱,一天不喝茶不唱它几口,浑身不舒坦。二位这段生意挺好啊。

盲　人: 承您关照,老主顾不少,到了晚上就不断捻儿——您喝着唱着。我们进去了。

[盲人夫妇进楼,走进一层的按摩室,点亮灯,打扫收拾,哑妻帮盲人穿白大褂——

陈永年: ——都说我就认钱。这两口子租我的房我打了七折。陈爷办事儿讲究,仁义,局气。

[传来健身音乐,佟巍然在阳台上用哑铃健身。

[传来舞曲声,又一房间升光,秦二少和几青年男女伴音乐跳着舞、喝着酒。

陈永年: ——那位是一富二代,老子是民营公司老板有的是钱,可这小爷不爱跟家里住,租了我最好的房见儿天儿潇洒,不停地换女朋友,就是个玩儿,说是三十五岁前要尽情享受,把后半辈子先过了——这事儿不归我管,只要他按时按数交房租。

[地下室升光,一群民工在喝闷酒。老民工腿上打着石膏,边上是双拐。

民工头: ——怎么要都没要下来。房租要到日子了,还得和陈哥说说,让他再容一段日子。

老民工: 牛胖子这王八蛋!家里买农药买化肥等钱用,大孙子上大学小孙子上中学都要花钱。明天你们抬着我去找他。豁上我这条命也得把工钱要回来。

小民工: 真想给这王八蛋一板砖!妈来了好几次电话,我爷住院要手术,让赶快寄钱回去。

民工头: 都怪我,当初就不该跟他干。明天我再去找他。——对不住大伙了,我自罚一杯!

[民工们一片沉默,喝着闷酒。

陈永年：——他们都是河北老家来的，进城打工不易。看在老乡面上，我收的房租是最低的。

［教师夫妇家升光，老妻在电脑打字，老头坐在轮椅上看着书稿。

陈永年：这二位是老街坊，都是老师，退休了正在写书，这栋楼数他们有学问有文化有教养……

［传来电钻声，砸墙声——楼顶正在施工。

老　头：——又来了！（丢开书）——药，药！

老　妻：这，在这。（递药）白天晚上干，天天睡不好觉。这家人太过分了，我上去看看！

老　头：——算了。他们有权有钱没文化，和读书少的人讲道理，讲不通的。

老　妻：不行，读书少也不能这样，咱们要写书要休息，这不是欺负人吗？我去找他们。

跳舞的男女们：——怎么回事？

秦二少：——丫又来了，我去找他们！（操起根高尔夫杆奔出）

［顶楼升光，数装修工人在施工，进进出出，搬运建筑材料。

［秦二少持杆冲上。老头妻也上。

秦二少：——停下停下，丫不能再干了！

老　妻：你们讲不讲道理？我老伴心脏病高血压糖尿病神经衰弱，再这么干是要出人命的。

包工头：——我们只管拿钱干活，啥时干啥时停，和我们说不着——进！

秦二少：——我靠，咋的？哥们说话不好使啊？

［小媳妇出。风姿绰约，花枝招展一女人。

小媳妇：——你说话还真不好使。谁家不装修？装修能没动静吗？你隔几天就弄一帮人又唱又跳的，音乐大得楼都快震塌了，我说什么了？——你们接着干，甭理他们。

秦二少：——哟嗬！我没说你呢，你倒说起我来了。丫跟我来这套？

小媳妇：说话别带脏字。警告你，以后不许在楼里开party，当心我报警，告你扰

民！（入内）

［施工声继续。

老　头： 唉，文化，文化啊。（阵阵轰响中振声诵念）——蒹葭苍苍，白露为霜。所谓伊人，在水一方。溯洄从之，道阻且长。溯游从之，宛在水中央。

赵美兰： 快，把窗户都关上。——打电话和陈哥说说，这么大声思思怎么学习？

［于鲲鹏打电话。陈永年接电话。

于鲲鹏： 陈哥，我女儿正是关键时候，这么大响动太影响学习了，你得想办法啊！

陈永年： 兄弟，我一不是物业，二不是街道居委会，三不是片警，这事儿我管不了。物业街道派出所我都找过，都不灵。顶楼这位，要钱有钱要权有权，铲得硬趟得开路子野。这栋楼数他那层最好，视野开阔，保温隔热做得也好，夏天不热冬天不冷，还有一二三百平的大平台。分房时我就看中了，可一楼层都让他拿下了！人家管这片儿，到哪都是爷，一踩乱颤，物业街道派出所都惧他。碰上这种主儿啥辙没有，只能忍。

于鲲鹏： 可这——

秦二少： ——忍了多少天了，小爷我不忍了！看我怎么治他。

［局长家，工人在挑灯夜战。

包工头： 嫂夫人，你看看这——

小媳妇： 就按图纸来。

［二人商议着。局长上，西装革履，一身干部装扮。

小媳妇： ——回来了。（迎上去）

局　长： 这么大动干戈可得注意影响。（脱外衣）

小媳妇： 这有什么？谁家装修还能没响动？这事你甭管。——这家装修公司是我千挑万选才定下来，图纸、工期都定好了。工程一完这就是这一片最好的花园公馆。（端茶）刚沏好的！——你要退了，也该好好享受享受了。咱俩可说好了，都按我的意思办……

局　长： 你爱怎么弄就怎么弄，我懒得管。

［忽然，塔楼停电了，一片黑暗，喊声一片——

装修工人们：——怎么回事？怎么停电了？

各层居民们：——手电！手电在哪？——手机，打开手电筒。

——别的楼都亮着，别的门栋也亮着呢，就咱这黑着——快，给物业打电话。

——这谁干的？——谁这么损啊？

小媳妇：（打电话）电业局于局长吗？我是你嫂子——

局　长：（接手机）万全吗？知道我这装修房子你停电，给我上眼药啊？看我要到站是吗？马上让人把电通上——不是你那停的？那就马上派人来检修！

［一束光，秦二少悠悠地坐在那喝着红酒。

秦二少：呵呵，不让我好，他也别想好。小爷我什么酒没喝过？什么鸟没玩过？有的是招儿对付丫。从现在起小爷跟丫开战了！——来呀，把蜡烛都点上，烛光晚宴开始！

［黑暗中亮起各样的烛光，手电光，手机电筒光，充电灯的光。

老　头：（放下笔）我这本书啊，真不知道几时才能写完。（黑暗中诵念）——蒹葭萋萋，白露未晞。所谓伊人，在水之湄。溯洄从之，道阻且跻。溯游从之，宛在水中坻。

第二幕

［一束光，于思思出现。

于思思：——塔楼里的日子就这样开始了。很长一段时间，我都无法适应北京的生活，学校是陌生的，老师、同学、邻居都是陌生的，家里的电器、家具也是陌生的，陌生的校园，陌生的街道，陌生的城市，整个世界因为陌生而冰冷，我在和一个冰冷的世界对抗，那么无力无助。我经常做一个梦，我一个人走在街上，忽然街两边的大楼都向我压来……我变得越来越孤独，不想和任何人说话，我是不是抑郁了？

［她打开台灯，坐到灯下写作业。

［两束光，于鲲鹏提着包，赵美兰背着包，疲惫地奔行着……

于鲲鹏：——思思很少说话，一回家就关在屋里不出来。在老家她是重点中学的优等生，班里排名一直在前十名。到了北京，模拟考试成绩只排到了第四十名，能不能赶上去，我心里没底。唉，除了照顾她的生活，别的都帮不上，全靠她自己了。老天保佑吧。——我回到家乡，把老母亲接到了北京。

赵美兰：——我不喜欢我这个婆婆。恋爱时她就反对鲲鹏找我，结婚后婆媳关系一直处不好。我俩无法沟通。本以为到了北京可以好好过过三口之家的日子，可婆婆还是来了。

于思思：——奶奶来了。她是一个爱叨叨的老人。我从小在她身边长大，她是我最亲的人。来北京前，每天只有家里的猫眯眯和小狗京巴陪着她。小半年没见，奶奶老多了。

［一束光，奶奶出现，苍老不堪一老妪。

奶　奶：——在老家住了一辈子，熟门熟路的。老头子也埋在那儿，死，我也要死在那儿。可儿子说我年纪大了，一个人过他不放心，房子租好了，啥啥都安排好了，非要我来北京。我也不放心我那宝贝孙女，自小她就在我身边，一天见不着就想得慌。——我也想来北京转转，这辈子没出过远门，看看北京，看看天安门，也算没白活。

［老妻推着老头坐着轮椅上。

老　头：——老姐姐，您今儿个又出去了？

奶　奶：——出去了。儿子陪我又转了不少地方。这北京真大，人真多，比我们那热闹多了。

老　妻：——您刚来，岁数大了，还是多休息休息。

奶　奶：——不累不累。天安门，人民大会堂，纪念碑，毛主席纪念堂，过去光在电影里见过，这回见着真的了。故宫也去了，皇上住的地方啥啥都闪亮光，晃眼睛。

老　头：老姐姐好兴致啊！歇两天再去颐和园看看。这边上也有公园，花开得可好了。

奶　奶:——去,都去!这好是好,就是一出门就分不清东南西北。

老　妻:住长了就好了。我们先走了。这段日子他心脏病又犯了,约了医生。

奶　奶:——哟,那可得好好看看,岁数大了大意不得——有空去家里串门儿。

［老妻推着老头下。

奶　奶:——还是老家好,街坊邻居见了面说不完的话唠不完的嗑。把我的眯眯和小虎带来就好了,从打老头走了它俩就陪着我,一天都没分开过,可儿子非说猫狗上不了火车,寄养到别人家了。现在也不知咋样了?我的眯眯,我的小虎,奶奶想你们啊……

［奶奶拾起纸壳盒子和一些废品,捆好,拖着拎着,叨念着上楼,走进家中——

奶　奶:(放好纸壳盒子)——屋子倒挺大,可再大也是别人的,不是自己家。(各处转着,环视着)也不知道收拾收拾,不是过日子的人啊!——瞧瞧,买的菜搁在这,洗的衣服也搁在这,就这么上班去了,这个媳妇,真不知说她啥好。(晾衣服)

［赵美兰提着包疲惫归来,提着外卖。

赵美兰:——妈,我来吧。(放下包,上前接过衣服,晾挂)

奶　奶:再有没晾的衣服,你告诉我,我帮你晾。女人过日子就得勤快,懒不得。

赵美兰:以后我注意。早晨急着赶地铁去单位,给忘了。(见纸壳)妈,你拣这些破烂干啥?

奶　奶:攒一块卖钱。——忘了,赶地铁,去单位,那就早点起来。现在这年轻人就是觉多,懒床,都是毛病。我年轻那会儿,四五点钟天没亮就起来干活了……

赵美兰:你说的是,明天开始我早点起来。妈,鲲鹏来电话说他晚上有饭局,晚上我们就不做饭了,我买了外卖,都是你老和思思爱吃的,你老先吃吧。

奶　奶:(继续叨叨着)外卖外卖——思思,吃外卖!饭都不做了,这哪像过日子的人家?

［奶奶拿起外卖叨叨着入内。于思思拿着书本出,拿起外卖,也入内。

［赵美兰晾好衣服，怅立屋中。于鲲鹏提着包上。

于鲲鹏：怎么了？脸色这么不好？

赵美兰：怎么了？还能怎么了？这也不对那也不对，一到家就挑刺找毛病。

于鲲鹏：老辈人都这样，哪哪都看不惯。她叨叨她的，这耳朵进那耳朵出忍着点就是了。

赵美兰：忍忍忍，忍多少年了？从结婚忍到现在，从老家忍到北京，这日子什么时候是个头？

于鲲鹏：你啥意思？我总不能把老人一个人扔在老家一个人过。

赵美兰：我说让她一个人过吗？接她来我说过一个不字吗？——我不是过日子的人，我懒，我觉多，她知道我有多累吗？大清早就去赶地铁挤地铁，为了省钱我上班就没打过车，查房开药写病志，一个手术接一个手术，还要和主任、同事处好关系，都快累死了！回到家一句好话没有，全是毛病。我该死呀？和你说也是白说，你根本不理解——

于鲲鹏：——好好，都是我不对，你辛苦你不容易你劳苦功高，我不会说话，我向你道歉——你以为只有你一个人累吗？我不一样挤地铁，一样从早忙到晚，累得像条狗似的……

赵美兰：你——不和你说了，以后咱俩没话！

［于思思出。奶奶披着衣服出。

于思思：你俩怎么又吵上了？一到晚上就吵个没完，累不累？消停一会儿行不行？

奶　奶：又为了啥事？两口子过日子都得互相让着点儿，多大的人了，还没完没了地吵架？

于鲲鹏：没，我们没吵，妈，你回屋歇着吧。

奶　奶：唉，这日子让你们过的。（向内走，叨叨着）以为我耳背听不见，我听得真真的……

［奶奶、于思思都入内。门铃响。

于鲲鹏：这么晚了，谁呀？

［于鲲鹏开门，陈永年出现在门口。

陈永年：二位，到日子了，交下半年的房租。房租涨了，一个月七千。

于鲲鹏：——七千？（急）陈哥，你不能这么办事呀，咱们是白纸黑字签了协议的，说好一个月五千，怎么能说涨就涨啊？刚过半年怎么就变成七千了？

陈永年：兄弟，这是北京，北京房价高波动大，谁不知道？是，咱们是有协议，我也不想涨，可现在啥啥都在涨价，这一片儿租房子的都在涨，我这不涨就坏了这一行的规矩。我是租房子的，不是慈善家不是雷锋——觉着贵，您搬家。

于鲲鹏：别别，咱哥俩商量商量。现在我手头有点紧，前一段又安家又跑工作，思思转学，花了不少钱。最近接老人来北京，还托运了不少东西过来，又花了一大笔钱……

陈永年：你什么意思？想白住啊？到日子交房租，这是规矩。这事没商量。交不起立马搬走！

赵美兰：陈哥，我们现在确实有难处——

陈永年：你们有难处我没难处？你家孩子在念书，我孩子也在念书。她念的是国外大学，还要请家教，花的是美元。我老婆要买菜买衣服，买啥不得花钱？靠啥？全靠这点房租。

于鲲鹏：这——陈哥，你容我三天，我找朋友借借。

陈永年：好，就三天——交不起，三天后搬家走人！

［陈永年下。

于鲲鹏：妈的，这家伙看着挺和气的，其实是个笑面虎。说翻脸就翻脸，什么东西。

赵美兰：——七千，半年就是四万二，到哪儿借去？单位的人我都不熟，我可张不开嘴。

于鲲鹏：这事你别管了，我想办法。

赵美兰：这日子过的，真闹心。房租都要交不起了，再这么下去全家都要上街流浪了。

于鲲鹏：说啥呢？给我话儿听是不？嫌我没能耐你直说。

赵美兰：我什么时候说你没能耐了？我是着急！你还和我发火？我心里有话说说不行吗？

于鲲鹏：好好，你说你说，你想说啥随便说，有什么气尽管冲我撒！我就一出气筒！我走了。

赵美兰：——你去哪儿？

于鲲鹏：——借钱。交房租。

［于鲲鹏下，赵美兰无味地吃着外卖。

［陈永年走入地下室，喊：——交房租了——马上交——我知道你们在屋里，开门！

［地下室，数农民工坐在黑暗里，都不敢出声，老民工欲起身，被小民工等按住。

［陈永年叉着腰喊着吼着，带着醉意大声唱起了河北梆子《辕门斩子》。

老民工：——唉，这趟出来老伴说啥都不让我来，说我岁数大了干不动了，让我在家呆着，可我还是想出来再挣点钱，哪承想——哪承想——不拿到工钱，我决不回去。

小民工：——我想回家！小芬一直等我回去结婚办事，可拿不到工钱，有啥脸回去呀？

［天上响起雷声，陈永年的喊声，吼唱声……农民工一片沉默。

［老夫妇家升光，老头戴着花镜在和老妻一起写书。

老　头：这哪是居民楼啊？就是一大戏楼，一出戏接一出戏。杂音噪音不断，喧嚣声不绝，我在写书啊，这么下去几时才能——不写了！——我不写了！（扔书稿）

老　妻：又急又急。医生说你不能激动。（拾起书稿）——年轻时就想写这本书，想了大半辈子，当初是谁流着泪求我帮忙？谁说不写出来终生遗憾？真不写了？你想好了？

老　头：继续继续。——《蒹葭》乃《诗经》中的名篇佳作，可与“关关雎鸠”媲美,《诗经》中若无此诗便减色三分。全诗意境优美,意象丰富,情感真挚,全诗共三段,每一段都从蒹葭写起……蒹葭采采,白露未已。所谓伊人,在水之涘。

老　妻: ——这首诗真是美呀!

老　头: 萧瑟寒秋,诗人来到河边寻找心中的伊人,无边的芦苇挂满露珠,他不知道他的伊人在哪儿,只知道她在远方,没有希望又充满渴望,他在苦苦寻找,他的心在流血,在歌唱——溯洄从之,道阻且右——道阻且右!道阻且右!溯游从之,宛在水中沚。

［雨声。赵美兰打着伞自雨中上。

赵美兰: ——真没想到欢欢喜喜来到北京,日子却变成了这个样子。来北京的火车上,我眼前好像出现了一条洒满阳光的大道,新的生活新的工作,新的家新的日子,可现在——梦,真像一场梦。上班的路那么漫长,那地铁好像永远没有尽头,单位压力大,回家压力更大,一座座大山压得我喘不过气来,我甚至不想回家,不想踏进家门。——说不出的孤独,说不出的苦,没有人可以讲,说都没处说。

［雨中街口,咖啡店亮着灯,飘着音乐……

赵美兰: (走进咖啡店)——一杯拿铁。

［服务员端咖啡上,赵美兰坐下,孤独地喝着咖啡。毛晓敏出现。

毛晓敏: ——是美兰吧?

赵美兰: ——你是……?

毛晓敏: ——我是晓敏啊,毛晓敏。

赵美兰: 天,咱俩可有十几年没见面了!快坐。你不是出国了吗?

毛晓敏: 早回来了,现在在一家公司做高管。你什么时候到北京的?住在哪儿了?

赵美兰: 刚到没几天,住在附近那塔楼里。

毛晓敏: 太好了!我住公园边上的花园小区。改天请你去我那儿玩。我在这啥都不缺，就缺朋友，缺好姐妹，以后你跑不了了，咱俩没事就聚。——老板，今晚这桌算我的。

赵美兰：别别，还是我请你。

毛晓敏：和我客气什么？上学时咱俩可是前后桌，我没少抄你卷子。你那会儿是班花，长得漂亮学习还好，整个一美女学霸。

赵美兰：美女，学霸，上辈子的事了。老了，成黄脸婆了。

毛晓敏：千万别说老，想都不要想，这种心理暗示多了，老得特快。你看我，穿最鲜亮的衣服，用最好的化妆品，最重要的是心态，永远保持最年轻的心态，永远活在二十岁。

赵美兰：你可真行。——来，为我们重新相遇！

［雨声不息。一餐桌，于鲲鹏与林放达喝酒。

于鲲鹏：真不知道来北京这一步走对了，还是走错了？

林放达：不适应？慢慢来。我刚来时也这样。最难的时候都抑郁了，站在立交桥上想往下跳，时间长了我才发现，无法适应的不是北京，是这个世界。甭管你在哪个城市，上海，广州，深圳都一样。不适应就是虎入泥潭，适应了就如鱼得水，你必须尽快适应。

于鲲鹏：放达，我一直想找你聊聊。你为我做了那么多，我特感谢你，可你安排我做的那些事我真没法做。咱们是做数据统计的。数据是不能造假的。这么干，我良心过不去！

林放达：兄弟，知道我为什么费这么大力气把你弄到北京来吗？我需要一个不隔心的好兄弟帮我。——造假？这世界上造假的事多了，假文凭假学历假种子假化肥，假钱假药假身份证假护照……咱们是民营公司，是为客户打工的，人家花钱找咱就是让咱按他的意思做出他想要的数据。这是生意，是挣钱的机会！良心？良心这年头值钱吗？能帮你交房租吗？能帮你买房买车吗？能让你们全家过上好日子吗？

于鲲鹏：这——可咱们得有底线啊。

林放达： 底线？我的底线就是钱，他拿钱，咱干活挣他的钱，多简单的事儿。我也不想这么干，可不干怎么干？再说了，又不是我们一家公司这么干。市面上那些数据哪个没水分？别人都在做，我们为什么不能做？你要是天天想这些，还不如回老家窝着呢。

于鲲鹏： 这——这些数据是用于决策参考的，关系到客户的生存和发展，假不得啊！

林放达： 哥们，你以为我们做的这些数据是干什么用的？是他们拿去糊弄人的！北京做的统计数据权威性高可信度大，能让他们挣更多的钱得更多的好处，这就是一个游戏。我早看明白了，这世上哪有真的？全是假的！

于鲲鹏： 这——

林放达： 说句咱哥俩之间的话，我把弄你来是因为你是数据统计的高手，你能做得非常漂亮。按我说的干，年底我还给你涨工资，奖金提成都少不了你的。你就是我的左膀右臂，只要咱俩一条心，谁都不是对手。但你记住，职场就是战场，你得变成一战士，把啥啥都豁出去才能杀出一条血路，不然你就得倒下。你倒下了，家里咋办？你我都是男人，得扛事儿，万箭穿心遍体鳞伤也得咬牙往前冲，经多了就会刀枪不入。

于鲲鹏： 这——好，我咬牙，咬牙。

林放达： 这就对了！出来了就没退路了，要么上天堂要么下地狱。是不家里遇上什么难处了？

于鲲鹏： 唉。妈和美兰的关系越来越紧张，美兰只能背着妈和思思和我抱怨，思思成天没个话，这个家就两字——压抑。我现在像是呆在雷区里似的随时会爆炸。

林放达： 钱！越这样你越得把公司的活干好，多挣钱把家里的条件改善了，一切都会好起来。

于鲲鹏： 房租又涨了，七千，半年四万二，我——放达，能不能借我五万，以后有钱了还你。

林放达： ——多大点事呀，早说啊，我这就打给你。（用手机转账）

于鲲鹏：谢谢！遇上这种事只有你能帮我……

林放达：那是，不过哥们，我帮得了初一帮不了十五，你把手上的活儿干好，钱自然就来了。

于鲲鹏：是是，我就照你说的做。这杯我敬你——干！

［夜色苍茫，雨声不息。于鲲鹏大醉夜归。

于鲲鹏：——造假？哈哈，我平生最恨的就是造假。大学老师讲的第一课就是搞数据统计要有操守有底线，每个数据，每个小数点都要百分之百真实准确，决不能造假。可现在我怎么也——放达，我的发小，最好的兄弟，你帮我到北京来就是为了帮你干这个？哈哈哈，你那么慷慨那么仗义就是为了这个？——真好，真他妈好！可不这么干，我能怎么做？总不能刚来就失业——没了这份工作我能去哪儿？拿什么养家？拿什么买车买房？——失败，从没有过的失败！活着，真累呀！不知道这座城市里有多少男人活得像我这样累，屡战屡败一败再败，现在只能随波逐流，同流合污。（在楼前转圈）……我这是走到哪儿了？我家呢？

［他摇摇晃晃地爬上楼梯，醉行于楼道里，迷迷瞪瞪按响盲人夫妇按摩室的电铃。

于鲲鹏：——按摩之家？——怎么走这来了？

盲　人：（迎出，开门）——来了，您要按摩？这儿有价格表——

于鲲鹏：（扑倒在按摩床上）先按，按完再说！

［哑妻欲上前，盲人挥手阻止，示意哑妻为其盖好按摩巾，盲人为其按摩起来。

盲　人：您是十楼新来的住户吧？

于鲲鹏：——你知道我？

盲　人：楼里新来的人，我都能记住他的声音。——喝了不少酒啊，遇上不顺心的事了？

于鲲鹏：唉，没一件事是顺的，累，烦，快把我逼疯了。

盲　人: 人一不顺心就会觉着累,哪哪都不舒服,您累了就上我这来。我师父当年是北京城有名的刘三手,按摩、针灸、舒筋正骨都有绝活。保您满意。您这是遇上什么事了?

于鲲鹏: 事多了,说了你也帮不上忙。

盲　人: ——现在的人都不顺心,当官的嫌官小,经商的嫌挣钱少,老百姓嫌日子没别人好。可再怎么不顺心,您也比我强。我自小就看不见,要过饭卖过唱,靠跟师父学的这门手艺才活到今天,我媳妇吃的苦更多,她一个哑巴,有多少苦都说不出来。您过的什么日子?眼前亮亮堂堂儿的,多少条路您挑着走,这条路不行可以换一条……

[外边传来喊声;——奶奶——妈——

[赵美兰和于思思急急寻上,于鲲鹏急忙起身奔出。

于鲲鹏: 怎么了?

赵美兰: 你,你还有心到这按摩?——妈不见了!

于鲲鹏: 啊,这么晚了,她刚来路都不认识,你在家怎么也不拦着她?

赵美兰: 你还怪我?你去哪了?——一身的酒味。她是你妈,自己妈都看不住。

于思思: 都别吵了!——赶紧找吧。

于鲲鹏: 好好好,是我的错,都是我的错。——你俩去那边,我去那边——妈——

[三人寻喊着——

[奶奶由农民工陪着自雨中上。

民工头: ——老人家在这!

于鲲鹏: ——妈,你去哪儿了?

小民工: 一个人在街上转,找不着家了,让我们碰上了。

奶　奶: ——猫,有一只猫,和我的眯眯个头、颜色、叫唤声一模一样,兴许是我的眯眯来找我了,这么大的雨,躲哪儿去了?咋不知道回家呀?——眯眯——眯眯——

[雨在下,老人叨叨着走过众人,众人伫立雨中看着老人。

第三幕

［一束光，于思思出现其中——

于思思：……日子一天天过去了。奶和妈的矛盾在升级，爸妈争吵不断，奶奶唠叨不停，气氛越来越压抑，我几乎感受不到家的温暖，只能把全部精力投入到学习中去。虽然班里同学一个比一个牛，但我相信，我不比任何人差，我要一个一个追上他们……

［鸟声啾啾，于思思奔跑起来——

于思思：——每天我都拿出点时间出来跑步。我喜欢这座公园，静静的湖水，静静的草坪，各样的树，很多鸟在飞在叫——只有在这里心情才会平静下来，伤心了可以一个人流泪，心里闷了还可以喊上几声——于思思——加油！

［佟巍然一身运动装跑步而上，跑近思思。

佟巍然：——你好，以前没见过你啊。

于思思：对不起，我不和陌生人说话。（跑去）

佟巍然：——还挺有性格！

［鸟声啾啾，二人一前一后跑着。

佟巍然：（追上来）认识一下，我叫佟巍然。你叫思思，和我住在一栋楼里。1002，没错吧？

于思思：对不起，我跑步时不想说话。（又跑去）

［二人继续跑着。一声猫叫，于思思尖叫一声跳到一边。

佟巍然：（跑过来）怎么了？

于思思：没，没事。一只野猫，吓死我了。

佟巍然：这儿有很多流浪猫，都是我的朋友。走，我领你去看看他们——走吧。

［二人走过去——传来一些猫的叫声。

佟巍然：（取出吃食，蹲下身投喂）这是小黑，这是大白，这是公主——

于思思：——它们还有名字？

佟巍然：——当然。这条狗叫灰灰。来，你喂喂它们。

于思思：（接过吃食，蹲下身喂猫）我喜欢这只，和我奶奶的眯眯长得一模一样。

佟巍然：刚来北京感觉怎么样？——开始都不适应，时间长了就好了。听说你明年要高考，北京学校里有挺多学霸，特厉害。压力挺大吧？

于思思：——是，到了北京才知道对手有多多，有多强。

佟巍然：有对手才刺激呢，没对手的生活就两字：平淡——来，接着跑，看你能不能跟上我？

［二人一起跑起来。

佟巍然：——我以前是运动员，铁人三项。现在我喜欢跑马拉松，准备去参加厦门马拉松。

于思思：——马拉松？我想都不敢想。你真厉害。怎么不当运动员了？

佟巍然：腰椎和腿都受了伤，这，这，都有钢板铁钉，差点瘫痪。其实人生就是一场马拉松，没有谁天生就跑得快，全靠练靠拼。我看你挺晚了还亮着灯，这么努力肯定能考上！

于思思：也许拼了努力了，也没什么好结果——

佟巍然：考不上复读再考。打比赛上半场输了也没啥，下一场见。——马拉松，路长着呢。

于思思：——他很健谈，也很友好。从这天起，我经常和他一起跑步，感觉特松弛特好。我一直想有个哥哥，帮我学习帮我打架，他很像我想象中的那个哥哥。他说得对，下半场见！——我的成绩一天天上来了，又一次模拟考试，全班第十，全学年四十九。

［升光，奶奶、夫妇俩兴高采烈地看卷子。

于鲲鹏：（捧看着卷子）——第十，四十九。这下考大学有希望了！进北京这步咱们走对了！

赵美兰：我们思思真厉害，真牛！

于鲲鹏：咱们得好好庆祝庆祝！——美兰，炒菜做饭，把我那瓶好酒拿出来，把放达叫来，还有你那个同学小敏，都叫来。

赵美兰：好，我上灶。你给放达打电话！

奶　奶：——奶的好孙女，真有出息。来，这是奶给你的奖金！（拿出钱）想买啥买啥。

于思思：奶，我不要。

奶　奶：拿着拿着。考上大学奶还奖励你。

［奶奶走入一片光中。陈永年出现，老妻推着老头坐轮椅出现。

奶　奶：我孙女考了全班第十，全学年四十九，这是北京啊！在北京考了第十，第十啊。

陈永年：——祝贺你呀老婶子，思思这大学是上定了。

奶　奶：谢谢谢谢。——大兄弟大妹子，又去医院了？知道吗？我孙女考了第十名，第十名……

老　头：——恭喜老姐姐，我在思思那个中学教了一辈子书。第十名，肯定能考所好大学！

［欢快的音乐，一桌丰盛的家宴。

［于家一家人，林放达，毛晓敏团团围坐，一派喜庆气氛。

毛晓敏：——来来来，咱们一起敬咱们小思思一杯。

众：——敬思思，干！

林放达：这就是北京！北京就是给有实力的人准备的，想挣钱有挣钱的机会，想当官有提拔的机会，大把大把的机会就看你能不能抓住。——奶奶，鲲鹏，美兰，这下你们可以放心了，北京的孩子考上大学的概率是全国最高的，考上好大学的概率也是全国最高的，能不能考上，考上什么学校，就看咱孩子的能力和本事。我也提杯酒！——祝思思明年考上大学，祝奶奶健康长寿，也祝你们两口子越来越顺，我干了！

众：——干！

赵美兰：别光喝酒，吃菜吃菜，尝尝我的手艺。

毛晓敏：奶，我敬你一杯，美兰是我同学姐妹，以后这就是我又一个家，没事我可就来了。

奶　奶：来来，欢迎欢迎！（起身）你们吃着，我吃好了。岁数大了怕存食，出去遛遛弯。

于鲲鹏：妈，你别走远了。

奶　奶：放心吧，丢不了。

［奶奶下。

毛晓敏：你家老太太人不错呀。

赵美兰：对外人都挺好，就是对家里人苛刻得不能再苛刻。

林放达：——我儿子就不如思思，成绩不好还吃不了苦，一点办法没有，只好送他去国外了。其实国外也一样，要想成功只有一条路——拼！我刚来北京时比你们难多了，一个朋友没有，全是对手。我给自己做了个十年规划：苦三年，忍三年，站稳脚跟了，放开手脚大干三年，第十年彻底翻身。——十年，至少得十年，这十年，水里火里你得走上几遭，几起几落都很正常，成了你就是人上人，败了就是人下人。

毛晓敏：——说的一点没错。我刚来那会儿整住了三年地下室，天天挤地铁，到处投简历，有时一天就吃一顿饭，那个苦别提了。——来北京的海了，混得好的都是拼出来的，人人都有一部打拼史。北京是什么地儿？龙呆的地儿，要么当哪吒，要么当小龙女，要么当龙王爷，一句话：你得征服北京！征服不了它，它就征服你，那你就是条虫。

［门铃响，于鲲鹏开门，陈永年拿着瓶酒上。

陈永年：嚯，这么热闹？听说咱们思思考试考得不错，我也来沾沾喜气。顺便看看林总。

于鲲鹏：快请进——这是我们房东陈哥，来得正好，一块喝点。

陈永年：那我就不客气了。（抱拳拱手，坐下）怎么样？我说的没错吧？我这是风水宝地，想挣钱住这就发财，想考学住这就高中。这就是风水！见思思头一面，我就觉着咱孩子有内秀。我就喜欢学习好的孩子。——来，叔敬你一杯，考上重点大学，也是在给我做广告，我这房租还可以往上涨。

于鲲鹏：对对，不过我这儿你就别涨了，听着我就害怕——思思，快敬敬陈叔。

于思思：谢谢陈叔。

陈永年：陈叔干了！看见思思就想我女儿，出去快四年了，只能通电话发语音，想见一面都——不说这个了，借你家的酒，我敬林总一杯。——不，一人敬一杯！

［地下室。民工头将钱放到桌上。众民工围着他。

民工头：——哈哈，钱来了！（发钱）——你的——你的——数数，都数数。

［农民工们数着钱，

小民工：太好了，我马上让我妈去小芬家提亲，小芬都等不及了。叔，啥也别说了，我敬你！

众民工：——对，敬五叔！（一起举杯）

老民工：盼星星盼月亮总算盼来了，我这条腿伤得值了。——明天就寄回去。

一民工：对，我得赶紧给我老婆打电话，孩子的奶粉钱家里买化肥的钱来了。（掏电话打起来）

［民工们都拿出手机，打起电话来……陈永年醉上。

陈永年：听说你们工钱下来了，交房租！

民工头：陈哥，快坐快坐，我正想去找你呢。——大伙刚拿到钱，可牛胖子只给了咱一半，你能不能再等等？让我们先把钱给家里寄回去。等那一半下来了再给你。

数民工：是呀，你再宽限宽限，出来大半年，大伙都没给家里寄钱了，家里都等着呢。

陈永年：——开什么玩笑？前一段你们说工钱没下来，我睁只眼闭只眼就算了，现在有钱了还不想交，当我是软柿子随便捏呀？一天也不能拖，一个也跑不了——马上交！

小民工：五叔，五爷，我爷和你爷是没出五服的兄弟，一笔写不出两“陈”字，你侄求你了！

陈永年：又想给我灌迷魂汤是不？想白住是不？拿我开涮是不？

老民工：永年啊，家里真等着用钱，总算盼到这点钱。好歹让我把它寄回去。老叔求你了。我代你婶，代我们一家子人求你了！

陈永年：别别，三叔，这我可受不起——怎么又来这个了？那好，老规矩，你们得给我唱一段。

包工头：好好好！来，给我哥唱最爱听的，咱老家的河北梆子——《打金枝》！

［老民工抄起琴，几民工打起鼓板等简陋乐器，鼓乐声起。包工头带头唱起来——

包工头：（唱）有寡人龙位里用目觑

殿角下跪的是郭子仪

有为王忙离了龙位里——皇兄——

伸龙腕搀起来郭子仪

陈永年：——好！是这味儿！我家老头子在世时最爱听这段。

小民工：（唱）从今后你上金殿莫下跪

你要与寡人我并肩齐

民工甲：（唱）论国法王为君来你为臣子

论家法咱本是儿女亲戚

民工乙：（唱）在金殿我掸一掸这金角椅

郭皇兄你落了座咱把话提

陈永年：（唱）有为王打座上龙位里

众民工：——参见父王——

陈永年：哈哈哈——（唱）这一件蟒龙袍是真真地合体——

众民工：——好！

陈永年：哈，想不到还过了把戏瘾！——得，房租缓交了，你们先住着吧。

农民工：——谢谢永年——谢谢陈哥——谢谢五叔——

陈永年：不谢不谢。走了——（走出地下室，唱着）有寡人龙位里用目觑——不对呀，我是来收钱的，怎么稀里糊涂就这么出来了？——算了，乡里乡亲的，下回再说。（唱）这一件蟒龙袍是真真地合体……

［于家，家宴进行中。

［林放达和于鲲鹏都喝多了。

林放达：来，再走一个，

于鲲鹏：我不行了，有点高了。

林放达：这才哪到哪？再走一个。——喝酒不积极，态度有问题。不喝酒，武松打不了老虎，刘关张结不成弟兄，酒量不行，啥事都办不成，——你喝不喝？不喝就是瞧不起我。

于鲲鹏：好好，我喝我喝！

于思思：爸，妈，我去跑步了。

于鲲鹏：去吧。早点回来，看见你奶，和她一块回来。

毛晓敏：我也得走了。公司晚上有个会。

赵美兰：我送送你。放达鲲鹏，你俩别喝高了。

［三人穿外套，下。

于鲲鹏：放达，我有话和你说，你让我做的光华公司那个活，我做不了。

林放达：哎，酒桌上不谈工作，喝酒。

于鲲鹏：不行，我必须和你谈谈。华光公司一直负债经营，贷款高达几个亿，对外牛皮吹得很响，内部管理不善全是问题，一直拆东墙补西墙勉强维持运营，可你要我做他们年年盈利的数据，根本做不了！不能做！这是违法的，查出来要出大事的。

林放达：——你又来了！忘了我说的话？适应！你得适应！你管那些干什么，客户要做什么就给他们做什么，真出了事有我呢。哪那么多废话？——违法，我怎么违法了？查，怎么查？我干了这些多年谁查出什么来？只要我们做得专业根本就查不出来。喝酒。

于鲲鹏：不行，这酒我喝不下去，这事咱们不能做——

林放达：你听我的不？

于鲲鹏： 我当然听你的。

林放达： 那就别问，别想，只管做！华光这事做成了干漂亮了，我亏待不了你。弄好了你和美兰的五年计划就提前完成了。这事咱俩明天到公司细聊。现在我命令你，喝酒！

于鲲鹏： 这——好，喝酒。

［公园，一长椅。赵美兰和毛晓敏走来。

毛晓敏： 思思考得这么好，你怎么好像不太开心？

赵美兰： 开心是开心，可开心的事太少了。

毛晓敏： 再怎么你也比我强。你有家有鲲鹏有思思，我就一个人。外人看我风风火火风风光光的，可晚上一回到家就特孤单。喝酒，唱歌，听音乐，都没用，想吵架都找不着人。不瞒你说，楼对面两口子吵架我看了一星期，两人吵了五六天，最后男的给女的道歉，女的不接受，男的一下把女的抱起来进了卧室，第二天好得跟一个人似的。

赵美兰： 你呀！看吵架还看得津津有味。——其实咱俩都一样，孤独，说不出的孤独。

毛晓敏： 少来，守着瓜地嫌瓜苦。——你家鲲鹏多好，你俩谈恋爱时天天晚上在楼下等你，看电影，下饭店，逛商店，我都羡慕死了。

赵美兰： 可现在——他忙我也忙，早上爬起来吃点东西就去上班，晚上回来累得话都懒得说。说点什么，说不上几句就会吵架，最近，吵架都少了。

毛晓敏： ——这可不是好事儿。知道我为什么离婚吗？和你这情况特像。我俩都很忙，交流越来越少，苦，累，都一个人扛着，不想让对方知道，其实这时候雷就埋下了。要命的是我俩一直没孩子，我怀过几次都没保住，习惯性流产——

赵美兰： 晓敏——

毛晓敏： 他很爱我，可时间会改变爱，让爱变成水，变成冰。我的脾气越来越不好，经常为一点小事和他吵架，吵得特凶，吵累了就开始冷战，一年，两年，最多三年，婚姻就没滋没味了。到底还是分开了——你决不能走我的路。听我的，你俩得好好谈谈。

赵美兰： 谈？谈不上几句还会吵。——思思马上就要高考了，妈也在这，再说吧。真希望时间能倒回去，恋爱那会儿真好，每天早晨太阳都是新的，每个晚上月亮都特别美，梦里都在唱歌——我真想大哭一场。

［再升光。于鲲鹏喝多了瘫坐在沙发上。赵美兰上。

赵美兰： 让你别喝高了，还是喝成这样。

于鲲鹏： 难得这么开心，我女儿好样的，以后肯定比你我强！来，一块儿喝一个。

赵美兰： 行了，你不能再喝了。

于鲲鹏： 不，我喝，把酒给我！我心里闷，我闷你知道吗，我把自己给卖了，把我的良心、人格都——卖了个好价钱——卖完了还在那儿帮着数钱。数得还挺欢。

赵美兰： 你——到底出了什么事？是公司的事不顺心？

于鲲鹏： ——顺心，太顺心了。和你说了你能怎么样？我是男人，我得扛着，我必须扛着。扛不住也得扛。这杯酒我必须喝，哈哈哈——我都不如这杯酒，这是真酒，怎么喝味儿都是正的。我呢？我是杯假酒——哈哈哈，假酒。美兰，我只剩下你和思思，只剩下这个家了！——思思——思思呢，来和爸喝一杯！（醉倒于沙发上）

［赵美兰上前欲扶他起来，但弄不动，慢慢把他抱在怀中。

［公园，湖滨路上，树影斑驳。

［于思思上，佟巍然怅立着。

于思思： 佟哥，你早来了。怎么了——

佟巍然： ——我接到厦门马拉松的通知了。

于思思： 太好了，祝贺你！

佟巍然： 这是我爱人生前最喜欢的一个马拉松。

于思思：——你爱人？佟哥，给我讲讲她。

佟巍然：我俩是老乡，体校同学，她三千米、五千米成绩相当好。怎么也没想到她会得癌，查出来时已经是晚期了。——她特别想活下去，做化疗那么痛苦，她都挺过来了，她笑着和我说，世界上要是有坚强比赛，她肯定能拿名次。她还说，好多人得了癌都活了很长时间，等她治好了病，要和我一起去厦门。——她想看大海，想去参加那儿的马拉松。去世前那些天，她躺在病床上还在说这事，让我代她跑一回厦马。

于思思：那段日子你一直在陪她？

佟巍然：——她躺在我怀里，她的手，她的身体一点点凉了。——我腿受伤那会儿，医生说我的运动生命结束了，后半生有可能瘫痪，我整个人都崩溃了，是她一直照顾我鼓励我。没有她我——我真恨不得替她去死，可我帮不了她，救不活她——

于思思：佟哥……

佟巍然：（望着湖水）——她特喜欢这座湖，结婚买房子时她看中了离这最近的那座塔楼。我俩经常沿着这条林荫路跑步。她的骨灰就撒在这片湖水里。每天在这跑步，我都感觉她还在我身边，在跑步的人中间，到处都是她身影，空气里还有她的笑声……

于思思：佟哥！

［塔楼里一家家窗口亮着灯。

［老夫妇家，夫妇二人在灯下，老头在看书稿。老妻在看报。

老　妻：（很开心）好，太好了！你看看这个——楼上的被曝光了！

老　头：（看）某局长耗费巨资违规装修楼顶平台——好！是该曝曝光！有权有势便任意胡来恣意妄行，视他人如草芥，公正何在？公理何在？

老　妻：这下好了，咱们可以安安稳稳睡觉了。——看，手机上也有了。

［树下，陈永年和包工头下棋，数民工、邻居围看，小伙骑着摩托驮着女友上。

秦二少：各位，看报了吗？（递过报纸）顶楼那位上报了。网上也有了，点击量噌噌地涨。

［陈永年急接过报纸，众人围看着。

陈永年：怪不得前几天来两记者模样的人又拍照又问这问那的。这招够狠的，轻了他得停止装修，重了上边知道了，搞装修那么多钱哪来的？查！查他一底儿掉他就得玩儿完——当初回迁那会儿我就给他进过贡，“奔儿”都没打全收了。这些年拿着大包小裹去他家的就没断过捻儿。——北京这地面儿上，别说您一局长，部长司长厅长局长一抓一大把。天大的官也得守规矩。

秦二少：那是。不看红绿灯玩命飙车，早晚都得出事，出事就要丫命。——这回有好戏看了。

［局长家，工人在施工，局长夫妇在看报。

局　长：（烦乱走动着）不知道是谁告诉记者的？谁捅到网上的？一定是有人在背后搞我。

小媳妇：准是这楼里的人干的。（冲到窗口喊）谁干的？缺不缺德？有本事你们明着来。

局　长：哎呀姑奶奶，你这么闹，再给捅出去，弄到报社电视台，弄到网上，事儿就更大了。

小媳妇：不，我咽不下这口气。（喊）我们家不怕这个，不信你就走着瞧，有种的你站出来！

局　长：闭嘴！你还嫌事不大？马上叫人把这些都拆了，停！——都停下——

［工人们停止施工，看着这对夫妇。

小媳妇：这怎么行？——不行，我不拆。你怎么这么胆小，有什么好怕的？不就是——

局　长：你们先到那屋去，去呀！

［工人们入内。

局　长：我的姑奶奶，这事已经闹大了，网上都开锅了，弄不好我这局长就得给撤了。这事必须听我的，拆了，马上，全拆了。

［电话铃响——

局　长：（接）是我，什么？你再说一遍？（变色）哦哦，谢谢你，有新消息马上告诉我。

小媳妇：——又咋了？

局　长：媒体的报道和网上的舆论，上边都知道了，偏偏这时候还有人写了举报信，问这么大规模的装修钱是哪来的，马上要成立调查组查我——都是你，成事不足败事有余！

小媳妇：我——赶紧给你的老领导打电话呀，让他们说句话啊。

局　长：那都是些老油条，滑得狠，这种事，这种时候，那么多人盯着，谁愿意出这个头？

小媳妇：可——那——

局　长：电话还是要打的，容我想想怎么说。（走动）——你马上把咱们的钱，值钱的东西转移到你弟弟那儿，和他说，是他这些年办厂子挣的。——愣着干什么？快去呀！

小媳妇：哎哎，我这就去。

局　长：（走入一束光中）——这些年也查过我，都没查出什么，走过场例行公事谈几次话，说清楚几件事，挑几件小事承认承认错误，写几份说明材料，再写份深刻点的检讨——放松了学习，放松了对自己的要求，一定引起高度重视，还不成，再往深里挖挖——信仰有所动摇，思想信念出了问题，一定痛定思痛，坚决改正决不再出问题。再在下边找找人，请老领导给说句话打个招呼，事情就过去了。这么查一点不可怕，怕就怕撞到枪口上了，那可就——

［楼外空地上，陈永年操琴，包工头等唱起河北梆子，众人听着。

［于鲲鹏和赵美兰急急奔上。

于鲲鹏：——这是去哪儿了？

陈永年：——怎么了？

于鲲鹏：我妈出去遛弯，到现在还没回来。

陈永年：——快，大伙都去帮着找找。

包工头：猴子，叫上大伙，都去帮着找。

[于思思和佟巍然上。

于思思：妈，出什么事了？

赵美兰：你奶又不见了！快，到河边找找——

佟巍然：等等。我去公园时碰见她了，一个人一边走一边说话，我问她，她说她在找眯眯。

众　人：——去公园。

[夜，公园，一地月光，

[路灯下，奶奶提着一袋吃食在喂着猫和狗。

奶　奶：（叨念着）吃吧吃吧——灰灰，数你最瘦，多吃点——大白，慢点吃。这还有呢。

[猫狗的叫声。人们奔上——

于鲲鹏：妈，你怎么在这——都急死我了。

奶　奶：（叨念着）他们饿坏了，来，再尝尝这个。

赵美兰：妈，你怎么把你的饭菜都——

奶　奶：人要吃饭，猫狗也要吃饭，我少吃一口也不能饿着他们——

于思思：奶！天太黑了，回家吧。咱明天再来。

奶　奶：好，回家，回家——我得回家了，眯眯和小京巴也饿了，都在家等我喂它们呢——走了，明天我还来看你们，还给你们带好吃的。——家——咱家在哪？

于思思：——奶奶出现了明显的病态，总是一个人自言自语，有时还说她看见她的小猫了，看见京巴了。她在想家，想眯眯和京巴。她在一天天衰老。我们都在为她担心——

奶　奶：——眯眯，小京巴，你们跑哪儿去了？——奶奶想你们了。天黑了，该睡觉了，奶把被窝都给你俩铺好了——鹏鹏，它们怎么还没回来，快去找找。

于鲲鹏：妈，这是北京，它不在这，都在老家呢。

奶　奶：北京？啥时到北京来了？——房子也变样了，柜子不该在这儿，桌子咋挪地方了？——眯眯，京巴，你俩藏哪去了，快出来——

［一家三口面面相对。

赵美兰：这么下去可不行，咱们总不能一天到晚到处找她啊。

于鲲鹏：明天我就带她去医院看看。

于思思：——奶奶是想眯眯和京巴了，把它俩接来给奶奶做伴，奶就不会出去乱走了。

于鲲鹏：这——眯眯送给你舅了，小京巴在你四叔家到处大小便，已经卖给狗肉馆了。

于思思：这——那就给奶再买只猫买条狗。

赵美兰：不行，绝对不行。到处是猫毛狗毛，我早就受够了。它们来，我就走！

［一束光，于思思出现。

于思思：——奶奶老了，病了。她吃饭吃得很少，总是一个人自言自语，走路也不稳，经常要摔倒的样子，情况一天比一天严重了。后来我们才知道，在老家时她也经常自言自语，也摔倒过。……开春，北京下了一场大雪，她又溜出去看公园里的猫和狗，回来就病倒了，高烧不退，起床都很困难。送她去医院看，医生说奶奶的器官在衰竭，让住院治疗，奶奶死活不愿住院，爸妈天天劝她求她——奶奶只好答应了。

［天地间，雪花飘舞。

［升光：奶奶躺在床上：一家人围着奶奶。

奶　奶：——住院，住院，我这辈子最讨厌的就是去医院。思思他爷爷就是感冒住院走的。——非让我去，我就去，省着你们天天叨叨叨叨的。——老了，早晚都有这一天，活了这么大岁数够本了，去了兴许就回不来了。思思，奶怕是看不到你上大学了，好好考，给奶奶争口气。奶就这么一个心愿，我孙女得上大学，上好大学。

于思思：奶——

奶　奶：下雪了，好大的雪，咱老家的冬天雪比这大，满天满地的，你爷爷驾着爬犁来了，站在院门口喊我，我上了爬犁，他挥着鞭子大声喊着，五六条狗拉着爬犁出了村，村前的大河都结冻了，望不到尽头的大冰河，狗撒着欢地跑着，叫着——真是好啊！

［满天雪花飘舞着……

于思思：——一个月后，奶奶在医院去世了，临走前还在喊她的眯眯和京巴。那些天爸爸妈妈都守在她床边，我一放学也赶到医院，奶奶闭上了眼睛，永远离开了——奶奶！

［天地间，悲乐飘摇，雪花飘舞。

［于鲲鹏、赵美兰、于思思从雪中走来，思思抱着奶奶的遗像。晓敏、放达随上。

［陈永年、老夫妻，秦二少、佟巍然等众楼中居民出现。

陈永年：这是怎么话儿说的？老太太对谁都挺和善，哪次见面都打招呼。兄弟，弟妹，节哀。

老　头：——人老了，都有走的一天。你们也尽心了，接她来了北京，转了那么多地方。

秦二少：你们看——哪来的这么多猫狗？

［猫叫声，狗叫声。众人望去，楼前来了很多流浪猫。

老　妻：这段日子老姐姐天天去看它们喂它们好吃的。这么些天没见老姐姐面，它们想她了。

于思思：——它们是来给奶奶送行的。

［飞雪中，大家无声取出食物，投喂猫狗……

于思思：——奶奶走了，她去找她的眯眯和京巴了。她的房间空了，再也听不到她的唠叨声，再也看不见她从这个屋出来进那个屋，我的心好像缺了一半，从小到大，我和奶奶在一起的时候比和爸妈在一起的时候都多，上幼儿园上小学都是她接我送我，什么好吃的她都留给我。她是我在这个世界上最亲最近的人……奶——奶——

［雪在下，奶奶从飞雪中慢慢走来，喂猫喂狗……

于思思：……生活还要继续，为了奶奶，我也不能输，我要用最好的成绩告慰奶奶在天之灵！

［雪在下——

第四幕

［升光，家宴，于家夫妇、思思、林放达、毛晓敏围坐。

毛晓敏：来来来，为思思考上北京理工大学。干！

林放达：思思，这是林叔送你的——最新的苹果手机。

毛晓敏：这是我的，苹果电脑，和林哥同款了，你就是咱们的小苹果。

于思思：谢谢林叔，谢谢毛阿姨。

林放达：来，接着喝。今天喝个尽兴。

毛晓敏：不行，我不能再喝了，约了一个客户见面，咱们再约吧，下次我请客。

赵美兰：思思，和我一起送送你毛阿姨。

［赵美兰，于思思送毛晓敏下。

林放达：鲲鹏，我是来和你告别的，我要走了。

于鲲鹏：走？——去哪？

林放达：出国。北京，我拼过了，想换个地方再拼一场。去欧洲，有个朋友在那边做得不错，让我过去和他一起干。

于鲲鹏：等等。放达，你走了，我怎么办？

林放达：我都安排好了，接我的老总是我最好的朋友，我和他说了，你是我兄弟，能力强做事认真干活拼命，只要你表现好，他会重用你的。——要走了，北京是我的福地，可该走时必须走！机票我已经买好了，我的车、房子都交给你们两口子，你们搬进去住，不用再租房了。不是白租，帮我看房子，——这是车钥匙门钥匙，归你了。

于鲲鹏： 这——

林放达： 我这也是给自己留条后路。万一在欧洲混得不好，我还回来。——来，喝酒！

［于鲲鹏走入一束光中。

于鲲鹏： ——这步棋真高啊，这一年，他接了一个又一个大单，全是大客户，不惜重金要我们帮着做假数据，他都交给我做，其他人都不让介入，挣的钱在公司的账上呆不了几天就转走了。他是要最后再大捞一把。哈，我成了他的一个棋子，他捞大钱的最后一道工序——现在钱捞够了，他飞走了。我怎么办？我该怎么办？新来的老板都会查前任的账，谁做的？钱去了哪儿？万一要是查出点什么来？我就是——不行，我不能这么让他给涮了，我不能替他扛这个雷，可我能怎么做，辞职？辞了职到哪找工作？拿什么养家？拿什么买车买房？——自首？报案？那不成了此地无银三百两？那我也一样逃不了同谋共犯的罪名……不，不行——等等，放达做事一向精于算计，他把一切都做得滴水不漏，根本就不会查出什么破绽——对，不会出事，肯定不会出事。现在我只能装做什么都没发生，只能忍着，扛着！可即便不出事，我的一生也蒙上了污垢，我的良心永无安宁——（举杯狂饮）

［赵美兰上。

赵美兰： 又喝多了，放达和你说什么了？

于鲲鹏： 没，没说什么？他要出国了——

赵美兰： 出国？这——那你呢，你怎么办？

于鲲鹏： ——别问了，我让你别问了！

赵美兰： 你又发哪门子疯？我哪惹着你了？

于鲲鹏： 我，我自己惹我自己了，行了吧！走开，我正烦着呢！

赵美兰： ——喝点酒就不是你了，我们之间越来越没话了是吧——不行，我要和你好好谈谈。

于鲲鹏：有什么好谈的？什么都是我的错，我不对，我该死，我是这个世界上最失败的男人。

赵美兰：你——越来越不可理喻，我说什么了？我怎么你了？你说清楚。

于鲲鹏：（吼）我不想说，我走了，换地方接着喝。

［于鲲鹏走出去。赵美兰抓起酒，痛苦饮下。

［夜色苍茫。

［公园林荫路上，于思思和佟巍然一起跑来。

佟巍然：哪天去报到？

于思思：明天上午。

佟巍然：下周我也要出发了，跑厦马。

于思思：太好了！祝贺你！

二　人：——耶！（相互击掌）

于思思：——一想到明天，我就特开心。我拼过来了熬过来了，我没有被打败，我就要飞了。

佟巍然：我也要飞了！蓝色的大海，海浪声声，看不到尽头的跑道，沿途全是最美的风景，想想我就浑身是劲。这只是开始，国内国外有好多马拉松，我要一个接一个跑下去，代她去跑。——思思，你也一样，永远别停下，接着征服下一个目标！

二　人：——马拉松，长着呢！——加油！

于思思：和你在一起，真好。这一年你是我唯一的朋友，要不是你一直在鼓励我，我——

佟巍然：我也要谢谢你，知道我为什么喜欢和你一起跑步吗？你特像我爱人高中时的样子。这段日子我也挺开心。——走，去看看那些小猫小狗。

［月光下，流浪猫狗的叫声。

［二人走过去，取出吃食，投喂猫狗。

［夜色苍茫，按摩室亮着灯，于鲲鹏醉入。

于鲲鹏：——来和二位告个别，明天我要搬家了。

盲　人：听说思思考上了好大学，给您道喜了！这会儿您可以轻松轻松了。

于鲲鹏：唉，一步一个坎，处处都是坑，路越走越窄，人越活越累。来，再帮我按按。

盲　人：好！您请。

［于鲲鹏躺到按摩床上。盲人为其按摩。

盲　人：——放松，到我这儿就放松，什么都别想。想多了既伤神又伤身，要想就多想想好事开心事——想想你女儿，上大学了，毕业工作了，成家生小孩了。谁都有累的时候，想不开的时候。我累了烦了就想想我一瞎子给那么多人解了乏治了伤痛，让他们舒舒服服精精神儿神儿地从这出去，我还能挣钱养家。想想这些心里就有亮儿了，有亮儿的人活得才有奔头。

于鲲鹏：——你比我活得明白，比我透亮儿！

盲　人：天黑了就走夜路，找不到路就朝有光有亮儿的地方奔，没月亮还有星星，月亮星星都没有，就自己在心里点个灯，用心里的亮扛住世上的黑。何况老天对啥事都有安排，到啥时都会给你留点光留点亮儿，有光有亮儿就有路就能往前走。你说是不是？

［哑妻向盲人比划着——于鲲鹏已经睡着了。

盲　人：让他好好睡会儿。和他比咱不差啥，这辈子一样过得有滋有味，心里亮堂比啥都强。

［哑妻上前，给盲人按摩双肩……慢慢收光。

［日，陈永年、于鲲鹏、秦二少，数民工，老夫妻围坐。数瓶小二，各样下酒菜，

陈永年：——三叔和猴子要走了，我尽尽地主之谊，咱们一块给他们送行。——走一个。

［众举杯。

陈永年：——咱们这些人就是一桌席，有的是酒，有的是菜，有的是盐，有的是醋，有的是糖，有的是味素，缺了谁都没滋没味。三叔，猴子，啥时来北京就来找我，还住我这儿。

老民工：这次走了就不回来了。流血流汗拼死拼活地在这干了十八年，这北京城好多楼是我盖的，好多路是我修的，老了，腰，腿，哪哪都有伤，干不动了，腿好了种种园子喂喂鸡带带外孙子，享享天伦之乐。

小民工：我二十岁出来，在这干了小六年，见了世面也挣了钱，两边老人把日子都定了，就等我回去呢。回不回来得听我媳妇的。

陈永年：那就带媳妇来，要打工要挣钱来北京比哪挣得都多。咱们还得一块喝酒。

老　头：……天下没有不散的宴席。我们俩也要走了。

陈永年：您二位去哪？

老　妻：去养老院。

陈永年：住得好好的，怎么想起去养老院了？

老　妻：商量好些日子了，他身体一天比一天差，我也有病，早晚有一天照顾不动他。儿子儿媳在国外指望不上，我们也不想拖累他们。

老　头：那家养老院条件挺好，人不多，不影响我写书，就是贵了点远了点。我俩的退休金、以前的积蓄，加上儿子寄来的钱也还支付得起。那有医生有护士，看病也方便。

老　妻：和儿子说了，儿子也不反对。这房子我们也不卖，万一儿子回来了也有个下脚地。

老　头：就是我那些书带不过去了。教了一辈子书，看了一辈子书，好多书陪了我几十年，比孩子在我身边的时间都长。一本本一页页都是有生命的，离开它们真是舍不得……

老　妻：老伴——咱俩可是说好了的，住在哪儿不重要了，只要咱俩在一起，到哪哪都是家。

老　头：是，想想也没什么，这岁数了该放下就得放下，生不带来死不带去，俱是身外之物。

老　妻：这就对了。你那本书到那咱俩接着写。想找哪本书我回来给你取。

陈永年：这是怎么话说的？多少年的老街坊了，您二位这一走还真把我闪了一下。叔，婶，没事常回来看看，我在这儿等着您二老。——来，为我叔我婶送行。干了！

众：（举杯）叔，婶，保重！——秦老师，保重！——老姐姐保重。

老　头：谢谢，谢谢大伙。我们回去了，简单收拾收拾，明天车一来就走。

［老妻推着老头坐轮椅向下走。

老　头：（望着塔楼）鸟要有巢人要有家。这塔楼里有我的家，书房里的书给我筑起了一方世界，长夜漫漫路阻且长，灯下有诗书身边有妻子，不再惧怕喧嚣，不再惧怕疾病和衰老，解《离骚》，注《诗经》，蒹葭白露，萋萋苍苍采采，伊人宛在水中央……

［二人下。

老民工：（抓起拐杖）我们也走吧，早点到火车站，踏实。

陈永年：那我就不留你们了，替我给五爷、六叔代好。（取出一包）这几瓶酒带回去。

民工头：走，送送他们爷俩。

［民工们扶着老民工，背上包提着箱子向下走。老民工止步——

老民工：（唱）勒马停蹄站城道

　　收银枪插在马鞍鞒

［民工们下。

陈永年：唉，一有人走就想起我女儿。这几天又梦见她了。她在阳台上弹吉他唱歌，我坐在屋里喝茶，听得那个舒心——这丫头聪明，学习也好，还多才多艺，歌唱得特别好，就是死活不愿留在这，弄得我们两口子都成牛郎织女了。攒够了钱，我就出去和她们会合，到了那老子啥都不干，弄条小船天天钓鱼——给你们看看她发来的视频。

［几人传看视频。一个女孩的歌声从视频中传来……

秦二少：你还有这么漂亮一女儿。叔，把她介绍给我呗，我给您做女婿。

陈永年：你？——门儿都没有，你小子不够格，喝。

［局长提着两瓶酒有些落寞地上。

几　人：——局座回来了，一块儿喝点。

局　长：（闷闷地）我这有好酒，喝我的。

陈永年：——茅台！抽烟抽华子，喝酒喝台子，该着咱们有口福。（启酒）——来来来，小二改台子。（倒酒）局座，您请坐，我给您斟满。这些天怎么不见您上班啊？

秦二少：是呀，不光不上班，天天在外边转悠，碰上啥不顺心的事了，和大伙说说？

局　长：没事，休几天假。（喝酒）你们好像知道什么了？——刚才你们在说我什么？

几　人：没，我们没说你。

局　长：别以为我不知道，你们都在看我的笑话。——没错，上边是在调查我，可这么多天了也没查出什么，没做任何结论，更没撤我的职。——这说明什么？说明我没问题，说明组织对我是负责的，下结论是慎重的。

陈永年：那是那是，组织的眼睛是雪亮的。

秦二少：我和你们常局的儿子总在一起玩。我听说查您查得特细，是没做啥结论，可不让您主持工作了，重要的会也不让您参加，光让您参加政治学习，您这是给挂起来了……

局　长：他儿子胡说八道。老常只是第五副局长，最喜欢散布小道消息。这毛病我没少说他。

陈永年：局座息怒——他不会说话，喝酒喝酒。

局　长：（喝酒）唉，多少天都睡不着觉。这帮人水平太低素质太差，哪有这么办事的？没个说法，让我等。扔一只靴子，第二只就不扔了，这不是要把人逼疯了吗？单位的人看我眼神都不对，老领导也不见我——现在我才知道什么叫大意失荆州。——到底是哪个混蛋在背后搞我？不就装修个房子吗？该拆的都拆了，还一封接一封写信，全是匿名的，这是往死了整我啊！这人太坏了，坏到家了！——永年，你说实话，是不是你干的？

陈永年：（笑）我？您这就太不了解我了，真要是我写的信，肯定行不更名坐不改姓。写匿名信，格局太小。不过，这事儿我可以帮您分析分析，头一条，您得罪人了——

局　长：干了这么多年，哪能不得罪人？问题是，到底是那些人中哪个人干的？

陈永年：这得问您自己啊，您仔细想想，谁最有可能？

局　长：我天天都在想，一个挨一个颠来覆去地想，单位的，这楼里的，挺多人都有可能。（看几人，盯着于鲲鹏）说不定就是你！你女儿考学天天在复习，你找过我爱人……

于鲲鹏：我？你家装修我是有意见，可我家里外边一堆乱事，哪有功夫干这种事儿？

秦二少：局座，我知道那些信是谁写的？

局　长：——谁？

秦二少：您看，咱这楼里的人——他——她——他——都有可能。

局　长：你，你这等于没说。

秦二少：还有一种可能——您得罪朝阳群众了。他们经常举报，报一个倒一个。

局　长：扯淡！这又不是朝阳，根本不挨边，我看——十有八九就是你！

秦二少：那我谢谢您了。我就跟这儿等着拿奖金了。可您有证据吗？怎么证实是我干的？

［手机铃急响。

局　长：（跳起来）电话，来电话了。——手机，我手机呢？（四下找手机）

陈永年：这儿呢！

局　长：（抓起手机）喂，喂，是我是我——

［局长打着手机，踉跄而下。

秦二少：来来来，为这事儿走一个！

陈永年：——是你干的吧？

秦二少：是不是我不重要，丫属于主持正义。和我爸一起做生意那会儿，我没少和这帮人打交道，啥钱都敢收啥东西都敢拿，他们就怕两件事，一怕媒体曝光，见光就发慌，二怕上边查，假查他们不怕，怕来真的。真查狠查往死里查，十有八九就玩完。

陈永年：看不出来你经的事还挺多。——喝酒！

于鲲鹏：时候不早了，你们喝着，我送思思去学校报到了。

［于思思背着包拉着行李箱上，赵美兰追上。

赵美兰：思思——思思——这孩子非要自己去。

于鲲鹏：这怎么行？思思，咱们说好的——

陈永年：就是！你这相当于中状元了，敲锣打鼓坐花轿去都不过。坐叔的车，叔送你过去。

于思思：谢谢陈叔，不用了，有人送我。

［佟巍然上。

佟巍然：叔，阿姨，我去送她。

［于思思和佟巍然提箱子下。

秦二少：有情况。

陈永年：别胡说。

于鲲鹏：这孩子！——算了，咱们也回去收拾东西，搬家。

陈永年：——搬家？你们往哪搬？

于鲲鹏：林总出国了，房子空着，让我们搬过去住。

陈永年：别呀，咱们处得不错，搬什么家呀？你们接着住，我肯定不涨价了。

于鲲鹏：谢谢陈哥。当初为了思思上学方便才在这租的房，本来也没打算常住。该走了。

［二人下。新房客带一手下上，张看着。

陈永年：这——这怎么说走就都走了？

秦二少：还有我呢，我不走，我陪您喝。来，走一个。

新房客：二位，打听一下，这有没有好一点的房子出租？

陈永年：您找着正主儿了。我这正好有套房子，十楼，三居，能看见西山看见湖，风水特好，中轴线边上龙脉之上。三环以内再找不到这么好的房子。一个月九千外加一万押金。

新房客：房租你不必担心，我不差那点钱。

秦二少：——好大的口气，家里有矿啊？

新房客：还真让你说着了。山西内蒙古都有我的矿，要不是公司总部迁到北京，我才不在这找房呢。北京有什么好？挤挤插插闹闹哄哄。我的别墅、庄园比这强百倍。总部就在公园附近，只要房子好钱不算事儿，价钱太低我还嫌跌份呢——顶楼？带我去看看。

［一阵人声。局长被几人带上，小媳妇追上。

小媳妇：老隋——老隋——你们一定弄错了，他啥事都没犯，你们不能把他带走！——他进去了我咋办啊？还以为嫁了他一辈子有靠了哪承想……我的命咋这么苦啊！

局　长：——终于等到了，我就知道会有这一天，再也不用一夜夜睡不着觉了，再也不用听见手机铃声、门铃声心都要跳出来了。哈哈哈，解脱了，能好好睡几宿踏实觉了……

［几人带局长下。汽车声远去。小媳妇嚎哭着下。

秦二少：走走走，看看去。（和几人跟下）

陈永年：得，又搂进去一个。这道菜加了芥末——够劲！——这就是北京，不守规矩早晚有人办你。人不办你，老天都得出来办你。——老板，我这有几条规矩先和您说一下……

［陈永年引新房客下。于鲲鹏夫妇上，拉着提着几个皮箱——

于鲲鹏：——放达那条件不错。我算过了，他那房子如果出租一个月少说也得一万，一年就是十二万，咱们住上三年就能省下三十六万，够买辆好车了。

赵美兰：你——你自己去吧。我想去晓敏那儿住一段日子。

于鲲鹏：你不会是——？我们还没到离婚那一步吧？

赵美兰：我不知道。我们还是分开一段好，在一起还会不停地吵，我累了。吵不动了。晓敏那有空房间，她一直想让我过去陪她。——周末我们一起去看思思。

于鲲鹏：这……好吧，这一段时间你太累了，好好调整调整。咱们保持联系。

赵美兰：好，保持联系。

［赵美兰拉箱子下，于鲲鹏目送，怅立，叹气，拉起箱子下。

［一束光，小媳妇在打电话。

小媳妇：喂，想买我这套房子的已经排长队了，再不来我就联系下家了。

［新房客打手机上，一手下提皮箱随上。

新房客：来了来了！——这是定金。剩下的按你说的一半现金一半打你卡里。一分不会少。

小媳妇：你倒是个痛快人。

新房客：我看准的事就两字：搞定！——我请一位大师来看过了，他说这风水特好，远有青山近有水，龙脉之上起高楼，龙气冲天大吉大利主财旺运旺。不过一般人气场小，镇不住，我姓龙，这是我的龙兴之地。装修公司我都找好了，北京最好的，我要在上面建一大玻璃房养花养鱼，配上假山名石再盖一龙亭，房间按中式古典风格来，门都改成古代的月亮门，再挂一大横匾写上三个大字——龙王府。

小媳妇：房子是你的，该办的手续办好了，怎么弄随你。这是门钥匙。我还有个约会，拜拜。

［小媳妇拎着皮箱挎着包下。

新房客：上楼，看看我的龙兴之地。

［一束光，于思思出现其中。

于思思：——我的大学生活开始了，校园很美，图书馆很美，操场宿舍很美，那里有很多我从没读过的书，从没接触过的课程，有新的老师，新的同学，那是一个新的世界，我也有了新的梦想，新的目标，我渐渐喜欢上了北京，它为我打开了一扇一扇窗户，窗外的风景很美——北京很美！

［两束光，于鲲鹏，赵美兰出现。

于鲲鹏： 周末，我们一家三口会在一起吃饭，一起喝咖啡，清明节还一起去给老人扫墓……

赵美兰： 我俩没离婚，也不再吵架，但也没回到初恋和刚结婚时的状态——再也回不去了。

于思思： ——大学毕业，我出国留学硕博连读，我和我的梦想一起奔跑在路上，我要比爸妈活得明白、活得精彩——马拉松，长着呢。下半场见！三环边上那栋塔楼已经成了我生命中的一部分，我时常梦见奶奶、眯眯和京巴，梦见湖边流浪的小黑、大白、公主和灰灰，梦见北京塔楼里的那些日子那些人……

［一束光，奶奶出现，带着一群猫两只狗，慢慢走过舞台……

［塔楼再次现出。楼体映着日光。

［楼下，那棵树在日光中，陈永年有些孤独地喝着酒。

陈永年： ——我喜欢北京，打小生在这长在这，它让我活得自在、活得舒坦。我喜欢这塔楼，它让我们全家有吃有穿有钱花，让我闺女读了硕士读博士，我是硕士她爸博士她爹。守着它，我认识了不少人，经了不少事，不说是三教九流五行八座，也是人间百态。细想想，这世界就一塔楼，有人住顶层有人住地下室，都是里边的住户人间的过客，我小茶喝着小酒晕着，看着他们——有味儿。

［阳台上，秦二少和几青年在喝红酒，新女友走出，懒散地梳着头……

［地下室出口，又一些农民工打着哈欠走出，点上烟，看天，看太阳……

［一对夫妻拉着箱子带着孩子走来，陈永年又介绍起他的房子他的规矩……

［……云影流动，塔楼浸没在夕晖之中，浸没在暮色之中，一家家窗口亮起了灯……

［盲人夫妇执杖走来，走进按摩室……按摩室的灯亮了。哑妻帮盲人

穿白大褂。

［咖啡厅，毛晓敏孤坐桌前喝着咖啡。湖滨公园林荫路上，佟巍然在奔跑——

［老妻推着空了的轮椅慢慢上，无声地望着塔楼。

老　妻：（捧出夫妇俩写的书，放到轮椅上，轻轻吟诵）蒹葭苍苍，白露为霜。所谓伊人，在水一方。溯洄从之，道阻且长。溯游从之，宛在水中央。

［顶层，装修工人在运送装修材料，新房客在指挥装修。包工头拿着图纸……

新房客：——就按图纸干，往大了干往好了弄。这是我的龙兴之地，干好了我给你们加钱！

［施工声大作。

［塔楼渐渐隐去。

［全剧终。

图书在版编目（CIP）数据
编剧学刊. 第八辑，2024 / 陆军主编. -- 上海 : 上海书店出版社，2025. 6. -- ISBN 978-7-5458-2449-0
Ⅰ. I053-53
中国国家版本馆CIP数据核字第2025RU0689号

责任编辑 张 冉 胡美娟
封面设计 汪 昊

编剧学刊·第八辑（2024）
陆 军 主编

出　　版 上海书店出版社
（201101 上海市闵行区号景路159弄C座）
发　　行 上海人民出版社发行中心
印　　刷 上海新华印刷有限公司
开　　本 710×1000 1/16
印　　张 23.25
版　　次 2025年6月第1版
印　　次 2025年6月第1次印刷
ISBN 978-7-5458-2449-0/I.593
定　　价 78.00元